收获

60周年纪念文存 珍藏版

短篇小说卷（1991—2004）　《收获》编辑部 主编

立新街甲一号与昆仑奴
摸鱼儿

王小波　　刘庆邦　等　著

人民文学出版社
PEOPLE'S LITERATURE PUBLISHING HOUSE

图书在版编目(CIP)数据

立新街甲一号与昆仑奴　摸鱼儿/王小波等著；《收获》编辑部主编.—北京：人民文学出版社，2017
(《收获》60周年纪念文存：珍藏版.短篇小说卷.1991—2004)
ISBN 978-7-02-013024-5

Ⅰ.①立… Ⅱ.①王…②收… Ⅲ.①短篇小说-小说集-中国-当代 Ⅳ.①I247.7

中国版本图书馆CIP数据核字(2017)第159589号

总 策 划	黄育海　程永新
责任编辑	朱卫净　潘丽萍
装帧设计	汪佳诗

出版发行	人民文学出版社
社　　址	北京市朝内大街166号
邮政编码	100705
网　　址	http://www.Rw-cn.com
印　　刷	上海利丰雅高印刷有限公司
经　　销	全国新华书店等
开　　本	720毫米×1000毫米　1/16
印　　张	26
字　　数	352千字
版　　次	2017年8月北京第1版
印　　次	2017年8月第1次印刷
书　　号	978-7-02-013024-5
定　　价	99.00元

如有印装质量问题，请与本社图书销售中心调换。电话：010-65233595

| 编者的话 |

　　巴金和靳以先生创办的《收获》杂志诞生于一九五七年七月，那是一个"事情正在起变化"的特殊时刻，一份大型文学期刊的出现，俨然于现世纷扰之中带来心灵诉求。创刊号首次发表鲁迅的《中国小说的历史的变迁》，好像不只是缅怀与纪念一位文化巨匠，亦将眼前局蹐的语境廓然引入历史行进的大视野。那一期刊发了老舍、冰心、艾芜、柯灵、严文井、康濯等人的作品，仅是老舍的剧本《茶馆》就足以显示办刊人超卓的眼光。随后几年间，《收获》向读者奉献了那个年代最重要的长篇小说和其他作品，如《大波》(李劼人)、《上海的早晨》(周而复)、《创业史》(柳青)、《山乡巨变》(周立波)、《蔡文姬》(郭沫若)，等等。而今，这份刊物已走过六十个年头，回视开辟者之筚路蓝缕，不由让人感慨系之。

　　《收获》的六十年历程并非一帆风顺，最初十年间她曾两度停刊。先是称之为"三年自然灾害"的困难时期，于一九六〇年五月停刊。一九六四年一月复刊后，又于一九六六年五月被迫停刊，其时"文革"初兴，整个国家开始陷入内乱。直至粉碎"四人帮"以后，才于一九七九年一月再度复刊。艰难困顿，玉汝于成，一份文学期刊的命运，亦折射着国家与民族之逆境周折与奋起。

　　浴火重生的《收获》经历了拨乱反正和改革开放的洗礼，由此进入令人瞩目的黄金时期。以后的三十八年间可谓佳作迭出，硕果累累，呈现老中青几代作家交相辉映的繁盛局面。可惜早已谢世的靳以先生未能亲睹后来的辉煌。复刊后依然长期担任主编的巴金先生，以其光辉人格、非凡的睿智与气度，为这份刊物注入了兼容并包和自由闳放的探索精神。巴老对年轻作者尤寄予厚望，他用质朴的语言告诉大家，"《收获》是向青年作家开放的，已经发表过一些青年作家的作品，还要发表青年作家的处女作。"因而，一代又一代富于才华的年轻作者将《收获》视为自己的家园，或是从这里起步，或将自己最好的作品发表在这份刊物，如今其中许多作品业已成为新时期文学经典。

作为国内创办时间最久的大型文学期刊,《收获》杂志六十年间引领文坛风流,本身已成为中国当代文学的一个缩影,亦时时将大众阅读和文学研究的目光聚焦于此。现在出版这套纪念文存,既是回望《收获》杂志的六十年,更是为了回应各方人士的热忱关注。

这套纪念文存选收《收获》杂志历年发表的优秀作品,遴选范围自一九五七年创刊号至二〇一七年第二期。全书共列二十九卷(册),分别按不同体裁编纂,其中长篇小说十一卷、中篇小说九卷、短篇小说四卷、散文四卷、人生访谈一卷。除长篇各卷之外,其余均以刊出时间分卷或编排目次。由于剧本仅编入老舍《茶馆》一部,姑与同时期周而复的长篇小说《上海的早晨》合为一卷。

为尊重历史,尊重作品作为文学史和文学行为之存在,保存作品的原初文本,亦是本书编纂工作的一项意愿。所以,收入本书的作品均按《收获》发表时的原貌出版,除个别文字错讹之外,一概不作增删改易(包括某些词语用字的非标准书写形式亦一仍其旧,例如"拚命"的"拚"字和"惟有""惟恐"的"惟"字)。

特别需要说明的是,收入文存的篇目,仅占《收获》杂志历年刊载作品中很小的一部分。对于编纂工作来说,篇目遴选是一个不小的难题,由于作者众多(六十年来各个时期最具影响力的作家几乎都曾在这份刊物上亮相),而作品之高低优劣更是不易判定,取舍之间往往令人斟酌不定。编纂者只能定出一个粗略的原则:首先是考虑各个不同时期的代表性作品,其次尽可能顾及读者和研究者的阅读兴味,还有就是适当平衡不同年龄段的作家作品。

毫无疑问,《收获》六十年来刊出的作品绝大多数庶乎优秀之列,本丛书不可能以有限的篇幅涵纳所有的佳作,作为选本只能是尝鼎一脔,难免有遗珠之憾。另外,由于版权或其他一些原因,若干众所周知的名家名作未能编入这套文存,自是令人十分惋惜。

这套纪念文存收入一百八十余位作者不同体裁的作品，详情见于各卷目录。这里，出版方要衷心感谢这些作家、学者或是他们的版权持有人的慷慨授权。书中有少量短篇小说和散文作品暂未能联系到版权（毕竟六十年时间跨度实在不小，加之种种变故，给这方面的工作带来诸多不便），考虑到那些作品本身具有不可或缺的代表性，还是冒昧地收入书中。敬请作者或版权持有人见书后即与责任编辑联系，以便及时奉上样书与薄酬，并敬请见谅。

感谢关心和支持这套文存编纂与出版的各方人士。

最后要说一句：感谢读者。无论六十年的《收获》杂志，还是眼前这套文存，归根结底以读者为存在。

《收获》杂志编辑部
上海九久读书人文化实业有限公司
人民文学出版社
二〇一七年七月二十四日

| 目 录 |

韩　东	同窗共读	1
冯骥才	炮打双灯	11
韩　东	反标	29
汪曾祺	小说两篇	42
王小波	立新街甲一号与昆仑奴	50
毕飞宇	架纸飞机飞行	66
朱　文	小羊皮纽扣	73
汪曾祺	辜家豆腐店的女儿	87
格　非	凉州词	92
刁　斗	古典爱情	100
苏　童	红桃Q	113

汪曾祺	小嬢嬢	122
迟子建	雾月牛栏	127
苏 童	告诉他们，我乘白鹤去了	146
金宇澄	不死鸟传说	154
毕飞宇	唱西皮二簧的一朵	169
薛忆沩	广州暴乱	179
唐 颖	冬天我们跳舞	189
冯骥才	俗世奇人	204
叶 弥	父亲和骗子	229
叶 弥	黄色的故事	244
盛可以	TURN ON	258
魏 微	石头的暑假	272
张 楚	曲别针	283
于 是	蜗牛	301

金仁顺	爱情诗	320
曹　寇	我和赵小兵	335
李　锐	袴镰	348
李　锐	残摩	355
迟子建	采浆果的人	362
手　指	去张城	379
刘庆邦	摸鱼儿	393

同窗共读

韩　东

末末的错误

　　一天下午,他们三人来到郊外。末末掌管相机,她的任务是给林红、刘全拍照。他们经过一个村庄,爬上一座小山,在一块收割后的稻田里逗留了很久。这些,胶片上都有记录。我是说村庄、小山和田野,而林红和刘全不在其中。

　　在此以前末末从未碰过相机,但她照样能拍得天很蓝,树很绿。在一张照片的左边露出了林红的右胳膊肘,恐怕这才是末末的疏忽所在。当时林红的右手插在裤兜里,左手攀在刘全的肩上。这动人的情景永远留在画面以外了。

　　另一张照片上末末再次犯下错误。夕阳在身后把她的影子投在稻田里。轮廓清晰,位置恰当,她正举起相机给林红、刘全拍照。可拍下的只是末末自己的投影。

　　解释有多种。林红的上衣不能令人满意是其一。这还是末末亲手裁制的。出发前她无条件地夸赞过这件衣服以及穿上它走动的那个人。宿舍里没有一面镜子大得足以映照全身，末末就是林红的镜子。现在仍如此。林红终于没能在任何一幅画面中看见自己身着新衣的模样。末末说在镜头里这件衣服完全变了，变得使人无法忍受。

军训打靶时末末的成绩是十发九十七环。因此她有理由说拍照的整个过程导致了射击的想象，她不能把枪口（镜头）对准自己喜爱的人。

林红斜靠在床上，身着那件被指责的上衣，不断翻动手中的照片。她（林红）不断地把最上面的一张照片拿到最下面。她不断地这样做。末末已经说了很多，林红需要她说得更多。她知道她正俯向她，知道她在出汗。她知道她的一切生理活动。甚至，末末已经开始讲述自己周期性的情绪反常。

林红所属的队伍

每一对校园情侣都有自己的老地方，林红和刘全也不例外。除了隐蔽性还要考虑到避风，因为现在已经是初冬季节了。说实话，符合要求的地方并不多，因此他们常常撞车。校园情侣们在黑暗中摸索，学会了谦让。他们不知道对方的姓名，没有交谈。他们是从气味、脚步、天幕下的身影轮廓认出自己的同类的。另外，他们也是绝对默契守时的。比如一个地方七点到九点归林红和刘全使用，当他们从藏身处走出时另一对正款款而来，相距入口不到十米。至今我仍不明白他们是何以达到这样的和谐的。在白天他们是路人，甚至彼此怀有敌意。

每到入夜时分我就会想到，一支由情侣们组成的地下活动的大军在校园内出没。他们是和平的，神奇的，甚至是优美的。再加上保卫人员的热心干扰，整幅画面就变得有声有色了。

提及末末

林红和刘全选中了一处花坛。有四条小路通向那里，路的两边是修剪整齐的冬青（第一道屏障）。花坛中间没有花，四周栽了一圈雪松（第二道屏障）。他们热爱常绿植物，每天晚上待在里面透过枝叶注视天空。

先是他们发现了大便。刘全踩了一脚，使气味在雪松间弥漫开来。整个晚上他们都在清理这块地方。没有工具，天又黑，其难度是可想而知的。上面，冬季的星空在闪烁。后来林红躺在刘全的怀里，一直在使劲地吸鼻子。

第二天他们再来时发现花坛里已经有人。他们看见一个背对入口的身影，想必里面还有一个。

一连两个晚上的差错使刘全烦恼。他是负责安排营地的，所有黑暗中的默契都得由他建立。当他们退回第二地点，一处人防工事的入口，时间已经过去了大半。

这里校保卫科经常光顾，所以极不安全。他们刚坐下就听见了脚步声。后来那声音时有时无，在周围一直没有离去。他们听着那声音，猜测着它的目的。无论如何，这是和他们有关的。最后刘全断定是一对刚恋爱上的，还在摸索地下世界的情况。联想到花坛里冒昧的闯入者，情侣们的大军又壮大了。

继草叶的一阵响动后有人到了他们顶上。人防入口其实是一座水泥小屋，上面是平顶。到了夏天也许是一个乘凉的好地方，可现在上面的人只能给下面的造成威胁。

刘全拉着林红出来了。他们看见了天幕下的两个人影，冬衣臃肿，半蹲半坐。

林红和刘全折回花坛。里面已经没有人，也没有异味，可惜他们掌握的时间只有一刻钟了。另一对今天也提前到了。五分钟后他们出现在四条小路中的一条上。在距花坛六七米的地方他们坐了下来。

林红和刘全被迷惑了。他们多么地不理解啊,只是看看,眼前的这两个人,他们所在的小路,以及更深处今晚神奇莫测的校园。终于,刘全否定了。不是他们。他说。

是末末。林红说。末末也恋爱了,这完全不可能。

林红和末末

她们相约不在对方恋爱以前恋爱。当然,将来她们是要结婚的,还会生小孩。这里的逻辑矛盾她们根本不在乎。她们只是彼此欣赏。

宿舍里八位女生。每晚临睡前大家都要用水。后来她们发现八个人的例假时间也越来越接近了。每月一周宿舍里总要集中晾出月经带。这些让林红感到难堪。以后末末改用卫生巾,并将此方法教给了林红。自此,她们有些与众不同了。

林红每天跑步,运动量大得惊人。从夏天养成的淋浴习惯她一直保持到冬天。盥洗室内有淋浴间,上面莲蓬头里流出的永远是凉水。林红关上门,全身赤裸,期待着那绝对刺激的寒冷。这不是每个人都能做到的。末末想。

相形之下,末末瘦小,体弱。她无法响应林红的健身行动。但她知道问题的实质。林红每天淋浴的同时,末末也不在宿舍里用水了。这个问题是怎样解决的,林红不得而知。她喜欢末末有如下因素:自爱、坚定和体贴,并携带着某种天然的神秘。

林红、末末和大家

一般校园生活不在我的叙述范围之内。从宿舍到教室到食堂是一个天经地义的圆周。我想指出的是林红和末末非同寻常的关系。她们当然经常待在一起。而且两个人的同盟已足以傲视整个宿舍，乃至全校师生或世界。也许，这并不是什么夸大之辞。

入校，意味着第一次独立。空前的自由感、上升感使这些昨天的中学生有些不知所措了。他们谈论考分，想念家人，稍稍平静后随即想到的是怎样运用和显示种种新近获得的方便以及优越。这里只谈女生。她们竞相购置衣服，修饰打扮。在不具备有关的知识以前，她们暂时成了美学上的怪物。

林红和末末并不比她们的同伴具有更多的知识。她们只是不想与别人相同。于是我们看见，两个头发蓬乱、衣装随便的女孩在校园内四处行走。她们高声谈笑，指手划脚。她们的脸是幼稚而美丽的，只是面对你的目光中毫无温柔之意。

这是开始时的情形和气氛。后来林红和末末在一起嘲弄这幅图画，因为她们成长了，还因为她们失去了一种有效的表达方式。

当全体女生固定在当初选择的外观内，投身于紧张的学习生活而无暇改善时，林红和末末却开始打扮起来。末末学会了选料、裁缝，林红则做美学上的指导。她们的形象是一个整体。也就是说，只有处于同一个整体内她们的形象才会被加以考虑。

比如林红穿一件短得露出肚皮的上衣，末末的那件必定长至膝盖。林红上衣的领袖口贴了一些花边，末末衣服的下摆就缀满穗子。林红的衣服是鲜黄的，末末则大红大绿，图案奇特。现在她俩在校园内行走，面带讥讽的微笑，相互间并不交谈，动作的幅度也降至最低。

很显然，林红和末末成了令大家耿耿于怀的对象。敌对和追逐也由此开始。奇怪的是他们并不和林红、末末正面遭遇。男生们的方式是从地理上包围。其结果，宿舍里除林红、末末外的六位女生都有了男朋友，恋爱率超过了女生楼内任何一个宿舍。林红和末末成了孤零零的堡垒。她们太得意了。当其他女生忙于恋爱、苦恼不堪的时候，她们开始认真读书。期末考试时林红和末末的成绩一跃成为全班的第一、第二。

末末的发现

末末躺在蚊帐里可以清楚地看见外面，而从外面别人无法看见她。这样的效果使她把蚊帐一直保留到冬天。她躺在里面，读书或者睡觉，或者仅仅看着宿舍里其他人在活动。

这是一个白天，上午九点以后，别人都在教学区上课。末末躺着，倾听大楼内的寂静。水管偶尔的鸣叫，窗外被隔绝的微弱的风声。末末在想象中体会被遗弃的甜美之感。她如此陶醉，以至于并未奇怪宋晓月进来前为何敲门。

后来钥匙转动，门开了。宋晓月进来后喝了一杯水，然后把门从里面反锁上了。接下来发生的事她肯定不愿让别人知道。但末末不打算马上就表明自己的存在。

宋晓月开始从衣架上摘衣服。有林红的一件毛衣，末末的一条裤子，还有宿舍里其他人的外套、裤子和上衣。最后宋晓月犹豫了一下，把自己的一件衬衫也摘了下来。最近天气不好，她们把洗好的衣物移到宿舍里阴干。

现在衣架上只剩下乳罩、内裤、袜子这些小件。这是末末不能原谅宋晓月的另一点，其一。偷盗是其二。

末末起身下地。宋晓月跪地求饶。她所能想到的最动感情的话是，你放过我吧，我愿意给你当牛当马。宋晓月来自牛马遍地的乡村，她知道牛马的痛苦和愉悦。

末末动心了。

她提出三条。一、把衣服放回原处，除林红的那件外。二、和男朋友散伙，再不来往。三、女生中只能和末末在一起，各方面保持一致。

宋晓月答应了。

末末说，我不会亏待你。林红的毛衣你拆了重织吧。

镜中林红

林红没有遵守约定。她和末末一起,继不修边幅的时代之后又嘲笑了锦衣华服的时代。她们无法使自己停下来。林红想,也许自己需要一些完全不同的东西。比如和一个男孩结伴而行,消失在人群中或校园内的某个角落。

刘全是林红在田径队里认识的。他来自外系,因此对围绕林红和末末发生的一切一无所知。这种无知使他成为一个成功的追求者,当然也导致了他最后的失败。这是后话。

现在林红每晚很坦然地在宿舍里用水。她们和她一样,都在使用卫生巾。夜晚活动的大军中她们是嗅觉或听力的战友。末末这面镜子不能供她穿衣戴帽,但她从中看见了以往的自己,多么的紧张和疯狂啊。

照片事件以后,林红有理由和末末一刀两断。当她发现末末的恋爱对象是本班的一位男生时不禁为末末感到惋惜。因为除了漂亮,这个男生在林红看来毫无可取之处。开始时每晚林红和刘全竭力回避他们。一周以后想碰也碰不见了。

从回避到寻找,半个月来林红和刘全的恋爱常规被破坏了。他们开始争吵并愈演愈烈。末末他们不在林红和刘全知道的任何一个地点,也不在他们不知道的任何一个地点。林红和刘全不顾禁忌走遍了校园内的每一个角落。一次他们发现了那位男生,他在哭泣,喃喃自语。下一次他们还是看见他,和另一个女生在一起。她的大眼睛在黑暗中闪烁可怕的光芒。

直到末末和宋晓月以密友的身份公开露面,林红感到,一切已不可挽回。

末末和围巾

林红的毛衣拆了织成两条围巾。末末和宋晓月一人围一条,并肩行走于校园内。两条一模一样的围巾成了她们联盟的标志。鲜艳的红色使她重返红领巾时代。宋晓月努力和末末保持一致，甚至围巾的围法也要和末末一样。末末呢，对此并不赞同。她每天改变围法，直到规定宋晓月只能以一种与自己不同的方式围她的围巾。而林红根本没发现她的毛衣丢了。即使发现，她也不会想到末末和宋晓月的围巾与自己的毛衣之间有什么关系。近来她和刘全的关系进一步恶化，无心顾及其他。末末由于不被注意而烦恼，渐渐地失去了对围巾的兴趣。她将围巾从衣领外移到了衣领内。关于围巾我们就讲这些。

宋晓月帮末末打饭，打开水，报道新闻。考试时末末让宋晓月抄答案。末末把肥肉留给宋晓月吃，以前肥肉都是和剩菜一起倒掉的。她送宋晓月一些宋晓月认为好看的衣服，末末可不这么认为。一些饼干、果脯，一罐炼乳，存放时间都在三个月以上，末末不愿再碰的。干得最漂亮的一件事是末末代表宋晓月去和她的男朋友谈判。末末只说了一句话就把对方永久地打发掉了。

她是一个贼，你身上还有她偷的东西。

末末家

为期三个月的实习他们将分散到各地。北京的名额自然最为诱人，但食宿要求自理。末末家住北京，她回家顺理成章。另外末末还答应让宋晓月在她家里吃住。作为报偿，宋晓月可以干一些杂活。事前末末写信回家，让他们辞掉保姆。

很久没帮妈妈干家务活了。她写道。这次回去一定要好好表现，让爸爸妈妈更加爱我。你们务必要给我这个机会。和我一起回去的同学来自农村，身体强壮，热爱劳动。她会帮助我的。

这样，宋晓月在大楼十三层上开始学习使用吸尘器，开动洗衣机，早晚搬动花盆，取牛奶，运粮，擦玻璃。除此之外她还要上班。从单位回来时宋晓月总要捎回一些东西，酒精、药品、一只烧杯。这些东西她全都给了末末。末末将它们集中放在一个地方。

末末家里总是很静，除了宋晓月干活时发出的声音，几乎没有别的声音。末末的父母待在各自的房间里，只在吃晚饭的时候才出来。饭桌上的交谈也很奇怪，一人说完后要过很长时间另一人才有所应答。末末指派宋晓月拿这拿那，一顿饭她要停下来四五次。宋晓月为自己弄出的声音而害羞。每当这时末末的父母就停止说话，仿佛在侧耳倾听。末末对她说，你就不能轻点吗。

饭后一家三口回到各自的房间，打开电视机（每间房子都有电视机，这也是让宋晓月感到惊奇的）。宋晓月留在厅内收拾。她走过那些虚掩的门（仿佛因力量不足而没能带上），通过门缝看见一些光影在里面闪动。播音员的声音既兴奋又压抑，不很真切。没有其他人声，电视机与电视机之间在进行某种神秘的交谈。由于自己的活动宋晓月又回到现实中了。碗碟声、桌椅声、放水声。这时末末会悄无声息地走到她身后，对她说，轻一点，我父亲有心脏病。

是啊，如果宋晓月不活动，就没有声音了。喧闹的大街在下面。下面，是怎样遥远的一个概念。宋晓月曾试着往下面吐过一口痰，等了很久也没听见它落地的声音。脚下是地毯，人人都学会了像猫那样走路。这里没有耗子，或其他什么昆虫。风声被隔绝在双层玻璃以外，连繁星的喧嚣也没有（窗户上有墨绿色的天鹅绒窗帘）。这里根本就没有声音。

不得已，宋晓月在梦中磨牙，说话，喊娘。这时末末就打开台灯，对着她，直到她醒。末末不让她把台灯关上，也不允许改变方向。不然你又得说梦话，末末说。她靠在另一张床上，根本没睡。这样，宋晓月就整夜躺在光明与寂静中，意识到末末的目光一刻也没离开过自己。

末末夜读

一天晚上宋晓月在灯下写实验报告，末末坐在对面的一张沙发上看书。几分钟后宋晓月趴在桌上睡着了。开始，她的鼾声小心谨慎，后来就无所顾忌了。口水沿下巴流下，弄湿了纸页。末末看着她，一动不动。这样过了半小时或许更多的时间。我们无法确定这段空白里她的想法和感受。逐渐地，末末感到膝上书本的分量。这是一本精装硬皮英语字典，厚重异常。末末抓起它投了过去。她后来发现这一投使她右臂扭伤。

字典擦着宋晓月的耳轮，撞在她身后的墙上，跌落在地。宋晓月大叫一声醒过来，首先面对的是末末的目光，毫无掩饰，满怀仇恨。当宋晓月转身，马上发现了墙上被砸出来的半寸深的小坑。她顺椅子滑下，就地号啕起来。

这是宋晓月进京半个月后发生的事。此后两个半月她住在末末父亲单位的招待所内，直到实习结束也没和末末再见面。那天晚上从末末家出来时，末末交给她一只提袋，里面是宋晓月从单位拿回来的所有东西。

末末的回答

校园温柔的夜色里，末末又碰见了林红。这次是她一个人，末末没有感到奇怪。她坐在路边，林红向她走来。她知道她会停下。依然是花坛，依然是星空，依然是这个地方。林红向末末走来，对她说，我们已经很长时间没说话了。

可不是吗。末末回答。

你瘦多了。林红说。

你也一样。末末。

（原刊于《收获》1991年第3期）

炮打双灯

冯骥才

一

都说静海县西南那边，地里不是土，全是火药面子。把那干结在地皮上白花花的火硝刮下来，掺上硫磺木炭，就是炸弹。再加上盐碱，土里的火性太大、太强、太壮，庄稼不生，野草长不到三寸就枯死；逢到大旱时节，烈日暴晒，大开洼地无缘无故自个儿会冒起黑烟来……可有一种灌木状丛生的碱蓬，俗称红柳，却成片成片硬活下来，有时候不知为什么，一下子全死了，死时变得通红通红，像一团团热辣辣的火苗。在夕照里望去，静静的，亮亮的，好像地里的火药全都狂烧起来。老百姓靠山吃山，靠水吃水，靠火药吃火药，自来不少村子，家家户户都是制造鞭炮烟花的小作坊，屋里院里总放着一点就炸的火药盆子，一不留神就屋顶上天、血肉横飞；土匪、游勇、杂牌军常窜到这里来，不抢粮食，专抢火药，弄不对劲儿就药炸人亡。那么此地人的性子又是怎样？是急，是缓，是韧，是烈？拿人们常用的话说便是：点着一根药信子瞧瞧。

牛宝，人称"卖缸鱼的牛宝"，今年二十三，陈官屯人。他祖宗神道，名字起得像算命一般准，"牛宝"二字就是他的一切。先说"牛"，他浑身牛一般壮实的肉，一双总睁得圆圆、似乎眨也不眨的牛眼，还有股牛劲，牛脾气，头上没角却好顶牛，舌头比牛舌还硬，不会巧说话；再说"宝"，他天生一双宝手，虽长得短粗厚硬，手掌像肉饼子，却从杨柳青外婆家学来一手好画，专画大年贴在水缸上求福求贵的缸鱼：一条肥鲤扬头摆尾，配上莲蓬荷花，连年有余呀！那红鱼绿水，金莲粉荷，一看照眼，图样出得富态，版线刻得活泛，颜色上得亮堂，画缸鱼的人多得是，可这喜庆兴旺的劲儿谁也学不来。年年腊月大集上，不少人专等着"卖缸鱼"的牛宝来。一露面，全出手，腊月里攒的钱，够一年四季零花，真像是手里捏个宝，想什么变什么。

腊月十四这天，静海县城的大集已经很有些年味了。牛宝肩扛三百张缸鱼到集上，找一块人流往返的地界儿，站不多时候，卖个干净，别无他事，便轻轻爽爽去往顶西边的炮市看热闹。

这里的炮市，天下少有。原本是条河，年年秋后河水干涸，三九天河泥冻硬，这河床便成了卖鞭炮的集市。牛宝最爱看这阵势，远近各村赶来一车车鞭炮，都停在两岸河堤上，车上鞭炮用大红棉被蒙盖严实，怕引上火；牲口的眼睛一律使红布遮住，耳朵使红布堵上，怕给炮声吓惊。为什么使红色的布？造鞭炮的都是铤而走险，灾祸四伏，据说红色避邪。人们拿着自家制造的鞭炮，走下堤坡，到河床上去放，相互争强斗胜，哪家的鞭炮出众，自然招引很多人来买。这一截子差不多二里长的河床里，浓烟裹眼，烟硝呛鼻，连天炮响震得耳朵生疼。这股子火爆凶猛的劲儿，叫牛宝看得快活，不觉下了堤坡，但还没到鞭炮阵的中央，满脑袋就全是鞭炮屑儿了。

把事情挑出头来的是这女人。这女人一下子跳进牛宝的眼睛里。怎么能说是这女人跳进他眼里？她还离着远呢！可世上好看的女子，都不是你瞧见的，而是她自己招灾惹事活灵灵跳到你眼里来的。她顶大二十出头，头上扎块大红布头巾，两鬓各耷拉下一片黑发，像是乌鸦的翅膀，把她那张有红有白、鲜活透亮的小鼓脸儿夹在当中。她人在那么远，牛宝怎么能看得这般清楚？魂儿给勾了去呗！渐会儿，才看明白，北边堤坡一棵歪脖老柳树下，停着一辆驴车，她坐在蒙着大红棉被满满一车鞭炮上。倚车站着两个小子，一个大，一个小，各执一根放鞭用的长竹竿子，这两个小子什么模样，牛宝满没瞧见。

他像驾了云，双脚由得也由不得自己，幻幻糊糊一步步朝那女人走去。看这女人像看花，愈近愈好看，那眉眼五官，画也画不出这般美，而且清清楚楚，白处雪白，黑处乌黑，红处鲜红，像羊肠子汤那样又鲜又冲……忽然，一根竹竿横在他身前，牛宝怔住才看清，原来就是站在那女人车前的小子，年龄较大的一个，估摸十八九年岁，圆头圆脑，四方厚嘴，肥嘟嘟的嘴巴子冻得像唱戏打脸涂了胭脂，倒是虎虎实实样子，只可惜长了一双单眼皮。这圆头小子问道："你是买炮的，还是卖炮的？"口气很不客气。

牛宝正要回话的当口，从这小子肩头刚好与那女人眼对眼，只觉得两个深幽幽、晃着天光的井眼对着自己，弄不好就要一头栽进去。心里一恍惚，说出的话便岔出道儿去：

"卖炮的，干啥？"

他哪卖过炮？为什么偏偏这样说？这话一错，可就把自己送上绝路了。

圆头小子说："这边是俺们蔡家卖鞭炮的地界儿。你要来买炮，俺不拦你；你要卖炮，对不住！你先放一挂叫俺们瞧瞧，要是比俺们强，这地界儿就归你了。"说罢，嘴唇朝天噘，不信天下还有老大，也不信还有老二。

牛宝涌上来一股劲儿。说不清是叫这小子的傲气激的，还是叫那女人的美色挤的。反正他顶上牛。听完圆头小子的话，拨头就走，到那边

炮打双灯

13

炮市中央，在呛鼻震耳的浓烟烈炮中转了两圈，寻到一家卖鞭的，个大，贼响，掏钱买了四挂，都是千头大查鞭，还高价把人家放鞭使的大竹竿也买下来，返回到这圆头小子面前，闲话不会讲，剥开大红包纸，挑起一挂就放，一阵火闪烟腾，声如炸雷，劈劈啪啪连珠般响起来，真是好鞭！惹得不少人围上来并纷纷喝彩叫好。可这挂鞭放完，圆头小子站在原地并没动，嘴仍噘着，一脸不屑的神气。牛宝一瞅他绕在竿子上的一挂鞭，差点没笑出声来；这挂硬纸卷的小钢鞭，分外细小，像是豆芽菜，而自己的大查鞭却同小指头粗，摆在一起，只怕那小钢鞭像一堆耗子屎啦。想必是这圆头小子心虚不敢比试，故作高傲，再不端端架子还不倒下来？明摆着对方叫自己比趴下了！抬眼瞧那女人，愈发兴奋起来，把余下三挂大查鞭扎成一束，使竿子高高挑起，拿火一点，三挂齐响，声音翻一番，成百上千小爆竹喷火刺烟，纷纷炸落下来，好似一阵恣肆的弹雨。牛宝不懂放鞭炮的门道，竿子举得过直，许多爆竹就落到他头上肩上手上，还有几个从领口掉进衣服，在前胸后背炸了，这一炸，尤其透过火光硝烟看见那女人正在笑他，立时撒起欢来，粗声吆喊，尖声欢叫，似唱非唱，腿又蹦，肩又摆，手中的竹竿子像是醉汉的腰，东摇西晃，甩得爆竹四下散落，逼得围观的人叫着笑着往后退，有人认出卖缸鱼的牛宝，不知他遇上喜还是撞上邪，跑到这里来瞎闹，耍活宝。

就这时候，空中一声"啪！"，清脆之极，像是清晨车把式将那带露水的鞭子在凉冽的空气里麻利地一抖。

牛宝没弄明白这声音打哪儿来，跟着就听这鞭子在半空中"啪啪"抽打起来，愈打愈紧愈密，声音毫不粘连，每一响都异常清晰、干脆、刚烈，上下左右，响在何处都一清二楚。牛宝这才瞅见，原来是圆头小子把他那挂小钢鞭点响了。奇了！他这鞭怎么声声都像是钻到耳朵里炸，直要把耳膜炸裂？这炸声还把三挂大查鞭的响声从耳朵里赶了出来，赶到外边，变得像拍打棉袄或吹破猪尿泡的那种闷响，完全成了圆头小子那小钢鞭的陪衬了。真奇了！他豆芽菜似的小鞭，哪来如此大的炸劲儿？当两人竿子上的鞭炮全放净，对面站着，牛宝瞪大眼发傻，圆头小子指指地面，牛宝一瞅更是惊讶。圆头小子身周一片炸得粉粉碎的鞭炮屑儿，像是箩过，细如粉末，足见炸药的劲力；自己四周却有许多爆竹根本没炸开，到处是烧净了火药黑乎乎的纸筒子，围观的人给他起哄，喝倒彩，这算栽到家了。他抬头硬叫自己向歪脖柳树下边望去，那女人也在嘿嘿笑话他。这笑比任何人嘲弄挖苦都叫他难堪，他要是土行孙，当即就扎进地里。羞恼之下，把竹竿子一扔，朝圆头小子说：

"十八号大集，咱再到这儿见！"

"干啥等到十八，"圆头小子神气活现地说，"你要不服，带着好货去独流镇找俺们，那儿后天就是集！"

周围一片叫好，此地人就喜欢这种带劲的话。

二

转过两天，牛宝在独流镇的炮市上拉开阵势。

独流镇的炮市与静海县城不同。十来亩平平坦坦一块场子，四外围着泥坯垒的一道墙，多处坍塌，任人跨出跨进；地上光秃秃，只是戳着高高矮矮许多拴牲口用的木桩，平时这是买卖牲口的地界儿。可一入腊月，卖花炮的渐渐挤进来，鞭炮一响，牲口吓走了，自然而然改做临时的炮市。

今儿牛宝好精神。一身崭新的棉袄棉裤，乌鞋净袜，脑袋一早洗过，此刻太阳一照，墨黑油亮。卖炮的人从没有这般打扮，烟熏火燎，鞭炸炮崩，衣衫多是旧破与糊洞。牛宝平时最不爱穿新衣，这样一身全新，架架楞楞，生生板板，像是相亲来的。他身边站着一个苍白消瘦的小子，带着病相，一双小眼倒是亮亮闪闪，十二分的精神。这人是他堂弟，名唤窦哥，专门折腾花炮的小贩。昨天牛宝请他买来一批上好鞭炮。窦哥既钻钱眼，也讲义气，买卖道上很有情面，这批鞭炮是他打沿儿庄"万家雷"家里买出来的。这"万家雷"不单名满静海，还在天津卫宫前大街和北平的厂甸设炮摊，挂字号，有几分名气。人说"万家雷"能开山打洞，装进大炮膛里当炮弹使。

牛宝连夜把鞭炮上凡有"万家雷"的戳记都扯下来，换上红纸，临时使块杜梨木刻条大鲤鱼盖上去。自打静海造炮千八百年来，还没见过这字号。转天满满装一小车，运到集上，车上车下摆得漂漂亮亮；大挂的万头雷子鞭，一包三尺多高，立在车上，像半扇猪，极是气派。牛宝和窦哥各拿一根大竹竿，足足两丈长，左右一站，好比守阵门的两员武将。

对面是圆头小子，手握长竿，挑一挂红纸大鞭，横刀立马站在前头。后边是装满鞭炮的驴车，那女人面雕泥塑般坐在车上。车前，除去那年龄小的小子，还多出一个黑瘦瘦的男子。他们腰上全扎一条避邪用的红布腰带。炮市上的人看这阵势，知道要比炮，都围了上来。

窦哥一瞅对方，眼珠惊得差点没掉在地上，扭脸对牛宝低声说：

"牛宝哥，你咋跟他们斗上气儿了？人家是文安县蔡家呵！在天津卫'蔡家鞭'和'万家雷'齐名，前两年蔡家老大给火药炸死，蔡家人不大往咱静海这边来了，'蔡家鞭'也见不着了。哎，你瞧，坐在车上那俊俏人就是蔡家大媳妇，名叫春枝，方圆百里，打灯笼也难找着这么俊的人儿！可惜守了寡！这圆脑袋小子是蔡三，靠车站着的是蔡家老二和老四，都是放炮的好手。咱的炮再好，也放不过人家，更别说人家'蔡家鞭'了！"

牛宝听了，脑袋里只多了春枝，根本没有"蔡家鞭"，还要多问，可不容他说话，圆头圆脑的蔡三已经将竹竿子使劲划起圈儿来，直把拴在竿尖上的那挂鞭甩成一条直线，在空中呜呜响。卖鞭的人都这么做，显示自己编炮使的麻绳结实不断。跟着，蔡三又变了手法，耍起花活，叫手中的竿子转起来，半圈紧，半圈松，一紧一松，有张有弛，那鞭就忽弯忽直，忽刚忽柔，蛇舞龙飞，十分好看，还没点炮，就引得人们叫好。随后，竹竿往地上"噔"地一戳，鞭炮垂下来，点着就炸，声音比上次那小钢鞭响几倍，震得周围一些拉车的牲口慌慌挪动身子和腿，受不住，要跑。

牛宝挑起一挂雷子鞭也点响,"万家雷"名不虚传,个个爆竹都像炸雷,带着一股烈性与豪气,只比蔡家的大鞭强,决不比蔡家弱,也招来一阵喝好。

两边就紧紧较上劲儿。

只见蔡三往右边一闪,小小蔡四从车子那儿走来,手提一挂巨型大鞭,每只都有黄瓜一般粗,总共十二只,像是提着一串长茄子,引得人们喊怪叫奇。蔡四身小,虽然斜向上举,最下边的一只大鞭依然嚓嚓蹭地。牛宝头次瞧见这般大的鞭。窦哥告诉他:"这叫'一步一响',走一步,炸一个,这是'蔡家鞭'的看家货,已经多年见不到,你一听就知道了。"他掏钱给了身边一个熟人,嘀咕些话,然后对牛宝说:"我叫人去买他几挂,有几挂这鞭当幌子,今年多赚一倍钱。"

蔡四走到场子中央,蔡三帮他点着药信子,大鞭炸开,响声像打炮,震得看热闹的人不单堵耳朵,还闭眼。小小蔡四却毫不为之所动,炮炸身边,浓烟蔽体,他却像提着笼子遛鸟,从容又清闲,叫人佩服蔡家人鞭炮这行真有功底。

蔡四稳稳当当走了十二步,一停,手里的大鞭刚好放完。一时不少人涌上来,争买大鞭。窦哥扬手大叫:"别急,还有更好的家伙哪!"他从车上抱下来一个天下少见的大雷子炮,立在地上,一尺多高,快要齐到膝盖,小胳膊粗,药信子像根麻绳,大红纸筒,上边盖的戳记是条墨线大鱼。

"娘哟!这不是炸城池子用的吧!"有人惊叫道。

"你瞧炮上那条鱼,挺像是牛宝的缸鱼,哎,那壮小子是牛宝吧,他咋改行卖起炮来了?"人们议论着。

春枝在车上,仍旧像娘娘庙里的泥像,端坐不动,只是眼睫毛偶尔惊颤一下,那是听到人们议论时的反应,这反应却不为任何人发现。

牛宝拿香点着大雷子炮,轰地炸开,烟腾火起,声如天塌地陷,近前的人溅了一身黄土,没人叫,都呆了,像是出了大事。连牛宝都发憷,一时竟不知发生什么意外。面皮生疼,是大炮炸开气浪拍打的。惟有蔡家人眼皮眨也没眨,但这一炸,却使春枝对眼前的事全然明了。

随后两边各逞其能,蔡家人放炮似有用不尽的花样,可牛宝一招不会,新棉袄叫炮打糊了两大片,一只耳朵打红了,差点丢人现眼,多亏窦哥常年贩炮,见多识广,会些小伎俩,支应着局面,但要不是"万家雷"货真价实,东西地道,也早叫蔡家打趴地下。看来,真东西没亏吃,此亦万事之理。

蔡家老二放"二踢脚"①的本事,叫人赞叹不已。他打开两把"二踢脚",一个个插在红布腰带上,站到场子中央,先照寻常手法放上天空。蔡家鞭好,炮一样是头等;这"二踢脚"飞得高,炸得脆,高空一炸,碎屑飞散,像是打中一只鸟,羽毛迸开,飘飘飞去。他这样一连放三个,便换了手法,把"二踢脚"倒拿手里,点着药信子,先叫下边一响在手上炸了,再用力抛上天空,炸上边一响。想叫它在哪儿炸就在哪儿炸。圆头圆脑的蔡三在两丈开外举起一挂鞭,蔡二看准,点着"二踢脚",炸掉一响后,把余下一响抛过去,正好在那挂鞭下端炸开,当即引着那鞭,噼噼啪啪响起来,更引得周围一个满堂彩。这蔡老二得好却不罢手,更演出一手绝活。他像刚才那样倒拿"二踢脚",炸掉下边一响后,却不抛出手,而是交给另一只手,抓住炸开的下半截,叫上边一响在另一只手上炸。两响不离手,一手一响,这招极是危险,换手慢了,就把手炸伤。但他黑瘦瘦、紧绷绷的脸上老练而自信,动作从容又娴熟,好像玩一条鱼。

牛宝见对方压住自己,心里着急。

窦哥说:"在天津卫大街上摆炮摊,不叫你乱放'二踢脚',怕引着房子,崩着人,'二踢脚'就这样拿在手里,放给人看。蔡老大,就是那女人死了的爷们儿,还有手活儿更绝,他把大雷子夹在手指头缝里,一

---

① 二踢脚,花炮之一种,名为"两响","二踢脚"是其俗称。通常立在地上放,也有拿在手中放,第一响打上天空,第二响在空中炸开。

个指缝夹一个，两手总共夹八个，平举着，八个药信子先后点着，哪个快炸，松开哪个。叫雷子掉下来炸，可又不能碰地，碰地会弹起来崩着人。这火候拿不准，手指头就炸飞了。如今蔡老大一死，没人敢耍这手活了。哎，牛宝哥，你咋直眼了？"

牛宝听着这话，眼盯春枝，脑袋里轰地涌出个念头，他对窦哥说：

"你给俺把大雷子夹在手指头缝里，俺试试。"

"你疯啦，这手活是拿空炮筒子练出来的，咋能使真的试？炸坏手，你使啥画缸鱼，俺不干！"窦哥说。

牛宝不理他，从车上取些大雷子，一个个夹在手指缝里，平举双臂，瞪大眼，用一种命令口气对窦哥说："点上！"

窦哥见事不好，想扔下香头跑掉。

谁知牛宝这么一来，蔡家哥仨如同中了枪弹，怔住。春枝脸色十分难看，像是闹心口疼；蔡三红着脸喊道："这小子当俺们蔡家没人，欺侮俺们嫂子，拚啦！"哥仨疯了似的冲过来。还有蔡家同乡和要好的也一齐拥上。

牛宝还没弄懂这缘故，就给蔡家人按在地上，窦哥也被揪扯住。对方喊着要把雷子插进他们肛门点上，窦哥吓得叫救求饶，想解释，却不知牛宝与蔡家究竟什么仇。牛宝给十来只大手死死按着，按得愈死，他犟劲愈大，用力一挣，脑袋刚抬起来，嘴巴反被压下来，在冻硬的地皮上蹭破，火辣辣的疼痛，蔡老三问他要干啥，他火在身体里撞，嘴更笨，索性大叫：

"俺想做你哥，俺想做蔡老大！"

这话叫在场的人全傻了！傻子也没有这么说话的。蔡家哥仨气得发狂，把他拉起来，用几十挂大鞭把他浑身上下缠起来，要炸他。牛宝使劲使得脖子脑门全是青筋，叫着：

"点火，点火呀！死活我是你哥啦！"

蔡三攥着一把香火，指着牛宝说："你欺人太甚，俺豁出去吃官司，坐大牢，今儿也要把你点了。大伙闪开，我个人做事个人当——"说着就要冲上去点。

"慢着。"忽然响起一个清亮的声音。

牛宝瞧见春枝竟站在他身前,一手拦着蔡三,面朝自己。这张脸就是在杨柳青年画《美人图》上也找不着,可此刻满面愁容,两眼亮晃晃,厚厚包着泪水,像是委屈极了。在牛宝惊讶中,春枝说:"你不好好卖你的'缸鱼',弄来这些'万家雷'来闹啥?你要再来搅扰俺,俺就亲手点这鞭!"然后对蔡家哥仨说:"回家!"一扭身,一大片眼泪全甩在牛宝当胸上。牛宝觉得,像是一排枪子打在自己身上。

春枝和蔡家人去了,浑身缠着大鞭的牛宝,像那挂牲口的木桩,直呆呆戳在那儿。

三

如果牛宝不去沿儿庄,他和春枝这段纠缠也就此罢了。自己一时迷糊、冒傻、犯浑,把人家好好一个女人逼成那副可怜相。究竟春枝因何这般痛苦不堪,他琢磨不透。眼盯着溅在他棉衣上春枝的泪痕,后悔到头,不住地骂自己,最后把剩下的半车鞭炮堆在大开洼里点了,炸成火海雷天,惹得邻村人敲锣报警,以为谁家造炮,中了邪火,炸了窝。

转过两天,窦哥提着两瓶老白干,一包天津卫大德祥的鸡蛋糕来找他,要一同去沿儿庄谢谢人家姓万的,不管牛宝自己的事如何,人家"万家雷"真给使劲儿,那巨型的大雷子炮是万老爷子特意做的,真叫激动人心!这事关着窦哥生意道儿上的情面义气,牛宝便随窦哥来到沿儿庄。

沿儿庄人上至七老八十,下至童男童女,倘若不会造炮,非残即傻。尤其在这腊月里,家家院子的树杈上、衣竿上、屋檐下,都晾满整挂整挂沉甸甸的大鞭,好比秋后拿线串成串儿,晒在屋外的大辣椒;墙头摆满捆成盘的雷子两响,像是码起来的大南瓜,极是好看。那些进村出村的大车装满花炮，蒙上大红棉被，在冰天雪地里更是惹眼。这腊月的鞭炮之乡虽然十二分的热闹，却听不到一声炮响。静得绝对，静得离奇，静得叫人揪心。

牛宝万万想不到，这位跟火药打一辈子交道的万老爷子，竟然胆小如鼠，甚至胆小不如鼠。三九寒冬，屋里和屋外一般冰，炕不生火，灶不烧柴，茶碗里的水全结成冰，惟有说话时从嘴里冒出点热气。牛宝和窦哥一进门，万老爷子就嘀咕他们身上有没有铁器、抽烟打火的家伙，鞋底钉没钉"橘子瓣儿"？还非叫他俩抬脚亮鞋底不可，看清楚才放心。窦哥假装不高兴地说：

"万老爷子每次都这么折腾我，下次我得光屁股来了。"

"别怪我疑神疑鬼。火是我们这行的灾。我不认字，我爹说'灾'字就是下边一个'火'字，上边三个火苗。所以俺们非到做饭时不生火，烟也不抽，家里除去做饭的锅，不准使一点铁器。那九十堡的'炮打灯'杨四，就是称火药时，秤砣掉在地上，迸出火星子，把一桶火药引炸，炸得杨四没有尸首，秤砣飞出半里多地。火这东西不知打哪儿来的，有时两家隔一道墙，这家点烟，火竟能穿墙过去，把那家屋里的鞭炮引着，火可邪啦……"万老爷子说到这儿，两眼发直，像是见到鬼，"哎，窦哥，你可小心点桌上那盆火药！"

待窦哥把"万家雷"前天在独流镇显威风的情景，一说一吹一捧，万老爷子才松开面皮，满脸直垂的皱纹也打弯了，龇开一嘴黄牙笑了。这儿井水盐碱也大，人牙焦黄。他神情得意地问道：

"俺那大活咋样？"

"还用说。生把土地炸个大坑，人说再炸就炸出个井来了。是不是这么说的，牛宝哥？"窦哥朝牛宝挤挤眼，叫他帮腔，哄万老爷子高兴。

牛宝嘴拙，找不着话说，只傻笑，点头。

万老爷子愈发得意，笑眯眯再问：

"你们跟谁家比炮？"

"俺们咋能拿您的'万家雷'去跟无名小辈比试，那不成请关老爷和小兵小卒比高低了？对手是文安县'蔡家鞭'蔡家，行吧？"

"噢？"万老爷子惊讶得很。他说："蔡老大一死，都说蔡家关门不造炮，挂在天津卫的牌匾都摘了，怎么又出头露面，是不是假冒？"

"咋能假冒呢？蔡家四个大活人都在场呀！"

"咋四个？"

"蔡家老二、老三、老四，哥仨……"

"对呀，才仨，咋四个呢？"

"还有人家蔡老大的那俊媳妇春枝呢。春枝她——"窦哥说到春枝，看牛宝直了眼，便赶紧停住口。

"窦哥，你嘴动，胳膊别乱动，小心俺那火药盆子！"万老爷子叫道，然后叹口气说，"春枝那孩子命够苦，三个跟她贴近的男人全给炸死了——她爹，她公公，她爷们儿！俺说她是火命！是火！是灾！"

牛宝听得惊异不已，他死也想听明白；窦哥完全清楚牛宝的心思，何况他自己也想知道这闻所未闻的事，便死乞白赖，东绕西套，终于从万老爷子肚里掏出下边的话：

"哎，窦哥，俺当你万事通呢，你咋不知春枝姓杨，她爹就是九十堡'炮打灯'杨四呵。还是大清时候，天津卫炮市上就有句话，是'蔡家鞭，万家雷，杨家的炮打灯'，这都是上两辈人创的牌子，到今儿全是百年老炮了。那时，因为杨家是本县人，跟俺们万家熟识，蔡家远在文安，相互只知其名罢了。到了俺们这辈，杨家跟蔡家认识了，很要好，两家给春枝和蔡老大定了娃娃亲。可春枝十岁就死了妈，跟她爹相依为命过日子。后来孩子们长大，该成亲了，蔡家老头子就去找杨四商量嫁娶的日子，杨四怕春枝走了，一个人受不住孤单，非要蔡老大倒插门不可。其实蔡家有四个儿子，少一个在身边怕啥？蔡家老头子偏不肯，谈崩了，都上了火气，蔡家老头子回家喝闷酒，一头醉倒，睡成烂泥巴，忘了热炕上还烤着几十挂受了潮的大鞭呢！一下烤过了劲儿，炮炸火起，怪的是四个大小伙子愣没打火里弄出他们爹，活活烧死。蔡家人恨死杨四，没人提那婚事。过两年，哎，就是俺刚头说过的——杨四同村人来找他借点火药，提着杆秤来称分量。造炮的人弄火药绝不准使铁器，勺用木勺，铲用木铲，他怎么忘了秤砣是个铁疙瘩呢！秤杆一斜，秤砣砸在石头上，火星子迸进火药里，生把人炸得净光光，连根骨头也没找到，你们说奇不奇？好好一个人，像是变成一股烟，影都没留下，这是遭了啥罪？啥灾？杨家只剩下春枝孤孤单单一个闺女。那蔡老大来向她求婚，她不肯，不知因为她爹欠着蔡家一条命，还是怕一走，'炮打灯'杨家的根儿就此绝了？蔡老大打小跟春枝要好，知道这闺女的性子比火药还强，他竟造了一百个'炮打双灯'去到杨家门口放。意思是你杨家的祖业给我蔡老大接过来了，决断不了根脉。蔡老大是造炮好手，更是放炮好手，他把'炮打双灯'一个个立在手掌上托着放。凡是打上天的炮，头一响都得用'竖药'，只往高处蹿，不往横处炸。顶多觉出点坐力来，决不会伤手。这又表示，他蔡老大已经把杨家的'炮打灯'学到家了。一百个放完，春枝流着泪出屋，二话没说，跟他去了文安……哎，窦哥，这些事你咋会不知道呢？"

"只只片片听见过，可各村各庄造花炮的年年出事，年年死人，哪会连成您这么长的故事！"窦哥说，"俺倒听人说过蔡老大的死，他是惹了大仙吧？"

"说是也是。春枝嫁到蔡家第二年，也是年根底下，她做了一盘'炮打灯'，打算三十夜里自己放，祭祖呗！她剩下一捧炸药没处放，就使高丽纸包个包儿，塞到鸡窝后边夹缝里。这地方平时绝没人去碰，最保险，谁知夜里闹黄鼠狼，偷鸡，蔡老大起身摸根木头棍子去打黄鼠狼，眼瞅着黄鼠狼钻进鸡窝后边夹缝里，这也奇了，它上房翻墙，跑哪儿去不成，偏扎到火药包上，蔡老大拿棍子一捅，嘿，正好，'轰'地生把蔡老大炸得人飞起来，撞在屋檐上，再摔下来，成了血人……唉，怎么这样巧，又都巧到春枝一个人身上？也是命呗！出殡那天，春枝把自己编了十天十夜的两挂大鞭，足有几十万头，挂在大门两边老树上，放起来足足响了整整一夜，直叫整个村的人听着听着，都听哭了……"

牛宝听到这里，忽地翻身趴在地上，给万老爷子叩头。万老爷子懵

了,忙弯腰搀扶,说道:

"俺哪句话伤着你了,快起来,快起来,告诉俺,俺赔不是!"

牛宝却不起身,脑门撞地,咚咚山响,然后抬起泪花花的脸说:"您得教俺造'炮打灯'。您得教俺造'炮打灯'。您得教俺造'炮打灯'……"反反复复只这一句话。

万老爷子更糊涂了,窦哥心里却很明白,他害怕牛宝再去惹事,但牛宝犟上劲儿的事,愈拦愈坏,因此他非但没有劝阻,反也趴在地上给万老爷子叩头说:

"您成全俺哥哥吧!"

这句话像是在万老爷子脑袋里点盏灯。万老爷子先是惊讶,随后摇着头低着声说:

"要说春枝是个好闺女,懂事明理,知情讲义,可惜她天生是火命,是灾祸!你去问问文安县的光棍,还有人敢娶她做老婆吗?听俺一句吧,老弟!你只要一沾她,灾祸就扑上身,快快绝了这念头!"

牛宝额头顶着地,一动不动,说话的声音便又闷又重:"俺……俺死活要当蔡老大。"他不会再多说一句。

乡里人之间并不靠说,哼哼两声,谁都能知道谁的意思。万老爷子叹口长气,无奈地说道:"都是命里有呵!好,都起来吧,俺教!"他屁股没离凳子,一转,旁边就是一头吊在房梁上的赶版。他使这赶版一下一个,赶出四五十个炮筒子交给牛宝。然后把桌上的火药盆子和几个料碗端过来说:"一硝,二磺,三木炭,火药就这三样东西。你要想往天上打,少放磺,多加炭,这叫竖药;你要想往横处炸,多放磺,少放炭,这叫横药。'炮打灯'是把灯往天上送,下边一响必得用竖药。听明白了?硫磺好买,县城里铺子就卖,木炭你自己会烧?"

"俺画样子就拿木炭起稿。把柳树枝用泥封在洋铁罐里烧,行不?"牛宝说。

"这可不行!造炮的木炭不能使柳枝,只能用青麻秆。"

"麻秆倒有,可硝到哪儿去弄?"

"碱河边有的是，白花花一片片。人说文安任丘那边地上的硝更好，是火硝。"窦哥插嘴说。

"使那硝造炮，还不如放屁响。俺告你们个绝密。你们要是说给外人，俺就使炮炸了你们——"万老爷子凑过织满皱纹的老脸，表情神秘，压低嗓音说，"你们就到俺家对面那茅厕后的墙上去刮。"

"那是尿硝呵！"窦哥说。

"谁说不是。这村里人身上全是硝，尿出来的尿烫手，结成的尿硝才有劲儿哪！我家的不行，人老了，没火力。对面崔家五个小子，个个像小牛，那硝面子才是好东西，"万老爷子说，"这硝弄回去，可不能直接使，先用锅熬，熬成水，泼在木炭上，晾干压成粉再掺硫磺。记着，一份硝炭，一份半硫磺。'炮打灯'使竖药，还得多放硝炭！"

"那打到天上的灯，咋做法？"牛宝问。

万老爷子说："这东西叫明子，你不会配，俺送你些吧。"他从身后拿出两个瓦坛子，里边装着黄豆大小、药丸似的东西，各拿出几十粒，分别使红绿纸包上。"这红纸包的，打到天上就是红灯，绿纸包的，打到天上是绿灯。'炮打灯'有很多样儿，有一响一灯，有两响七灯，俗称'炮打七灯'，可灯色都是黄色的。惟有这'炮打双灯'，一红一绿，打到天上才好看哪！听俺爷爷说，大清时候，男的向女的求婚，就在人家房前放这炮。当年蔡老大在杨家房前放'炮打双灯'，多半就是这意思。"

牛宝呼喇一声又趴地上，给万老爷子连叩响头，像是遇到救命大恩人。他动作太猛，差点把桌上火药盆子撞下来，幸亏窦哥眼疾手快抱住了。

待牛宝与窦哥千恩万谢告辞回去，万老爷子一人叹息、摇头，还狠狠砸了自己几拳，好像自己伤天害理、送人上西天了。

牛宝和窦哥出来就绕到对面茅厕后边。一看，沿墙根白白的，果然都是尿硝，又厚又硬，使瓦片刮下来，晶莹闪亮。两人正刮得带劲，有个孩子喊："有人偷硝了。"吓得他俩赶紧使帽头兜上硝面子，慌张逃出村，再逃回家。

牛宝照万老爷子的法儿，买料、配料、装活，他平日里干活认真，可此时脑袋着了魔，总一闪一闪老年间求婚使的那一双双红灯绿灯，糊里糊涂弄不清硝炭同硫磺，该是哪个多哪个少，装了一半，便不敢再装。傍晚时候，窦哥来了，两人一说，窦哥笑道：

"你脑袋里净是那春枝啦，咋弄不清呢？'炮打灯'使竖药往天上打呗，多掺些木炭不就行了！"

牛宝往药里又加些木炭。两人在房后空地上试了两个，真鼓捣成啦！一响过后，打炮筒里飞出两条亮线，一红一绿，直上天空，老高老高，跟着变成一红一绿两盏灯，极亮极艳，照得天都暗了。窦哥看去，这双灯不在天上，而是在牛宝眼里；那大眼眶子中间，绚烂五彩，烁烁照人。可窦哥哪知，刚刚牛宝往火药里加木炭之前，已经装成的一些炮，配料正好弄反，竖药成了横药！

四

静海县城逢四逢八是大集。今儿是腊月二十八，大年跟儿，赶集是最后一遭儿，买卖东西的人便都翻几番，穿戴也鲜活多了；炮市上更是气势压人，河床上烟火连天，炸声如雷，像是开了战；两岸堤坡装鞭炮的车排得密不透风，好似千军万马列成长蛇阵。牛宝和窦哥手拿一包"炮打双灯"，蹲在一辆牛车后头，等候天晚人少。牛宝目光穿过大车轮子，一直死盯着春枝。她依旧在那歪脖柳树下，坐那驴车上，依旧黑衣服、白脸儿、红头巾，但她不像前两次木雕泥塑般纹丝不动，而是把俊俏小脸扭来扭去，东张西望，像是找什么。蔡家哥仨放鞭卖炮，忙前忙后，她却像没瞧见。

下晌后，炮市明显歇下劲儿来，停在堤上的大车走了许多，零零落落，不成阵势；河床中央的硝烟也见稀薄，看出一个个人来。日头西沉，景物、天空乃至空气全变暗，火光反显得分外明亮。渐渐剩下的人多是鞭炮贩子，吆喝喊叫加劲闹，无非想把压在手里的货甩出来。鞭炮这东西，压过腊月二十八，就得压上一年。地上炸碎的鞭炮屑儿，已经铺了厚厚一层，歪脖树下的蔡家人开始收摊子，也要返回去了，就这时牛宝带着窦哥突然出现在蔡家人面前。

春枝眼睛一亮，像是这才定住魂儿。

蔡家哥仨马上抄起家伙走上来。他们见牛宝立眉张目，嘴角紧张得直抖，有股子决然神气，以为并非比炮，只是要报复前仇，拚命来的。可牛宝不动手也不动嘴，他把厚厚大手平着向前一伸，掌心朝上，中央摆着一个"炮打双灯"，大红炮筒，绿纸糊顶，还使黄纸盖个鲤鱼戳记粘贴中间，鲜艳漂亮，不是画画的牛宝，谁能把花炮打扮成这个样儿？蔡家哥仨一看，立即明白牛宝要干什么，气急眼红，竹竿子给抖动的膀臂震得哗哗响。他们回头看春枝，等待嫂子下令，他们就把这欺侮人到家的小子活活打死。只见春枝脸刷白，没一点血色，紧咬着嘴唇，两眼却像一对小火苗，闪闪冒光，叫蔡家哥仨不明白。

牛宝拿香头把立在手心的炮点着，一声响过，一对浓艳照眼的红绿双灯，腾空而起，他人也觉得随同升起，绚烂地呈现在幽蓝的晚空上。一个放过，窦哥就递上一个，一双双火弹连续不断打上天，美丽、响亮，又咄咄逼人。春枝抬头看灯，这双灯是她的过去——她最好的日子和最美的希望；而双灯一亮一灭，便是她坎坷多难的岁月经历。她入迷了。

突然，一声巨响。一个炮在牛宝手心爆炸，没往天上蹿，却往横处崩，手心登时裂开，血淌下来。窦哥急得忙把塞在牲口耳朵里的红布拉出来，要给牛宝缠手，一边叫着："牛宝哥，别再放了。人家春枝不会跟你的……"

牛宝抢过红布一扔，朝窦哥喊道："拿来，拿炮给俺！你不给俺就宰了你！"他瞪圆一对牛眼，像门神，很吓人。脑门上的青筋鼓起来嘣嘣直跳。

一个炮递过去，又炸了手心，眼瞅着皮开肉绽，手掌像托着一盘炒鱿鱼卷儿。窦哥忽想到万老爷子的话，一股子不祥感透入骨头，不觉心寒胆战，掉着眼泪哀求道：

"咱中了万老爷子的话了，再放下去就没命了，求你快回家吧！"

牛宝不吭声，像是没听见。一个个炮立在血肉模糊的手掌上，点着药信子，有的飞上去，有的往横处乱炸，完全没有准，血点子滴了一片。蔡家哥仨和周围的人都看呆了。决死的人跟神仙差不多，叫人敬畏。那打上去的双灯，像是带着血，变成血灯。牛宝后牙咬得咯咯响，努力不叫托炮的胳膊打颤，两眼死死盯着春枝。春枝坐在车上一动不动，但双手紧紧抓住盖在车上的红棉被，好像一松手，人就要掉下车来。

牛宝又点着一个"炮打双灯"。他万没想到这炮筒子里硫磺这么多，几乎是炸弹，猛烈一声巨响，火光闪着血光，牛宝倒在地上，春枝倒在车上。

一年后，还是腊月里，牛宝赶车往县城赶集，左手扬鞭，残断的右手缩在袄袖里。他拿不成笔，不能再画缸鱼了，改卖"杨家的炮打灯"，而且只卖"炮打双灯"。满满一车花炮盖着大红棉被，上头坐着一个鲜艳如花的女人，便是春枝。

但人们说到他俩，都暗暗摇头。窦哥无意间，把万老爷子应验了的预言泄露出来，大家更信春枝这女人是火、是灾、是祸，瞧！她还没进牛家门，就叫牛宝先废了一只手，而且是干活、画画的手，这跟搭进去半条命差不多。牛宝听到这些闲话，憨笑不语，人间的苦乐惟有自知。

一九九一年六月天津

（原刊于《收获》1991 年第 5 期）

反 标

韩 东

他们走进教室时反标已经擦掉。

都知道有一条反标，在这间教室里，又被擦掉了。小波和卫东争论：到底是写在墙上的还是写在黑板上的。也可能写在课桌上。教室的地面是水泥的，坚硬又有一定阻力的水泥，小波一直想用粉笔在上面写字。

小波和卫东分组不同，同坐一排，中间隔着走道。他们说话时分别从两边探出身体。像他们这样隔着走道说话的有八对。男生规定和女生坐，但他们不说话，如果要说话就必须越过走道寻找另一个想说话的男生。

"是粉笔写在地上的。"

"容易被发现。肯定是写在门背后的。"

大嘴坐在后排。"反标是什么啊？"

"反标就是反动话。"

"是写下来的反动话。"补充说明的赵雨花和小波同桌，她不和小波说话（或者小波不和她说话），像这样的插嘴还是第一次。

"反动话是什么啊？"

"反动话就是反过来说。"

林老师走上讲台。其实是走到教室前面，背朝黑板。今天她什么也没带，除了一支粉笔。语文课本和参考书都留在办公室里了。

她是语文老师兼三年级甲班班主任，刚才参加了一个紧急会议，因此迟到了十分钟。只带来一支粉笔，因为她要写字。她要写的是一段毛主席语录。只需要把脑海里浮现的照录一遍，它们（毛主席语录）出现时不是一个字一个字的，也不是连续的声音。它们是整体呈现的，就像一幅图画，看见第一个字的同时也看见了最后一个字，看见了它们全体。

黑板抄到一半时有人在门外喊："报告。"是李刚，他也迟到了。今天还有一个缺席的吴天津。

"拿出笔和纸，把黑板上的毛主席语录抄一遍。"

她从桌肚里抽出一块毛巾擦手，又用同一块掸去衣服上的粉笔灰。然后走到门边，让出整块黑板。

板书极为漂亮。她特意选了一支黄粉笔，这时也显出预想的效果，甚至比预想的还好。应归功于毛主席他老人家，归功于他如此精辟的论断——

帝国主义者的逻辑和人民的逻辑是这样的不同。捣乱，失败，再捣乱，再失败，直至灭亡——这就是帝国主义和世界上一切反动派对待人民事业的逻辑，他们决不会违背这个逻辑的。……斗争，失败，再斗争，再失败，再斗争，直至胜利——这就是人民的逻辑，他们也是决不会违背这个逻辑的。

当然她的记忆和抄大字报时练就的一手好字也起了作用。她的条理和秩序——下文中我们要讲到。

首先抄好的是李刚。他迟到了，却比别人抄得快。

"知道为什么让你抄这段毛主席语录吗？"

"不是让我一个人，其他同学也要抄。"李刚的毛病就是太聪明。今天林老师可不想提醒他这点。

"为什么让你们抄这段毛主席语录，知道吗？"

"你也抄了，先是你抄了，我们再抄你的。"

"既然你不知道，等会儿我告诉你。"林老师从李刚的课桌前走回讲台，手里的那页纸（李刚抄的毛主席语录）哗哗响，好像答案就在那上面。

全体都抄好了，收上来了。

"拿出纸和笔，把黑板上的毛主席语录再抄一遍。这次用左手。"

又是李刚，举起左手，没等林老师点名就站起来，没等站起来就大声说话。

"左手写字是坏习惯。我不用左手写。"

下课前五分钟林老师开始讲话。她讲了五分钟下课铃就响了。这五分钟里没有人收拾书包，或在课桌下传递皮球。秩序很好，她很满意，几乎是前所未有的。

她的前面放着一张讲桌（其实是另一张课桌），和二组一排的那张课桌紧挨着，拼成一个正方形。二组的右边是一组，左边是三组。三组五排不靠墙的座位空着，是吴天津的，现在带来了美学上的遗憾。除此之外今天她还有新发现。从纵向排列看：一组女生，一组男生，走道，二组女生，二组男生，走道，三组男生，三组女生。应该是三组女生，三组男生的。以前只注意到男女插花坐，而男生在左边还是在右边，或女生在左边还是在右边并没有严格规定。以至于二组男生和三组男生可以隔着走道说话了。

"阶级斗争必须年年讲，月月讲，天天讲，时时讲，刻刻讲。时间是由每一刻组成的。一天是由若干小时组成的。一个月大约有三十天。一年十二个月。人的一生六十年或者七十年。"

林老师说，同时在想——

三组的男生和女生需要换过来。也许还有更好的组织方式。第一排女生在右男生在左，第二排就男生在右女生在左。第三排同第一排，第四排同第二排。类推。这样，男生的同桌是女生，前排后排也是女生。如果一个男生要找另一个男生说话必须走一条斜线。女生也如此。

"在我们班，而不是别的班里发现了一条反标。内容就不重复了。重复反标也是一种反动，是替阶级敌人进行宣传。我们今天抄的这段毛主席语录里包括了反标中的所有字句以及标点符号。但毛主席语录本身是革命的，是颠扑不灭的真理。"

林老师的左边放着一叠毛主席语录，右边放着另一叠。她发现左边的一叠是右手写的，右边的一叠是左手写的。她把两叠抄写的位置进行了调换。后来又觉得没有必要。学生和她对面而坐，他们的左边就是她的右边，他们的右边就是她的左边。把两叠抄写再次调换。过后再次觉得没有必要。

"我们有科学的检验方法，有群众雪亮的眼睛，我们一定要查个水落石出。当然——你们还很小，一定是受了别人的教唆。希望你们能将功赎罪，把幕后策划者交待出来，得到党和人民的宽大处理。同时我们也欢迎其他同学检举揭发。"

教室后门小窗上的玻璃被人砸了，现在保留着破裂时向四周扩散的形状。

"你们还很小……"林老师说。也就是说写反标的不是一个人。"我们也欢迎其他同学检举揭发。"也就是说林老师他们已经知道写反标的是谁，只是不说而已。他们要给犯错误的同学一个主动交待的机会，也要给没犯错误的同学一个立功表现的机会。

——赵雨花的理解。

教室后门上的窗玻璃是卫东用半块红砖砸坏的。半块红砖可以放在书包里而不显出来。

李刚是最早的怀疑对象，也是最早的调查对象，对他的怀疑和调查也最早结束。那天迟到的原因是扶一位盲人过马路，并把他送回家。作证的是十字路口指挥交通的警察。

上军体课时卫东坐在一只排球上。他坐在排球上看别人打排球。被坐的那只排球在沙坑里，卫东坐在上面悄悄用力，想把它压到沙子里去。沙子又湿又沉，效果不佳。后来改变了方法：一面用力一面伸一只手在排球边上掏。这样，军体课结束时这只排球已不存在了。

接下来的事情很简单：挑一个没人注意的时间把排球挖出来带进教室，有一个星期，这只排球在教室的地面上自由滚动。课间卫东、小波、大嘴、李刚几个人玩。当然其他人也能玩。

赵雨花开始注意到这只排球，问了几次是谁的。没人应。她说："无主的，就是公家的。明天我要把它交到办公室。"

同一天晚上卫东用半块红砖砸开教室后门上的窗户。下面有一个人驮着他。卫东伸手进去从里面拔开插销，从教室里抱走了排球。

小波日记——

我们学校有人写了反标，就在三年级甲班我们教室里。林老师在黑板上写了一段话，让我们每人抄一遍。林老师说要对笔迹。她说这段话里包括了写反标用的字，但这段话本身是革命的，是毛主席语录，最高指示。林老师说，谁要是写了反标就赶快交待，主要交待幕后策划者，自己就解放了。林老师说话时一直看着我。林老师说，就是用左手写的我们也能查出来。林老师让我们把毛主席语录用右手抄一遍，再用左手抄一遍。反标不是我写的；但我也可以写。林老师抄的毛主席语录我早就会写，反标里面的字我也一定会写。我想告诉林老师，我会写毛主席语录是哥哥教我的。教室里的反标是毛主席语录里的哪几个字呢？我一想就想出来了。我想出来五个反标。我不知道我们教室里的反标是五个反标中的哪一个。

我想问问林老师，但是我不敢。

卫东潜入教室的那个晚上就是出现反标的那个晚上。是同一天。他在座位下摸索那只排球，不敢开灯。外面的路灯照进来使半张桌面很亮，其余的桌椅则更加模糊。

他没有立即走，在自己的座位上坐下来。数数，从一到一百。后来加快了速度，因为那只球在他怀里直跳。

最后一个勇敢举动是一直走到前面去。他想打开前门出去，然后走到后门那儿吓放哨的一跳。一连出现了两个意外。前门根本没有锁。有人按下里面的揿钮，暗锁处于保险状态。后门也没有人，卫东的哨兵主动撤离了。

哨兵就是吴天津，第二天他缺席。大概是吓坏了。也许还有其他原因。也许他看见的比卫东要多，或者说他看见了卫东没有看见的。

卫东看见了什么？他看见黑板上的一行字。就在他从教室后面往前面走的时候斜了黑板一眼，那上面有一行白字。

请注意，这是卫东在那个晚上以后回想起来的。是在那个晚上以后对那个晚上的设想。他觉得他应该看到，于是他就看到了。也许他什么也没看到，因为他不能复述。就是看到了也不能复述。林老师说："重复也是一种反动。"

第二天是星期天，调查告一段落。

大嘴去了三乔，他叔叔家，他爸爸就是从那里当兵出来的。大嘴上午九点左右出发，在叔叔家吃了午饭，下午四点多钟返回。天气晴了一天。

三乔可没有什么星期天。叔叔、婶婶，还有姑姑都上工去了。只有堂妹小红在。她今天没去割草，因为要守着大匾，里面是新齑的面粉，晒干好保存起来。阳光实在太好了。

大嘴放下给叔叔捎的大曲，根本没有进屋。他和小红玩起面粉来。

柳条匾又大又圆，边框很浅。匾底平摊一层面粉，上面放着一双筷子，是用来翻动的。

看久了，大嘴觉得眼花。他用筷子在上面划出一些阴影。当他把匾底划满了，面粉的亮度也减弱了。

再把筷子平放在面粉上，来回移动。匾里的面粉又恢复了原状，又平又亮，直晃眼睛。

大嘴在上面乱划，小红把面粉弄平（这是她的任务），两人几乎打起架来。

叔叔、婶婶、姑姑收工回来，他们抱走了小红，让大嘴一个人玩。他爱怎么玩就怎么玩，随他糟蹋，不就是十几斤面粉吗？即使大嘴只有十岁也能感觉到他们的负气。他一个人趴在大匾上，没人理他了。只有这只大匾和里面的面粉属于他。

反标就是反动话。

是写下来的反动话。

反动话就是反过来说，打倒好人，坏人万岁。

大嘴用筷子在面粉上写了一句这样的反动话，又飞快地涂掉了。

叔叔一家都在屋里。这座房子上面的烟囱冒起了白烟。他们在做饭。院墙外面没有人。黑子（狗名）走过来盯着他看。

大嘴往下一蹲，黑子转身就跑。由于弯转得急，脚下打滑，险些被大嘴扔出的土块砸到。

他又在面粉上写了一条反标。这次保留的时间要长些。右手拿着筷子，一头插在面粉里，准备随时把字抹掉。同时脖子来回转动，寻找人脸和眼睛。院门外一个老乡牵着一只山羊经过，因为距离远也没朝这边看。大嘴还在坚持。

老乡从院门外向里张了一下,大嘴右手一抖。"吃饭啦。"叔叔说,一步跨到院子里。"喀吧"一声,竹筷断了。那些字还没有擦掉。

大嘴不敢回头看叔叔,整个人往匾上一扑。搁在两张条凳上的匾翻下来,结果可想而知。

叔叔拎起大嘴,在他身上前前后后扑打。"饿了也不能吃生的。"叔叔说。尘粉飞扬,大嘴等候它们落地。他想:那些字会不会复原?

林老师打开一只瓶盖,舀出一勺蜂蜜放入一只杯中,冲上开水。杯子放在她与卫东之间,几乎是等距离的。卫东拿不准是不是给自己喝的。于是有了下面这些对话。

"你真的看见反标啦?"

"嗯。"

"怎么写的?"

"我不说。"

"没关系,为了工作的需要嘛。你只说一次。就我们两个人。不会告诉第三个人的。"

"我不说。"

"那你写下来。"林老师把她的工作日记翻到空白一页,推过去。手中的钢笔也调转方向,笔杆向外递给卫东。

"我不写。"

"你写下来我看一眼就撕掉。"

"不干。"

"那你说怎么办?这个问题总得解决。你说看见了反标,反标到底写的是什么?"

桌上的杯子被拿起来,悬空了。

"林老师你见过那条反标吗?"

"我当然见过。"

"林老师你说写的是什么,如果说对了我就点头。"

"你想干什么？"

"要不然你写下来，看完后我们就撕掉。"

"我看反标就是你写的。"林老师放下杯子，站起来，手里的铝勺指着卫东，"别在我这儿花言巧语，除非你能证明自己没见过反标。"

他必须叫上小波，因为得有人把他驮上去开门。这是第二夜。吴天津生病没来上课，再说他本人就是卫东目前重点怀疑的对象。

小波低头下蹲，两手撑住门框。卫东没脱鞋站在他肩上。然后小波试图站起来，试图站直了。他听见卫东在上面拨弄，双肩的压力有几次变化。后来卫东说："好。"跳下来，特别响。

他们进去，插上门，在最后排座位下埋伏好。今天卫东没让小波像吴天津那样在门外放哨。任务不同，昨天是怕别人抓，今天是要抓别人。

卫东带着一把电工刀，这时把它张开，握在手里。

教室里还是那些桌椅，还是下午第三节课他们离开时的那个样子。当他们的眼睛适应黑暗，就觉得没什么可看的了。

卫东让小波到另一个墙角去，靠后门的那个墙角。卫东自己蹲在后排右边的墙角上。

他注意到黑板上没有字。

"黑板上有字吗？"

"我看不清。"

"你走到前面去看。"

小波走到前面，回头。"没有字。"

"没有字，有粉笔吗？"

"没有整支的，只有粉笔头。"

"你用粉笔头在黑板上写一句话。"

"写什么话啊？"

"随便。不写反动话就行。"

小波写了一句革命口号。

"我看见你写的字了,是用白粉笔写的。但我看不清写的是什么。"卫东从座位下站起来向前走,"你别讲,我自己看。"

他走走停停。大约走到后排距黑板三分之二的地方看清了小波写的字,并念出来。

"没错。"

"我以为你写了一条反标呢。"卫东站在走道上,合上电工刀,"昨天我肯定没看见黑板上有字。昨天我离黑板比今天还近。如果有字我一定会看见,也能认出写的是什么。我没有看见反标,所以就没有看见黑板上有字。林老师不能逼我承认。"

"你怎么以为我会写反标呢?"小波站在前面,有他自己的问题。

"就是写了也没关系,我不会报告的。"卫东走到小波身边,捅了他一拳。

"我知道反标写的是什么,但是我不写。林老师说写反标的字都包含在我们抄的毛主席语录里了。那节毛主席语录里有五个反标,我不知道是哪一个。"

"讲给我听。"

"我不。"

"你讲我写,这下公平了吧?"

卫东从小波手里拿过粉笔头,发现已经碎成几段。拿在小波手里还是好好的,到了卫东手上就碎了。他又另找了一截粉笔,举起来按在黑板上。

"说吧,第一个反标是什么?"

小波真的说了。

卫东也真的写了。

但卫东写的和小波说的大不一样。卫东以为写下了小波说的那句话,一念才知道写的是另一句话。小波说的是一条反标,卫东写出来的却是一句革命口号。小波觉得受了欺骗,他有理由不再说出另外四个反标。那么卫东到底受了谁的欺骗?至少他有和小波同样强烈的上当受骗的感觉。

请注意：卫东的个子比小波高，因此他写的口号位于小波的口号之上。

卫东和小波说话的时候有人在外面听墙根。不是把耳朵贴在墙壁上，而是和整栋房子保持一段距离，有一米吧？眼睛不朝教室看，视线与教室所在的房子平行，就这样站在那儿。

是赵雨花，站在外面已经二十多分钟了。从爸爸那里借用的手表握在右手心。右手连同手表一齐放在右边的衣袋里。她不时往衣袋里看一看。表的指针沾有荧光粉，她怕有亮光从里面映出来。

赵雨花的位置在教室前门靠前。她是随卫东、小波从教室后排向前移动而移过来的。他们隔一道墙，在半个多小时的时间里进行了基本上平行的位移。每一次，赵雨花都需要选择一个较隐蔽的位置。至少不能让卫东、小波从门窗那儿看见她。

当卫东、小波站在黑板前讲话的时候，她就移到了前门靠前的地方。三年级甲班的教室是这栋平房的第一间，前门拐过去就是山墙。如果卫东、小波从前门出来，她只需跨出一步就走进了山墙的投影。

赵雨花听不全卫东和小波的对话，但这两个人可疑是无疑的了。她从小波家楼下（也是她家楼下）一直跟踪到这里。他们两家是邻居，赵雨花家后搬来。小波家从楼下撤退到楼上，楼下让给赵雨花家住。本来整栋楼都是小波家的，因为革命需要让出一半给赵雨花家住。赵雨花的爸爸是小波爸爸所在单位里的革委会主任。

上面一段不想说明历史，想说明的只是赵雨花家与小波家的地理位置。不然赵雨花怎么会想到跟踪小波和卫东的呢？卫东到小波家来找小波，因为赵雨花家与小波家在一起，就被发现了。怀疑早就存在。卫东和小波是两个人，而且他们还谈论过反标应该怎么写。

十一点缺五分，卫东、小波离开教室，是从前门走的。赵雨花从山墙一边走出，打开他们带上的门（她是班长，保管钥匙）进去。拉一下拉线开关，日光灯扑的一下亮了。黑板上一高一低写着两句口号——

打倒×××！

×××万岁！

是革命口号。打倒的是应该打倒的，万岁的是应该万岁的。

赵雨花走到后排，再回来，黑板上仍然是这两句口号。现在她才发现，上面那句口号是用白粉笔写的。下面的，是用黄粉笔写的，也就是林老师抄毛主席语录用的那种颜色。

这一发现没有意义，只是眼睛适应了灯光的缘故。赵雨花，在第三排自己的座位上坐下来，看着黑板发怔。

打倒×××、

×××万岁！

如果这样，算不算一条反标？顿号是用在并列词或并列的较短词组中间，表示阅读中短暂的停顿，不像感叹号，可以用来结束一个句子。

夜风很凉，那些使它们通过的缝隙似乎都扩大了（还有教室后门上的破窗）。赵雨花坚持着，在她的座位上，一动没动。她相信她会看见她想看见的东西。她想看见的东西就是她发现的东西，其余的一概不算。她不会增加一个字，或改变一个标点（比如一个顿号由感叹号改写而来）。

赵雨花站起来，向前走，从讲桌上拿了黑板擦，回过身，右手举起，为避免粉尘而闭紧眼睛。她把黑板擦放回原处，拉灭灯，带上门，走到外面。没朝黑板再看一眼。现在她来到月光里。地面又平又白，很坚实。她在房屋深黑的阴影里看见了一条反标——

打倒

×××　！

教室黑板上的那条应与此完全相同。

故事到此就应该结束了。如果我们把第二个晚上发生的事挪至第一个晚上就不会有人问:"反标的作者到底是谁?"对于本文作者这不是一件很困难的事,在因果逻辑及材料等方面进行一些调查,使之符合"生活的逻辑"。可谁又能回答:"生活的逻辑是什么?"

第二天赵雨花向林老师汇报了她的发现。林老师又向有关领导进行了汇报。经笔迹核对证实是卫东、小波所为(书写反革命标语)。同类案件很多,但两个人合作还是首例。阶级斗争新动向。必须引起各方面的注意,尤其在各中、小学校。

故事到此就应该结束了。细心的读者会问:"缺席的吴天津后来怎么了?他好像是一个神秘人物?"他的神秘是作者的诡计,因为作者想给自己留一条后路。如果小波他们都没有可能书写反标,我们就把这一灾难留给吴天津。他只是一个逻辑(又是逻辑)的结果。我们会说:吴天津再也没来上课。他生病了,后来死了。我们可以把一切负担推给死人,包括故事写作的负担。

吴天津被吓死了,因为他书写反动标语。

在定案过程中又有新发现:赵雨花当晚到过三年级甲班教室(她有钥匙)。进一步调查的结果是:三人集体做案,两人书写,一人编辑,从而构成一条反标。当然是新动向、新手法。必须揪出幕后策划者,我们的工作要做得更加细致、更加深入。

故事到此就应该结束了。真的,应该结束了,让我们停——

(原刊于《收获》1992年第 1 期)

小说两篇

汪曾祺

护 秋

生产队派我今天晚上护秋。

"护秋"就是看守大秋作物。老玉米已经熟了，一两天就要掰棒子，防备有人来偷，所以要派人护秋。

这一带原来有偷秋的风气。偷将要成熟的庄稼，不算什么不道德的事。甚至对偷。你偷我家的，我偷你家的。不但不兴打架，还觉得这怪有趣。农业科学研究所地是公家的地，庄稼是公家的庄稼，偷农科所的秋更是合理合法。这几年，地方政府明令禁止这种风气，偷秋的少了。但也还不能禁绝。前年农科所大堤下一亩多地的棒子，一个晚上就被人全掰了。

我提了一根铁锹把上了大堤。这里居高临下，地里有什么动静都能看见。

和我就伴的还是一个朱兴福。他是个专职"下夜"的，不是临时派来护秋的。农科所除了大田，还有菜地、马号、猪舍、种子仓库、温室，和研究设备，晚上需要有人守夜。这里叫做下夜。朱兴福原来是猪倌，下夜已经有两年了。

这是一个蔫里吧唧的人，不爱说话，说话很慢，含含糊糊。他什么农活都能干，就是动作慢。他吃得不少，也没有什么病，就是没有精神，好像没睡醒。

他媳妇和他截然相反。媳妇叫杨素花（这一带女的叫素花的很多），和朱兴福是一个地方的，都是柴沟堡的。杨素花人高马大，长腿，宽肩，浑身充满弹性，像一个打足了气的轮胎内带，紧绷绷的。两个奶子翘得老高，很硬。她在大食堂做活：压莜面饸饹，揉蒸馒头的面，烙高粱面饼子，炒山药疙瘩……她会唱山西梆子（这一带农民很多会唱山西梆子），《打金砖》《骂金殿》《三娘教子》《牧羊圈》（这些是山西梆子常唱的戏）都能从头至尾唱下来。她的嗓子音色不甜，但是奇响奇高。农科所工人有时唱山西梆子，在外面老远就听见她的像运动场上裁判员吹哨子那样的嗓音。她扮上戏可不怎么好看，那么一匹高头大马，穿上古装，很不协调。她给人整个的印象有点像苏联电影《静静的顿河》里的阿克西尼亚。农科所的青年干部背后就叫她阿克西尼亚。这个外号她自己不知道。

阿克西尼亚去年出了一点事，和所里一个会计乱搞，被朱兴福当场捉住。朱兴福告到支部书记那里（不知道为什么，所里出了这种事情都由支部书记处理）。所领导研究，给会计一个处分，记大过，降一级，调到别的单位。对阿克西尼亚没有怎么样。阿克西尼亚留着会计送她的三双尼龙袜子，一直没有穿。事情就算过去了。

谁都知道杨素花不"戴见"她男人。

朱兴福背着一支老七九步枪，和我并肩坐在大堤上抽烟，瞎聊。他说话本来不清楚，再加上还有柴沟堡的口音，听起来很费劲。柴沟堡这地方的语言很奇怪，保留一些古音。如"我"读"偓"，他（她）读

"渠",跟广东客家话一样。为什么长城以北的山区会保留客家语言呢?

我问他他媳妇为什么不戴见他,他说:"晓得为了个毬!"我问他:"你为什么总是没精神?你要是干净利索些,她就会心疼你一点。"他忽然显得有了点精神,说他原来挺精神的!他从部队上下来(他当过几年兵),有钱——有复员费。穿得也整齐。他上门相亲的那天,穿了一套崭新的蓝涤卡、解放鞋,新理了发。丈人丈母看了,都挺喜欢,说这个女婿"有人才"。杨素花也挺满意。娶过来两年,后来就……"晓得为了个毬!"

他把烟掐灭了,说:

"老汪,你看着点,俚回去闹渠一槌。"

"闹渠一槌"就是操她一回。

我说:"你去吧!"

他进了家,杨素花不叫他闹(这一带女人睡觉都是脱光了的),大声骂他:"日你娘!日你娘!"我在老远就听见了。过了一会儿,听不见声音了。

我在大堤上抽了三根烟,朱兴福背着枪来了。

"闹了?"

"闹了。"

夜很安静。快出伏了,天气很凉快。风吹着玉米叶子刷刷地响。一只鸪鸪悠(鸪鸪悠即猫头鹰)在远处叫,好像一个人在笑。天很蓝。月亮很大。我问朱兴福:"今天十五了?"

"十四。"

一九九二年七月二十三日

尴 尬

农业科学研究是寂寞的事业。作物一年只生长一次。搞一项研究课题,没有三年五载看不出成绩。工作非常单调。每天到田间观察、记录,整理资料，查数据，翻参考书。有了成果，写成学术报告，送到《农业科学通讯》，大都要压很长时间才能发表。发表了，也只是同行看看，不可能产生轰动效应。因此农业科学研究人员老得比较快。刚入所的青年技术员，原来都是胸怀大志，朝气蓬勃的，几年磨下来，就蔫了。有的就找了对象，成家生子，准备终老于斯了。

　　生活条件倒还好。宿舍、办公室都挺宽敞，设备也还可以。所里有菜园、果园、羊舍、猪舍、养鸡场、鱼塘、蘑菇房，还有一个小酒厂，一个漏粉丝的粉坊。鱼、肉、禽、蛋、蔬菜、水果不缺，白酒、粉丝都比外边便宜。只是精神生活贫乏。农科所在镇外，镇上连一家小电影院都没有。有时请放映队来放电影，都是老片子。晚上，大家都没有什么事。几个青年技术员每天晚上打百分，打到半夜。上了年纪的干部在屋里喝酒。有一个栽培蘑菇的技术员老张，是个手很巧的人，他会织毛衣，各种针法都会，比女同志织得好，他就每天晚上织毛衣。很多女同志身上穿的毛衣，都是他织的。有一个学植保的刚出校门的技术员，一心想改行当电影编剧，每天开夜车写电影剧本。一到216次上行夜车（农科所在一个小火车站旁边）开过之后，农科所就非常安静。谁家的孩子哭，家家都听得见。

　　只有小魏来的那几天，农科所才热闹起来。小魏是省农科院的技术员。她搞农业科学是走错了门（因为她父亲是农大教授），她应该去演话剧，演电影。小魏长得很漂亮，大眼睛，目光烁烁，脸上表情很丰富，性格健康、开朗。她话很多，说话很快。到处听见她大声说话，哈哈大笑。这女孩子（其实她也不小了，已经结了婚，生过孩子）是一阵小旋风。她爱跳舞，跳得很好。她教青年技术员跳舞，把他们一个一个都拉下了海。他们在大食堂里跳，所里的农业工人，尤其女工，就围在边上看。她拉一个女工下来跳，女工笑着摇摇头，说："俺们学不会！"

　　小魏是到所里来抄资料的，她每次来都要住半个月。这半个月，农科所生气勃勃。她一走，就又沉寂下来。

　　这个所里有几个岁数比较大的高级研究人员——技师。照日本和台湾的说法是"资深"科技人员。

一个是岑春明。他在本地区、本省威信都很高。他是谷子专家，培养出好几个谷子良种，从"冀农一号"到"冀农七号"。谷子是低产作物。他培养的良种都推广了，对整个专区的谷子增产起了很大作用。他一生的志愿是摘掉谷子的"低产作物"的帽子。青年技术员都很尊重他。他不拿专家的架子，对谁都很亲切、谦虚。有时也和小青年们打打百分，打打乒乓球。照农业工人的说法，他"人缘很好"。他写的论文质量很高，也明白易懂，不卖弄。他有个外号，叫"俊哥儿"，因为他年轻时长得很漂亮。这外号是农业工人给他起的。现在四十几岁了，也还是很挺拔。他穿衣服总是很整齐，很干净，衬衫领袖都是雪白的。他的头发梳得一丝不乱，冬天也不戴帽子。他的夫人也很漂亮，高高的个儿，衣着高雅，很有风度。他的夫人是研究遗传工程的，这是尖端科学，需要精密仪器，她只能在省院工作，不能调到地区，因为地区没有这样的研究条件。他们两地分居有好几年了。她只能每个月来住三四天。每回岑春明到火车站去接她，他们并肩走在两边长了糖槭树的路上，农业工人就啧啧称赞："啧啧啧！这真是天造地设的一对！"

岑春明会拉小提琴，以前晚上常拉几个曲子。后来提琴的 E 弦断了，他懒得到大城市去配，就搁下了。

另外两个技师是洪思迈和顾艳芬。他们是两口子。

洪思迈说话总是慢条斯理，显得很深刻。他爱在所里的业务会议上作长篇发言。他说的话是报纸刊物上的话，即"雅言"。所里的工人说他说的是"字儿话"。他写的学术报告也很长，引用了许多李森科和巴甫洛夫的原话。他的学问很渊博。他常常在办公室里向青年技术员分析国际形势，评论三门峡水利工程的得失，甚至市里开书法展览会，他也会对"颜柳欧苏"发表一通宏论。他很有优越感。但是青年技术员并不佩服他，甚至对他很讨厌。他是蔬菜专家，蔬菜研究室主任。技术员叫岑春明为老岑，对他却总称之为洪主任。洪主任"大跃进"时出了很大的风头：培养出三尺长的大黄瓜，装在特制的玻璃盒子里，泡了福尔马林，送到市里、专区、省里展览过。农业工人说："这样大的黄瓜能吃吗？好吃吗！"这些年他的研究课题是"蔬菜排开供应"，要让本市、本地区任何时期都能吃到新鲜蔬菜。青年技术员都认为这是纸上谈兵，没有实际意义。什么时候种什么菜，菜农不知道吗？"头伏萝卜二伏菜"！因为他知识全面，因此常常代表所里出去开会，到省里，出省，往往一去二十来天、一个月。

顾艳芬是研究马铃薯的，主要是研究马铃薯晚疫病。这几年的研究项目是"马铃薯秋播留种"。她也自以为很有学问。有一次所里搞了一个"超声波展览馆"。布置展览馆的是一个下放在所里劳动的诗人兼画家。布置就绪，请所领导、技术人员来审查。展览馆外面有一块横匾，写着："超声波展览馆"。顾艳芬看了，说"馆"字写得不对。应该是"舍"字边，不是"食"字边。图书馆、博物馆都只能写作"舍"字边，只有饭馆的馆字才能写"食"字边。在场多人，都认为她的意见很对："应该改一改，改一改。"诗人兼画家不想和这群知识分子争辩，只好拿起刷子把"食"字边涂了，改成"舍"字边。诗人兼画家觉得非常憋气。

顾艳芬长得相当难看，个儿很矮，两个朝天鼻孔，嘴很鼓，给人的印象像一只母猴。穿的衣服也不起眼，干部服，不合体。周年穿一双厚胶底的系带的老式黑皮鞋，鞋尖微翘，像两只船。

洪思迈原来结过婚，家里有媳妇。媳妇到所里来过，据工人们说：头是头，脚是脚，很是样儿。他和原来的媳妇离了婚，和顾艳芬结了婚。大家都纳闷，他为什么要跟原来的媳妇离婚，和顾艳芬结婚呢？大家都觉得是顾艳芬追的他。顾艳芬怎么把洪思迈追到手的呢？不便猜测。

她和洪思迈生了两个女儿，前后只差一岁。真没想到顾艳芬会生出这么两个好看的女儿。镇上没有幼儿园，两个孩子就在所里到处玩。下过雨，泥软了，她们坐在阶沿上搓泥球玩，搓了好多，摆了一溜。一边搓，一边念当地小孩的童谣：

圆圆，

弹弹,

里头住个神仙。

神仙神仙不出来,

两条黄狗拉出来。

拉到那个哪啦?

拉到姑姑洼啦。

姑姑出来骂啦。

骂谁家?

骂王家,

王家不是好人家!

  岑春明和洪思迈两家的宿舍紧挨着,在一座小楼上。小楼的二层只他们两家,还有一间是标本室。两家关系很好,很客气。岑春明的夫人来的时候,洪思迈和顾艳芬都要过来说说话。

  顾艳芬怀孕了!她已经过了四十岁,一般这样的年龄是不会怀孕的,但也不是绝对没有。已经怀了三个月,顾艳芬的肚子很显了,瞒不住了。

  洪思迈非常恼火,他找到所长兼党委书记去反映,说:"我患阳痿,已经有两年没有性生活,她怎么会怀孕?"所长请顾艳芬去谈谈。顾艳芬只好承认,孩子是岑春明的。

  这件事真是非常尴尬。三个人都是技师,事情不好公开。党委开了会,并由所长亲自到省里找领导研究这个问题。最后这样决定:顾艳芬提前退休,由一个女干部陪她带着两个女儿回家乡去;岑春明调到省农科院,省里前几年就要调他。

  顾艳芬在家乡把孩子生下来了。是个男孩。

  对于这回事,所里议论纷纷:

  "真没有想到。"

  "老岑怎么会跟她!"

  "发现怀了孕不做人流?还把孩子生下来了。真不可理解!她是怎么想的？"

　　岑春明到省院还是继续搞谷子良种栽培。他是省劳模，因为得了肺癌还坚持研究，到田间观察记录，省电视台还为他拍了专题报道片。

　　顾艳芬四十几岁就退休，这不合乎干部政策，经省里研究，调她到另一个专区，还是研究马铃薯晚疫病。

　　洪思迈提升了所长，但是得了老年痴呆症。他还不到六十，怎么会得了这种病呢？他后来十分健忘，说话颠三倒四，神情呆滞，整天傻坐着。有一次有电话来找他，对方问他是哪一位，他竟然答不出，急忙问旁边的人："我是谁？我是谁？"

一九九二年七月二十七日

（原刊于《收获》1993 年第 1 期）

立新街甲一号与昆仑奴

王小波

我住在立新街甲一号。这里有座破楼，披了一头的常春藤。庚子年间，有一帮子洋毛子在此据守，招来了成千上万的义和团大叔，搬来了红衣炮、黑衣炮，铜炮铁炮各种炮；填上了烟花药、炮仗药、鸟枪药、耗子药、狗皮膏药，各种药；装上了榴弹、霰弹、燃烧弹、葡萄弹、臭鸡蛋，各种弹；对准了它猛烈开火，打了它一身的窟窿，但是它还是挺着不倒。经历了八十多年的风风雨雨，它还立在那里。因为它还立在那里，所以我还得住在里面。除了刮风摇晃，下雨漏水，冬天太冷，夏天太热，也说不出住在里面有什么不妥当。而且我一个人住了一个大阁楼，居住面积大极了。但是我对它深恶痛绝，一心要搬出去。古代有个将军出门打仗，下令灭此朝食，就是不把对面那些狗养的全杀完决不开早饭，所以他的兵都有一条皮带，把腰束得紧紧的，一个个那么苗条可爱。我的决心也有这么大。我决定在搬出这座破楼前决不恋爱，不结婚。隆冬时节，我和小胡在阁楼上隔着火炉对坐时，我对她说，在这个小屋里结婚是对我的侮辱。因为古人男女之间吹箫弄玉，有诗曰，小楼吹彻玉笙寒。在这个破楼前吹玉箫不相宜，只能吹洋铁喇叭。不像谈恋爱，倒像收破烂。古人又云，做东床快婿。这个阁楼上只有一张床，何分东西？古人夫妻相敬，举案齐眉。在我这破阁楼里举案，小心撞了脑袋。古人夫妻相戏，嚼烂红绒，笑向檀郎唾。要是有位女士误嫁入这个狗窝，恐怕唾过来的不是红绒，而是一口黏痰了。

小胡说，她也有同感。她要搬出去，不住这个破房子。俗话管出嫁叫出阁，就是要搬出这个破楼阁。古诗云，雕栏玉砌应犹在，只是朱颜改。试问此楼，雕栏何在，玉砌何在？古人有词曰，佳人难得，倾国。别人连国都倾了，她却倾不了一个破楼，真他娘的没道理！所以她就等着那一天，要"仰天长笑出门去"，出门者，嫁人也。长笑一声出了这狗窝，未婚夫乘大号奔驰车来接。阿房宫，八百里，未央宫，深似水。自古华厦住佳人，不成咱是个蓬头鬼？

听了她这个"长歌行"，我心里真有点不高兴。当时我们俩正在煤球炉上涮羊肉，炉台上放满了韭花酱、卤虾油一类的东西。我偷眼看她，只见此人高大粗壮，毛衣里凸出两个大乳房，就如提篮里露出的两棵大洋白菜；粗胳臂粗腿，吃得发热时满脸通红，脑袋上还盘了一条大辫子，益发显得大得不得了。她骑在我的椅子上，那椅子是那么单薄。我和椅子都提心吊胆，等着喀嚓一声。喀嚓前是椅子，喀嚓后是劈柴。看来她还没本钱勾上一个高干子弟搬出去，让我一个人在这破楼里和耗子做伴。她这么吹嘘，纯是出于一股自恋倾向。

吃完了羊肉她告退，回自己房里作画去了。此女风雅如是，是何家闺秀耶？她是电影公司画广告牌的。本人志向不凡，官居何职抑袭何爵耶？我是豆腐厂里磨豆浆的。如此说来，住这个破楼对我们够好的了。但是这不是我们俩的房子，是我们父母的房子，而我们俩早就是孤儿了。而且这也不是我们故世父母的房子，是他们单位的宿舍。甲一号是个挺严肃的单位，门口还有穿制服的人把门哪，和豆腐、电影广告没有一点关系，我们俩住在这里不是长久之计。但是要想往外搬，还真不知搬到哪里好。这事根本不能想，一想头皮就发麻。我走到窗前，见到外面银花飞舞，天地同色。雪光映人，行人留下黑色的脚印。一千多年前，王二在长安城里卖狗肉汤时，大概也是这样寂寞而凄凉。

一千多年前王二在长安城里，当时正是唐朝盛世，长安城里有四方人物。王二在小巷里别人屋檐下支起几片草排，在炭火池里安一个瓦罐，罐里就是他要卖掉的汤。那时天色向晚，外面飞旋的雪片已经带上了很多灰色。王二坐在板凳上，毡鞋都被雪水打湿了，说不出的寒冷。他把脚放到炭池里烤，但是炭火将熄，也没有什么暖意。没人来买他的狗肉汤，一个人都没有。

地上的雪越来越厚，天也快黑了。有一个人从对面人家后门出来。天寒地冻，他却只围一块腰布，肌肤黑如墨亮如漆，在雪地里倒是相映成趣。头上一层短短的鬈发，圆鼻子圆脸，一双圆眼睛，看上去很好玩。那黑人说："王老板，你卖完了没有？如果卖完了还有汤剩下，请给我一碗，我冷得受不了。你的汤真是御寒的妙品！"

这位黑哥们老来要汤喝，要是平时王二就给他了。但是今天他心情坏，不想给他这碗汤，就说：

"昆仑奴，你老来喝汤，却不给钱。这碗汤是白来的吗？煮汤要用伢狗肉，你替它想想看，出了娘胎，好不容易长到这么大，还不容它和母狗亲热，人就把它打死煮进了汤锅！你再看这煮汤的罐子，这是清明前河底的寒泥烧成，才经火不炸。挖泥时河水好不寒冷，只有童子之身才能经得往。当瓦工的一辈子都不敢亲近女人，你替他想想看，活着还有什么劲？再说这桂叶胡椒，全都生在南国，漂洋过海才到了中土大唐。海上风波险恶，不知淹死过多少人！所以一碗汤不足惜，中间多少血和泪。你这么一碗接一碗地喝，可不对劲！"

昆仑奴说："王老板，我知道这碗汤来得不容易，但是我身上冷，需要这碗汤来御寒。我生在非洲的草原上，哪见过雪，哪见过冰？酋长把我卖作奴隶，我在地中海上摇船，身上挨了鞭子，又浇上海水！我渡过水色如墨的大海，赤足走过沙漠，涉过陷人的流沙河。如今到了伟大的长安城里，天上下着大雪，我却没有御寒的衣服；猫和狗都有充足的食物，我却在挨饿！我到底干了什么坏事，要受这种报应？王老板，一碗汤对你算得了什么？你不会因此变穷的！"

有好多雪花落到了昆仑奴身上，在那儿融化，变成雪水流下去。王二把他拉到草棚里来，接过他的木碗，舀一勺热汤给他。他拍拍黑人的肩膀说："昆仑奴，喝吧。"

昆仑奴喝汤时，王二看着乱纷纷雪片背后楼台的轮廓，心里有说不出的感慨。这种远眺华厦的感觉，古今无不同。我站在窗前，看到脚下是一片开阔的雪地，雪地那边是新楼。新楼不算好看，但是它叫我想起了好多地名。柳州出水泥，假如那边也在下雪，雪花会在竹林间飞舞，南来避寒的小鸟就会不知所措地啾啾。秦皇岛出玻璃，一想到秦皇岛，就想到在冬季灰色海面上行进的大轮船。钢制的门窗和石景山的紫色烟雾有关。送暖的暖气片产在河北南皮县。南皮我没去过，但是这个地名有历史感，曹操和袁绍在那里打过仗——铁甲武士在旷野里站了一大片，呵气成烟。然而我的房顶上满是窟窿，只能叫人想到渔光曲（爹爹留下这张网，靠它还要过一冬）。王二站在破屋檐下，身穿着破工作服，瘦长脸上面色阴沉，而一位身穿红毛衣的少女站在新楼里，倚着雪白的窗纱远眺雪景。这种感觉古今无不同，雪景也是古今无不同。只不过古代的王二身边多了一位昆仑奴。昆仑奴喝下了一碗热汤，黑檀般的身体上有了光泽。王二看了很高兴，就说：

"昆仑奴，到我家去吧，我要招待你。"

昆仑奴也很高兴，收起了木碗，随着王二走过银白色的小巷，这时他就如白玉棋盘上的一粒黑棋子。走到王二那间用木片搭起的小屋门前，他惊叹一声：

"原来中国也有穷人呀！"

王二生起炭火，用狗油炒狗肝，把狗肉干放到火上烤软。他烫热了酒，把酒菜放到矮几上，端到席上去。昆仑奴坐在他对面，身上披着狗皮。他们开始谈笑，吃喝，度过这漫漫长夜。当户外梨花飞舞、雪光如昼时，人都不想沉沉睡去。

小胡睡不着，爬上楼来聊天。聊天可以，你该问问我困不困。但是她根本不想办这个手续。她坐在我对面，谈到男朋友吹了的事。这话题叫我感到屈辱，因为我没有任何女朋友可以和她吹。然后她又说到我个儿矮。混帐，你说我个儿矮，我就说你腿粗。她说腿粗跑步可以治，个儿矮只有压面机能治。这真是岂有此理，她盼我跳压面机自杀，好得我的遗产。我有好古癖，收藏颇丰，所以除了破床板破椅子，我还有一箱子线装书。但是珍本善本是没有的，那些书用纪念章、邮票、豆腐干都换不来。我有这么一些书：三字经、千家诗、小五义、南唐二主词、太平广记、朱子语类、牛马经、麻衣神相、南华经、净土经，还有光绪十年的皇历。地下室还有我的一堆破烂，有那一年游承德偷的普陀宗圣之庙房上的铜瓦、游东陵时拣回的一个琉璃兽头、长城上的砖头、黄陵边的瓦片。北京修地铁时地下挖出的各种破烂，其中有一奇形木片，经我考证是元代穷人买不起手纸，上厕所时用的刮具。此物大英博物馆都没有收藏，可谓是无价之宝。小胡逼我死掉，大概志在得此奇珍异宝。

小胡说，这件宝贝她不想要。她不但不想我早死，还盼我活得长久。所以她要帮我解决困难，为我介绍女朋友。现在男子身高不足一米八十者，都被列入二级残废。我身高尚不足一米七，属于微生物一级，女孩子根本就看不见。她要起到显微镜的作用，让她们通过她看到我。说完了这些伤天害理的话，她就打个呵欠下楼睡觉去了。

小胡走了之后，我更睡不着觉了。好多年前，在同一天，因为同一个事故，我们俩都成了孤儿，当时我们都是小学生，在同一个班里读书，同住在这座破楼里，因为这些共同点，我对她向来是有求必应。半夜里她要上厕所，总把我从阁楼上叫下来，在门前站岗。每隔五秒钟她就要叫我的名字。只要有一次不应，她马上就要嚎出来。要是没有我，她早叫屎憋死了。如今她在我面前，居然不避圣讳说出一个矮字来，良心何在？这种感觉也是古今一般同。那天晚上昆仑奴在王二家里问："王老板，你家里怎么没有女人服侍？"王二心里的屈辱感就油然而生。在唐朝的长安城里，一个又贫又贱的小贩，就如现在一个身高一米六八的二级工，根本找不到对象。此时王二家里灯光如豆，雪光映壁，火盆里炭火熊熊，昆仑奴的头上起了油汗。王二把一盆烩狗筋双手捧给昆仑奴，昆仑奴接过来，放在几上。王二又取一把铜勺，在衣襟上一拭，再次双手捧给昆仑奴，昆仑奴接下来，放在羹盆边上。这都是对待贵宾的礼节，王二却做得一丝不苟。他想道，昆仑奴，你是一个奴隶，我把你请到家里，待以上宾之礼，希望你也自觉一点，别问叫人难堪的问题。谁知那黑人偏要问："王老板，难道你也像我们奴隶一样，没有女人服侍吃饭？"王二一听，简直是勃然大怒："你们你们，谁和你们一样！"于是他也问道：

"昆仑奴，听说你们是树上结的果子，是真的吗？"

昆仑奴一听，把眼珠子都瞪圆了："谁说的？人还有树上结的？你们大唐的人都是树上结的？"

王二说："我们当然是母亲生的了。但是你们就不一样了。听说非洲有树，叫作黑檀，高有百丈，粗有十几人不能合抱的，树枝上脐带挂着一树的小孩。熟了掉下地来，能语言能行走，波斯商人拣到了，就贩为奴隶。因为是树生的果实，男不能御女成胎，女不能怀孕生子。我们大唐，皇帝才能用阉人作太监，王公贵人只好买黑奴在内宅服务。"

王二这家伙真不像话，就这么信口开河。但是这种胡说八道的记录我也有过。你要知道，小时候我到哪儿小胡都死跟着，是个很讨厌的尾巴，搞得我在男生面前抬不起头来。为了告诉她男女有别，不能老在一块瞟着，我也说过类似的话："女孩子是树上结的，和男的不一样。"谁知她听了哭哭啼啼，拉着我要去找那棵结了她的树，搞得我头大如斗。不管怎么说，我还没黑到随便瞎指一棵树让她抱着哭、自己跑去玩的程度，只好陪着她哭。王二就比我聪明得多，他说是非洲的树，非洲远着哪。但是昆仑奴却说，这是谣言。非洲没有能结人的树，黑人也像其他人一样，是母亲腹中所生。在非洲，每逢旱季，他也常和肤色黝黑的女子到草原上去，在空旷无人的地方做爱。到了下一个雨季，小娃娃就降生了。那些娃娃的肤色也如黑玉一样闪着光泽，叫人想起蓝天下那些快乐时光，那时候天上吹着白色的热风，犀牛大象羚羊斑马，大家都在干同样的事情。他知道这谣言是哪儿来的：因为黑奴值钱，所以主人想让他们繁殖。他们把男女奴隶锁在一个笼子里，但是结果总让他们失望。笼子里不是草原，笼子里没有草原上的风。笼子里的女人也是奴隶，谁愿意传下奴隶的孽种！啊，黑非洲，黑非洲！说到了非洲，昆仑奴哭起来。

王二又问，主人家里的姑娘难道不漂亮吗？她们对昆仑奴不好吗？昆仑奴对她们就没有一点感情？昆仑奴说，那些姑娘都像月亮一样的漂亮，心地也很善良。如果他挨了鞭子，她们就会伸出嫩葱一样的手指来抚摸他的脊梁，流下同情的眼泪。他挨饿时，她们还省下点心给他吃。昆仑奴也爱她们，但那只是兄妹之情。于是王二想道，他是多么的身在福中不知福啊！

昆仑奴说，在王二家里做客，又温暖又快活。下次他要带个姑娘来，叫她也享受这种乐趣。三更时他起身告辞，给王二留下嫉妒和期望。王二羡慕昆仑奴有和美丽女郎朝夕相处的幸福，这种感觉，古今无不同。

转眼间冬去春来，暖和的风从破楼上一百多个窟窿吹进来，现在我感觉这个楼像个破笼屉，很能透气。从窗口往外看，北京城里一片嫩黄烟柳世界。在屋里也能感到懒洋洋的春意，这种感觉古今无不同。我能感到我那位唐朝的同名兄弟是怎么迎接春天的：太阳照到了桑皮纸糊的木格门上，他把瓦罐放到格子下面，把桂叶辣椒包好，放在格子上面。然后取出铜锅，用灶灰擦去铜绿，准备去卖阳春面。除此之外，还要盘算煮汤的骨头、青葱、嫩韭怎么用才合算，面里放几滴麻油合适。春意熏熏时他在做这些事，感到兴奋。

我也想为春天做点事：到长城远足，到玉渊潭游泳，到西郊看古墓。

但是哪样都做不成。西郊的古墓都没了，上面盖满了楼房。长城现在是个马蜂窝，上面满是人。二十岁前，我和小胡初春去游泳，从冷水里爬出来，小风一吹，浑身通红。现在可不成，我沾了冷水浑身发抖，嘴唇乌青，像老太太踩中了电门一样狂抖。因此我只能一个人待在家里。

傍晚时分小胡回家来，站在楼梯口叫我。她可真是臭美得紧啦！头戴太阳帽，鹅黄色的毛衣，细条绒的裤子，猪皮混充的麂皮鞋，背上背着大画夹，叫我下去看她的画。我马上想起自己夭折的美术生涯，托故不去。你要知道，原来我比小胡画得好。不幸的是后来发现我是色盲。虽然盲得不厉害（最起码黑的白的我还能分开），但是足以让美术院校都不招我，却把她招去了。又过了一会儿，她爬上楼来，身上换了一套天蓝色的运动服。这件衣服也是对我的伤害，因为它原是我买了给自己穿的。穿了一天，发现别人看我的眼色不对。原来它是藕荷色的，这种颜色正好是青春靓女们的流行色。演出了这场性倒错的丑剧后，我只好把这套衣服送给她，让她穿上来刺激我。第一，我是色盲，买衣服必须由她来指导；假如自行出动，结果正合她意。第二，我个儿矮，我的衣服她也能穿。我正伤心得要流鼻血，她却说要报告我一个好消息。原来她给我介绍的对象就要到来，要我马上吃饭，吃饱后盛装以待。我依计而行，饭后穿得体体面面坐在椅子上出神，心里想，这个事不大对劲。我也该给这位个儿高腿粗的伙计介绍个对象。我们车间的技术员圆头圆脑，火气旺盛，老穿一件海魂衫，疯了一样跑来跑去，推荐给她正合适。后来她在楼下叫我，我就下去，如待宰的羔羊一样走进她房间。你猜我看见了什么？我看见了一个娘们坐在床上，身上穿件葱绿的缎子小夹袄，着一条猩红色的呢子西装裤，足蹬布底粉色绣花鞋，真是不伦不类。我的眼睛不管用，所以这些颜色不一定对。该女人白净面皮，鼻子周围有几粒浅麻子，梳个大巴巴头，看起来就如西太后从东陵里跑了出来。凭良心说，长得也还秀气，但是对我十分无理。

"就是他呀！"女人指着我的鼻子嗲声嗲气地说。

小胡坐到她身边去说："没错儿！"

这就验明正身，可以枪毙了。女人眯起眼来看我，这倒不是因为我像基督变容一样光焰照人不可逼视，是这娘们要露一手职业习惯给我看——她老人家是一位自封的画家。

"行喔，挺有特点。鹰钩鼻子鬈毛头，脸色有点黑，像拉丁人。"

小胡浪笑几声："他在学校里外号就叫拉丁人！"

女人问："脾气怎样？"

"凶！在学校里和人打架，一拳把三合板墙打了个窟窿！他发了脾气，连我都敢打！不过一般说，还算遵纪守法。"

然后两个女人就咬起耳朵来，叽叽喳喳。我在一边抽烟，什么都不说，但是我的确感到这是驴贩子在卖牲口哪。过了一会儿，她送那女人出去，谁都没和我打招呼（有和驴打招呼的吗？），又在楼道里咬了半天耳朵。然后她回来问：

"怎么样？你有什么看法？"

我先问那女人走远了没有，得到肯定的答复后才说：

"这算个啥玩艺？一个老娘们嘛！而且还小看人！"

她听了大皱眉头："你不觉得她很有性格，很有特点？"

我说此人好像有病。她说这是她的好朋友，叫我把嘴放干净点。然后又说，对方还说可以再谈谈呢，我这么一口回绝，真是岂有此理。要知道我是困难户——这大嘴一扯起来，就没完。我厉声喝道："少说几句罢！"就回楼上去了。我想，我也不必给她介绍对象。不知为什么，这件事有点伤感情。

过了半个钟头，小胡忽然很冲动地跑到楼上来，脸色通红地告诉我说，她干了件很糟糕的事，要我别怪她。说完了这些，就没了下文。她好像在等我的下文，我又在等她的下文，于是就都发起呆来。这种窘境，真是古今一般同。

春天的夜里，昆仑奴到王二家作第二次访问。没有绝代佳人和他携手同来，他倒带来一个大包袱。王二想，这里面准是贼赃。他是本分人，不想当窝赃的窝主。他想叫昆仑奴把东西送回去,但是又不好意思开口。他对昆仑奴还有所期待。

我也不知道自己在期待什么,只觉得嘴唇沉重,舌头也沉重,什么都说不出。我就如唐之王二,默默地等到昆仑奴把包袱打开。那里面坐了一位绝代尤物。这是一位金发碧眼的姑娘,身穿轻罗的衣服,皮肤雪白。她跳起来,在屋里走动,操着希腊口音说:"这就是自由人的住处吗?我闻到的就是自由的气味吗?"

我一直不知道自由是什么,现在我的理解就是一无所有并且想入非非。王二家里充满了油烟味、生皮子味、霉味和臭味,可是那女孩却以为这就是自由的气息,大口的呼吸。她还以为墙上挂着的饼铛是乐器,地上放的夜壶是酒器。她就如一位记者一样问东问西,这也不足为奇,因为内院的姑娘都想出来,而她是第一个中选者。回去的时候,她有义务报告一切。后来她穿上了王二的破衣服,到外面走了一圈,看过了千家灯火,就回来吃自由的阳春面。她宣布说,自由的面好得很,但又不敢多吃,怕发胖。饭后他们同桌饮酒,那女孩起身跳了一段胡旋舞,原来她正是跳胡旋舞的舞姬。

那女孩起舞时,把轻罗的衣服脱下来,浑身只剩了一条缎子的三角裤。她的裸体美极了,叫人不敢逼视。王二把眼睛眯起来,尽量不去看她那轮廓完美的胸膛,修长的双腿,丝一样的美发。他的心脏感到重压,呼吸困难。就如久日饥渴的人见不得丰盛的酒宴,王二看到这位金发妖姬,也有点头晕。

五更时,昆仑奴又把这位舞姬打到包袱里走了。不知为什么,王二感到微微有点失望。这个女人美则美矣,却如幻影一样不可捉摸。他又寄希望于下一个来观光的女人。这种感觉真是古今一般同。

小胡在我面前坐了好久,我们什么也没说。后来她叹了一口气,那股窘意过去了。她开始说房子的事。听到这种话题,我也微感失望。话题就从破楼扯起。这楼原是教会的房产,庚子年间,它被义和团打了一身窟窿，然后就一直摇摇晃晃立到了解放后，真让人怀疑它有上帝做后台。后来它就立在甲一号的门口，带着一身的窟窿、青苔、铁锈、剥落的墙皮和露出来的板条，简直是伤风败俗。人们不止一次想置它于死地，制定上百个计划要拆了它——计有"大跃进"建房计划，抓革命促生产建楼计划，批臭宋江再建梁山计划，房产复兴百年大规划，等等，但是这旧楼老是拆不倒，新楼也盖不起来。事后才知道，这旧楼有大批的反动派做后盾。计有（国外不计）右倾机会主义者、走资派、林秃子、孔老二、宋江、"四人帮"等五六十人。现在的反动派是我和小胡，我们俩赖着不走，是钉子户。现在大家批判钉子户，不弱于当年批宋江的火力。我实在耻于与宋江为伍（他算是什么东西？在水浒里没干一件露脸的事。顶不要脸的是一刀杀死了如花少女阎婆惜），很想搬出去，但是甲一号的人说，我在旧楼里是寄居性质，不能给我房子，让我搬到厂里去。厂里有豆腐干住的地方，没有我住的地方呀！

小胡说，她也想搬出去，但是一到公司里要房，领导上就勃然大怒："你也来闹事！在甲一号不是住得挺好吗？"电影公司一到分房时，全体更年期妇女的脸就红了起来，准备发综合征，老头们也纷纷染头发，生怕在分房前就被列入退休计划。在这种情况下，她只好把希望寄托在男朋友身上。假如嫁到了有房的人家，剩我一个也就好办了。甲一号想建新楼，难道还不肯给我一套新房？春天到来，她穿上了新装上街一走，路边的男子回头率颇高。就凭她这等身材相貌，嫁出去毫无问题。所以我只消坐在家里，静等她的胜利消息！

小胡的一切都是和我学的。我画画，她也学，现在总算画出些门道，虽然没办个人画展，画小人书也挺能挣钱。我爱胡说八道，她也跟着学，小时候是个腼腆小女孩，现在大嘴啦啦，比我还厉害。我一长青春痘，就想找女朋友，但是一个也没找着。她可谈过无数男朋友，经常搂着一个在楼道里叭唧，好像在向我示威。

夏天到了，豆腐厂一律改为早班，这样做出的豆腐当天上市，就不会馊。但是一到夏天我就要犯困，这是因为凌晨两点凉爽好睡时，我却要起身去磨豆浆。中午我回来时，太阳正好把洋铁皮房顶晒透。我在下面躺着，似睡非睡，似醒非醒，纯粹是在发晕。到口干难忍时，就喝脸盆里的凉水，每天总能喝掉一盆。好容易熬到日头西斜，阁楼里有了点凉风，可以睡了，小胡又爬上来。这时我真盼着她早点找到主儿嫁出去，哪怕嫁给宋江也罢！

小胡上来时，穿着短衣短衫，右手端了一个大碗，碗里是热腾腾的馄饨汤。大热天的请我吃这个东西，像不像潘金莲对付武大郎？左手提的东西更可恶，那是个水桶。她要借我的房子洗澡，把我撵到她房里去。那房子朝西，现在里面像点着了的探照灯。她来了我只好起来，看见她那对大奶子东摇西晃，我就如见了拳王阿里的拳头，太阳穴一阵阵发炸。顺手拿过镜子一照，两眼通红。我说："小胡，你不能这样。我也是个人，天赋人权，你懂吗？"这话对她不起作用，她说："呀，来看看你不好吗？一天不见了，你不想我？"我什么都教给她了，就是没教她要脸。因为我也不要脸。

后来她说，她上来不光是来闲扯淡，还有要紧的事。但是她说起这要紧事，又没个要紧的样子，倒像是要给我上一大课。第一，这房子实在住不得了。夏天太热，冬天太冷，春秋天一刮风，满屋砂子，简直可以练习跳远。除此之外，它随时有可能倒掉。因此就有第二，有必要从这里搬出去。豆腐厂和电影公司解决不了这个问题，男朋友也爱莫能助。最后只剩下了甲一号。她已经以我们俩的名义和甲一号的头头谈了多次。然后她又解释为什么是她去谈，没叫我去，她说这里绝没有看不起我的意思。这只是因为她是二十三级干部，我是个二级工，谈事情干部出面较好。而且她姓胡，姓胡的人少，所以容易引起重视。姓王的太多了，多到不成体统。所以姓王的去就没人管理。不信你看剑侠小说，这个姓西门，那个姓独孤，其中要是有了姓王名二的，准是反面角色。就这么有一搭没一搭地胡扯，逐渐扯到了没影的地方去。我知道她心里有鬼，就说："你不是要谈房子问题吗？就直说罢！"

她的脸登时红了，结巴着说："经反复交涉，头头们答应给一套房子，条件是两人都得搬出去。"这有什么可脸红的？给一套你先搬进去，我到头儿家门口搭小棚住下，拿你和他说事。软磨硬泡，我就不信他能不给我房。古人云，太极生两仪，两仪生四象，四象生八卦，八八六十四，乃孔明八阵图也。故而世上事，有一就有二，只怕他不松口。小胡说："你不要臭美。甲一号谁不知道我们是什么人？这种计策早在人家意料之中。"这套房子是这么来的：她对人家说，我们是一对情人，不久就要结婚。说到这儿她偷眼看看我，见我一副要晕倒的样子，就赶紧说："这当然是骗他们的。"当然，谎话要是没有细节，就没人肯信。所以她告诉人家这样一批情节——

半夜里她站在门口长叹一声："啊！王二，王二，为什么你是王二！"

我马上接上："听了你的话，我从此不叫王二。"这是罗密欧与朱丽叶，阳台情话一场。还有山歌："胡家溜溜的大姐，人材溜溜的好，王家溜溜的大哥，爱上溜溜的她。"这当然是康定情歌了。还有越剧："小别重逢胡××！"这当然是梁山伯与祝英台。就这么胡诌乱扯，听得人家将信将疑。要说疑，我们俩在一座楼里住了这么多年，就说搞上了，也真算不了什么新闻。要说信，谁不知道这两个家伙扯谎不脸红，要是黑下心来骗房子，什么话都能编出来。头头们组织了调查组到处调查，首先调查了过去给我们发抚恤金的会计，她说有一次我们没去领钱，她给我们送来，正赶上看见我们两个小孩在斗殴，敲到满头大包犹不肯住手。打完了架又在一个锅里吃饭。居委会大娘们揭发了当年我带小胡爬树摘桑葚的事，以及有一天眼见得我从楼里出来，小胡从楼上探出身来大叫："给我带包卫生纸来，不带花了你！"最近的事例是前天小胡在小卖部买了一针织裤衩，特别指定要带鸡鸡口的。根据这些事实，胡王恋爱基本可以定案，什么时候交来结婚证和永不翻案（离婚）的保证书，什么时候就可以领房证和钥匙。两间一套，管道煤气。她说为了这套房子我们可以假结婚，结完了再离。甲一号又不是法院，他们管不着。

虽然是假结婚，她说起来还是有点结巴。我听着这些事也有点脸红。说完了这一节，她又辩才自如，立论说，由于假结婚，她要受到重大损失。将来再找对象，人家准会怀疑她有个孩子养在乡下姥姥家。不知为什么，我对她这些胡扯没了兴趣，就说："不必废话了，明天去登记。"

决定了这件事以后，小胡要洗澡。按惯例我该到她房间里烤着去，但是今天本人别出心裁，从窗户上了房顶。一出来我就后悔了，因为太阳虽已西斜，屋顶的铁皮还挺烙脚，坐下来又烙屁股。此时房里已经响起了溅水声，我欲归无路，只好在房顶上吃完了馄饨，就坐下来发傻。这时我看到一位少女从对面的新楼里走出来，身穿雪白的连衣裙，真是秀色可餐。我以前没见过她，也不知道她的名字，因此就爱心大炽。这种心境，真是古今一般同。

王二和昆仑奴拉上了关系，就经常在家里接待那些姑娘。他真是大开眼界，见过了跳肚皮舞的阿拉伯女郎、跳草裙舞的南洋少女、跳土风舞的黑人姑娘。这些女孩子都很美丽，人也十分热情，但是他对她们只存了欣赏之心，从没动过爱欲。直到有一天昆仑奴说要带一位特殊姑娘来。当然，特殊姑娘也是奴隶，但是她的身价特别高，比别人高了十几倍。王二必须把家里好好收拾一下，乱七八糟的可不成。于是王二把房间彻底清扫，换上了新草席，又借了上等茶具，心里忐忑不安地等着。

昆仑奴到王二家里时，背了极大的包袱，好像里面是大肚子弥陀佛。打开了包是三重棉絮，六层绸缎，然后才是这位佳人。这是位中国少女，在席上坐得笔直，从始至终眼帘低垂。她穿着白缎子的衣服，脸色苍白有如贫血，面目极端娟秀，嘴极其小，鼻极其直，眉极其细，身材极其苗条。坐了许久，才发出几不可辨的细声，要求一口茶。王二急取黄泥炉，紫砂壶，燃神川炭，烹玉泉水，沏雀舌茶，把细磁茶具洗涮二十来遍，浅斟奉上。那女孩润唇后，把茶杯放下。又坐半个更次，才出细声曰：

"多谢款待。盛情今生难报，留待来世。"说完就离去了。

王二见过了这位少女，登时爱得要了命。虽然她在他面前坐过，却如五里路外见过似的，回想起来只有一点轮廓。他想，这才是女人！极其高贵又极其纯洁，回想起来有天上人间之感。这种感觉，正是古今一般同。

第二天我要和小胡登记结婚，这件事想起来就心下不安。等阁楼里没了声息，我从窗口爬回去，只见桌上留了一张条子，上书：

一、今天不聊天了；

二、明天下午办事处门口见，请着白色西服；

三、明晚上我请客。

屋里到处是水渍，还有一股淡淡的气味，闻见了这种味儿，就想起小胡来，觉得她很不错。古人云，环肥燕瘦各有态，她是属于环肥那种。不管怎么说，小胡是漂亮女孩，这一点连我都要承认。

但是我对身轻如燕、沉默寡言者当然更为倾心，这种感觉，当然是古今一般同。以前王二见过了那位佳人，就爱心大炽，一再托昆仑奴传话，请她到家里来。她拒绝了好几次，但是最后还是来了。坐在王二家里，低垂着眼帘，一言不发。王二一再劝她进点饮食，她终于从盘子里取一粒樱桃吃了下去，流泪道："情孽。"然后又什么都不说了。到天明前，她和昆仑奴一起离去了。王二想问她什么时候再来，但又怕太唐突，就没有问。

我一直睡不着。到了半夜里，小胡轻轻爬上楼来，坐在对面的椅子上。沉默了好久之后，忽然问我睡了没有。显然，她是明知故问。我翻身坐起来，看着窗前的月光。是夜有薄云，所以月光就如一抹石灰水，就如她身上的白色内衣一样淡薄。

小胡忽然哭起来了。她想起了好多事情。其中就包括小时候她被人揪了小辫子，找我给她撑腰。我跑了去，却不帮她打架，只是叉着腰在一边站着，喝道："你揍他！我不信你揍不过他！"她没有办法，只好扑上去又抓又咬。她说我对她一点也不好。她要求立刻改变。所以我过去和她拥抱接吻。这种肉体接触是平生第一次，我当然很激动。但是因为我们俩太熟了，干这种事真不好意思。于是我放开她，回到板床上坐下，又觉得心犹未甘。幸好她自己跟过来了。两个人又搂到一起，我的手放肆起来，这是我第一次抚摸女人，感觉很不错。想起了以前的绝代佳人计划，又有点害臊。也许是该为以前害臊，也许是该为现在害臊。于是我说，我们现在这样，虽然是非常之好，但是我的绝代佳人计划和她的白马王子计划，岂不是完全失败了？小胡说，既然现在很快活，那就是伟大的胜利。怎么能说是失败呢？

昆仑奴和那位佳人第三次到王二家里去，带了一个小丫头和好多别的东西。当她和王二端坐不动时，那个小丫头就勤快地动起手来，挂起了罗绡帐，点上了博山炉，铺好了象牙细席，摆好了鸳鸯枕，放好了别的好多东西，就和昆仑奴到屋外嗑瓜子了。王二和她对坐多时，终于和她携手到帐里去。在那里他怀着虔敬的心情为她脱衣解带，扶她在席上躺下。然后定睛一看，席上是一个女人的裸体，并非什么不可思议的怪物。王二就胆壮起来，先正襟危坐，如抚琴一般轻抚她身体三匝，又在她唇上轻轻一吻，然后就宽衣拉下帐子，完成夫妇大礼的其他部分。

我也和小胡完成了夫妇大礼，但是搞得不依古格，乱七八糟。随着那场乱七八糟，我弄明白了一个道理，这世界上也许有也许没有白马王子和绝代佳人，但是和我们俩没有关系，对于我们俩来说，就只有我们俩，再不会有别人了。有一些事就是前生注定、无法改变的。但是礼毕时，我们俩都很满意。这种感觉，大概也是古今无不同。

根据史实记载，王二和那位美女行完了夫妻大礼以后就逃到乡下去做豆腐为生，和我现在的职业一模一样。昆仑奴回到主人家里，不久这件事败露了，那位主人派了一队兵去抓他。没想到这位先生在非洲一贯是跑步追羚羊的，见势不好把木碗别在腰里拔腿就跑，大兵根本追不上，终于跑得无影无踪，音讯全无。

（原刊于《收获》1993 年第 3 期）

架纸飞机飞行

毕飞宇

我是一个相当忧郁的男人。我不喜欢忧郁，可我不能摆脱这种东西。关心我的人说，瞧你温不囫吞的样，哪里像男人？我并不特别感谢我做了男人，就像不反对49.8%的人做了女人。男人不男人我不在乎。但我的的确确非常忧郁。

三十五年来我完成了诸种毫无意义的仪式，我的生命被放在杯子里，如一杯水呈现出器皿的造型与色质。我也不知怎么回事就三十五岁了，完全是时间流程的附带性结果。我的生存感觉是半透明半胶状的，我一脸的枯荷败柳足以说明问题。

去年秋天我开始整理我的心理状态。我试图从几个深刻的层面去烛照自身，用哲学手段进行自我观照是我从我的博士生导师那里承袭而来的。经过近七百个小时的严格论证，我发现了我的忧郁狗屁不值。它们与哲学、历史等宏伟的话题无干。一个肤浅、无聊的动因才是我心力殆尽的真实由头，我只是想恋爱。我有妻子、女儿，居然又想恋爱，这个念头危险之至。

我对在秋天萌发恋爱的念头感到意外。从理论上说，春天才是抚摸与被抚摸的日子。植物在这样的日子里返青，人类自然要选择这样的日子开放。有一个成语说，"蠢蠢欲动"，说的就是这一类事。中学时有一个春天，我们的班主任在厕所后面逮住了我们的体育委员和文娱委员。班会上老师说，他们已经"蠢蠢欲动"了。"蠢蠢欲动是怎么回事知道吗？"老师问，"'蠢蠢'是怎么写的知道吗？'蠢'就是春天下面两个虫子在动。"老师就是老师。深刻。体育委员承认了，他的确感到有虫子在下面动。他做了检查，还请我们原谅，虫子爬了有什么好原谅的。

春天没什么好说的了。秋后我就缓缓地委顿下去。我在镜子里看过自己，脸上是产生大思想的样子。我吃得少睡得少，每走一步都扯动上下五千年。妻一次又一次带我去医院，每做完心电图、脑电图、两对半、X光、肝功肾功B超医生总是说，很好，你可以上天开飞机。这时妻就仰起脸对我说："你瞧你！"我瞧什么呢瞧。我不是装病，我真的不行。

妻对我病恹恹的状态总是发生在秋天已经有所察觉。妻终于这样问："到秋天你就怎么了？"

"我要恋爱。"我这样说。

妻脸上的样子很幸福。她用四十五度的目光烟雨迷蒙地打量我。妻的这种神态楚楚动人，是她成功的瞬间之一。过了一刻妻脸上的幸福就像血压表上银白的汞柱，直溜溜地往下降。妻一定是看到了我脸上的"死相"。这可不是一个轻松的话题。

"她是谁？"妻这么问。我想许多妻子都说过这样的话。

我倚在门框上点了根烟。想起了沉默是金这个成语。成语就是智慧。

我不知道她"是谁"。说出来让人失望，我甚至怀疑这个故事能不能平静地写下去。我没有外遇。

妻子是由别人介绍的。就像书上写的那样，由工会主席交换相片。再在一棵树的水泥凳子上见面。妻那一年二十一岁，上唇有一撮淡淡的胡子。我对妻说，我三十了。妻就说，怎么耽搁到今天了？我就说先读大学，分配不好，就读硕士，又分不好，只好再读博士了。妻说你研究什么东西，要读那么多年的书。我说，你不懂，全是二千多年前的事。妻望着远处，想了好半天，才说，那么远，不懂就不懂罢。

  后来我们就看电影，夹在人缝里看外国人在银幕上挤眉弄眼，投桃报李。我不知道妻为什么那么热衷于电影。电影是恋爱的一种方法，妻是这样以为的。童年在乡村，我见过表姐热恋的时节，她和那个当兵的总是躲在灶后，他们的面庞随风箱的节奏鲜红地一明一暗。这个带有古典主义的写实画面成了我的乌托邦。我看着他们头发窝里粘满草屑，而后又相互为对方剔除，觉得长大是一件不错的事。太渴望长大童年就过不好，正如太渴望年轻晚年就不踏实一样。

  我不知道她是谁。她每天都在女儿的幼儿园里弹脚踏风琴，弹得不好，有点笨手笨脚的。每一个音符都像铅印汉字没轻没重地搿在那儿。她的脖子向琴键倾得很长，齐耳短发在尾部向里弯进去。不论上衣如何变更，她的白领口总是向外翻边的，半圆地衬出干净的颈项和干净的面侧。这样的画面一天天感动我，使我一天一天临近深秋。

  上午我把女儿送给她。我对女儿说，叫阿姨。"阿姨"就拉过女儿，笑着说，跟阿姨过来。她的笑特别的秋高气爽。这样的时刻我多半小驻片刻，看她们的背影，胸中的幸福不可告人。——她是谁？我这样恓惶地问自己。

  蠢蠢欲动而又忧郁疲惫。我就是这样的。

  "后悔了吧，你？"妻说。
  "后悔什么？"我问。
  "别装了，别酸文假醋了，一路货，男人都一路货。"
  "你胡说什么。我要睡了，我乏得厉害。"
  "男人全一路货。"

"怎么又来了？要真的有什么，我也不会告诉你。"

"有贼心，没贼胆，更下作。"

"不要扯得太远了。发乎情，止乎礼仪。不要扯得太远了。"

妻冷笑一声，真的不说了。她脱了鞋把两脚放到床上，抱紧小腿，下巴搁在了膝盖。妻的这个体形构架酷似热恋中的表姐。在那个小排长返回部队的日子里，表姐终日这样坐着，她的愣神带有极其酸楚与幸福的缅怀。至爱说到底就是缅怀，即使爱人就在身边，你也总是追记他憧憬中的模样，让想象渲染和感动现在，像小麦青青地生长。表姐沉默的样子风靡了方圆数十里的乡村少年，他们从表姐失神的眼风里目睹了那个青年军官的飒爽英姿。她难得的笑容全给了军官的母亲，还没过门就叫她的婆婆"妈妈"了。许多男子为她担心，他们说，你现在怎么能叫妈？他要是不要你了，你怎么有脸面活？表姐与人讲这番话时站在青色砖头巷的尽头，表姐望着巷子的另一端坚定地说，他不要我，我就死。那些男子就沉默地挂下下巴。许多绝望在眼睛里乱云一样飞渡。表姐的许多举动一传十、十传百地成了民间故事，连同她的黑色皮肤一起，在夏夜的星空中天使一样美丽。

"离吧，"妻说，"离了你我会更好的——我也没到嫁不出的时候。"

"你说轻一点，让孩子听见了。"

"听见了才好，让她知道她爸是个什么东西——爸爸？你也配当爸爸。"

"我没干什么。我什么也没干。"我说，坚信我说话时孩子已经睡着了。"我只是觉得有一件很重要的事还没有做，"我说，"别的没有什么。"

妻望着我，用秋后动物们常有的眼神，妻不再说什么，只是伤心地摇头。她一边摇头，眼眶里的泪珠就伤心地变厚。"好，"妻轻声说，"好，"妻这样重复，"很重要的事没做，你去做，你明天就去做。"

夜雨的点滴声是具有启发性的。檐雨的念珠使秋意加重了萧瑟。妻没有睡，黑暗中我听得见她眼睛眨巴的声音。表姐眨巴眼睛时也是有声音的，许多乡村少年都听过，那个夏日的午后，部队给军官的母亲发了份电报，电报这个词在乡村是非常现代感的。邮递员骑了橄榄绿色的自行车，送电报到军官家的泥墙大院。邮递员进村时是午后，这个不会错。夏日午后是意外事件特定的时代背景。军官的母亲听到自行车铃声，笑眯眯地出了大门。这唯一的车铃声是她拿汇款的声音，如喜鹊的聒噪一样喜庆，军官的母亲站在天井里，脸上的皱纹笑成了网状结构。许多孩子围过来，玩弄自行车的后轮和铃铛。老母亲和邮递员站在天井中央说了些什么，老母亲脸上的皱纹就退到应有的位置上去了。邮递员轰走孩子时有人问，她儿怎么了？邮递员说，电报上说病危。邮递员强调了"电报上说"，但他的理解可能不是这样。我透过门缝也看得出来，他脸上的样子在那儿。

半个月后老母亲和军官的二弟从远方归来。他们带回了沿途的一路风尘。在村口的杨树下表姐等到了他们。表姐在那里等了十五天。表姐扑上去问，怎么样了？他怎么样了？老母亲从二弟的后背解下一只黑色木盒，放在村口的褐色地面。对表姐说，他在里头，变成一把灰了。二弟呆头呆脑地补充，他们在山沟里开洞，一个排，全炸在里头了。表姐好像没有听见二弟说的话，表姐用手扶在杨树的粗大树干上，表姐的花格子上衣在夏日黄昏时分被太阳弄成血色，表姐身体的凸凹被血色区分开了明暗，表姐的两只眼睛这时变得出奇的清澈、出奇的美丽，表姐就那样空洞无力地眨巴她清澈美丽的眼睛，表姐的眨眼有一种难以理喻的气息疯狂地生长，表姐的眨眼发出了神话般生动凄艳的声音，如冰块在冰面上疾速飞驶，泠泠作响，寒风飕飕。好多人都听见了。好多人都说表姐的眼睛把夏天眨巴成冬天了，好多人都这么说的。

我昏头昏脑地送女儿去幼儿园。去女儿的幼儿园成了我必不可少的仪式和借口。我注意到脚踏风琴的琴凳空着，酱红色的琴盖关得也很周密。琴这东西不能空着，一空就有了难以名状的悲凉气氛。空凳子和空琴总有许些期盼的意韵，与墙上儿童体字迹的娇好极不相称。我失措于这种矛盾的氛围里。企图遇见心爱的女子伴随愚蠢男人的一生,这没有什么意义,也没有什么主义与问题。这是一个很肤浅的焦虑,但是非常关键,至少对愚蠢忧郁的男人是这样。愚蠢的男人就只知道蠢蠢欲动。

我买回了两斤鱿鱼。这是一种姿态,正如日常的砸碗摔筷子是一种姿态一样,买回两斤鱿鱼则是另一种生存姿态。我烧好鱼,努力弄出热爱生活、幸福无比的样子来。女儿爱吃海鲜,书上说水产品是有相当的培智价值的。我叫来妻子,说,开饭了。

妻子坐到桌前,只是不动。好半天她说,你什么意思?我说,什么什么意思?妻望着盘子里卷席式的鱿鱼片,问,暗示什么?妻坐在餐桌的对面两只手抱在怀里有一股凛然之气。我说,吃吧。

"吃吧?吃什么吃!"妻站起来伸过一只食指,"她是谁?"

"她不是你。"

妻的脸上开始流泛一种青光,如表姐当年留在晚风里的那种。表姐的神情像早晨的瓜藤,掐断了,断口流出清冽的液汁,光质孤清而又多芒。表姐站在瓦灰色巷口,解开她花格子上衣和内罩,向同情的目光们展示她的身体,她准确地指出身体上的若干部位,告诉人们那些早已死亡的亲吻和抚摸。表姐抚摸自己时脸上美丽得冷凝可怖,她微笑的脸有了很浓的植物性质,木棉一样随风飘曳。表姐唱着歌,幸福的表情碎了许多人的心。

妻说,我知道不是我。妻的冷静一样有一种可怖的魔力,妻说,你又在想什么了?

"我想我的表姐。"

"你妹妹多。姐姐也多。"

她在。她坐在一张绿色儿童椅上折纸飞机。一叠白色的纸飞机停放在字篓里。她的指尖长而柔弱,在折到飞机的关键部位时下唇就启开来了,那样张着。她低头时短发的尾部弧状地晃动在腮边。她抬起头,看见我，笑起来。她的笑把四周弄得很漂亮、很干净。她的目光开始寻找我女儿，我用手示意她，我女儿在黄木马后头。她低了头继续折她的飞机，侧身去取五彩蜡笔时顺路瞟了我一眼。我的目光让她脸红了，两只瞳孔也惊惊慌慌地沉下去。我不是故意的，但她害羞的样子让我心跳。人们现在都不会害羞了，羞赧成了人类历史上最远古的神话。许多电影演员在学，学不像。赧颜或许是唯一不可模仿的。这不是一个美学话题，是哲学的。害羞是现代社会的珍奇生物，濒临绝境，绿党也难以挽救。

我们都很疲惫。"我要恋爱"弄得这个家雪上加霜。战争终于平息了，冷战业已开始。女儿成了我们唯一的统战对象。她被突如其来的关心弄得不知所措，时常看看我的脸，再看看她妈的。我不想回去，许多次我都这么想，我宁愿花两块钱在公共汽车上转一夜。但我要睡觉，想睡觉就得回家。我想做个好梦，驾驶一架纸飞机在琴声里飞翔。

（原刊于《收获》1993 年第 4 期）

小羊皮纽扣

朱 文

　　小丁醒来时是上午九点。刺眼的光线使他怀疑他的手表出了问题。他定神看了一会儿嘀嗒作响的秒针，又看了看照到床头的像秒针那样细密的光线。看着，看着，他就觉得自己已到了老得起不了床的地步。最怕的就是这个。他变换了视角，从过去和将来重新来看待眼前的这个今天。怕老是因为什么还没来得及干呢。但是又有什么真正值得他去干？如果他对自己说，把这个问题想清楚再起床，那这一天他势必在床上度过了。

　　空气很干净，被子枕巾很干净，她也很干净。这是小丁喜欢这里的原因。看得出来，陈青在上班以前，已经很好地收拾了房间。就差把他小丁扫地出门了。她有这个权利。离婚以后，没人再认为陈青是一个善良的女人。这使得小丁目前能独自占有她的善良。今年春天她把她六岁的儿子送回了老家，乐观地开始新的生活。这是小丁的主意，所以他觉得自己其实糟透了。他比她过去的丈夫还要自私，但他的自私是美丽的。至少，陈青有时会这么认为。但是，小丁自己心里清楚，他永远是她生活的一个错误。

　　光线照在蒙在缝纫机上的那块台布上。深蓝色的底子，白色的小花。它代表了房子主人的美感。一只黑色的绒狗熊蹲在上面。它更多的时候，待在床下的一个鞋盒里。当陈青能觉出自己对某人的爱时，她才把它拿出来。这种机会并不多。如果它出现得比较频繁，小丁也会感到紧张的。据他猜测，他可能就是那只狗熊。起来以前，他要吸上一支烟。仿佛睡眠使他非常劳累了。这里不是他的家。他没家，他觉得实际上是自己让自己什么也没有了。

　　他穿好衣服来到客厅。和往常一样那张小方桌上放着他的早餐。第一次在这里过夜时，小丁觉得这就是温暖，就是阳光。盛煎鸡蛋的盘子下压着一张纸条。他弯腰伏到盘子上想叼起一只鸡蛋，同时目光扫了一下纸条。

　　　别忘了纽扣！
　　　陈青　92.1.10.

　　上面省略了称谓，小丁有理由认为它是面对在这里过夜的所有人的。另外，这张纸条被压在盘子下，也就是说，如果你要吃这鸡蛋，就得履行你的诺言。在他转身去厨房的时候，注意到那张纸条上的一颗纽扣及它椭圆形的淡淡的投影。小丁有些沮丧，因为她似乎并不相信他的智力。她怕他买回一只螺丝来，或者买回一头大象。这又是怎样一颗纽扣呢？黑色的，小羊皮包面，圆周上压上了一圈白色的塑料一类的东西。确实，小丁从没见过质地这么好的纽扣。一颗别致的纽扣，漂亮得像只被惊吓的热带鱼的眼睛。

　　他来到厨房洗漱。一支挤好牙膏的牙刷横担在漱口杯上。我是个病人吗？小丁更倾向于认为，她是怕他乱用牙刷才这么做的。他了解她，陈青像对待她的皮肤那样对待房间的地面。也正因为她太爱干净了，所以她并不太喜欢干那事。陈青不愿意自己的身体被涂满止咳糖浆。牙漱了一半，小丁忽然想起了什么。他带着一嘴的白沫来到客厅，在小方桌上找了半天。没错，她没有把房间的钥匙留下。也就是说，如果他小丁锁门出去，将不再能够进来，除非陈青愿意把门打开。

当然先去市里最大的人民商场。小丁站在一路车站牌下，双手插在裤兜里，他的右手捏着那颗纽扣。那是他今天的生活目的，他今天的理想。他不知道今天星期几，只知道肯定不是星期天。只有四个人在等车。右边是一位背影很好看的少妇，衣着华贵，抱着一条白色的宠物狗——对，应该把它也算上，那就是五个人。左边是一对青年男女，看得出来，他们今天去哪儿都只是个幌子，他们的任务是热恋。小丁站在他们后面，是因为他不习惯背后站着人。一路车还没到。小丁明显可以看出这两拨人暗暗地较上了劲。左边的想用爱情对抗右边的华贵，而右边的那个人似乎胜券在握，慢条斯理地梳理着那白色的鬈毛。那个高个子青年很壮实，他长着一张又厚又大的嘴巴，一笑两排整齐的长牙。他就是用这样一张嘴去不断地亲吻女孩的头发，以及后脑勺上的反骨。小丁想到陈青家卫生间里的那个橡胶水拔子，可以疏通堵塞的水池或者抽水马桶的那个水拔子。对，太像了，他的每一次亲吻，在小丁看来，都可以利用负压把那个玲珑的恋人提升起来。与此同时，右边的那个少妇加快了梳理的频率。有点意思了。

阳光刺得小丁眼花。万里无云。他觉得刚才对那张嘴的比喻是有失恭敬的。因为小丁感觉自己也很想亲一亲那个女孩。她的脸很白，带着一脸孩子的表情，两只手像大人那样插在宽松的仔裤里。但她还是个孩子。

这时那只漂亮的鬈毛狗从少妇的怀抱中跳下地来。屁股一扭一扭地向路中跑去。小丁这才发现它还扎着一支冲天的小辫子，配着一朵红色的蝴蝶花。它好像已经忘记了奔跑的姿势，所以跑得特别好看。一辆空空的中巴车很快地过去了。柏油路中间只剩下血肉模糊的一团。

小丁半晌才听到一声尖叫，那个女孩把头深深地埋进高个子的怀里。衣着华贵的少妇已经反应过来，大骂着，向中巴车驶去的方向狂奔过去。她好像也忘记了奔跑的姿势，她此刻的背影让小丁失望极了。他向路左侧看了看，暂时没车过来。小丁慢慢地走到路中，想看得清楚些。四条短短的腿，还在不时地抽动。那个蝴蝶结也在动。内脏都在外面，但是把它们一个个辨认出来已是件困难的事情。小丁感到有人在抓他的右胳膊。是那个气喘吁吁的少妇，圆瞪着眼睛，她竭力想扶住一件东西。她脸上的悲伤蒙着那么厚的脂粉，一下子就倒了小丁的胃口。他又慢慢地走回站牌下。

小丁忽然认为，那个少妇并不是个少妇，也许只是别人花钱养着的一个精液的温热的容器而已。这个城市有很多这样的女人，小丁知道。她们的头发被烫得卷卷的，还扎着可笑的蝴蝶结，就像她们怀里的狗一样。小丁这样想是为了用鄙视来淡化一次死亡。实际上，他觉得已控制住了自己的情绪。她坠不下去的，小丁有把握。顺便他还想到了陈青。她和她们不一样，是另一种好得多的女人。

看得出来，那个大嘴的高个子其实是有点得意的。小丁注意到那两个镜片后面有两点欢乐的光在闪烁，这场潜在的较量居然这么快分出了高下。他用他的左手捂着那个女孩的眼睛。而那个女孩还紧紧地抱着他的腰。小丁觉得自己甚至有点嫉妒那个大嘴，这是出乎他预料的。这时一辆一路中巴车过来了。高个子急忙伸出左手去拦车。小丁终于看清了那张白白的脸和那一双还在流泪的眼睛。

有点意思了。小丁的右手在口袋里抚摸着那颗纽扣微微鼓突的面。

进了人民商场，小丁就有点不辨东西。这是先天缺陷，他记路是从不记方向的，而是记有特点的参照物。而这个柜台和那个柜台之间很难说区别在哪儿，都是五颜六色、琳琅满目的。小丁很羡慕狗，它们有那么一套切实可行的办法。随着人流，他很被动地在一楼大厅里兜圈子，他想他一定已经引起了一些人的注意。他为此感到脸红，所以当他面前出现一道铺着红地毯的楼梯时，便毫不犹豫地走了上去。依此类推，一个小时以后小丁一脸木然地来到四楼电器厅。他机械地拿出一副行家的姿态，把右手放在一只大冰柜的顶上。一阵冰凉的感觉传达上来，小丁这才恍然大悟。

噢，我原来是来买纽扣的。

在一位好心的姑娘的帮助下，小丁终于找到了一楼的卖纽扣的柜台。他伏在柜台上，先闭上了眼睛。没办法，他的眼睛在隐隐作痛，色彩的光芒就像针一样。当他慢慢地睁开眼睛时，发现他的正对面一个嘴唇猩红的女人正瞪着他。

"你想要买什么？"

"……纽扣。纽扣。"

"纽扣多着呢，你要买哪一种？"她把头偏过去，和走过去的另一个女人打招呼，她的眼黑很大，而眼白很少，只有细细的一圈，正像他要找的纽扣。

"这一种，这种。"小丁急忙想掏出那颗纽扣来。有两枚硬币先从裤袋里滚到了地上。她的脸又偏了过去。刚才过去的那个女人又走了回来，她们聊了起来。她们好像是有一些小秘密。小丁拿着那颗纽扣的右手小心地悬在半空，他忽然担心她会不会认为他是讽刺她。她终于转过脸来，扫了一眼那颗纽扣，然后很麻利地在身后抓了一把扣子，撒在玻璃柜台上。你要多少？一阵清脆的声音，呵，我终于履行了我的诺言。

但是小丁并没有急着低头看纽扣。因为他这时从对面的镜子里看到了那个大嘴和他小鸟依人的恋人。后者闷闷不乐，显然还没从刚才的死亡中缓过神来。大嘴也相应地拿出一脸悲壮的神色，他今天可捡到机会了。

有的纽扣在柜台上还没有停止转动。它们都尽可能地瞪圆了眼睛,看着他。没错,黑色的,一道白圈,只是这些眼睛好像过于亮了一点。小丁拿起其中一颗来。很遗憾,乍看一模一样,但它们只是抛光的塑料扣子,没有小羊皮包面。小丁回过头去,想看看他们走到哪儿去了。

"到底要多少?"她的左手胡乱地拨弄着那些扣子。

"不,它们是不一样的,其实是……你看,"小丁再次把那颗扣子送到她眼前去,另外在上面刷上了他灿烂的笑容,"它们是不一样的,像姐妹,像双胞……"

"不是一样用吗?看不出来的。"他想,她已看出了其中的区别。

"不行,不行。我——妻子,非常在乎这一点,"小丁又回过头去,但他们已经不在了,不知道走到哪儿去了,"她是一个很挑剔的人,你不知道。"

她的左手在柜台上刷地一扫,所有的扣子便被收到了那只肥厚的手里。她把它们扔回到身后的某个格子里。小丁看着空空的玻璃台面。

"那我们这里没有了。"

"那请问……"她已经走开了,走到柜台另一头去了。小丁还是把哽在喉头的后半句话说了出来:"哪里可以买到这样的扣子?"

他跟在一个拎着大包小包的丈夫的后面,得以顺利地找到了商场的出口。来到外面,小丁长舒了一口气。正中午的太阳。他在自己的脚下几乎看不到自己的投影。小丁觉得没买那种很相像但不是同一种的纽扣,是对的。就像陈青向他要爱情,他没有就最好什么也别给,而千万不要拿一杯兑水的爱情来充数。他是对的,他认为他从来都是对的。

他继续向天桥方向去。走的是反道,碰碰撞撞的,小丁觉得非常别扭。看到一个商场模样的门,他就进去看看。他看到了很多新鲜的东西和有趣的面孔。这是他没想到的。陈青并不需要他,她自己暂时还想不通这一点。她的身体其实也并不需要他。对一个男人的需要,只是陈青观念上的一种需要而已。她还想不通这一点。这颗纽扣倒是她唯一真实的需要。小丁越想越觉得自己应该办好这件事情，让她重新穿上那件红色的大衣。于是，他打消了找个地方吃一份快餐的想法，抬脚走进了新开张的华联大厦。

大厦里有暖气，使小丁觉得浑身痒得难受。但是那个0194号服务小姐亲切的语调，使他恢复了对那颗纽扣的信心。女人应该是善良一些的人。她很耐心地回答小丁的问题，也很耐心地听取他关于这颗纽扣的诸多感慨。但是最后，她不得不笑着摇摇头，爱莫能助。小丁不急着离开，因为他想在这难得的轻松的氛围中多待上一小会儿。

"你可以去小商品市场看看。"

小丁向右侧转过脸来。竟然是她在说话。由于靠得很近——他一弯腰就可以吻到她有些上翘的长长的睫毛，所以他感到紧张。她的脸明朗多了，双手插在宽松的像童裤一样的仔裤里。旁边的那个大个子更像是她的保镖，此刻他翻着那张大嘴，非常警觉地盯着小丁。

"但是，小商品市场在哪儿？"他其实知道在哪儿。小丁故意不去留意她身后的那两个闪光的镜片。

她讲了几遍，小丁还是一脸茫然。瞧你——笨的！她就像是在教训一个孩子。她伸手拿过几颗柜台上的纽扣，在小丁面前摆开，这是状元坊，这是魁星阁。这是，那是。小丁看着那只胖胖的小手，在纽扣间滑来滑去。她不习惯用一根手指来指，而是用握成一团的好像分不太开的整只手来指。小丁忽然想，自己真愿意有这样一只手来为他指点一生的方向。又在跟自己开玩笑了，他知道。好，这下我总算知道在哪儿了。

"把那颗纽扣给我看看。"是一种命令的语气，一种孩子对一个大人发号施令的语气。她身后的那个人脸色更为阴沉。他的敏感是对的，小丁也发现自己对眼前这个女孩确实存在着某种隐秘的企图。只要有这个机会，他不会不试一试的。陈青以前的丈夫就是缺乏这一点，所以他把什么都丢了。

她一接触到那颗纽扣柔软的表面，就有点兴奋。真是一颗很特别的纽扣吗？她已经忘掉早晨那回事了，她还是个孩子。她转身让她的保镖也来分享她的新奇。他只是绷着脸点了点头，他主要是盯着小丁。后者冲他笑了笑，但笑容都被一面冰冷的墙挡了回来。有点意思了。

"但是，你用这种纽扣好像不合适。"她的笑有点调皮。她上下打量着小丁，设想着一个缀满这种纽扣的摇头晃脑的小丁。

"不是我用，不是，"小丁完全把身体转过来，侧面倚着柜台，这个姿势舒服多了，"我是为我——妻子买的，为这扣子我已经跑了两年啦。"

"就为这扣子？"她吃惊的样子使小丁想到一只松鼠。

"可不，再买不到，她说就要离婚。"小丁笑了笑，他看到那张铁青的脸松弛了一点。他的对手已经有一个很有趣的妻子了。

"那你真笨！你应该写封信去厂家问问，就是生产你妻子衣服的那个厂，他们肯定会帮助你的，省得你瞎转。"她又在教训小丁了。

"对，对，我怎么没想到。不过首先这不是我的错，"小丁努力把她身后的那个大个子当成一个呆板的布景，"是我妻子的不对，她不该找这么笨的一个人做她的丈夫。你说呢？"

"我们走吧。"大个子亲了亲她的头发。她对那颗纽扣似乎有点爱不释手。他把那颗小东西拿过来，扔到小丁面前的柜台上。那是颗老巫师的纽扣吗？她的双手又插进了裤兜。他们就要走了。这时，她又在他的手臂下转过身来。

"告诉你，还有一个方法。那就是让你妻子的衣服再丢掉几颗纽扣。她就只好换一种纽扣，换一种容易配的纽扣了。"说完，她冲小丁得意地挤了挤眼睛。而后者此刻很想把手中的这颗纽扣送给她。

中午短暂的繁忙结束了，街上的人少了许多。这会儿还在逛的，大多是小丁这样的闲人。实际上，他觉得自己已经闲了三十年了。够长，但是还要闲下去。今天小丁过得倒不算太盲目，还得感谢陈青。他的右手继续盘弄着那颗纽扣，左手拦了一辆开往夫子庙的中巴。上了车，他径直来到最后排坐下。虽然前面也有座,但他习惯坐最后排,没办法。没开出多远车却又停下了。

今天是怎么了?小丁问自己。第一个跳上车的,那个神气活现的小家伙不是别人,偏又是她。在她后面,那个大个子弓着腰,像头大象,慢腾腾地钻了进来,中巴车因此有点向右侧倾斜。她已经注意到小丁,冲他摆摆手,就准备往他这边过来。对,我们是一伙的。他和他对视了一会儿。有点意思了。小丁向她指了指身边的两个空位。但是,她没能看到他的手势。那个庞大的身躯横在他们中间。他让她在前排的一个靠窗的座位坐下,然后就侧身塞了外面的座位里。小丁从后面看不到她,只能看到靠背上一小绺翘起的头发。小火鸡跑不掉了。

已经是下午一点多钟。车后面颠得厉害,好像司机净挑坑凹的地方走,和他过不去。小丁希望车能开得时间长一点,不要马上就让他下车,不要马上又要他决定去哪儿。他可以用这段时间什么也不想。对,长一点,长一点,就像一生那么长。即使给他一把枪,小丁想,让他到前面去,让那个大个子闪到一边去,然后说服那个可爱的女孩和他一起走,也不会有什么好结果的。和他在一起的女人都不会有什么好结果。因为,他是一个注定被毁掉的人。

车上的人大多是去终点站的。夫子庙是个热闹的去处。下车的时候,小丁在大嘴和宽镜片的审视下,冲那个女孩摆摆手,然后看着他们消失在人流中。怎么看,她都像是一位被劫持的小公主。他忽然想到,没准,还要遇见他们。有什么办法呢?世界就这么大。

小商品市场的好几个摊主都没能帮上小丁的忙,但对他手中的那颗别致的纽扣都表示了他们的赞赏。他真有点泄气了,他有理由怀疑陈青穿的是一件嫦娥的大衣。还有什么更好的去处吗?在往回走的路上,他看到了一条不大的巷子,看那样子也是一个自由市场,很不起眼,但人不少。他迈着迟缓的步子逛过去,一点不抱希望。果然,里面连个卖纽扣的摊子都没有,全是乳罩和长统袜、连裤袜,够给全世界各种肤色的女人每人发一副的。巷子还挺深，进来的绝大多数是女人，各个年龄层的女人。小丁越走越不是味。他觉得自己已经比那些挂着的在半空中晃来晃去的东西更引人注目了。

终于到头了，谢天谢地。再走几步就到了外面的大街。有几个戴着肮脏的白帽子的人在热情地揽客。他们卖牛肉粉丝和鸭血汤。小丁看了下手表，下午两点五十。他到条桌前坐下，要了碗牛肉粉丝。陈青最爱吃这东西，小丁不喜欢，他只是觉得该填点东西下去。他们的动作慢得要命，半天也没端上来。他从裤兜里取出那颗纽扣来，放在桌上，努力让它像陀螺那样转起来。但怎么都不行，它只是纽扣，不是陀螺。

大街上车开过的时候，就扬起一阵灰。再过上一小会儿，这阵灰就漂移到小吃摊上来了。小丁注意到右手十米处有一座卓然不群的房子，新建的，仿古风格。他想如果有这样一个家，也不错呀。在摊主把一碗牛肉粉丝端到小丁面前时，他顺便问了一下，那座房子是干吗的？能看出一身油渍的摊主是个有修养的人，他笑了笑说，等你吃完我再告诉你。

吃了小半碗，小丁就没了胃口。他准备付账走人。不过，当抬起头的时候，小丁就改变了主意。果然又见到他们了。就是要碰到，你又有什么办法呢？大个子旁若无人地拥抱着他的拇指姑娘。他们的背景就是那座漂亮的仿古式的公共厕所。小丁想，不妨看一会儿再走。

她背对着小丁。仔裤的后面绣着一只白色的天真的兔子，但一只黑黄色的大手时不时地盖住它，小兔子所以无法开始奔跑。而那张大嘴正对着他，一张一合，从那里出来的话不管多么委婉，都像是恐吓。小丁猜想，那家伙刚才肯定也是从卖乳罩的这条巷子里逛过来的，逛着、逛着，他的体温就上来了。现在他费力地像老虾米那样弓下身体，侧着头，天啦，他想干吗？小丁慌乱地寻找他的香烟。而她双手结成一个圈吊在他的脖子上，头已经最大可能地后仰，她的脚尖已几乎离地了。小丁狠狠一跺脚。条桌边的几个人冲他抬起头来，满嘴的牛肉粉丝。

在一定的距离上，蠕动的大嘴停住了。片刻的停顿以后，那只红色的巨大的吸盘猛地罩了下去。小丁感到了悲哀。是的，那张脸大概只剩下一双眼睛了，其余的都被吸了进去。两个身体在有韵律地扭动着。当她微微转过身体时，小丁看到那张脸能看到的部分涨得通红，有什么办法呢？爱情。小丁埋头重新拿起碗上的筷子。他出于愤愤不平以及更复杂的原因，大口大口地吃起了那碗好像是塑料做的牛肉粉丝。

总该结束了吧。小丁抬起头来。但是没有，比刚才更为猛烈。大个子还在加马力，身体一个劲地往下压，往下压，还往下压。可怜那个女孩不得不后仰，再后仰，是在做柔术表演吗？他们一定很累，但为什么不停下来？小丁更关心的是她，是她的脖子，一定累极了。看得出来她想挣脱，但又怎么能够呢？小丁似乎是不忍心，他不再直接看这幅动人的景象，而是看着不远的地面。扭在一起的长长的投影，分不清哪部分是谁的，反正在动，在动。那一连串被太阳夸张了的动作，使梗在喉头的粉丝无法下咽。小丁终于被激怒了，他从座位上"嚯"地站了起来。

他发现了那张愤怒的面孔。他的牛眼从下滑的眼镜上方吃惊地盯着小丁。后者想到了一只正在享用晚餐的豺狗，它忽然听到了动静。他们带着敌意地再次对视。其结果让小丁跌入更深的沮丧：他变得更为疯狂，用他的吸盘往下吞，往下吞，仿佛那是他最后的晚餐。

小丁说服自己坐下来，坐下来，把这碗该死的牛肉粉丝吃完吧。对，我明白你的权利。他的眼睛不再往那个方向看。下午三点多的太阳，已是没有丝毫暖意了。他几乎是一根一根地把粉丝吃完的。付账的时候，他也不往那边看。小丁站起来，把桌上的那颗纽扣收到裤兜里，这件事他倒是没忘。在他准备就此离开的时候，还是禁不住转身向那个方向，那个爱情的方向看了一眼。

他们竟然还没有结束！那位女孩脸色惨白，原来吊在他脖子上两只手臂松开了，耷拉在她身体的两侧，自由地晃荡着。他还在用力，现在只有他还在用力。那个庞大的身体吃力地奇形怪状地扭动着。一辆电车开了过去，又扬起一阵灰来。

小丁脑袋里空荡荡的。他闭了一下眼睛，再看。那个女孩的脸色其实已是青色的。小吃摊上的人不知在什么时候抬头的，现在他们也都目光呆滞地看着那个方向，还有刚从那条巷子出来的人，也都看着那个方向。

过了一会儿，小丁缓过神来，向他们走过去。他拍了拍他耸起的肩膀，没有反应。他再拍了拍。大个子终于带着一脸的惊愕，抬起头来。他的嘴唇是血红色的。小丁指了指她。他松开他的胳膊，她便仰面倒了下去。

他顿时手忙脚乱起来，又是人工呼吸，又是用手掌压迫她的心脏。小丁知道已经没希望了。确实也正是这样，她就是没有希望了。他想弯下腰去，摸一摸她的脉搏，但是缺少足够的勇气。

小丁知道，她死了，这是没有办法的事情。

陈青每天下午五点半下班。也就是说，陈青家的门五点半以后才可能为他敞开。小丁决定不乘车，步行回去。走到新街口大转盘时，他把整整一碗牛肉粉丝吐在了大马路中间。脑袋清醒了一些，有一丝风慢慢地从额头渗进去。他知道自己惹了麻烦。小丁站在那一摊酸味扑鼻的呕吐物边，掏出一张十元的钞票静静地等待罚款的人来。但是半天没人过来，只有南来北往的车从他身边呼啸而过。他把钞票举起来，四处寻找，但是仍然没人理他。为什么没人过来？他很失望。最后，小丁只好一走了之。

到了娱乐城施工现场时，小丁停下休息，因为这离陈青那儿已经不远了，而时间还早。他趴在矮矮的临时围墙上，看着对面，只是为了避免看他身后的川流不息的行人。一座摩天大楼的主体工程已经完成，表面搭满了整齐的脚手架。很多工人正在上面忙碌。隔得比较远，使他们看起来像是栖息在脚手架上的鸟。那么多鸟，以及那么多像鸽子笼一样的粗糙的窗口。一只鸟栽了下去，小丁就知道是这样。但坠到离地面还有两层楼的高度时却猛然顿住了。噢，安全带。现在这个人四肢耷拉着，悬在半空，在那儿荡秋千。不死也是废了，还不如死，小丁想。这时仿佛是随着一声口令，各层脚手架的鸟纷纷栽了下去。没等小丁反应过来，他们都挂在那儿荡上了。有的幅度大一些，有的幅度小一些，有的挂得高一些，有的挂得低一些。但那些鸟都是一副样子，羽毛的色彩也大同小异。小丁觉得，他就像是来到了一家老式的钟表店。有点意思了。

还有一小时需要打发。小丁干脆闭上眼睛。右手在裤兜里继续盘弄着那颗纽扣。它翻一个跟斗就是一秒，翻三千六百个跟头就是一个小时。对，确实没有更好的方法了。

他们在谈话，中间隔着一张桌子。陈青开了门以后，很自然地到原先的座位上坐下来。那个男人的穿着和小丁差不多，那张脸也同样满是愁云，如果他也曾经在这里过夜，就说明她还是有较为固定的趣味的。当然区别肯定是有的，陈青也许有发言权。现在是晚饭时间，但是房间里好像一点晚餐的氛围都没有。也不知道他们吃过没有，是不是想吃。陈青好像并没有让他们互相认识的意思。但是那个男人没有敌意，那就不妨谈谈。小丁搬了把椅子，在方桌的另一面坐下来。陈青也为他泡了一杯茶，用的茶杯和那个男人手中的一样，不是他往常用的把子像一条猫尾巴的那只。也就是说，此刻她并不认为小丁在这里有更多的权利。

"看你非常眼熟。真的，熟得很，就是想不起……"他给小丁递烟的时候，仍然皱着眉苦思冥想。

"我也正准备这么对你说。"小丁看到她站起来到门边去，用笤帚把他带进来的一小块泥巴扫掉。

"真的，一时想不起来，"他冲小丁有点尴尬地笑笑，"你在海南待过？"

"没有。有一年差点去那儿。"但是小丁这会儿已经想起他竭力想想起的那个人了。那个人不是别人，就是他自己。瞧他拿杯子的动作、脸上的表情、看陈青的眼神、说话的语气等等，使小丁觉得他坐在一面镜子的前面。不仅如此，他们可能还有共同的女人、一个口径的避孕套，以及相似的命运。但是他不想提醒那个人，你给我慢慢想去吧。

"后来我又去了北方。我习惯吃面食，我以为是这样。但是天天吃就不是这么回事了。我是今年年初刚回来的。"他喝了口茶。

"噢。"小丁发出一个含混的音节。

"但是，今天是星期几？"他是在问小丁。小丁冲他摇摇头。

"星期三。"陈青说了一句。她用一本杂志把那个人掉到桌上的烟灰重新扫到烟缸里。这个女人，干净已是她的宗教了。

他又开始讲他昨天碰到的一件事情。小丁觉得他无法在这儿再坐下去了，因为他总是抓不住他谈话的重点。怎么都抓不住。在陈青有些吃惊的目光中，小丁顾自站起来，走进了陈青家的里屋。他知道他没有足够的权利这样做，但他觉得自己累了，管不了那么多了。

小丁坐在叠得整整齐齐的床上。一抬头就发现缝纫机上的那只绒狗熊不见了。他翻身趴到地上，找出那只床肚里的鞋盒。果然，它又回到这里来了。撅着个屁股趴在那儿。和他一样，撅着个屁股趴在那儿。外面的谈话声忽高忽低的。他没事可干，又把那颗纽扣拿出来盘弄。小丁摸出他的钥匙串来，打开折叠式的小剪刀，他想看看这颗纽扣到底是怎么做成的。

从里屋出来时，那个男人已经走了。陈青一个人一声不吭地坐在那儿，她很生气。那是很自然的事情。而当小丁在小方桌边坐下时，她就站了起来，拿起拖把又开始打扫客厅。小丁不得不把他的双脚抬得高高的。今天我跑了一天，也没买到那种该死的纽扣，小丁说。陈青埋头拖她的地。拖过的地面有点湿，泛着寒冷的光，可以照见人影。小丁看到自己了，两腿跷得高高的，像是悬在半空。

"但是，我刚才把它拆开看，你看，它其实一点也不特殊，你看。"小丁的左手上是一小块黑色的小羊皮，右手上是一颗塑料纽扣。确实，那是一颗非常普通的塑料纽扣，最常见的那一种。

陈青还是不和小丁讲话，拖完地，她就又坐下了。现在是晚饭时分。小丁也不再说话。两个人似乎谁也不愿意为这个已经到来的夜晚负起责任来。

（原刊于《收获》1994年第2期）

辜家豆腐店的女儿

汪曾祺

豆腐店是一个"店",怎么会有个女儿?然而螺蛳坝一带的人背后都是这么叫她的。或者称做"辜家的女儿""豆腐店的女儿"。背后这样的提她,有一种特殊的意味。姓辜的人家很少,这个县里好像就是两三家。

螺蛳坝是"后街",并没有一个坝,只是一片不小的空场。七月十五,这里做盂兰盆会。八九月,如果这年年成好,就有人发起,在平桥上用杉篙木板搭起台来唱戏。约的是里下河的草台班子,京戏、梆子"两下锅",既唱《白水滩》这样摔"壳子"的武打戏,也唱《阴阳河》这样踩跷的戏。做盂兰盆会、唱大戏,热闹几天,平常这里总是安安静静的。孩子在这里踢毽子,踢铁球,滚钱,抖空竹(本地叫"抖天嗡子")。有时跑过来一条瘦狗,匆匆忙忙,不知道要赶到哪里去干什么。忽然又停下来,竖起耳朵,好像听见了什么。停了一会儿,又低了脑袋匆匆忙忙地走了。

螺蛳坝空场的北面有几户人家。有两家是打芦席的。每天看见两个中年的女人破苇子，编席。一顿饭工夫，就织出一大片。芦席是为大德生米厂打的。米厂要用很多芦席。东头一家是个"茶炉子"，即卖开水的，就是上海人所说的"老虎灶"。一个像柜子似的砖砌的炉子，四角有四个很深的铁铸的"汤罐"，满满四罐清水，正中是火眼，烧的是粗糠。粗糠用一个小白铁簸箕倒进火眼，"呼——"地火就猛升上来，"汤罐"的水就呱呱地开了。这一带人家用开水——冲茶、烫鸡毛、拆洗被窝，都是上"茶炉子"去灌，很少人家自己烧开水，因为上"茶炉子"灌水很方便，省得费柴费火，烟熏火燎，又用不了多少。"茶炉子"卖水，不是现钱交易，而是一次卖出一堆"茶筹子"——一个一个长方形的小竹片，一面用铁模子烙出"十文""二十文"……灌了开水，给几根茶筹子就行了。"茶炉子"烧的粗糠是成挑的从大德生米厂趸来的。一进"茶炉子"，除了几口很大的水缸，一眼看到的便是靠后墙堆得像山一样的粗糠。

　　螺蛳坝一带住的都是"升斗小民"，称得起殷实富户的，是大德生米厂。大德生的东家姓王，街上人都称他王老板。大德生原来的底子就厚实，一盘很大的麻石碾子，喂着两头大青骡子，后面仓里的稻子堆齐二梁。后来王老板把骡子卖了，改用机器碾米，生意就更兴旺了。大德生原是一个米店，改用机器后就改称为"米厂"。这算是螺蛳坝唯一的"工厂"。每天这一带都听得到碾米的柴油机的铁烟筒里发出节奏均匀的声音：蓬——蓬——蓬……

　　王老板身体很好，五十多岁了，走路还飞快，留一撇乌黑的牙刷胡子，双眼有神。

　　他的大儿子叫王厚遼，在米厂里量米，记账。他有个外号叫"大呆鹅"，看样子也确是有点呆相。

　　二儿子叫王厚堃，跟一个姓刘的老先生学中医。长得眉清目秀，一表人才。

　　大德生东墙外住着一个姓薛的裁缝。薛裁缝是个老实人，整天只知道低头做活，穿针引线。他的老婆人称薛大娘。薛大娘跟老头子可不是一样的人，她也"穿针引线"，但引的是另外一种线，说白了，就是拉皮条。

大德生门前有一条小巷，就叫做辜家巷，因为巷子里只有一家人家。辜家的后门就开在巷子里，和大德生斜对门，两步就到了。后面是住家，前面是做豆腐的作坊，前店后家。

辜家很穷。

从螺蛳坝到草巷口，有两家豆腐店。豆腐店是发不了财的，但是干了这一行也只有一直干下去。常言说："黑夜思量千条路，清早起来依旧磨豆腐。"不过草巷口的一家生意不错。一清早卖豆浆，热气腾腾的满满一锅。卖豆腐，四大屉。压百叶，百叶很薄，很白。夏天卖凉粉皮。这凉粉皮是用莴苣汁和的绿豆，颜色是浅绿的，而且有一股莴苣香。生意好，小老板两个月前还接了亲。新媳妇坐在磨子一边，往磨眼里注水，加黄豆，头上插一朵大红剪绒小小的囍。

相比之下，辜家豆腐店就显得灰暗，残旧，一点生气也没有。每天只做两屉豆腐，有时一屉，有时一屉也没有。没本钱，买不起黄豆。辜老板老是病病歪歪的，没有一点精神。

辜老板老婆死得早，没有留下一个儿子，跟前只有一个女儿。

辜家的女儿长得有几分姿色，在螺蛳坝算是一朵花。她长得细皮嫩肉，只是面色微黄，好像是用豆腐水洗了脸似的。身上也有点淡淡的豆腥气。

一天三顿饭，几乎顿顿是炒豆腐渣，不过总得有点油滑滑锅。牵磨的"蚂蚱驴"也得扔给它一捆干草。更费钱的是她爹的病。他每天吃药。王厚堃的师父开的药又都很贵，这位刘先生爱用肉桂，而且旁注："要桂林产者。"每天辜家女儿把药渣倒在路口，对面打芦席和烧茶炉子的大娘看见辜家的女儿在门前倒药渣，就叹了一口气："难！"

大德生的王老板找到薛大娘，说是辜家的日子很难，他想帮他们家一把。

"怎么个帮法?"

"叫他女儿陪我睡睡。"

"什么?人家是黄花闺女,比你的女儿还小一岁!我不干这种缺德事!"

"你去说说看。"

媒人的嘴两张皮,辣椒能说成大鸭梨。七说八说,辜家女儿心里活动了,说:"你叫他晚上来吧。"

没想到大呆鹅也找到薛大娘。

王老板是包月,按月给五块钱。

大呆鹅是现钱交易。每次事完,摸出一块现大洋,还要用两块洋钱叮叮当当敲敲,以示这不是灌了铅的"哑板"。

没有不透风的墙,螺蛳坝巴掌大的一块地方,那么多双眼睛,辜家女儿的事情谁都知道了。烧茶炉子、打芦席的大娘指指戳戳,咬耳朵,点脑袋,转眼珠子,撇嘴唇子。大德生的碾米的师傅、量米的伙计议论:"两代人操一张×,这叫什么事!"——"船多不碍港,客多不碍路,一个羊也是放,两个羊也是赶,你管他是几代人!"

辜家的女儿身体也不好,脸上总是黄白黄白的,她把王厚堃请到屋里看病。王厚堃给她号了脉,看了舌苔,开了脉案,大体说是气血两亏,天癸不调……辜家女儿问什么是"天癸不调",王厚堃说就是月经不正常。随即写了一个方子,无非是当归、枸杞之类。

王厚堃站起身来要走,辜家女儿忽然把门闩住,一把抱住了王厚堃,把舌头吐进他的嘴里,解开上衣,把王厚堃的手按在胸前,让他摸她的奶子,含含糊糊地说:"你要要我、要要我,我喜欢你,喜欢你……"

王厚堃没有想到她会这样,只好和她温存了一会儿,轻轻地推开了她,说:

"不行。"

"不行?"

"我不能欺负你。"

王厚堃给她掩了前襟，扣好纽子，开门走了。

王厚堃悬崖勒马，也因为他就要结婚了，他要保留一个童身。

过了两个月，王厚堃结婚了。花轿从辜家豆腐店门前过，前面吹着唢呐，放着三眼铳。螺蛳坝的人都出来看花轿，辜家的女儿也挤在人丛里看。

花轿过去了，辜家的女儿坐在一张竹椅上，发了半天呆。

忽然她奔到自己的屋里，伏在床上号啕大哭。哭的声音很大，对面烧茶炉子的和打芦席的大娘都听得见，只是听不清她哭的是什么。三位大娘听得心里也很难受，就相对着也哭了起来，哭得稀溜稀溜的。

辜家的女儿哭了一气，洗洗脸，起来泡黄豆，眼睛红红的。

一九九四年二月十五日

（原刊于《收获》1994年第3期）

凉州词

格 非

闲 谈

作为当代文化研究领域内声名煊赫的学者,临安博士近来已渐渐被人们遗忘。四年过去了,我从未得到过他的任何消息。正如外界所传言的那样,不幸的婚姻是导致他最终告别学术界的重要原因。最近一期的《名人》杂志刊发了一篇悼念性质的文章,作者声称,据他刚刚得到的讯息,临安先生现已不在人间,他于一九九三年的六月在新疆的阿克苏死于霍乱。直到今年秋天,当临安博士背着沉重的行囊突然出现在我寓所的门前,上述推断才被证明是无稽之谈。

他是从张掖返回长沙的途中经过上海的。由于那则不负责任的谣传和多年不见的隔膜,我们相见之下令人不快的尴尬是不难想象的。这些年来,世事沧桑,时尚迭变,大部分人在忙于积攒金钱的同时,另一些人则自愿弃世而去,我们的谈话始终笼罩着一层抑郁、伤感的气氛。临安博士已不像过去那样健谈，激情和幽默感似乎也已枯竭。我们长时间看着窗外，看着那些花枝招展的少女穿过树林走向食堂，难挨的沉默使我们感到彼此厌倦。

在我的记忆中，临安先生尽管学识丰湛，兴趣广博，却称不上是一个治学严谨的学者，他的研究方式大多建立在猜测和幻想的基础上，甚至带有一些玩笑的成分。对于学术界在困难的摸索中渐渐养成的注重事实和逻辑的良好风气，临安常常出言讥诮，语露轻蔑："捍卫真理的幼稚愿望往往是通向浅薄的最可靠的途径。"

四年前，他将一篇关于李白《蜀道难》的长文寄给了《学术月刊》，从此销声匿迹。在这篇文章中，他一口断定《蜀道难》是一篇伪作。"它只不过是一名隐居蜀川的高人赠给李白的剑谱，其起首一句'噫唏嗳嘘'便是一出怪招……"《学术月刊》的一名女编辑在给我的信中流露出了明显的不安："你的那位走火入魔的朋友一定是精神出了问题。"现在看来，这篇文章也许仅仅是临安博士对学术界表示绝望的戏仿之作。

不过，临安博士并未就此与学术绝缘，这次见面，他还带来了一篇有关王季陵《凉州词》的论文。他告诉我，他写这篇论文的初衷只是为了排遣寂寞，没想到竟意外地治愈了他的失眠症。文章的风格与他的旧作一脉相承，标题却冗长得令人难以忍受。如果删去枝蔓，似乎就可以称作《王之涣：中唐时期的存在主义者》。

旧　闻

"普希金说过，湮灭是人的自然命运。我也是最近才明白这句话的真正含义……"临安博士就这样开始了他的论述，并立即提到了有关王之涣的一段旧闻。

在甘肃武威城西大约九华里外的玉树地方，曾有过一座两层楼的木石建筑。现在，除了门前的一对石狮和拴马用柱铁之外，沙漠中已无任何残迹。这幢建筑位于通往敦煌和山丹马场的必经之路上，原本是供过路商旅借宿打尖的客栈。到了开元初年，随着边陲战事的吃紧，大批戍边将士从内地调集武威，这座客栈一度为军队所租用。最后占领这座客栈的是一些狂放不羁的边塞诗人，他们带来了歌妓和乐师，纵酒斗殴的风习，竟夕狂欢，犹如末日将临。

自从世上出现了诗人与歌妓之后，这两种人就彼此抱有好感。但这并不是说，在地僻人稀的塞外沙漠，诗人与歌妓们蚁居一处饮酒取乐，就一定不会发生这样或那样的争执。为了防止流血事件的频繁出现，一个名叫叶修士的诗人在酒后发明一种分配女人的方法，具体程序说来也十分简单：诗人们一般在黄昏时从城里骑马来到这里，随后饮酒赋诗，叙谈酬唱。等到月亮在沙漠中升起，歌妓们便依次从屏风后走出来，开始演唱诗人们新近写成的诗作。只有当歌妓演唱到某位诗人的作品时，这位诗人才有权与她共度良宵。

"这种仪式有些类似于现在在英国流行的'瞎子约会'，"临安博士解释道，"它使得传统的嫖娼行径更具神秘性质，而且带有一种浓烈的文化色彩。"

自从王之涣贬官来到武威之后，就成了这座客栈的常客，遗憾的是，他的诗作从未有幸被歌妓们演唱过。根据后代学者的分析，王季陵在这里备受冷落，除了他"相貌平平，神情犹疑"，不讨女人们喜欢之外，最重要的原因是他的诗歌不适合演唱。情况确实也是如此，让一个卖弄风情、趣味浅俗的歌妓大声吟唱"黄河远上……"一类的词句，的确有些过分。不过，不久之后发生的一件事似乎完全出乎人们意料。这件事显然不属于正史记述的范畴，清代沈德潜在其《唐诗别裁》一书中对这段旧闻偶有涉及，但描述却极不准确。

这天晚上，诗人们的聚会依旧像往常一样举行。只是听说客栈新来了几名歌妓，诗人们的情绪略微有些激动。第一个从屏风后面走出来的是一名身材臃肿的当地女子。大概是因为此人长相粗劣，诗人们的目光显得有些躲躲闪闪，惊惶不安，惟恐从她的嘴里唱出自己的诗篇。这位姑娘用她绿豆般的小眼扫视了一遍众人，最后将目光落在了高适的身上。她唱了一段《燕歌行》。人们在长长地松了一口气之后，都用同情的目光看着高适。高适本人对此却有不同的看法，他低声地对邻座的王之涣说道："这个姑娘很可爱，我喜欢她的臀部。"

接着出场的这名歌妓虽然长相不俗，但毕竟已是明日黄花。她似乎被王昌龄高大、英俊的外表迷住了，曾经异想天开地用一把剪刀逼着王昌龄与她结婚。她每次出场，总是演唱王昌龄的诗作，因此，其余的诗人对她不会存有非分之想。果然，她这次所唱，又是那首老掉牙的《出塞》。王昌龄看上去虽有几分扫兴，但仍不失优雅风度，他谦虚地嘿嘿一笑："温习温习……"

时间就这样过得很快。王之涣似乎已有了一丝睡意。在这次聚会行将结束时，从屏风后面突然闪出一个女人。她的出现立即使王季陵困倦全消。

关于这个女人的美貌，历来存有不同的说法。有人称她"玉臂清辉，光可鉴人"，有人则说"仪态矜端，顾盼流波，摄人心魄"。不管怎么说，这些评论在某一点上是一致的：她的身上既有成熟女人的丰韵，又有少女般的纯洁清新。她所演唱的诗作正是王季陵的《凉州词》。

看上去，这个端庄、俊美的女人并未受过基本的音乐训练。她的嗓音生涩、稚拙，缺乏控制，一名衰老的琴师只能即兴为她伴奏，徒劳无益地追赶着她的节拍。她的眼中饱含泪水，仿佛歌唱本身给她带来的只是难以说明的羞辱。

"如果有人决心喝下一杯毒酒，最好的办法莫过于一饮而尽，"临安对我说，"她就是在这样一种交织着犹豫、悔恨以及决定迅速了却一桩心愿的急躁之中，唱完了这支曲子，然后不知所措地看着众人。"

短暂的沉默过后，人们看见王之涣干咳了两声，从椅子上站起身来，朝这名歌妓走去。他脸上的冷漠一如往常，勉强控制着失去平衡的身体。他甚至连看都没看她一眼——就像这个女人根本不存在似的，匆匆绕过她身旁的几只酒坛，径直来到了屋外。

深秋的沙漠中寒气袭人，沙粒被西风吹散，在空中碰撞着，发出蜜蜂般嗡嗡的鸣响。借着客栈的灯光，他在一排倒坍的栅栏边找到了那匹山丹马。接着，他开始流泪。客栈里传来了酒罐被砸碎的破裂之声，那名歌妓发出了惊恐的尖叫。

"现在，我们已经知道，那名歌妓正是王季陵的妻子，"临安故作平静地说，"这件事说起来有些令人难以置信，但它毕竟是事实。你知道，当时在玉树的这座客栈定期举行的诗人聚会与如今港台地区盛行的流行歌曲排行榜并无二致，在那个年代，它几乎完全操纵着武威这个弹丸小城附庸风雅的文化消费。王之涣的妻子平常足不出户，丈夫频繁的终夜不归使她颇费猜测。在一个偶然的机会，她从一个上门来兜售枸杞子的穆斯林口中知道了玉树客栈所发生的一切，丈夫在那里遭受的冷落不禁让她忧心如焚。后来，她慢慢想出了一个办法……"

"看来，这个女人对于诗歌艺术有一种狂热的爱好……"我对临安说。

"仅仅是一种爱好而已。而且这种爱好也仅仅是因为她的丈夫恰好是一名诗人。那时的女人们就是这样，假如她的丈夫是一个牙科医生，那么她就会莫名其妙地对拔牙用的老虎钳产生亲近之感。事实上，她对诗歌几乎一窍不通。在太原时，她曾对王之涣的那首《登鹳雀楼》提出质疑，按照她的逻辑，'欲穷千里目，更上一层楼'是远远不够的，起码也应该一口气爬上四五层楼，因为这样才能看得更远。王之涣怎么向她解释都无法说服她。最后，他只得将妻子带到那座即将倒塌的鹳雀楼前。'你瞧，这座楼总共只有三层，'王之涣耐心地解释道，'我写这首诗的时候是在二楼……'他话音刚落，妻子便不好意思地笑了起来，露出一排洁白的牙齿：'我明白啦。'因此，这件不幸事情的发生仅仅与爱情有关。在我看来，所谓爱情，不是别的，正是一种病态的疯狂。"

"也许还是一种奢侈。"我附和道。

"确实如此，"临安站起身来，似乎准备去上厕所，"在王之涣身上发生的这件事已经远远超出了悲剧的范畴，按照现在流行的观点来看，它正是荒谬。类似的事在我们这个时代倒是俯拾即是。"

临安在厕所里有好长一段时间没有出来。我知道，我们的谈话远远没有结束。在冰箱压缩机单调的哼哼声中，我的眼前突然浮现出临安妻子那副忧戚的面容。自从她与临安离婚之后，我就再也没有见过她。

诗作及其散佚

众所周知，王之涣在十三四岁的少年时代即已开始了写作生涯，四十年后在文安县尉的任上死于肺气肿，身后仅余六首诗传世。这些诗作后虽被收入《全唐诗》，但经过考证，《宴词》等四首亦属伪托之作，"移花接木，殊不可信"。因此，准确地说，王之涣留给后人的诗篇只有两首，这就是脍炙人口的《凉州词》和《登鹳雀楼》。

临安博士告诉我，他在张掖、武威一带滞留时，曾在一家私人藏书楼中读到李士佑所撰木刻本的《唐十才子传》。作者的生卒年月皆不可考。其境界俗陋，引证亦多穿凿附会之处，却以一种极不自信的笔调暗示了王季陵诗作散佚的全部秘密。

按照李士佑的解释，王之涣病卧床榻数月之后，自知在世之日无多，便在一个豪雨之夜将自己的全部诗作付之一炬，而将《凉州词》与《登鹳雀楼》分别抄录在两张扇面上赠给长年跟随的仆佣，聊作纪念之表。

对于王季陵自焚诗稿的原因，李士佑认为，这是王季陵渴望身后不朽的一种冒险，他进而作了一个象征性的说明：假如世上仅剩一对价值连城的花瓶，你砸碎其中的一只，不仅不会有任何损失，相反会使另外一只的价值于顷刻之间成倍地增殖……

"这种描述的可笑与浅薄是不难证明的，"临安博士一谈起这件事，就显得愤忿难平，"我们知道，王之涣生前对于自己诗作的公之于众极为谨慎，即便是惠送知己，酬赠美人，也往往十分吝啬，这种怪僻后来直接引发了他与高适、王昌龄二人的反目。如果王之涣像李氏所说的那样爱慕名声的话，那么他现在的地位已不在李、杜之下。"

在临安博士的这篇论文里，他用很长的篇幅描绘了许多年前的那个风雨之夜，行文中处处透出苍劲和悲凉。但我不知道他的描述在多大程度上是真实的。当我留意到他的那张形同朽木的脸颊以及额上的茎茎白发，我知道，事实上我无权向他提出这样的疑问。

"即便是一个理智正常、神经坚固的人，也不免会产生自我毁灭的念头，"过了一会儿，临安换了一种较为柔和的语调说道，"这种念头与他们在现世遭受的苦难及伤害的记忆有关。一般来说，这种记忆是永远无法消除的，它通常会将人的灵魂引向虚无缥缈的时间以及种种未知事物的思索，尽管逃脱的愿望往往带来绝望。正如曹雪芹后来总结的那样：'世上所存的一切说到底只不过是镜花水月而已。'"

临安的一番话又将我带向过去的岁月。早在几年前，他的妻子在给我的一封信中已预示出他们婚姻行将崩溃的种种征兆。这封信是用俄文写成的，她心事重重地提道，临安近来的状态让她十分忧虑，也使她感到恐惧。因为"他在不经意的言谈中已渐渐流露出了对地狱的渴望"。

"说到王之涣，倒使我想起一个人来，"临安用手指敲打着脑壳，似乎想竭力回忆起他的名字，"一个犹太人……"

"你说的是不是里尔克？"

"不，是卡夫卡，"临安纠正道，同时由于兴奋，他的脖子再度绽出青筋，"王之涣焚诗的举动常使我想起卡夫卡忧郁的面容。他们都死于肺病，在婚姻上屡遭不幸；他们都有过同样的愿望，随着自己的消失，在人世间不留任何痕迹，但都没有获得成功——世人往往出于好心而弄巧成拙，使这些孤傲的魂灵不得安宁。在这一点上，马克斯·布洛德的行径是不可原谅的。"

"你的意思是不是说，王之涣的自甘湮灭与他对这个世界的仇恨有关？"

"仇恨仅仅是较为次要的原因，"临安说，"况且，对于王之涣的身世，我们知道得很少，问题在于，王之涣已经窥破尘世这座废墟的性质，并且谦卑地承受了它。这一点，我以为，他在《凉州词》一诗中已说得十分清楚。"

"你在这篇论文中似乎还提到了地理因素……"

"沙漠，"临安解释道，"王之涣长年生活的那个地区最常见的事物就是沙漠。在任何时代，沙漠都是一种致命的隐喻。事实上，我离开甘肃几天之后，依然会梦见它在身后追赶着我所乘坐的那趟火车。我走到哪里，它就跟到哪里。我在想，如果这个世界如人们所说的那样有一个既定的进程的话，毫无疑问，那便是对沙漠的模仿。"

结 论

"你无需考虑别人的命运，却也不能将自己的命运交给别人去承担，这就是我在这篇文章中所要表达的基本思想。"临安在作了这样一个简短的总结之后，我们之间的谈话就结束了。

天已经亮了，不过太阳还没有出来。

临安博士走到我的书橱前，大概是想随便抽出一本书来翻翻。

他在那里一站就是很久。

书橱的搁板上搁着一件工艺品玩具：用椰壳雕成的一头长尾猴。

它是临安以他与妻子的名义送我的纪念品。当时，他们新婚不久，刚从海南回来。我记得，那是一个遥远的午后，他们俩手拉着手，站在我的窗下，她头上别着的一枚银色发箍，在阳光下，闪闪发亮。

（原刊于《收获》1995 年第 1 期）

古典爱情

习 斗

　　田岷和我第一次上床,是在她接到研究生录取通知书那天。我不能说田岷是个老派姑娘,但她的确不很情愿后奏先斩。本来我们早已商量好了,如果她考试失败,那她大学一毕业我们就立刻结婚。可是现在她通过了考试,我们的婚期便只好推到她研究生毕业了。这时间对我来说有点漫长,我也是不得已才提前出击的。你这是逼着我破坏自己的原则,田岷说,本来我是想把这激动人心的时刻留在三年以后的。直到我们在黑暗中已经赤裸了身体,田岷还在嘟嘟囔囔。我真不明白,你们男人,为什么就只看重这个。

　　说句心里话,我并不是一个如田岷所说只看重"这个"的男人,但让我等到三年以后的吉日喜期才"这个",我又确实心有不甘。田岷是个出色的姑娘,文静柔顺并且美丽娇媚,在学问相貌上都压我一头,我略感自卑这也属正常。我开玩笑地对她解释,我必须跑马占地,免得以后竹篮子打水。当然话一出口我就后悔起来，田岷在感情上是一个被琼瑶小说梳理得通体透明的无菌女孩，我所开的玩笑在她看来肯定下流粗俗。果然，田岷的热情一落千丈，我们的第一次云雨欢爱疲疲沓沓，就像是一碗凉水泡剩饭的勉强充饥。

田岷接续上了她的学生生涯，我则继续着我的单身生活。她住校读书，我坐机关睡集体宿舍；她有一外、二外、专业、非专业的繁重功课，我有宴请、开会、学文件、公费旅游的各种事情。我们都很忙。如果我不离开沈阳，我们一般一周见一次面，见面后的活动大同小异：吃饭、聊天、看电影、在条件允许的情况下做爱。田岷对我们同床共枕的条件要求十分苛刻，所以更多的时候，纵使我软硬兼施，威逼利诱，她也只是千娇百媚地与我情话绵绵，而不是毫无保留地跟我颠鸾倒凤。我总是想，女人真是一种奇怪的动物，她们喜欢调情，喜欢诱惑，喜欢勾引，可偏偏对顺理成章的肉体结合抵制排拒。她们是发自内心的看重肉体呢，还是沉溺在被她们不断延长的调情、诱惑、勾引等精神快感中难于自拔而忽略了肉体？这问题我至今也说不清楚。

在那样的日子里，每当我和田岷来到一起时，都会出现一种一反往常的现象。以前我和田岷没有过身体的结合，以前我们只是一对普通的恋人，以前在一起时都是听我夸夸其谈；可现在不一样了，现在田岷已经与我合而为一了，现在我对田岷做任何事情都不算过分了，现在我已经没有兴趣东拉西扯而更多的时候我是冥思苦想着怎样才能让田岷高高兴兴地与我一同躺到床上去。在那样的日子里，掌握说话主动权的不再是我而是田岷。

田岷第一次对我提到她导师的爱情，是在一个周末的雨夜。那天是在我一个朋友的家里，崭新的房子还未经装饰，各种建筑材料所逸散出来的原始气息恰如人意。朋友的单位比较仁慈，没结婚也同样可以分到房子。这天我打发走朋友接来田岷，我认为她会对这个环境表示满意。果然田岷一来到这里就激动不已，她喜欢上了我朋友的房子，甚至还喜欢上了我朋友的工作单位。她在厨房、厕所、阳台和居室里马不停蹄地走来走去，充满艳羡地说以后我们要是能够有一处这样的房子也就心满意足了。不结婚的人也应该受到尊重，她对房子的赞美告一段落后，又打量着朋友写字台上上锁的抽屉说，不结婚的人甚至有更多的隐私需要保护。我讨好地跟在她的屁股后边，连声说着对对对对，就开始了对她的亲吻和抚摸。"可是我的导师，"田岷移开了她的嘴巴自说自话，在我的挑逗面前依然僵硬，"他的独身宿舍就像一件千疮百孔的破衣服，使他置身在那些刚刚留校的青年教师之间，都无法遮住他衰弱的身体。"田岷在说这话的时候满脸义愤，眼睛空洞得就如同投射在她眼睛里的洁白的墙壁。田岷情绪的迅速转移让我扫兴，我知道，在这样的情形下向她求欢，无异于是在自讨没趣。

"怎么？"我惊讶地问，"你的导师还没房子？"我想我得顺着她的思路说点别的，要不然她又要说我，你们男的为什么就只看重"这个"。

结果我的关注产生了误导，使田岷的声调也开始了义愤。"我也是刚刚才知道，"田岷说，"我导师还住在简陋的独身宿舍呢。"田岷离开我的怀抱站起身来，对我们置身的这间房子怒目而视。"他都五十岁了，他的一辈子都快完结了，可是他没有属于自己的一席之地。"

"为什么会这样？你们学校也太不像话了。"

"就因为他没有结婚。"

"没结婚？那他为什么五十岁了还不结婚，是不是他有什么病呀？"

"你也让我失望！"田岷忽然对我喝斥起来，"你们每个人都是为了满足窥阴心理而只关心别人的隐私，却没有一丝一毫的同情心和公正感。我想说的只是，结婚和房子之间存在的并不是必然联系。"

我忙赔笑脸："是呀是呀，我也是在说房子。一个五十岁的老同志了，不结婚也应该有一个独处的地方。"

"十八岁以后的人都应该有一个独处的地方。"

"对对。我这人群居惯了，以为别人也都会像我似的习惯那种不加掩饰的集体生活呢。"

"群居，听着都恶心。"

"那不说你导师的事儿行了吧？"

"不行！"

"那就你说吧，我听着。"

"我导师，你绝对无法想象。"田岷站到窗前，双手抚胸，两目远眺，如同舞台上的演员在朗诵内心独白，"他居然是一个罗密欧式的、充满悲剧情调的、带有古典意味的、浪漫色彩浓郁的爱情至上主义者，他为了一个年轻时与他相爱的女人，始终再没有过恋爱和结婚……"

是这样——听着田岷这种学院式的夸张表述，我的头皮都有点发麻。以前只是在小说中、电影里看到过这样的角色，可在现实生活中，这样的角色来到身边了，还真就有点让人难以置信。我无暇去考虑对这种人物是应该敬佩还是应该嘲弄，我只是对田岷这种表面上近于做戏却绝对是发自内心的激动有点忧虑。"你导师——可真是挺有性格呀……"我想我需要做的是不置臧否，便随随便便地说了句废话，"你导师和他当年那个女友之间，一定是发生了一些什么。"

"这是可以肯定的事情。"田岷的声音柔和起来，她垂下了眼睑向我靠近。"只是我一点也想不明白，真诚相爱的一对恋人间，发生了什么才会导致如此可怕的终身遗憾？"田岷主动地偎进我怀里，深深地沉浸到了她自己的冥想中。"导师对他自己的事情一向守口如瓶，"田岷又说，"只是因为他把我看成了他的得意门生，而且还因为我也是张集人，是他女友的老乡，他才对我透露了几句。你可得帮我替他保密。"

"那是自然的，我根本就不认识他嘛。"停了一会儿，我抚摸着田岷轻声安慰道："别难过田岷，这样的事情总是很复杂的，我想你的导师他一定有他自己的道理。"

"我们永远不会分手，我们永远都能欢乐和幸福，你认为是这样吗？"

"是这样田岷。我们永不分手，欢乐幸福……"

这时候的田岷如小鸟依人，让我对她万分怜爱。在我们一步一步地迈向高潮时，我想到了田岷那位痴情的导师。他从爱情的另一个角度，提示给我们一些朴素的道理。我体会到了我和田岷共同的震颤。

这一个雨夜，是我和田岷都很真实的一个雨夜。

时间过得很快，未来的理学硕士田岷现在最常说的一句话是复述她导师的感慨："只有知识才能使人骄傲。"我发现，田岷比读本科的时候用功多了。当然，和我在一起的时候，她也会说一些别的，然而那些别的话题总是会三绕两绕地又绕回到她的学业和她的导师身上去。有一个周末，田岷告诉我她导师当年的女友长得十分美丽并且有一个十分美丽的名字，叫茉莉；又有一个周末，田岷告诉我她导师和茉莉恋爱的年龄和我们现在一样大，一个二十五，一个二十三；再有一个周末，田岷告诉我她导师和茉莉在不久之前居然有过一次邂逅……我不愿意让两个莫名其妙的陌生人的爱情来统治我和田岷的生活，可是田岷似乎已经走火入魔，只有让她的导师和那个茉莉介入我俩之间，她才能够亢奋起来。当然了，她给我讲述的她导师和茉莉的故事支离破碎，其间许多似有若无的缺失疑点也能吊人胃口。于是猜测、补充、分析和评论田岷导师与茉莉之间的恋爱故事，不以我的意志为转移地成了我和田岷在一起时的一件重要事情。

"田岷你是不是爱上你的导师了？"有一次田岷正在对她导师大加赞美时我问了一句。

"庸俗！"田岷说，"这样的话你也说得出口。"

"说不出口？为什么要说不出口？"我本来只是开句玩笑，可田岷看我时那种轻蔑的表情让我受到了伤害，"你都做出来了，我为什么还不能说出来！"

"我做出什么来了？"

"你从来没有像夸奖那个糟老头子那样夸奖过我。"

"你已经不仅仅是庸俗了，还很低级趣味。"田岷不屑地转过头去，看窗外街道上繁乱的行人，"第一，你说的人他虽然身体不好，但他不是糟老头儿，他是一个才华横溢、感情丰富的壮年男子；第二，你的全部本事只是把一个女人拖上床去，然后把她视为私有财产，再用妒忌和诽谤去控制她，没什么值得我夸的；第三，你……"田岷的声音异常平静，可让我感到毛骨悚然。

"你放屁！"我义愤填膺地拍着桌子，恨不得去打她两个嘴巴。我记得我们刚刚认识那会儿，已经读完大三的田岷就像一个单纯如水的小女孩儿，我看她一眼她都要脸红。后来她就被我带到了床上，我成了她全部的依赖和全部的寄托。可是现在，这研究生读的，还不到一年，她就变成了一个尖刻的女人。她离开了琼瑶，我以为这是好事，可是她那个孤僻病弱的导师，却比琼瑶还要危险。

但是我爱田岷。我知道田岷也爱我。

我只好陪着田岷继续在她导师和茉莉的爱情故事里度过我们的周末。当年田岷的导师和茉莉真诚相爱，他们的分手来自于双方共同的决定。但这个决定依据了什么，却不是我和田岷所能想象出来的任何原因。第一不是门第原因，两人的父母都是小知识分子，且素无隙罅，对他们的爱情也一致赞同；第二不是身体原因，两人都无十分要紧的任何类型疾病，后来的事实证明茉莉还成了两个孩子的母亲；第三不是情感原因，他们的恋爱都是第一次恋爱，在恋爱期间互相也都没有发现过哪怕只是思想意识方面的疏离和背叛；第四不是政治原因，两人都是政治场景中的小人物这自不待言，即使是处在许多需要表态、站队、依附的时刻里，他们也都浑浑噩噩不谈国事；第五不是地域原因，他们是大学同学，毕业后又一同分到了张集工作，而田岷的导师调到沈阳已经是在茉莉嫁人以后的事了；第六不是……我和田岷绞尽脑汁，也想不好还有什么原因可以导致一对至死不渝的恋人的分道扬镳。

也许是因为一个玩笑，

也许是因为一次误会，

也许……

也许……

田岷的导师说，二十多年过去了，即使有天大的事情，他也拒绝再回张集。不是他不留恋那片土地，而是他担心那座住着他爱人的城市会劐开他的伤口。可是他和茉莉不久前的邂逅，却是一次天意的安排。那天他听说了田岷是张集人，平静的内心忽然就有一点骚动。回到他那间简陋的宿舍后，他提前翻开了当年茉莉送他的厚本影集。而在以往，欣赏茉莉的每日必修课要在深夜里完成。那本影集在过去的二十多年里，已经被他至少翻看过七千遍了，可是在那七千遍的翻看过程中，美丽的茉莉总是缄默不语。但在他的生活中出现了来自张集的田岷的这一天就不一样了，这一天年过五十的大学教授听到了旧日恋人的遥远的声音。这一天茉莉对他说的是，她想念他。以前这个幽闭的男人光知道他想念茉莉，他认为茉莉也会想念他可是无法证实，所以他无论如何也不能去搅扰茉莉安宁的生活。可是现在他却于偶然之中得到了确证，在二十多年过去以后，茉莉也在想念着他。他没有道理继续按兵不动了。收好影集，匆匆忙忙的单身男人连晚饭都没吃，就连跑带颠地爬上了火车，在夜色之中进入了张集。这一个夜晚他忐忑不安，第二天早晨天刚放亮，他就来到了茉莉昔日居住的地方，又找到了过去茉莉工作的单位。可是结果并非尽如人意，茉莉昔日居住的地方早已被一个游乐场取代了，据说在游乐场里可以满足游乐者吃喝玩乐的所有要求；而过去茉莉工作过的单位也已在几度搬迁中不知去向了，现在那家单位从领导到看门老头，没有一个人知道二十多年前这里曾有过一个名叫茉莉的工作人员。田岷的导师终于明白，自己这二十多年后的盲目寻觅是何等的荒唐，他只好步履沉重地向火车站走去。可是就在这时，就在他垂头丧气、满腹绝望地行将离开张集之时，有一个与他交臂而过的妇女用惊讶的声音喊出了他的名字。他回过头去。他看到了茉莉。

在我和田岷将近四年的恋爱生活里，即使不见面，我们也都知道，我们还都活动在沈阳这座城市的范围之内。偶尔地，我会出差，一般都是三天五天、十天半月，最长的一次是三十七天，陪我们将要下台的老厅长和他的夫人去四川、云南一带的风光胜地。但那都是我离开田岷，田岷却从来没有离开过我。在寒暑假时，田岷要回家，回张集待上长短不一的一些时日。可实际上那种时候常常是我们更为接近的一些时候。由于我在单位处在了一个上下左右都是一团和气的位置上，所以田岷回张集看望父母的日子，总是我巧立名目地在张集开会调研的日子。我时常对田岷讲，我不能忍受你对我的离开。可是现在田岷三年级了，我不能忍受的事情必须也得忍受了，现在田岷需要离开我和我们共同居住的沈阳一段漫长的时光。得四十五天左右，比三十七天还漫长。

三年级是攻读硕士学位的最后一年，在这一年里，田岷的主要任务是准备毕业论文。按照她导师给她制定的教学计划，在动笔撰写毕业论文之前，田岷要在她导师的率领下周游列省市自治区，号称访学。我想我即使有天大的本事，也陪不起了，这么长时间，连自费都不可能。

"这就是游山玩水嘛，"我满脸不快地说，"你们学校也真是的，经费那么紧张，却拿得出这笔开销，简直是挥霍。"

"你现在真是狭隘得有点鼠目寸光了。"田岷说，田岷的伶牙俐齿在这两年的研究生学习期间得到了上好的磨砺，"我们这是出去拜专家，访同行，开眼界，长见识。可不像你们单位，不光自己出去公费旅游，还带上家属。"

"我们机关有钱，你们学校没钱。"

"没钱就不搞科研了，没钱就不培养人才了……"

"这样吧田岷，你别去了，写论文你需要什么材料，我踏破铁鞋也给你找到。"

"你别那么婆婆妈妈地扯后腿，什么材料能取代一颗颗智慧的人的头脑。"

"我不是舍不得跟你分开吗。"

"我给你写信。"

"那也不行，我看不着你。"

"你看我照片。"

"哼——"听到田岷提起照片，我的气就更不打一处来了，"你那个无亲无故的冷血导师，他不讲亲情以为所有的人也都像他那样是石头缝里蹦出来的呢。我可做不到靠照片度日。"

"我可警告你，不许你瞎说八道，"田岷的表情又严肃起来，"我跟你实说了吧，在这一个半月里，我导师也必须忍痛中断和茉莉的约会了。"

"什么什么？他……约会……"

我这才知道，原来自从田岷的导师与茉莉邂逅以后，他也就像我和田岷一样，热恋般地忙了起来。这个五十出头的独身男人，在日复一日的备课写书教学之余，每个周日，他都要乘早车兴冲冲地赶到张集，与茉莉在一家雅静的餐馆里吃一顿饭，一起消磨掉情意绵绵的两三个小时。

"你这心中的圣人他想干什么，"我讥讽地说，"人家茉莉可早就是一个丈夫的妻子和两个孩子的母亲了。"

"这你就不用操心了，"田岷满脸向往地回答说，"他们以一种纯洁的关系，共同体会在流逝的岁月中他们那未曾受到过任何磨损的爱情，难道不是一件很美好的事情吗！"

"美好？这对人家茉莉的丈夫也美好吗？"

"茉莉的丈夫应该羡慕他们，我们每一个人都应该羡慕他们。"

"田岷你是不是有点不太对头？"

"恰恰相反，我觉得我对生活对爱情都有了越来越对头的理解和认识。"

我还能说什么呢？我发现田岷在她导师的影响下，已经变成了一个可怕的怪物。在田岷随她导师离开沈阳的那些日子里，我几乎得了一种叫作强迫性妄想症的病。我忧心忡忡地想，虽然我和田岷依然恩恩爱爱，虽然我们依然在一张张能被田岷接纳的床榻上流连忘返，可是我们心里那股原始的情感早就在不知不觉间被腐蚀殆尽了。我们身心无条件的需要变成了一幅刻意摆放过的做作的布景，在这块布景前面的所有演出，那些一招一式一颦一笑，全都被固定在了一尊了无生气的僵死的雕塑上。

田岷毕竟是一个通情达理的女人，她与我的争执矛盾都属于舌头碰牙的范畴，说过吵过也就拉倒了。她知道我是多么爱她。虽然她笑话我儿女情长得不像个男子汉，可在她离开沈阳的一个半月里，每到一处，只要她确定能够待到四天以上，她就立刻拍电报告诉我一个电话号码。按照她走前我们的约定，每次得到她的电话号码后，我都能够在晚上十点钟到办公室通过直拨电话与她联系上。因为有时我可以连续几天晚上与住在同一个地方的田岷通话，这样算下来，在一个半月的时间里，我们竟通了十二次长途，比在沈阳时同样时间内我们的见面次数整多了一倍。

"可是我没法触摸你呀。"有时田岷在通话中热情讴歌日益发达的电信传输事业时，我就会恶毒诅咒遥遥的空间距离。"我没法和你做爱！"本来我这样说话是为了调节气氛，可是每回这样的话一出口，我都会从里到外地产生一种堕入深渊的恐惧感。

"田岷，你还爱我吗？"我可怜巴巴地问。在以前她总是这样问我的。

"看你，我当然……"不论她旁边是否有人，田岷总是像哄孩子那样这么微笑着打发我。

田岷从外面回来以后，瘦了一些也黑了一些，让我觉得她有一点陌生。在写毕业论文的时候她心事重重，每次与我上床也都心不在焉。我问她怎么了，她总是说没什么，连她导师与茉莉的故事也不再讲了。有时我把她问急了，她就说我总是没有正事。"你只知道耽于肉欲，"她说，"爱情的涵意可是无比广泛。"我不知道怎样做才能重新唤醒田岷心中的快乐，我只想，田岷田岷你赶紧毕业吧，毕业了咱们一结婚，生孩子过日子，你那些荒唐透顶的爱情涵意也就该烟消云散了。

然而我对于田岷性格的把握过于简单了，后来我想，自从田岷访学归来，自从她不再对我讲述她导师和茉莉的恋爱故事，她就已经做出了最后的选择。

我们的最后一次做爱是在田岷毕业论文完成的那天。那天在我家里，我亲自上灶，为田岷事实上的研究生毕业大摆酒宴。我把冷盘一一拼好，坐在窗前等待田岷，我想等她在外面的街道上一出现就开始炒菜。正当我有些神不守舍的时候,我看到了骑在自行车上的田岷的身影,她显得有点过于匆忙。我趴在窗口上对她大声喊道:"嗨,慢点骑,别着急,我这热菜还没炒呢。"本来我想喊完就进屋点火炒菜,可是我看到田岷冲我一个劲摆手:"先别炒,先别炒……"

田岷进到屋里,汗都没顾上擦擦,就避开我的家人把我拉进了我的房间。

"我吃不上饭了,我得立刻回一趟张集。"

"怎么了?是你家里出什么事了吗?"

"没有,"田岷慢慢平静了一些,"是我导师的事,我得替他去送个信儿。"

"他……是给茉莉送信儿?"我的心绪一下子就坏了。

"是……"田岷看出了我的不快,怯怯地掏出一张折叠过的白纸递到我手上。那是一张厚厚的复印纸,托在我手上沉甸甸的。我把洁白的复印纸轻轻展开,看到上半面写着几行漂亮的行书:"茉莉,我微染小恙,看来明日的张集之行只好取消,请你原谅。但我的身体你不必牵挂,下个周日,我肯定会精神抖擞地出现在我们会面的老地方的。我近日的情况,我的学生田岷会向你通报。"在这几行字的后边,写着"知名不具"这样一个暧昧的落款。在那个暧昧落款的下边,也就是整张复印纸的下半面,写着的是两行详细的地址。显而易见的,一行是家庭地址,另一行是单位名称及单位的地址。这时我觉得我的全身一片麻木。我把这张纸从头到尾地看了几遍,直到我确信纸上的每一个汉字和每一个阿拉伯数字都能让我一辈子也忘不掉了,我才抬起头来。

"挂个电话不行吗?"我说。

"茉莉家里没有电话;她单位的电话,因为欠资被电话局掐了。"田岷说。

"真别扭。"

"对不起。"

"我觉得你这导师可不是像你说的那样内向孤僻,情感深藏。"

"你什么意思?"

"他在你这么一个女学生面前真可谓尽情袒露、一览无余了。"

"你——"

"田岷我不是要伤害你,你一个大姑娘来来去去地给这么样的一对情人传条捎话的,好吗?"

"我——"

此时此刻,我和田岷,都处在了一触即发的引爆点上。我不知道现在我该说些什么和做些什么,我的脑子已经被田岷的导师和茉莉这一对半百男女的爱情纠葛搞得一团混乱了。我想如此下去,我非发疯不可。恰好在这时,电话铃响了。我绕开田岷抓起电话,我很庆幸有别的事情能在这时把我的注意重心分散开来。我听到一个低沉的声音叫出了我的名字,我刚想用热情的声调问他是谁,他说他不是找我而是要找田岷说话。我的热情一下子就冷却了下来,我知道无需询问,我完全能够指认出来电话的另一端是一个怎样的男人。我恶狠狠地把电话递给了田岷,为了不做出什么过分的事情,我快步出门拐进了厨房。好长时间以后,田岷站到了我的身后,她看着我一样一样地把鸡鱼肉蛋重新放进冰箱,忽然就从后边抱住了我身体。

"你别生气了,我不走了,咱们一起做这顿饭吧……"田岷的温度从后背渗进了我的心里,只是一瞬,我就被融化了。

"怎么不走了呢? 命令改变了?"

"我导师他,他坚持要在明天带病去张集。"

"他身体能行吗?"我倒有一点可怜起那个狂热的恋人来了。

"他说——"田岷的声音里带出了哭腔,"他说没有什么东西可以阻挠思念与爱,除非是死……"

一年以后,一个于姓姑娘成了我的妻子。在我与于姓姑娘恋爱期间,在我们第一次上床的时候,不知为什么,我有意无意地重复了我与田岷第一次做爱时说过的话。我说我必须跑马占地,免得以后竹篮子打水。

于姓姑娘也像田岷一样，文静柔顺并且美丽娇媚，可是她在床上却龙腾虎跃。她听了我的话一点也没生气，反倒快乐地告诉我道："这肯定是一片让你骄傲的土地，你就等着用一生来收获吧。"

也是事有凑巧，这于姓姑娘和田岷同乡，她的父母也都住在张集。在我和她结婚的那个甜蜜之月，我们有一半时间住在沈阳，另一半时间待在张集。有一天，是在我们离开张集将回沈阳的时候，我对我的新婚妻子于姓姑娘说："我想去寻找一个人，你陪我去好吗？"敏感的于姓姑娘笑着问我："是一个女人吧？"我如实回答说是。"是你过去的恋人吗？"于姓姑娘又问。我笑了笑没有吭声。穿戴齐整以后，我们都感到了一种莫名的紧张。我们便不再说话，紧挽着臂膀向那两个我从未去过却早就深深地印在了我脑子里的地方走去。在第一个地方，我看到那里并不是什么居民住宅区，而且一伙玩扑克的老头告诉我说，这个地址在日本鬼子那会儿就是一个小型公园了；在第二个地方，我也没能发现有着随便什么名称的某个单位，一伙在一片暄浮的泥土地上踢足球的中学生对我说，这片菜地已经填平好几年了，早就说要建一个体育场，可是迟迟看不到施工队伍。

离开张集回到沈阳，我新婚的妻子于姓姑娘有点酸溜溜地对我说："没见到你过去的恋人，是不是觉得挺遗憾的？"我沉默了一会儿，然后一下把她拥进了怀里。我的眼泪滴在她肩上，她没看见。

（原刊于《收获》1995年第4期）

红桃Q

苏 童

有些人就是改不了小偷小摸的毛病，在我们香椿树街上这种情况尤其严重，你稍不留神，家里的腌鱼、香烟甚至扫帚就会失踪，所以那天当我发现我的扑克牌少了一张红桃Q时，我立即想到有人偷去了我的红桃Q。

你不知道我有多么爱护我的扑克牌，那是我在一九六九年唯一的玩具，我常常用它和我哥哥玩一种名叫大洛克的游戏。玩扑克牌是不能缺少任何一张牌的，也正因为如此，我在每一张牌后面都写上了我的名字，我以为这样一来谁也不会来偷我的扑克了，可是我错了。我去向我哥哥打听红桃Q的下落，他说，丢一张牌算什么？我们学校李胖的儿子都丢了，一个人丢了都没人找，谁替你找一张破牌？我从他的表情里察觉出某种蹊跷之处，几天前他向我借一毛钱，我没理睬他，我怀疑他故意偷走了红桃Q作为对我的报复，我这么想着就把手伸到他的枕头里、床褥下还有抽屉中搜查起来，你知道我哥哥不是什么好惹的人，他突然大叫起来，你他妈的把我当牛鬼蛇神呀？你他妈的敢抄我的家？说着他就朝我屁股上狠狠地踹了一脚。

后来我们兄弟俩就扭打起来了，结果当然是我挂了眼泪灯笼，我哥哥一看局面不堪收拾了，纵身一跃就跳到了窗外的大街上，隔着窗子他对我说，你真他妈的没骨气，丢一张破扑克牌有什么了不起的？不就是一张红桃Q吗，哪天我给你弄一张红桃Q不就完了？

我哥哥是个吹牛皮大王，即使他说那番话是认真的，我也不相信他能弄来那张红桃Q。那是一九六九年，我们这个城市处于一种奇怪的"革命"之中，人们拒绝了一切娱乐，街上清寂无人，店铺的大门半开半闭，即使你走遍整座城市也看不见一张扑克牌的影子。你想象一九六九年一个雨雪霏霏的冬日，一个孩子在布市街（当时叫红旗街）一带走走停停，沿途趴在每一个柜台上朝货架上张望。营业员说，这位小同志你要什么？孩子说，扑克牌。营业员便都皱起了眉头，语气也不耐烦了，哪有什么扑克牌？没有！

我这么精心描述我当时寻觅扑克牌的情景，只是为了让你相信，我说的一切都是真的。

我跟随我父亲到上海去就是为了买一盒新扑克牌。从我们那座城市坐火车去上海大约需要两个钟头。那是我生平第一次坐火车，但我不记得当时是什么心情了，况且两个钟头的旅程过于短暂，只记得我父亲一直与邻座谈论着橡胶、钢铁什么的，谈着谈着火车就停下来了，上海到了。

一九六九年的上海是灰蒙蒙的死城，我这么说其实多半是一种文学演绎，因为除了那些土黄色的有钟楼的大圆顶房子，还有临近旅社的一长溜摆放豆制品的木架，我对当时上海街景几乎没有什么记忆。我跟随出公差的父亲走在上海的大街上，眼光只是关注着路边每一家店铺的玻璃柜台。你应该相信，即使是在一九六九年，上海的店铺也比我们那儿的店铺更像店铺。不管是肥皂、草纸还是糖果糕点都整洁、有序地摆放在柜台货架上，有几次我一眼就看见了类似扑克牌的小纸盒，但每次跑过去一看，那却是一盒伤湿止痛膏或者是一盒香烟，上海也没有扑克牌？上海也没有扑克牌，这让我失望透顶，我想香椿树街上的那些妇女常常叽叽呱呱地谈论上海的商品，她们把上海说成一个应有尽有的城市，现在看来全是骗人的鬼话。

我说过我父亲公务在身，他没有时间陪我在店铺里寻觅扑克牌，他要赶在别人下班前办完他的事情。在一幢灰白色的挂着许多标语条幅的水泥大楼前，父亲松开了我的手，他把我推到传达室的窗前，对里面的一个中年女人说，我上你们革委会办点事，你替我看一下我儿子。我看见那女人漠然地扫视着我们，鼻孔里哼了一声，出公差还带着孩子？什么作风！

我父亲无心辩解，他拎着一只黑色公文包匆匆地往楼上跑去，剩下我一个人站在上海的这座陌生的水泥大楼里，站在一个陌生女人冷冰冰的视线里。我看见传达室的炉子上有一壶水噗噗地吐着热气，那些热气在小屋里轻轻地漫溢着，墙上的毛泽东画像和几面红旗便显得有些湿润而模糊，那个女人的双手一直在桌下做着某种机械动作，偶尔地她抬起头朝我瞟上一眼。我突然很想知道她在干什么，于是我撑住窗沿腾起身子，朝桌子下面的那双手看了一眼，我看见一只苍白的手抓着一只圆形绣花架，另一只苍白的手捏着绣花针和丝线，我还看见了那块白绢上的一朵红花，是一朵绣了一半的硕大的红花。

你干什么？女人发现了我的动作，她几乎是惊恐地把手里的东西扔在桌下，她伸出一只手来抓我的胳膊，但我躲闪开了。我发现那个女人的眼睛里露出一丝凶光，她从桌上捡起一支粉笔朝我扔过来，嘴里恶声恶气地说，哪来的小特务小内奸？鬼头鬼脑的，给我滚开！

我逃到了街道的另一侧。我觉得那个女人莫名其妙，她把两只手藏在办公桌下绣花莫名其妙，她对我喷发的怒火更是莫名其妙。我其实不在乎她把手藏在桌下干什么，不就是绣一朵花吗，为什么要偷偷摸摸的呢？我想假如知道她是在绣花，我才懒得望她一眼，问题是她不知道我的心思，其实当我撑住窗沿看她的手时，我最希望看见的是扑克牌或者只是一张红桃Q。

我第一次去上海充满了失落感，我父亲拉着我的手在上海的街道上怒气冲冲地走，他说，扑克牌，扑克牌，你知不知道那是封资修的东西，那不是什么好东西！

现在我可以确定当年随父亲投宿的旅社临近外滩或者黄浦江，因为那天夜里我听见了海关大钟、小火轮以及货船汽笛的声音，我还记得旅社的房间里有三张床，每张床上都悬着夏天才用得上的圆罩形蚊帐。除了我和父亲，房间里还住着一个操北方口音的男人，那个男人长了一脸硬如猪鬃的络腮胡子。

起先我一个人睡一张床。灯开着，窗外的上海在一种类似呜咽的市声中渐渐沉入黑暗。我看不见窗外的事物，只是透过蚊帐看着房间的墙。墙是米黄色的，墙上有一张爱国卫生月的宣传画，我觉得宣传画上那个手持苍蝇拍的男孩很像我们街上的猫头（猫头也许与失窃的那张红桃Q有关，他是我的重点怀疑对象），我想了一会儿猫头与红桃Q的事，突然就看见了墙上的那摊血迹，真的是很突然地看见了那摊血迹，它像一张地图印在墙上，贴着床上的蚊帐，离我的枕边仅仅一掌之距。

墙上有血！我朝另一张床上的父亲大叫起来。

哪来的血？我父亲从床上欠起身子，朝我这里草草地望了一眼，他说，是蚊子血，夏天谁打蚊子时留在墙上的。

不是蚊子的血。我有点惊恐地研究着墙上那摊血迹，蚊子的血没有这么多！

别去管它了，闭上眼睛好好睡，马上要拉灯了。父亲说。

我看见那个络腮胡男人钻出蚊帐，他三步两步地跳过来，掀起我床上的蚊帐，是这摊血吧？他看了我一眼，掉头用一种明亮的目光盯着墙上的那摊血迹看，然后我看见那个男人做了一个令人震惊的动作，他把食指放进嘴里含了一会儿，突然伸到墙上的血迹中心狠狠地刮了一下，又把食指放回到嘴里。我看见他微微皱了皱眉头，往地上啐了一口唾沫。

是人血。他三步两步地跳回自己的床，在蚊帐里嘿地笑了一声，是人血，我一看就知道是人血。

刹那间恐惧使我的心狂跳起来，我扑向父亲的那张床，什么也没说，一头钻进了父亲的被窝。

是从谁头顶上溅出来的血，我一看就知道了。络腮胡男人说，你要用锥子戳谁的头，血溅到墙上就是那样子，用皮带头抡也差不多，我一看就知道了，这儿肯定押过人。

那不可能，这是旅社。父亲说。

旅社怎么就不能押人？络腮胡男人在蚊帐里再次发出了轻蔑的笑声，他说，你好像什么都没见过，我们单位的澡塘都押过人，那血可不是在墙上，是在天花板上，天花板上呀，你知道人血怎么能溅到天花板上？你没亲眼见过，让你猜也猜不出来。

别说了，我带着孩子。我父亲堵住那男人的话茬说，我带着孩子，孩子胆小。

那男人后来就不再说了。灯熄灭了，旅社的房间也突然陷入一片黑暗之中，包括墙上的那摊血迹也被黑暗湮没了。除了一种模糊微白的反光，我看不见旅社墙面上的任何东西。我听见对面床上的男人打起了浊重的鼾声，后来我父亲也开始打鼾了。

孩子们胆小，那天夜里我一直抓着父亲的一条胳膊，我想象着旅社里曾经发生的这件事情，想象那个流血的人和手拿锥子或者皮带头的人，一时无法入眠。我记得我清晰地听见了上海午夜的钟声，我想那一定就是著名的海关大楼的钟声。

第二天上海没有阳光，天色始终像灰铁皮似的盖在高楼与电线杆的上端，我父亲捧着一张纸条，带着我在一家巨大的商场内穿梭，纸条上列着毛线、床单、皮鞋尺码之类的货品清单，那是邻居们委托父亲购买的。在那座明显留有殖民地气味的建筑物里，人比货品更为丰富芜杂。在皮鞋柜台那里，我差点与父亲失散，我走到文具柜台前，误以为柜台里的一盒回形针是扑克牌。当我沮丧地坐回到试鞋的长椅上，突然发现坐在旁边的不是我父亲，是一个穿着蓝呢子中山装的陌生人。

后来我张着嘴站在椅子上哇哇大哭，我父亲慌慌张张地跑过来，扔下手里的东西就在我屁股上打了两下，他说，让你别乱跑，你偏要乱跑，告诉过你多少遍，这是上海，走丢了没地方找你。我说我没有乱跑，我去找扑克牌了。我父亲没再责备我，他拉着我的手默然地往外面走，上海也没有扑克牌，父亲像是自言自语地说，或许小地方小县城还有扑克牌卖，等我去江西出差时给你看看吧。

大概为了抚慰我，父亲决定带我去黄浦江边看船。我们走到江边时空中已是雨雪霏霏，外滩一带行人寥落。我们沿着江边的铁栏杆走，我第一次看见了融入海洋的江水，江水是灰黄色的，漾着油脂，完全违背了我的想象。我还看见了许多江鸥，它们有着修长而轻捷的翅膀，啼叫声也比香椿树街屋檐前树上的麻雀响亮一百倍，当然最让我神思飞扬的是那些轮船，那些泊岸的和正在江中行驶的船只，那些桅杆、舷窗、烟囱、锚柱以及在风中猎猎作响的彩旗，我认为它们与我在图画本上描绘的轮船如出一辙。

雨和雪后来一直飘飘洒洒地落在上海的街道上，直到我和父亲登上那列短途火车的车厢。我的上海之旅结束得如此仓促，再加上恶劣的天气使午后的时间提前进入黑暗，我印象中的回程火车是灰暗而寒冷的。

车厢里几乎是空荡荡的，每一张木制座椅都透出一股凉意。我们原来坐在车厢中部，但那儿的窗玻璃被打碎了，因此父亲领着我走到了车厢尾部，那儿临近厕所，隐约地会飘来一股尿味，但毕竟暖和多了。我记得父亲脱下他的蓝呢子中山装裹在我身上时我问过他，这火车怎么没有人？就我们两个人？父亲说，今天天气不好，又是慢车，坐这车的人肯定就少了。

火车快要启动的时候突然来了四个人，他们挟着车窗外的寒气闯进那节车厢，四个男人，三个年轻的都穿着军用棉大衣，只有那个年长的戴口罩的人穿着与我父亲相仿的蓝呢子中山装，他们一进来我就知道外面的雪下大了，我看见那些人的帽子和肩头落满了大片的雪花。

我想说的就是那四个匆匆而来的旅客，主要是那个戴口罩的老人，让我奇怪的是他始终被另外三个人架着挤着，他们走过我们身边，选择了车厢中部我们原先坐过的座位，他们好像不怕那儿的冷风。我看见那个老人坐在两个同伴中间，他朝我们这里转过头来，但那个动作未能完成，那个花白脑袋好像被什么牵拉着，又转了回去。隔着座椅，我看见的是几个僵硬的背部，有一个人摘下头上的帽子拍了拍雪，仅此而已，我没有听见他们说过一句话。

他们是什么人？我问父亲。

不知道。我父亲也一直冷眼旁观着，但他不允许我站起来朝那群人张望，他说，你给我坐着，不许走过去，也不许朝他们东张西望。

火车在一九六九年的风雪中驶过原野，窗外仍然是阴沉沉的暗如夜色，冬天闲置的农田里已经蒙上了一层薄薄的雪衣。父亲让我看窗外的雪景，我就看着窗外，但我突然听见车厢中部响起了什么声音，是那四个人站了起来，三个穿棉大衣的人簇拥着戴口罩的老人穿过走道，朝我们这里走来。我很快发现他们是要去厕所，让我惊愕的还是戴口罩的老人，他仍然被架着推挤着，他的目光从同伴的肩上挤出来，盯着我和父亲，我清晰地看见他的眼泪，那个戴口罩的老人满眼是泪！

虽然我父亲用力把我往车窗那侧拉拽，我还是看到了三个人一齐挤进厕所的情景，其中包括戴口罩的老人。另外一个年轻人站在门外，他比我哥哥也大不了多少，但他向我投来的冷冷一瞥使我吓了一跳，我缩回了脑袋，轻声对我父亲说，他们进厕所了。

他们进厕所了，进去的是三个人，但那个戴口罩的老人没有出来，出来的是两个年轻人，我听见那三个穿棉大衣的人站在车厢连接处耳语着什么，我忍不住悄悄歪过脑袋，看见的是那三个穿棉大衣的人，其中一个正把大衣领子竖起来护住耳朵。我看见的是那三个穿棉大衣的人，他们推开另一节车厢的门,消失在我的视线里。

我不知道戴口罩的老人怎么样了,我很想去厕所看一眼,但我父亲不准我动弹,他说,你给我坐着,不许走过去。我觉得父亲的神态和声音都显得很紧张。不知过了多久,列车员领着一群带着锣鼓铜钹的文艺宣传队员走进我们这节车厢,我父亲终于把一直抓着我的手松开,他舒了一口气说,你要上厕所?我带你去吧。

厕所的门虚掩着,推开门时一阵狂风让我打了个哆嗦,我一眼发现厕所的小窗敞开着,风与雪一起灌了进来,厕所里没有人,那个戴口罩的老人不见了。

那个老人不见了。我大叫起来,他怎么不见了?

谁不见了?父亲躲避着我的眼睛说,他们到另外一节车厢去了。

那个老人不见了,他在厕所里。我仍然大叫着,他怎么会不见了?

他到另外一节车厢去了。你不是要撒尿吗?我父亲望着窗外的风雪说,这儿多冷,你快点尿吧。

我想撒尿,但我突然看见厕所潮腻的地上有一张扑克牌,说出来你简直无法相信,那正是一张红桃Q,我一眼就看见那是红桃Q,是我丢失了而又找不回来的红桃Q。你完全可以想到我的举动,我弯腰捡起了那张扑克牌,准确地说是抢起了那张扑克牌,我抹去了扑克牌上的泥雪,向我父亲挥着它,红桃Q,正好是一张红桃Q!我记得我父亲当时急遽变化的表情,错愕、迷惑、震惊、恐惧,最后是满脸恐惧。最后我父亲满脸恐惧地抢过那张红桃Q,一扬手扔到窗外,嘴里紊乱地叫喊着,快扔掉,别拿着它,血,牌上有血!

我敢打赌那张扑克牌上没有一滴血迹,但我父亲那么说似乎并非谵妄之言。一九六九年的上海之旅在我的记忆中有一个神秘的句号。关于那个戴口罩的老人,关于那张红桃Q。整个童年时代我父亲始终拒绝与我谈论火车上的那件事情,因此我一直以为那个戴口罩的老人是个哑巴,直到前几年我已能与父亲随便地谈论所有陈年往事时,他才纠正了我记忆中错误的这一部分,你那时候还小,你看不出来,父亲说,他不是哑巴,肯定不是哑巴,你没注意他的口罩在动,他的舌头,他的舌头被,被他……们,被……

我父亲没有说下去,他说不下去,他的眼睛里一下子沁满了泪。而我也不需要再说什么了,其实我也不喜欢多谈这件事情,多年来我常常想起火车上那个老人的泪水,想起他的泪水,我的心就会颤栗不已。

无论如何,红桃 Q 仅仅是一张扑克牌罢了。现在我仍然喜欢与朋友一起玩扑克,每次抓到红桃 Q 时我总觉得那张牌有某种异常的分量。不管是否适合牌理,那张牌我从不轻易出手,我也不知道为什么,我习惯把那张牌留到最后。

(原刊于《收获》1996 年第 3 期)

小孃孃

汪曾祺

　　来蜨园谢家是邑中书香门第，诗礼名家，几代都中过进士。谢家好治园林。乾嘉之世，是谢家鼎盛时期，盖了一座很大的园子。流觞曲水，太湖石假山，冰花小径两边的书带草，至今犹在。当花园落成时正值百花盛开，飞来很多蝴蝶，成群成阵，蔚为奇观，即名之为来蜨园。一时题咏甚多，大都离不开庄周，这也是很自然的。园中花木，后来海棠丁香，都已枯死，只有几棵很大的桂花，还很健壮，每到八月，香闻园外。原来有几个花匠，都已相继离散，只有一个老花匠一直还留了下来。他是个聋子，姓陈，大家都叫他陈聋子。他白天睡觉，夜晚守更。每天日落，他各处巡视一回（来蜨园任人游览，但除非与主人商量，不能留宿夜饮），把园门锁上，偌大一个园子便都交给清风明月，听不到一点声音。

　　谢家人丁不旺，几代单传，又都短寿。谢普天是唯一可以继承香火的胤孙。他还有个姑妈谢淑媛,是嫡亲的,比谢普天小三岁。这地方叫姑妈为"孃孃",谢普天叫谢淑媛为"孃孃"或"小孃"。小孃长得很漂亮。

谢普天相貌英俊,也很聪明。他热爱艺术,曾在上海美专学过画——国画和油画,素描功底扎实,也学过雕塑。不到毕业,就停学回乡,在中学教美术课。因为谢家接连办了好几次丧事,内囊已空,只剩下一个空大架子,他得维持这个空有流觞曲沼、湖石假山的有名的"谢家花园"(本地人只称"来蜨园"为"谢家花园",很多人也不认识"蜨"字),供应三个人吃饭,包括陈聋子。陈聋子恋旧,不计较工钱,但饭总得让人家吃饱。停学回乡,这在谢普天是一种牺牲。

谢普天和谢淑媛都住在"祖堂屋"。"祖堂屋"是一座很大的五间大厅,正面大案上列供谢家祖先的牌位,别无陈设,显得空荡荡的。谢普天、谢淑媛各住一间卧室,房门对房门。谢普天对小孃照顾得很体贴细致。谢家生计,虽然拮据,但谢普天不让小孃受委屈,在衣着穿戴上不使小孃在同学面前显得寒碜。夏天,香云纱旗袍;冬天,软缎面丝棉袄、西装呢裤、白羊绒围巾。那几年兴一种叫做"童花头"的发式(前面留出长刘海,两边遮住耳朵,后面削薄修平,因为样子像儿童,故名"童花头"),都是谢普天给她修剪,比理发店修剪得还要"登样"。谢普天是学美术的,手很巧,剪个"童花头"还在话下吗?谢淑媛皮肤细嫩,每年都要长冻疮。谢普天给小孃用双氧水轻轻地浸润了冻疮痂巴,轻轻地脱下袜子,轻轻地用双氧水给她擦洗,拭净。"疼吗?"——"不疼。你的手真轻!"

单靠中学的薪水不够用,谢普天想出另一种生财之道——画炭精粉肖像。一个铜制高脚放大镜,镜面有经纬刻度,放在照片上;一张整张的重磅画纸上也用长米达尺绘出经纬度,用铅笔描出轮廓,然后用剪齐胶固的羊毫笔蘸了炭精粉,对照原照,反复擦蹭。谢普天解嘲自笑:"这是艺术吗?"但是有的人家喜欢这样的炭精粉画的肖像,因为"很像"!本地有几个画这样肖像的"画家",而以谢普天生意最好,因为同是炭精像，谢普天能画出眼神、脸上的肌肉和衣服的质感，那年头时兴银灰色的"宁缎"，叫做"慕本缎"。

为了赶期交"货"，谢普天每天工作到很晚，在煤油灯下聚精会神地一笔一笔擦蹭。小孃坐在旁边做针线，或看小说——无非是《红楼梦》《花月痕》、苏曼殊的《断鸿零雁记》之类的言情小说。到十二点，小孃才回房睡觉，临走说一声："别太晚了！"

一天夜里大雷雨，疾风暴雨，声震屋瓦。小孃神色慌张，推开普天的房门：

"我怕！"

"怕？——那你在我这儿待会儿。"

"我不回去。"

"……"

"你跟我睡！"

"那使不得！"

"使得！使得！"

谢淑媛已经脱了衣裳，噗的一声把灯吹熄了。

雨还在下。一个一个蓝色的闪把屋里照亮，一切都照得很清楚。炸雷不断，好像要把天和地劈碎。

他们陷入无法解决的矛盾之中。他们在做爱时觉得很快乐，但是忽然又觉得很痛苦。他们很轻松，又很沉重。他们无法摆脱犯罪感。谢淑媛从小娇惯，做什么都很任性，她不像谢普天整天心烦意乱。她在无法排解时就说："活该！"但有时又想，死了算了！

每年清明节谢家要上坟。谢家的祖茔在东乡，来蜨园在城西，从谢家花园到祖坟，要经过一条东大街。谢淑媛是很喜欢上坟的。街上店铺很多，可以东张西望。小风吹着，全身舒服。从去年起，她不愿走东大街了。她叫陈聋子挑了放祭品的圆笼自己从东大街先走，她和普天从来蜨园后门出来，绕过大淖、泰山庙，再走河岸上向东。她不愿走东大街，因为走东大街要经过居家灯笼店。

居家姊妹三个，都是疯子。大姐好一点，有点像个正常人，她照料灯笼店，照料一家人吃饭——一日三餐，两粥一饭。糙米饭、青菜汤。疯得最厉害的是兄弟。他什么也不做，一早起来就唱，坐在柜台里，穿了靛蓝染的大襟短褂。不知道他唱的是什么，只听到沙哑沉闷的声音（本地叫这种很不悦耳的声音为"呆声绕气"）。他哪有这么多唱的，一天唱到晚！妹妹总坐在柜台的一头糊灯笼，脸上带着一种奇怪的微笑。姐妹二人都和兄弟通奸。疯兄弟每天轮流和她们睡，不跟他睡他就闹。居家灯笼店的事情街上人都知道，谢淑媛也知道。她觉得"膈应"。

隔墙有耳，谢家的事外间渐有传闻。街谈巷议，觉得岂有此理。有一天大早，谢普天在来蜻园后门不显眼处发现一张没头帖子：

> 管什么大姑妈小姑妈，
> 你只管花恋蝶蝶恋花，
> 满城风雨人闲话，
> 谁怕！
> 倒不如海走天涯，
> 赤条条来去无牵挂，
> 倒大来潇洒。

谢普天估计得出这是谁写的——本县会写散曲的再没有别人，最后两句是一种善意的规劝。

他和小孃孃商量了一下："走！离开这座县城，走得远远的！"他的一个上海美专的同学顾山是云南人，他写信去说，想到云南来。顾山回信说欢迎他来，昆明气候好，物价也便宜，他会给他帮助。把一块祖传的大蕉叶白端砚，一箱字画卖给了季匋民，攒了路费，他们就上路了。计划经上海、香港，从海防坐滇越铁路火车到昆明。

谢淑媛没有见过海，没有坐过海船，她很兴奋，很活泼，走上甲板，靠着船舷，说说笑笑，指指点点，显得没有一点心事，说："我这辈子值得了！"

谢普天经顾山介绍，在武成路租了一间画室。他画了不少工笔重彩的山水、人物、花卉，有人欣赏，卖出了一些，但是最受欢迎的还是炭精肖像，供不应求。昆明果然是四季如春，鸡㙡、干巴菌、牛肝菌、青头菌都非常好吃，谢淑媛高兴极了。他们游览了很多地方：石林、阳中海、西山、金殿、黑龙潭、大理，一直到玉龙雪山。读万卷书，行万里路，谢普天的画大有进步。他画了一些裸体人像，谢淑媛给他当模特。画完了，谢淑媛仔仔细细看了，说："这是我吗？我这么好看？"谢普天抱着小孃周身吻了个遍："不要让别人看！"——"当然！"

谢淑媛变得沉默起来，一天说不了几句话。谢普天问："你怎么啦？"——"我有啦！"谢普天先是一愣，接着说："也好嘛。"——"还好哩！"

谢淑媛老是做噩梦。梦见母亲打她，打她的全身，打她的脸；梦见她生了一个怪胎，样子很可怕；梦见她从玉龙雪山失足掉了下来，一直掉，半天也不到地……每次都是大叫醒来。

谢淑媛的肚子一天比一天大，已经显形了。她抚摸着膨大的小腹，说："我作的孽！我作的孽！报应！报应！"

谢淑媛死了。死于难产血崩。

谢普天把给小孃画的裸体肖像交给顾山保存，拜托他十年后找个出版社出版。顾山看了，说："真美！"

谢普天把小孃的骨灰装在手制的瓷瓶里带回家乡，在来蜞园选一棵桂花，把骨灰埋在桂花下面的土里，埋得很深，很深。

谢普天和陈聋子（他还活着）告别，飘然而去，不知所终。

（原刊于《收获》1996年第4期）

雾月牛栏

迟子建

　　宝坠在暗夜中倾听牛反刍的声音。这种草料与唾液杂糅的声音使他陷入经常性的回忆。他总觉得有什么重要的事情就裹在这声音里，可回忆像深渊一样难以洞穿，他总是无功而还。

　　继父大约是快死了的缘故，这一段他几乎天天都来牛屋和宝坠说话。有时他一言不发地抚摸宝坠的脑袋，眼睛里漫出混浊的泪水。宝坠就说："叔，你饿了？"因为他饿极了就想哭。

　　继父摇摇头，青黄的面颊抽搐着，他哆哆嗦嗦地拉住宝坠的手说："等叔死了，你就回屋里去睡。"

　　"我乐意和牛在一起，"宝坠嘻嘻笑着，"花儿快生小牛犊了。"

　　花儿是一头棕白相间的花母牛，它左脸有块形似兰花的白斑，这使它比扁脸和地儿都显得漂亮。地儿是一头三岁的黑公牛，是家里耕田犁地的主要劳力；而扁脸矮矮的个子，深棕色，是头年长的公牛，由于尾巴太粗，拉屎时老是弄脏尾巴，宝坠便埋怨它，夜里往槽子里添食时就拍一下扁脸的肚子："别贪吃个没完啊，吃东西要有时有响的。"

这话是母亲经常说给他的，如今他转嫁给扁脸。扁脸可不管这一套，它食量惊人地照吃不误，身后的卫生自然也就每况愈下。宝坠曾试图将它的尾巴用绳子拴起，高高地吊在牛栏上，可他仅仅试验着刚把绳子系在牛尾上，扁脸就拉下一盘屎，用尾巴卷着扬到宝坠的脸上，气得宝坠直想割下它的尾巴。

"割下你的尾巴喂狼！"宝坠威胁着，却把扁脸尾巴上的绳子解了下来。

继父已经好些天不来牛屋了。雪儿每次来给他送饭，宝坠就问："我叔死了吗？"

雪儿就将洁白的牙齿咬得咯吱咯吱地响，恨恨地说："你才死呢！"

雪儿是宝坠同母异父的妹妹。她清清瘦瘦的，不爱吃荤腥食物，眼睛又黑又大，有几分倔强，母亲常说雪儿的肚子里长满蛔虫。

牛反刍的声音衰竭了，宝坠咂摸咂摸嘴合上了眼睛。才睡着不久，一道强光刺痛了他的眼睛，一股浓烈的汗酸味袭来，母亲声音嘶哑地吆喝道："宝坠，你醒醒，你起来看看你叔，他要撒手了，想要瞅瞅你。"

"你别让它刺我的眼睛。"宝坠嘟囔着，指着那道射向他的电筒光。

母亲连忙将那光转向别处，正照在中间的牛栏上，三朵拴牛的梅花扣朵朵清幽，只是没有香气沁出。

宝坠坐了起来。

"你快去呀，你叔等不了多久了，"母亲带着哭音说，"虽然说他是你后爸，可待你多好呀，你一住牛屋，他就把这拾掇得比人住的屋子还暖和，他还天天给你来送饭，宝坠——"

"我不回人住的屋子，"宝坠复又躺下，"我要和牛睡在一起。"

"你就去这一回，"母亲乞求地俯身抚摸了一下儿子的额头，"明天妈给你烙葱花油饼。"

"卷土豆丝吗?"宝坠的胃因为兴奋而跳了一下。

母亲点点头。

宝坠再一次坐起来,他觉得母亲的那张脸跟冻白菜一样难看,她的头发也跟扁脸的尾巴一样脏。他穿上鞋,为着天明后的一顿美味而出了牛屋。外面有些凉,星光像蟋蟀一样在院子虽跳荡,他看见了屋子里的灯光,就在开门的一瞬他害怕了,他瑟瑟颤抖着后退,屋子里的气息使他想哭,他哀哀地说:"我要回牛屋——"

"宝坠——"母亲说,"妈给你跪下不成?"

"宝——坠——"继父的声音像在海浪中颠簸的小船一样晃晃悠悠地飘来。

母亲就势一把将他推进屋子,然后将背后的门关上。

宝坠持续地颤抖着,他见雪儿正端着个黄茶缸给继父喂水,继父斜倚在炕头,眼睛睁得大大的,垂在炕边的胳膊像根干柴棒一样僵直。

宝坠被母亲给推到炕沿前。雪儿瞪了一眼宝坠,把茶缸余下的水泼到地上,然后到窗前去了。

继父的嘴唇像蚯蚓一样蠕动着,他喘着粗气说:"叔要死了,你答应叔,以后你回屋来住。你自己住一个屋,你妈和雪儿住一个屋。"

"妈和叔住一起。"宝坠说。

"可叔要死了,她不能和叔住一起了。"继父说。

"再来个活的叔和她住一块。"宝坠说。

母亲声嘶力竭地上来打了宝坠一下:"孽——障——"

宝坠趔趄了一下,站定后不知所措地看着继父。

"我要和牛住,"宝坠说,"花儿要生牛犊了。"

继父怜爱地看着宝坠,大颗大颗的泪水流到凹陷的双颊。

"叔——"宝坠忽然说,"你死后就不回来了?"

继父"呃"了一声,依然泪流不止。

"那我问你个事,"宝坠说,"牛为什么要倒嚼呢?"

继父曾当过兽医，对牲畜的事自然了如指掌。

"牛长着四个胃，"继父说，"牛吃下的草先进了瘤胃，然后又从那到了蜂巢胃。到了这里后它把草再倒回口里细嚼，接着，接着——"

"接着又咽下去了？"宝坠目不转睛地盯着继父问。

继父疲乏地点点头，说："咽下的草进了重瓣胃，然后再跑到皱胃里去。"

宝坠把"皱胃"听成了"臭胃"，他不由嘻嘻笑道："牛可真傻，倒来倒去，把那么香的草给弄到臭胃里了。到了臭胃就变成屎了吧？"

继父的泪水流得更凶了，他仍然徒劳地想拉一拉宝坠的手，可他的每一次挣扎都使得他与继子之间的距离在增加。

宝坠惦记着该给三头牛再添些夜草，所以他就转过身朝屋外走。

母亲哽咽着挡住宝坠的去路，她说："你不谢谢你叔这些年对你的养育之恩？"

"他都要死了，"宝坠说，"谢他，他也记不住多一会儿了，还累脑子。"

"你这个傻——"母亲号啕大哭。

宝坠绕开母亲，他朝屋外走去。雪儿蹲在门槛上呜呜地哭。宝坠一脚跨过她，说："你又不死，你哭什么。"

"明天我屁也不给你吃！"雪儿咬牙切齿地指着宝坠的背影说。

"葱花油饼，还卷土豆丝呢。"宝坠得意洋洋地说。

"做梦！"雪儿"呸"了宝坠一口。

宝坠一回到牛屋花儿就低低地叫了一声，小主人从不夜间出门，它大约为他担心了。地儿也随之温存地"哞——"了一声，就连脾气暴躁的扁脸也短促地应和了一声，加入了问候者的行列。宝坠心下感动着，连忙去给它们添草。取草的路上他被铡刀给绊倒了，爬起后他数落铡刀："白天你还要干活呢，晚上不好好睡觉，伸手拽我干啥。"

干草在槽子里柔软地起伏着，宝坠对着他的三个伙伴说："你们急了吧？我叔要死了，他想瞅瞅我。"他摸着花儿圆鼓鼓的肚子说："我现在知道了，你们长着四个胃，最后的那个胃是臭胃。"

花儿、地儿和扁脸吃过草后慢条斯理地反刍，宝坠支持不住回炕睡下了。

雾气使牛屋的早晨根本不像早晨。有雾的日子宝坠就格外想哭。他坐在炕上，环顾着愈发显得昏暗的牛屋，不明白那雾怎么年年都来。

牛槽上横着的牛栏被一东一西两根柱子支撑得永远那么牢固。那道栏是白桦树做成的，黑色的树斑像是一群人的大大小小的眼睛嵌在那里，有的炯炯有神，有的则呆滞不堪。三朵拴着牛的梅花扣在雾气中颤颤欲动，仿佛真正的花在盛开。宝坠每天要爬到牛槽两次接触牛栏，早晨打落三朵梅花使牛获得去野外的自由，晚上又将三朵梅花重新盘上。他每次在解和系梅花扣的时候都怦然心动，仿佛这个瞬间曾发生过什么重大事情，可他无论如何也想不起什么，一如他听到牛的反刍声努力回忆仍终无所获一样。

宝坠在雾气中望着那道牛栏，这时牛屋的门开了，一汪亮色如泉水一般涌入，雾气纷纷扬扬地漫了过来。雪儿清脆的声音响了起来：

"宝坠，你的饭！"

自从继父病危后，一直都由雪儿来为他送饭。

宝坠没有答应。

雪儿飞快地走到南墙的饭桌旁，将一个碗和一个盘子摆上去。她穿着翠绿色的短裤子，三头牛为着这黯淡光线中的鲜润翠色而无比纵情地叫起来。

"葱花油饼卷土豆丝！"雪儿说，"你别一顿都吃了，留下两张中午吃。"

宝坠还是没有答应。

"妈说了，今天下雾了，路滑，别把花儿带出去了，它要是摔着了，肚子里的牛犊就保不住了。"雪儿伶牙俐齿地说。

宝坠答应了一声，然后问："叔死了吗？"

"你才死呢!"雪儿几步窜到宝坠面前,"他要死了,你哪有葱花油饼吃,吃个屁!"

"你肚子里都长虫子了,还这么厉害。"宝坠说。

"狗肚子才长虫子呢!"雪儿蹯了一下,那样子像只绿鹦鹉。

"叔怎么还没死。"宝坠颇为失落地说。

雪儿气鼓鼓地离开牛屋,走到门口时她又大声重复:"别带花儿出去啊,外面下雾了,路太滑!"

宝坠跳下炕去吃葱花油饼。他将饼平摊在桌子上,然后将土豆丝卷上。奇怪的是他以回屋见叔为代价换来的美食并未给他带来快乐,他的胃里好像塞满了棉花,再吃进什么都显得多余。他只咽了一张就离开饭桌。

从矮矮的东窗可以看到外面的雾仍然很大。

宝坠跳上牛槽,他站在上面,头颅就越过了牛栏,三朵梅花扣莹莹欲动地望着他。宝坠先解开了两朵,地儿和扁脸就朝门走去。轮到花儿,他踌躇了一下,但还是把那朵花打落了,他跳下牛槽摸着花儿的鼻子说:"今天你要慢点走,外面下雾了,你要是摔倒了,肚子里的牛犊也会跟着疼。"

花儿"哞——哞——"地叫了两声,温顺地答应了。

宝坠将两张饼卷起放进饭袋,背上水壶,赶着三头牛出了牛屋。

雾气轰轰烈烈地在大地上浮游。太阳像团刺猬一样在浓雾背后变幻不定地动着。宝坠视线模糊,只觉得脚下的路仿佛涂了猪油,踩上去东摇西晃的。扁脸显示出长者风范,冲锋在前,地儿紧随其后,只有花儿听话地跟在宝坠身边。他们四个在大雾中穿行,经过一座座房屋。屋外的黑栅栏在白雾中像是在水中漂游的青鱼。几声清冷的狗吠声响起,接着是一缕金色的鸡鸣。宝坠和花儿同时停下步子,等待鸡鸣声落下。他们都喜欢这声音。偶尔有几个过路人与宝坠擦肩而过,虽然看不清他们的脸,但那声音宝坠却是熟悉的。

"放——牛——去——?"拉长声调的人是老张头,他喜欢喝酒,舌头总是不听使唤。

"花儿还莫(没)生?"这是做豆腐的邢婶,她说话很快,口腔中老是散发出一股葱味。

"你叔还撑得住吗?"问这话的一定是李二拐了,他扯着三岁的儿子红木。他因为死了老婆,老是一副惨兮兮的样子,每天领着孩子在村子的小路上转悠,谁吆喝去吃饭他就进谁家的门。他老婆死了一年,他便领着儿子吃遍了全村的人家。现在他每碰到宝坠都要打听他叔的病。

宝坠回答这三个人的话都很简短:

"嗯"

"没生。"

"快死了。"

宝坠和三头牛走向离村两里的草场。这里的雾气更大一些,草湿漉漉的,宝坠很快听到了牛垂头啃草的声音,那声音"嗞——嗞——"的,可见草的柔韧性和纯度之好。他站在草丛中,伸出手抓了一把雾气,觉得抓空了,就再抓一次,仍是空的,手上什么也没存下。他不明白能看得见的近在咫尺的东西为什么会抓不住。

宝坠的继父本以为自己夜里就会撒手人寰,而到了凌晨竟然能悠徐自如地喘气了。为了证实自己还活着,他咳嗽了一声,这时他身边的女人便翻了一下身,有气无力地问一声:"你行吗?"

他"嗯"了一声,便试探着下地走几步路,出乎意料地能走到东窗前。天色灰蒙蒙的,外面白雾汹涌,弥漫着犹如传说中的天堂气息,这使他心中的隐痛再次发作,泪水无声地漫下。女人见他没事了,就穿衣起来点火做饭。她一边拨弄柴禾一边说:"昨晚答应了宝坠,今天要给他烙葱花油饼,他还要卷土豆丝呢。你说他傻,可他吃的心眼一点也不缺,唉。"

雪儿不久也起来了,她出了自己的小屋就冲灶房的母亲喊:"下大雾了，外面什么也看不清，全都糊涂着。"

"雾月到了。"女人淡淡地说，接着无限忧伤地叹息了一声。

"这雾是什么变成的呢？"雪儿惆怅地自问着。

女人说："一会儿你给哥哥送饭时，告诉他今天别带花儿出去，雾这么大，滑倒了花儿，那肚子里的牛犊可就遭殃了。"

雪儿看了一眼母亲正和着的面团，惊叫一声："真给宝坠烙葱花油饼呀！"

"雪儿——"宝坠的继父从东窗转过身来说，"以后不能老是宝坠宝坠地叫，要喊哥哥——"

"傻子也算是哥哥吗？"雪儿满不在乎地说，"他天天和牛在一块，别人都说咱家养着四头牛。"

"三头，"女人强调，"那一头还没生下来呢。"

"宝坠也算头牛！"雪儿说完，跑到院子里给鸡雏喂食。

雾气到了上午十点左右才渐渐稀薄了。太阳依旧曚昽如窗纸后的油灯。宝坠的继父喝了一些汤水，就走向院子另一侧的牛屋。女人小心翼翼地跟在他身后。他推开牛屋的门，看着他亲手盘起的火炕、垒起的火墙，看着墙上挂着的一些熟悉的物件：狍皮、马鬃、成捆的棕绳、捕鼠夹子、挂网，等等，想起他初见宝坠时他是一个多么聪明伶俐的孩子，他的泪水又滚了下来。

"花儿怎么不在——"女人忽然在背后慌慌张张地说，"这个傻子，告诉他下雾天别带花儿出去，它快要生了，要是摔倒了揣不住牛犊可怎么好！"

女人返身快步地回屋去找雪儿："你怎么没把妈的话传给宝坠？花儿不在牛屋里！"

"我说了——"雪儿大声争辩，"说了两遍呢！"

"他今天能带它们去哪片草场？"

"我怎么知道，"雪儿说，"他晚上回来就知道了。"

"他晚上能回来，可花儿不知能不能回来。"女人不由咒骂起已来的雾月，直骂得嘴角发麻，气喘吁吁，然后才定下心来想着去寻宝坠。她刚刚换上胶鞋，突然想起丈夫卧炕半月已病入膏肓却突然奇迹般地能行走，内心甚感不祥，惟恐她出去的这一刻会有意外。虽然对于未来来说，牛比丈夫更重要，但她还是选择了丈夫。

宝坠的继父把目光转向那道白桦木的牛栏。他的眼前闪现出八年前的宝坠。他第一次见到这孩子时就喜欢上了他。他生得虎头虎脑，很爱笑，生父因为打草遭毒蛇咬而丧了命。那时宝坠的妈妈不像现在这么邋遢，炕上的被褥拆洗得有皂香味，锅碗瓢盆绝不存一丝污垢。他虽然比她小两岁，还是心满意足地与她结婚了。那时他们只有一间屋子，宝坠睡在炕梢。由于新婚，他几乎每夜都要和女人在一起。如果月光好，他就能看清宝坠熟睡时的脸。宝坠每翻一下身或发出一声梦呓，他都要为之一抖，觉得已故的男主人的阴魂还在角落监视他。他曾发誓说要尽快造一座房子，让已经七岁的宝坠独自去睡。然而未等他的房子造起来，雾月来临了。

他们居住的村子三面环山，一面临水。每逢六月，雾就不绝如缕地飘来。从早到晚，只有正午时分雾气才会消散一刻。由于日照不充分，所以这个月庄稼长得很慢。人都说雾能连上三四天都难得一见，可他们这里的雾却能持续一个月。一些气象学专家曾来此地做过考察，也终未能做出一个合理的解释。倒是老百姓的民间传说占了上风。说是三百年前有位仙人云游四方经过此地，但见田里庄稼长势喜人，牛羊成群，家家户户仓廪殷实，一派欣欣向荣的气象。只是很多人家的男人都在骂老婆，骂的又都是一个词"丑婆娘"。仙人大感不解，问了几家挨骂而啼哭的女人，她们都说一到六月，阳光灿烂而农事稍闲的时候，男人们就嫌她们丑陋而牢骚不止。仙人一笑，遂将此地的六月点化成雾月，斩首了泼辣的阳光。袅袅雾气中的女人恍若仙女，男人都少了脾气，有一种羽化登仙的感觉，消逝的柔情又湿漉漉地复活。

宝坠的继父在那个雾月格外渴望自己的女人。有一天晚上，他们被大雾包裹着尽情地欢娱，宝坠不知什么时候醒了，坐起来看着他们跃动的影子，后来发出嘻嘻的笑声。宝坠的笑声彻底摧毁了他的激情，他胆怯地从女人身上哆哆嗦嗦地下来，觉得受到了莫大的羞辱。

第二天早晨，宝坠到牛屋去，他便也跟去了。牛屋里飘着雾气，他小心翼翼地问宝坠：

"昨晚你看见什么了？"

"我看见叔和妈叠在一起。"宝坠认真地说。

宝坠跳上牛槽，解拴在牛栏上的牛绳，这时忽然问："叔，你们弄出的动静怎么跟牛倒嚼的声音一样？"

他就是在这一刻蹿上牛槽一拳将宝坠打倒在牛栏上的。宝坠的脑袋重重地磕在牛栏上，"呃"了一声，然后像股水一样泻倒在牛槽里了。他当时以为不过是把宝坠打昏了，于是就抱着他回屋，对正在灶房忙碌的女人说："宝坠把头磕到牛栏上了。"

"他是个灵巧孩子，怎么会磕到那儿？"女人叫着去试宝坠的鼻息，她感觉到了他的呼吸，就放宽心说，"磕昏了，睡一觉就会好的。"

宝坠在雾中一直昏睡了一天。他起来后是又一个雾天的早晨了。他看着一切都觉得陌生，目光呆滞，母亲喊他宝坠时他也不知道答应。

"你觉得头疼吗？"继父问他。

宝坠看着外面的雾说："不疼。"

当天夜里宝坠就闹着要去牛屋住，他说不能和人住在一起。继父以为他不过是糊涂一两天而已，并未太放在心头，于是就去牛屋给他临时搭了一张铺。宝坠从此开始了与牛生活的日子。他坚持不回人住的屋子。后来他们发现宝坠不断地说一些似是而非的话，而且贪吃贪睡，逢到有雾的日子就泪水涟涟，他们便知宝坠丧失了一部分意识，沦为一个弱智儿童了。女人为此哭得抽过好几回。那时她已怀孕，动了胎气，所以雪儿是个早产儿。继父更是悔恨难当，他怎么也想不明白那一拳会葬送继子的前程。那道白桦木的牛栏在他看来跟屠刀一样可恶。他不敢把真实的一幕道给老婆，只是默默地给牛屋装修起来，为宝坠盘了一铺火炕。他每天给宝坠送饭，跟他说话，希望能打开他记忆的闸门。三九天北风呼啸的时候，他几乎每到半夜都要起炕到牛屋给宝坠的炕填些柴禾，顺便也喂喂牛。宝坠无法像其他孩子一样上学，只能天天放牛。宝坠也喜欢牛，三头牛的名字都是宝坠给取的。每年的除夕，他一大早晨就来到牛屋为宝坠换上新衣，将窗户贴上"福"字，还送给宝坠一盏他亲手糊的灯笼。宝坠喜欢金黄色的南瓜灯，他就年年送他一盏。夜半吃饺子放鞭炮的时候，他还把宝坠带到院子，让他看火花和听响儿。宝坠乐得忘乎所以，能吃下两大盘饺子。

雪儿的降生并没有给身为父亲的他带来任何快乐。因为他觉得雪儿的诞生与宝坠的病有着某种微妙的联系。雪儿两岁的时候，他便丧失了与女人亲热的能力。他不敢再想那件他曾乐此不疲的事。负疚感使他沉默寡言，健康备受滋扰侵蚀。宝坠的母亲因为丈夫的病而讨了无数个偏方，最终他还是萎靡不振。她的脾气便一天天坏起来，整日面目浮肿，不事修饰。当丈夫瘦得已经全然脱相的时候，她便张罗着借钱去大城市给他看病。可丈夫坚决不同意，说以后的钱都要攒着，留给宝坠治脑袋。女人便落着泪说丈夫善心肠，对原方的孩子这么好，是宝坠前世修来的福分。

雾气使白桦木的牛栏显得更粗了一些。他盯着那道罪恶的牛栏，恨不能将它当成脆骨嚼碎，咽进肚子，把它带到地狱去。四年前他便倾其所有翻盖了房屋，使一间屋变为了两间，雪儿有了自己的一铺小炕。他知道自己将不久于人世，他希望宝坠能回到人住的屋子，这样也许会使他的病慢慢好转。可宝坠昨晚的话却使他最后的一口气没能畅快地吐出来，他说继父死后还会来个活叔，人住的屋子依然没有宝坠的位置。这朴素的道理他怎么就没想到？可他再也没有力气翻盖房子了。

"宝坠——"他对着那道惨白的牛栏低低叫了一声。

牛栏在整个牛屋里处于极其显赫的位置，正当牛槽上，而且是牛屋的中心。它的白色树皮已经被拴牛的绳子给磨出亮光，但大大小小的黑色树斑依然清晰如目。除了牛栏别具一格地横空出世外，其他物件都是竖的。竖的柱子、竖的墙、竖的门，这使得被支撑在半空的白色牛栏格外抢眼。宝坠的继父只在传说中听过狰狞的鬼的长而尖的利牙，在他看来，这道牛栏就是谁栽在他家的一颗牙。

"我要拔下这颗牙。"他暗暗对自己说。

他环顾牛屋，在西北角的工具箱里翻出一把劈松明用的小斧子，然后返身走到牛槽前，试探着往上攀，可他觉得身上的力气已经逃命在先了，他拼足劲也站不到牛槽上，只能眼巴巴地举着斧子看着那道高高在上的牛栏。他这样僵持了大约不到两分钟，忽然觉得更浓的雾气涌来，白色的牛栏狡猾地隐身其中，仿佛一道云层后的闪电让人捉摸不定。他的眼前渐渐模糊，先是无边的白色，接着是强大的黑色，再接着是激烈的紫色，他摇摇晃晃地冲着牛栏唤了一声："宝坠——"然后扑倒在地。他死时手里还握着斧子。那斧子因为久不使用，已经锈迹斑斑了。

宝坠赶着三头牛回村时已是晚炊时分了。扁脸和地儿走在头里，他和花儿落在后面。傍晚时的雾气更大一些，宝坠走得很慢很慢，他生怕花儿有个闪失。他想好了，要是叔还没死，他就再问他个事。

他未进家院就听见一阵锯声和刨木板的声音传来。他停下来拍了一下花儿，说："咦，听听，家里怎么有动静？"

花儿沉默了一刻，然后仰起头短促地叫了一声，它肯定小主人的话时总是这副举止。

宝坠只觉得院子里游动着许多人影。刨木板的声音嚓嚓地像收割麦子。他不小心撞上一个人，那人说："是宝坠回来了？"

宝坠"嗯"了一声，然后问："你们这是干啥？"

"打棺材，"那人平静地说，"你叔死了。"

"叔死了。"宝坠嘀咕一句，然后偏过脸对花儿说，"我还想问他个事呢。"

宝坠忽然委屈起来，呜呜地哭了。哭声在雾气中流窜，几乎所有的人都听到了这声音。人们不约而同地问:"谁在哭?"

"是宝坠。"

"宝坠哭他叔。"

"宝坠舍不得他叔走。"

大家七嘴八舌地说着内容相同的话,然后品评宝坠的哭声:

"比亲生儿子哭得还真。"

"不和他叔有这么深的感情,哪能这么哭。"

宝坠的哭声使得屋里已经歇了的母亲的哭声再次号啕而起,雪儿明亮的哭声也加入进来。一些人屋里屋外地走来走去,一会儿劝老的,一会儿又劝少的。最后宝坠被一个人给领回牛屋,花儿一声不吭地跟在小主人身后,地儿和扁脸已经在里面等候多时了。那人将牛屋的灯拉亮,昏黄的灯光照着白色的牛栏、翘起的铡刀以及继父亲手为他盘的那铺火炕。宝坠哆嗦了一下,内心有一股异常凄凉的感觉。领他的人见他不哭了,就关上牛屋的门去打棺材了。

宝坠跳上牛槽,将三头牛拴在牛栏上。他每系一个梅花扣眼前都要闪现出叔的形象。因为他想问叔的那个问题是:他怎么会系梅花扣?这是他一个人白天在草场时所想的唯一事情。他再也无法从叔那里得到这问题的答案了。

宝坠跳下牛槽给它们填了些豆饼,然后坐在炕沿望着牛栏上的三朵梅花扣。花儿离开槽子远远地走到一堆干草前,这使它脖颈上的绳子绷紧了一刻。牛栏的一朵梅花扣也跟着颤动了一下。宝坠不由冲口而出:"谁也别想弄开我系的花!"

继父的红棺材被浓雾包裹着,那红色就显得有几分温柔了。停尸三天入殓后,继父就要被埋了。一大清早门外就来了一挂载灵柩的马车,宝坠被人给戴上孝帽子,腰间扎上长长的孝布,这使他很不高兴。雾气缭绕的院子里人影幢幢,灵幡像支硕大的芦苇一样斜插在院门口。母亲来到牛屋叮嘱宝坠,一会儿送他叔时要大声地哭,到十字路口要朝着东西南北各磕一个头,口中还要吆喝:"叔你好走——"

"你记住了？"母亲凄怨地问。她的满嘴起了燎泡，大约是抹眼泪和鼻涕的缘故，她的袄袖像涂了层浆子一样，泛出干硬的白色。

宝坠没有搭腔。

母亲加重语气说："你叔对你那么好，你要好好送他，那样他在地下会保佑你好起来。"

宝坠很不理解，母亲的话仿佛说明他哪儿出了毛病似的。可他觉得自己一切正常。

母亲一出牛屋，宝坠就把孝帽子摘下扔到干草上，孝布也扯了下来，这样他觉得身上的血又流淌自如了。他熟练地跳到牛槽打开三朵梅花扣，然后带着地儿、扁脸和花儿走出牛屋。他们经过院子的时候有很多人都指着牛问宝坠：

"你不送你叔了？"

宝坠"嗯"了一声，说："我要放牛去。"

"你不送你叔，你妈不生气吗？"

"她生气就生气去吧，"宝坠说，"叔都死了，送他他也不知道。"

人们看着宝坠赶着牛走上湿漉漉的村路，谁也没有上前阻拦他，也没有人去通报他屋里的母亲。大家都在想，宝坠已经很不幸了，还难为他送葬做什么呢？

雾气使白天跟黄昏一般曚昽，而黄昏又比以往的黄昏更加灰暗。宝坠赶着牛回家时隐约能看见路上飘散的圆圆的纸钱，牛蹄把它们踏碎了很多。

他一进院子母亲就迎了过来。她一言不发地抚摸了一下花儿的头，然后长吁一口气。

"叔走了？"宝坠问。

"走了，"母亲平静地说，"你今天还回牛屋住？"

"嗯，"宝坠说，"我喜欢和牛在一起。"

"你叔不是说了吗？"母亲慢条斯理地说，"他走后让你回屋来住。"

"不，"宝坠坚决地说，"花儿要生了。"

"那等花儿生了后你回屋？"

"花儿一生，牛就更多了，牛离不开我。"宝坠赶着牛回到牛屋。他跳上牛槽，将三朵梅花扣结结实实地盘在牛栏上，然后给牛饮水。

牛屋里灯影黯然。空气很静，这使得牛饮水的声音格外清脆。这时牛屋的门开了，雪儿穿件蓝褂子进来了，她捧着一个碗，辫梢上系着白头绳。她默默地把碗摆在饭桌上，然后转身定定地看着宝坠。

"你今天送叔去了？"宝坠问她。

雪儿"嗯"了一声。

"去的人多吗？"宝坠又问。

雪儿依旧"嗯"了一声。

牛嗞咕嗞咕地饮水不止。

"哥——哥——"雪儿忽然带着哭音对宝坠说，"以前我叫你宝坠你生气吗？"

宝坠摇摇头，说："我就叫宝坠呀，你喊我哥哥是什么意思？"

"哥哥就是亲人的意思，就是你比我大的意思。"雪儿说。

"扁脸还比你大呢，你也喊它做哥哥吗？"宝坠问。

"跟牛不能这么论，"雪儿耐心地解释，"人才分兄弟姐妹。"

"噢，"宝坠惆怅地说，"我是哥哥。"

三头牛饮足水匍匐在干草上。

"怎么以前我不是哥哥呢？"宝坠糊涂地问。

雪儿委屈地说："那时我恨你，才不会叫你哥哥呢。爸活着时从来没有抱过我一回，他就在乎你，天天惦记你的牛屋。他快死的时候上不来气，我就给他喂水，可他老喊你的名字。我还是他亲的呢！"

"你就恨我了？"宝坠问。

雪儿点点头，说："爸一死就不恨你了。"

"不恨了？"

"没人像爸那么疼你了，"雪儿说，"还恨你干什么！"

"那你恨我叔?"宝坠又问。

雪儿噙着泪花摇摇头,说:"我可怜他,他天天半夜都要挨妈的骂,妈一骂他,他就哭,边哭还边'宝坠宝坠'地叫。"

"你怎么知道呢?"宝坠问。

"我听到的啊,"雪儿说,"妈骂他的声音很大,传到我的屋子里了。后来一到半夜我就醒,醒来就能听见妈在骂他。到了雾月妈骂他就更凶。"

"妈骂他什么呢?"

"窝囊废,"雪儿答,"就这一句话。"

宝坠满面迷惑。

"'窝囊废'就是不中用的意思。"雪儿解释。

"妈半夜要用叔干什么?"宝坠问。

"我也不知道。"雪儿说。

"叔挨骂后喊我的名字做啥?"宝坠又问。

"我也不明白,"雪儿说,"是不是你让他变成窝囊废了?"

宝坠正言厉色地说:"我能放牛,我都不是窝囊废,我怎么能让叔变成窝囊废呢?妈净胡说,叔什么活都会干,还知道牛长着四个胃,他多了不起。不过他不会系梅花扣。"宝坠又说:"你说叔和妈都不会系梅花扣,我是跟谁学的呢?"

"你自己的亲爸呗。"雪儿说。

"他在哪儿?"宝坠兴奋地问。

"地下,"雪儿一努嘴说,"听人说,早死了。"

宝坠颇为失落地"呃"了一声。

"今天才把爸埋了,李二拐就领着红木来咱家了。"雪儿说。

"妈给他们饭吃了?"宝坠问。

"给了,"雪儿说,"还把你小时候穿过的衣裳给了红木。"

"你不乐意他们来?"宝坠问。

雪儿凄怨地说:"爸才死,妈就给他们饭吃,我都不想跟她说话了。"

"那就不跟她说话。"

"可屋子里就我和妈两个人，"雪儿忧心忡忡地说，"要是不说话，我怕她生气，以后她半夜没人骂了，会不会骂我呢？"

"她凭什么骂你？"宝坠颇为认真地说，"你又没让肚子里的蛔虫跑到她肚子里。"

雪儿听后忍不住笑了一声，然后泪光点点地望着宝坠。

宝坠说："你不用怕，她半夜要是骂你，你就来牛屋找哥——哥——"

宝坠在说到"哥哥"一词时结结巴巴的。

雪儿"嗯"了声，指着饭说："快吃吧，一会儿热气都跑没了。是剩下的丧饭。"

宝坠将目光转移到丧饭上。

花儿生产了，是头黑白相间的花牛，宝坠给它取名为卷耳，因为它生下来时有一只耳朵像花苞那样蜷曲着。卷耳给一家人带来了雾月当中从未有过的融洽和快乐。雪儿天天来逗弄卷耳，不是用粉色的头绫子缠它的腿，就是用笤帚篾扎它的黑鼻头。母亲也夜夜来给卷耳喂豆浆。花儿对卷耳慈爱备至，总用舌头舔它的脸，地儿也对它无限怜爱。只有脏尾巴的扁脸常常出其不意地冲着卷耳锐利地叫几声，企图吓唬它，而卷耳对此毫不在意，扁脸的恶作剧也就只好偃旗息鼓了。一周后，卷耳就溜光水滑地四处闲逛了。它很调皮，不是用嘴去拱地里的青苗，就是用蹄子把柴垛蹬散。它唯一安静下来的时候便是望雾。白茫茫的雾气使它刚熟识的人和场景变得恍惚的时候，它就现出若有所思的神情。

宝坠再去草甸子放牛时队伍就扩大了。他想他的队伍会不断壮大下去，最终他会被牛群所包围。他会了解每一头牛的脾性，懂得它们每做出的一个举止所蕴含的内容。牛屋的白桦木牛栏的梅花扣会越聚越多，一朵朵相挨着开放。那时他赶着一群牛走在村路上会有多么风光啊。

雾月将尽的一个黄昏，宝坠赶着牛刚回到牛屋，雪儿就兴高采烈地跑了进来。她气喘吁吁地说:"哥哥,妈今天把李二拐骂出门去了,他以后再也不会来了。"

宝坠木讷地说:"他不来就不来。"

"你知道妈为什么骂他吗?"雪儿压低声说,"李二拐说跟妈过日子后,要把你送到金矿点去给人看点儿,说你傻,不懂得偷金子,人家愿意雇你。说你去金矿点还能帮家挣钱,省下家里的饭,他都帮你把活答应下了。"

宝坠吃惊地看着雪儿。

"妈听完后就骂李二拐——"雪儿挺了挺胸脯,憋粗了嗓子绘声绘色地学道,"你给我滚蛋,别想这么作践我们宝坠!他叔活着时对宝坠比亲生的还好,谁要拿我的宝坠不当人看,这辈子就别想再踏我的门槛!"

"李二拐就给骂走了?"宝坠问。

"嗯。"雪儿说。

"好。"宝坠赞叹道。

雪儿接着有些羞怯地说:"哥哥,你以后不用惦记我半夜可能会挨妈的骂了,她现在天天搂着我睡觉,还帮我捉头发里的虱子。"

宝坠放心地笑了,他跳上牛槽,到牛栏那儿去拴牛。他异常熟练地系着梅花扣,这时雪儿对他说:

"哥哥,我昨天梦见爸和你了。"

宝坠跳下牛槽探询地看着雪儿。

"我梦见爸领着你过年,"雪儿颤着声说,"天很黑,还下着雪,爸领着你在院子里放炮仗。炮仗声很响,爸怕吓着你,还帮你捂耳朵。"

宝坠非常想哭,因为梦和雾气一样都不能使他抓到手。他不知道梦会是什么滋味。

"我还梦见爸来到牛屋看卷耳,他伸手摸卷耳的鼻子,卷耳不认识他,就伸出蹄子踢他。"

"卷耳怎么能那样,"宝坠伤感地说,"那不是叔吗。"

那一夜宝坠听着牛反刍的声音，再一次竭尽全力回忆这声音里曾包裹着什么重大事情，他想得脑袋发麻，可回忆的周围仍然是森严的高墙，难以逾越。他又打开灯去看那道白桦木的牛栏，漆黑的树斑睁着永不疲倦的眼睛望着悬在它身上的梅花扣，他的回忆缥缈如屋外的白雾，暗无天日。宝坠发了一会儿呆，然后望着睡态可爱的卷耳。他对自己说："和牛过得好好的，想那些不让我想起的事情干什么。"

　　宝坠关了灯，睡了。他的睡眠没有梦，因而那睡眠就干干净净的，晶莹剔透。早晨，他忽然被"吱扭"的声音和一道亮光所扰醒，他从炕上坐起来，只见卷耳把牛屋的门撞开了。花儿、地儿和扁脸都充满深情地望着屋外久违的阳光。

　　雾月过去了。

　　宝坠下了炕，他走到牛屋门口。

　　卷耳歪着头，无限惊奇地看着屋外飞旋的阳光。宝坠拍了一下它的屁股，说："出太阳了，到外面玩去吧。"

　　卷耳试探着动了动蹄子，又蓦然缩回了头。宝坠这才想起卷耳生于雾月，从未见过太阳，阳光咄咄逼人的亮色吓着它了。宝坠便快步跨过门槛，在院子里踏踏实实地走给卷耳看，并且向它招手。卷耳温情地回应一声，然后怯生生地跟到院子。

　　卷耳缩着身子，每走一下就要垂一下头，仿佛在看它的蹄子是否把阳光给踩黯淡了。

　　　　　　　　　　（原刊于《收获》1996 年第 5 期）

告诉他们，我乘白鹤去了

苏　童

儿女们没有见到过那只白鹤，他们的年纪都不小了，可是没有谁见到过白鹤。老人说每天黄昏那只白鹤会到水塘边饮水，长长的嘴巴浸在水中，松软的羽毛看上去比新轧的梅花更白、更干净，它就站在离核桃树三步远的地方饮水，有时候青蛙从水草丛中跳到岸上，它就扑开翅膀飞走了；有时候牛在地里哞哞地叫起来，它就扑开翅膀飞走了。春天以来老人一直在向儿女们叙述仙鹤饮水的情景，但儿女们说他们就在水塘边灌溉耕地，他们从来没见过什么白鹤。

老人就站在离核桃树三步远的地方，弯着腰背着双手观察白鹤在水塘边留下的痕迹，他想要是白鹤留下几对足印或者一片羽毛，他就可以证明它来过了，可惜的是白鹤来去匆匆，什么也不肯留下。即使这样老人也不会怀疑自己的眼睛，他的一生都依赖自己的眼睛看天气，看庄稼，看人来人去，他的眼睛到了七十三岁仍然清朗明亮，谁要是说他老眼昏花,那他自己才是瞎了眼呢。

　　老人绕着核桃树踯躅了几圈,抬头望树,树枝和树叶上也没有留下白鹤的羽毛,老人长时间地仰着头,脖颈有点酸了,他就按住自己的脖子,慢慢地倚树坐下来。又是黄昏,天边的云朵像一堆未被燃尽的柴堆,他所熟悉的原野、孤树、池塘和房屋又发出一种低沉的叹息声,这种声音只有他能听见,儿女们有耳朵,但他们是听不见这种声音的,他们不相信天黑前的家园会发出叹息。老人在树下坐着,他摸出旱烟袋吸了几口,一阵剧烈的咳嗽声从喉咙里滚出来,他觉得背后的树也被他咳得摇摇晃晃了。或许在烟的事情上儿女们说得对,女儿说他的身体一半是毁在烟上,或许是不该再吸烟了。老人把烟袋里的烟丝倒在地上,很快又捡起来,他想,我这是怎么啦,真的是老糊涂了吗?不吸就把烟丝留在烟袋里,怎么把好端端的烟丝倒掉了呢?

　　老人坐在核桃树下,脸上久久凝结着一种自责的表情。池塘对岸翻地耕种的人们早已经走了,儿女们不在那儿了,除了大片翻起的黑土地,除了从土地深处发出的那种叹息声,四周一片寂静,连原野尽头的太阳也寂静地往地上沉落。老人想等会儿天就黑了,天一黑儿女们就要来喊他回去吃晚饭了,他们对他还不坏,没有嫌他老来多病,但他们只会对他说,爹,回家吃饭了,爹,上床睡吧。他们根本不知道他的心思。他的心思谁知道?核桃树是知道的,核桃树下的白鹤也是知道的,它们不会说话,它们就是说给儿女们听,他们也听不明白,他们根本就不相信那只白鹤在池塘边饮水嘛。老人远远地听见家里人喊他的声音,他站了起来,在离开核桃树之前,他捡起一根树枝,在池塘与核桃树之间的地上来回走了几步,最后他用树枝在泥地上画了一个很大的圆圈。

　　一个小男孩在池塘边捉泥鳅,一个小女孩在核桃树下捕蝴蝶,他们是老人的孙子和孙女,老人带他们来看白鹤,白鹤的踪影迟迟不见,而老人靠着核桃树睡着了。

　　白鹤怎么还不来呀?小女孩没有抓到蝴蝶,就伸手去抓老人的耳朵,你说白鹤在池塘边喝水，我怎么没看见白鹤呢？

太阳烧得正旺呢，白鹤还不会来。老人睁开惺忪的双眼望了望天空，他说，太阳一下山白鹤就会来的。

白鹤住在哪儿？住在大山里吗？小女孩问。

不是，白鹤从很远的地方飞来，又飞到很远的地方去。老人说，连我也不知道白鹤住在什么地方，大概在一千里之外吧，白鹤住在我们看不见的地方。

小男孩抓到了一条泥鳅，他用衣服包住泥鳅，跑过来向老人展示他的战利品。我抓到了一条泥鳅，小男孩对他祖父说，你把泥鳅切碎了扔进水里，那只大鸟就会来的，大鸟最喜欢吃泥鳅。

那不是大鸟，老人说，是白鹤，白鹤是最吉祥的鸟，白鹤飞到哪儿，哪儿就有一个人乘着白鹤到天堂去。

你要乘着白鹤去天堂吗？小男孩问。

我想乘着白鹤去天堂，可我不知道白鹤肯不肯驮我去。老人的唇边掠过一丝悲凉的微笑，他站起来沿着地上画出的圆圈走了几步，他说，不是什么人都能乘上白鹤的，我也不敢想我能乘上白鹤，可我说什么也不会让他们把我拉到西关去。

他们拉你到西关去干什么？小男孩说，谁要把你拉到西关去呀？

西关有个火葬场。老人对孙子比画了几下，嘴里发出毕剥毕剥模拟火焰的声音，他说，人到了西关就化成一股黑烟，看着你爹、你叔叔、你姑姑他们吧，等我一死他们就会把我拉到西关去，他们商量好了，他们要送我去火葬。

你不想去就不去呗，小男孩话一出口就知道自己说错了，于是他咯咯地傻笑起来，你要是死了就不能动了，我明白了，小男孩说，你要是死了，他们想拉你去哪儿就去哪儿。

对了，他们想拉我去哪儿就去哪儿。老人摸了摸孙子的头发，忽然剧烈地咳嗽起来，老人揪着自己的喉部，一边咳嗽着一边说，我让他们……长成……人……他们……要……把我变成……烟。

小男孩发现祖父的眼睛里突然噙满了泪,他用手去抹了抹祖父的眼睛。你别怕,小男孩想了想安慰祖父道,他们是吓唬你的,人怎么会变成烟?人不会变成烟的。

人会变成烟。老人终于止住了咳嗽,老人一动不动地靠在核桃树上说,人是会变成一股烟的。

春天午后的阳光照耀着祖孙三人,蜻蜓在池塘的水面上飞,粮食种子在池塘边的泥土下生根发芽,蒲公英在路边开出了黄色的小花,那些年幼的生命都环绕着七十三岁的老人飞翔或者生长,老人朝它们挥了挥手,他靠在核桃树上又闭上了眼睛,但他刚睡着就被孙女的声音吵醒了。

小女孩跳到地上的大圆圈里蹦着跳着,她大声说,为什么要在这里画一个大圆圈呢?

别在里面玩。老人睁开眼,他朝孙女摇着头说,那是爷爷的地方,你们别在里面玩。

这是你睡觉的地方吗?小女孩说,家里有床,床上才是你睡觉的地方呢。

等爷爷死了就不能睡家里的床了。老人摇着头说,爷爷只能睡在这儿,就连这儿也睡不成,他们会把我拉去西关的,你爹、你叔叔、你姑姑他们肯定会把我拉去西关的。

你要是把自己藏在这里,他们找不到你就不会拉你去西关了。小男孩眼睛一亮,忽然拉住祖父的胳膊说,你要是钻到地下死了,他们找不到你,你不是可以永远躺在这里吗?

不能躺在这里,小女孩尖声说,这里没有床,还会有毒蛇来咬你的。

老人转过脸凝望着孙子,他把小男孩揽到怀里说,你刚才说什么?让我钻到地下去死?那是个好办法,可我怎么能钻到地下去呢?

活埋。男孩眨巴着眼睛想了一会儿,大声说,活埋就是挖个坑,把人埋进去,再把土盖住,你喘不出气来就会死,这样你不就钻到地下去了吗?

聪明的孩子。老人的身子哆嗦了一下,他的眼神黯淡无光,所以他的笑意看上去凄苦而无奈，多么聪明的孩子，老人紧紧地搂住孙子说，可是谁来给我挖这个坑呢？爷爷年纪大了，力气没了，挖不了这个坑，谁肯来为爷爷挖这个坑呢？

我来挖，男孩说，我会挖坑！

我也会挖坑！女孩也在旁边惟恐落后地叫起来。

你们太小了，老人推开了孙子，一边揉着眼睛一边埋下头来说，挖坑是个力气活，你们干不了的，怎么能让你们来挖坑呢？

干得了，我挖过坑的。男孩在焦急之中暴露了一件秘密，他附在祖父的耳边说，你记得三叔家那头羊吗？那头羊不是走丢的，是被我活埋的！

老人下意识地伸出手去，他想揪孙子的耳朵，但手伸出去后便疲乏地落下来，落在膝盖上，老人的手在膝盖上哆嗦着，他说，埋羊和埋人不是一回事，羊是牲畜，可爷爷是一个人，爷爷还是一个活人呀。

人也一样嘛，把坑挖大一点不就行了吗？男孩说。

可是你怎么能把爷爷活埋了呢？我是你爷爷，没有我就没有你爹，没有我也就没有你，你怎么能把你亲爷爷活埋了呢？老人捂着胸又咳嗽了一通，他卷起衣角抹了抹眼睛，说，那不行，你爹知道了非揍死你不可。

只要我们保密，他们就不会知道。男孩回头看了一眼他的妹妹，他说，你别担心她，她不敢说出去的，她要敢说出去，看我不揍死她。

老人笑了笑，他不再说话。他闭起眼睛想着孙子的那一番话，老人的嘴角上残存着那丝宽和的微笑，但他知道眼泪正在不知不觉中流出来，他听不见眼泪滚落的声音，只听见四周的土地仍然散发着沉沉的叹息声。

男孩把手放在老人的鼻孔下试了试，他说，爷爷，你还在呼吸吧？

我还在呼吸，我还活着呢，老人仍然闭着眼睛靠在核桃树上。他说，带你妹妹到池塘那边去玩吧，别太吵，你们不是想看白鹤吗？太吵就会把白鹤吓跑的。

小男孩带着小女孩跑到池塘那侧捉泥鳅，他们站在一条新开的沟渠里忙乱了一会儿，没有再捉到一条泥鳅，却看见沟渠里扔着一把铁镐和一把铲子，不知是谁在挖好沟后忘在那儿了。小男孩起初没在意那两件农具，但是在不见白鹤也不见泥鳅的情况下，他觉得很无聊，后来他就捡起了它们，一手拖着铁镐，一手拖着铲子，朝核桃树下走去。小男孩一边走一边对小女孩说，你什么都不懂，爷爷害怕火葬，他不想被火烧成一股烟，他想把自己埋起来，埋人一定要先挖一个坑！

他们走到核桃树下时发现老人睡着了，老人睡梦中的脸让兄妹俩想起了冬天里丝瓜架上的最后一条丝瓜，兄妹俩站在地上的那个大圆圈里，他们朝老人看了一会儿，又互相小声地嘀咕了一会儿，后来哥哥就模仿大人挥起铁镐，在大圆圈的中心挖下了第一块泥土。

铁镐的声音再次惊醒了老人，老人睁开眼说，我让你们别吵，怎么还在这儿吵？白鹤会被你们吓跑的。

没有白鹤，小女孩说，爷爷你骗人，我爹说你老眼昏花，把池塘里的鹅当成白鹤了。

白鹤会来的。老人抬头望了望天空，他说，太阳还很高呢，等太阳落山白鹤就会来的。

小男孩把铁镐藏在身后，把铲子踩在脚下，他看见老人的目光轻易地找到了它们，突然黯淡，突然又亮了。老人凝视着那两样农具，一直喘着粗气，小男孩便有点惊慌失措，他说，是你自己要活埋的，你可不能去跟我爹告状！

我不告你的状。老人笑了笑，垂下头用手揉着眼睛说，我睡糊涂了，睡这么会儿就把自己的话给忘了，是我自己要活埋的，我不想让他们拉去火葬，我不想变成一股烟，我想留在这里让白鹤把我带走嘛。

爷爷你忘了？要活埋就要先挖一个坑呀！小男孩说。

是得先挖一个坑，可是这个坑要挖得很大很深，要能把爷爷的身体藏住，你能挖得那么大那么深吗？老人说。

不用挖得很大，只要挖深就行，你可以站进去的。小男孩说。

聪明的孩子。老人慈爱地看着孙子，还有孙子手中的铁镐，还有地上的铲子，过了一会儿老人说，那你就挖吧，抓镐抓得高，挖起来会容易些，挖吧，要是有人问你在干什么，你就说挖坑种树。

小男孩响亮地答应着，再次挥起了铁镐，他对他妹妹说，闪一边去，你什么都不会干，别在这儿碍我的事。

小女孩朝祖父跑去，她伏在祖父的膝盖上看着她哥哥挖坑，她说，爷爷你别把自己埋起来，埋起来透不出气，你会死的。

老人在孙女的脸上亲了一口，他说，聪明的孩子，爷爷是会死的，可是死在土里比死在火里好，死在火里爷爷就变成一股烟，死在土里爷爷还能看见白鹤，爷爷想让白鹤带着走呢。

老人紧紧地搂着孙女，看着他的孙子挖坑，老人说，歇口气再挖，别累着，爷爷现在觉得有点力气了，让爷爷自己来挖几镐吧。

池塘那边的小路上偶尔有人经过，有人看见老人带着孙子孙女在核桃树下挖土，他们以为那祖孙三人是在种树，他们想老人疾病缠身，多年未做农活，那么个老人也只能栽栽树了，还有人看见老人带着孙子孙女坐在池塘边东张西望的，他们听说过老人与白鹤的事情，他们从来没见过白鹤，因此就不相信那件事情，他们捂嘴一笑，说，这老汉，今天带着孙子孙女来看白鹤呢。

黄昏时候池塘边仍然没有白鹤饮水的身影，核桃树下的土坑却挖得很深了，参加挖坑的祖孙三人都已经累坏了，他们坐在潮湿的新土堆上俯视着脚下的深坑，看见阳光无力地透过核桃树投在坑内，坑内似乎闪烁着许多碎金的光芒，看上去温暖而神秘。

老人替孙子抹去了额头上的汗，他说，看把你累成什么样子了，可你不知道你帮爷爷干了件多大的事呀。

男孩说，不累，等会儿盖土就省力啦。

老人让孙子去听深坑里的声音，他说，你听见坑里发出的声音了吗？那是泥土在下面叹气呢，泥土其实一年四季都在叹气的。

男孩趴在坑沿上听了会儿，抬起头说，没有叹气，土里什么声音也没有。

你也听不见。老人摇了摇头说，你们都听不见泥土叹气的声音，只有我知道它在叹什么气，现在泥土正为我叹气呢。

爷爷，你是不是不想进去了？男孩端详着祖父的脸，他说，你怎么哭了？是你自己要这样的，你要是不想埋就别埋了，我们回家吧。

不，我就要进去了。老人缓缓地站起来，他扶住孙子的肩膀说，我是高兴才掉的泪，你才这么小，却帮了爷爷的大忙，现在爷爷真的要藏起来了，等会儿盖土的时候千万别怕，你得把爷爷盖得严严实实的，他们才找不到我，千万别怕，记着你是在帮我，爷爷不想变成一股烟呀。

我不怕。男孩看着手里的铲子说，我会用铲子，铲土很容易。

老人朝池塘上空观望了一会儿，自言自语着，太阳下山了，白鹤该飞过来了。老人扣好了衣服的扣子，又转向呆坐在旁边的小女孩说，等会儿你别朝爷爷看，你看着池塘，你会看见白鹤的，喏，白鹤就在那边喝水。

老人小心翼翼地滑进了深坑中，祖孙三人的劳动竟然巧夺天工地容纳了老人的身体，老人站在坑内，仰着脸对孙子露出了满意而欣慰的笑容，他说，好孩子，现在开始铲土吧，记住，一铲接着一铲，我不让你停你就千万别停，来，开始铲土吧。

男孩顺从地开始铲土，除了几声沉闷的咳嗽声，他没再听见祖父的嘱咐，祖父已经嘱咐过了，不让他停他就不能停。于是男孩一铲接一铲地往坑里填土，他看见潮湿新鲜的黑土盖住了祖父花白的头发，这时候他犹豫了一下，他说，爷爷，再填你会透不过气的。他听见了祖父在泥土下面的回答。祖父说，别停，再来一铲土，告诉他们，我乘白鹤去了。泥土下面传来的声音听来很遥远，却是清晰的，男孩记住了他祖父最后一句话，他想祖父在泥土下面或许也能透气的，他还在说话嘛，他说他乘着白鹤去了。

那天夜里男孩一手拉着他妹妹，一手拖着把铁铲回到了家，男孩站在门口拍打着身上的泥土，他突然觉得有点害怕，他用一种尖厉的声音对大人们说，爷爷乘着白鹤去啦！

（原刊于《收获》1997年第1期）

不死鸟传说

金宇澄

接近初冬时，洋葱田已消失夏季葱绿的颜色。我们感到天气多么阴冷。当我们带着大堆的麻袋和柳条篮子，顶着寒风，在清晨走近这块广大的田地时，我们知道一切都变了，那里的颜色、气味和温湿度都发生了截然不同的变化。田地里大片大片洋葱的茎叶都已倒伏，它们相互压在一起，挂满晶莹的寒霜，像是个广阔的垃圾场。我们迈过田埂走进地里，听到洋葱的茎秆在脚下沙沙碎裂，那种声响和其他枯萎植物的声音是相同的。

王宝的脸肿了好久才恢复正常，显然他受到很大的伤害，当他心态平静一些的时候，他私下告诉我们说，领导和被领导吵架，倒霉的不会是领导，他想接受教训，不再跟大春吵了。即使如此，他仍然相信大春有一天会身败名裂。王宝原住上海的横浜桥，他知道有个开老虎灶的小业主邻居已经成了反革命分子,那小业主是阿飞"白相人"出身,对上海很不满,说上海的女人很难看,身材和穿的衣服都不如过去好,结果就变成了反革命。这种今不如昔的言论和大春讲的话差不多。难道我们会有两种政策吗?我们会有好戏看的,等着吧。他说。他的话已经讲了多遍,我们差不多记住了横浜桥旁边的那个小业主了,王宝还是愿意提起这个人。小业主的确有阿飞的本性,喜欢盯着打开水的少妇说下流话,对年幼的王宝灌输下流思想。他告诉王宝,目前上海女人已经看不出有什么身段了,衣裳和麻袋差不多,灯笼壳子一样,看不到乳房和大腿的位置。女人天生有两件东西宝贵,现在的打扮,实际已经与没有这两件东西一样了。为此他讨厌上海,胃口也倒了。那时,王宝正在发育的阶段,对女人有点好奇,听了老流氓的话,幼小的心灵完全被女人的身体侵扰,女人目前被夸大了的缺点,也使他有点躁动不安起来。那个流氓沉浸在旧上海的回忆中,也许没有察觉王宝的异样,他对着王宝的耳孔说:——喂!老早的女人,邪气标致好看。玻璃丝袜、蜜斯法特牌的嘴唇膏,不得了!旗袍衩开到此地——老流氓指指自己胯骨的部位给王宝看。赤佬,你要看到了,弹眼落睛,骨头酥脱。老流氓一边说,一边端了茶壶在店堂里扭几步给王宝看,丑态百出。事后王宝觉得,上海这个地方太复杂了,他很想揭发这件事。但后来这个小业主的自取灭亡,可能与王宝是无关的。弄堂里人人知道小业主有问题,他的老婆以前在"大世界"里做过"玻璃杯",据说那是一种一塌糊涂的工作。那女人的胸脯也是挺得最高的,运动来了也是如此,大家都明白她过去做了几次隆胸手术,是假的,打过了空气。她的孩子一同别人吵架,别人就骂:"你妈打空气针!不要面孔!不要面孔!"

我们在等待中播种和收获,大春的状态也是如此,只是他担负了对我们的很多教育和监督的工作。我们时常和女孩子一起劳动,到了收菜的季节,男劳力就被大春单独委派了抢收圆白菜、大白菜、土豆和洋葱的任务。他知道这些作物人为损耗不大,没有人碰圆白菜和大白菜;土豆是每天的主菜，生土豆也不如食堂的煮土豆好吃；大部分的南方人不习惯生洋葱辛辣的气味，集体的损失也将相应地减少一些。我们记得大春走到白菜地前时，做了收菜动员报告，最后他看看大家说：下地吧。谁要是有牛下水和羊下水，狠劲儿啃好了，我不会管的。

当我们按照领导的吩咐，三三两两在地里收白菜的时候，我们看见大春走开了。他带着女生走进了不远的沙果园子和萝卜地。天气晴好，他的身影同那些顺从的、列队前行的女生在阳光中融合起来。我们感到大春这时仿佛跨进了一幅图画，只要切入这个场景，他的头仿佛发出了红鸡冠的灵光，非常诱人。他逐渐被一群叽叽喳喳的女人所淹没；他和她们一起步入果树丛和美丽的萝卜地，像是完成了男人的某种梦想。王宝说，看呀，他累极了也算是高兴的累，累死了也不后悔的。王宝说完，朝那边痴望，忘记了手头的工作。我们也放下手里的大白菜，像观赏一部纪录电影，紧盯着远方闪烁不定的美景。田地里的阳光耀眼，空气中混合着新鲜蔬菜和水果的芬芳，也依稀带来女人的一丝丝笑声。我们感到大春好比是一头牡兽，有时就这样将那些弱质的、无抗衡能力的雄性从他的领地驱赶到了白菜田。如果他是一匹大角鹿或一条非洲鬣狗，可能还会把它的腿抬起来，滴一点儿尿液在草丛里，划分出有强悍讯息的地盘，使对手敬而远之。我们联想到王宝的话，感觉到人类不能把自己与动物分成完全不同的派别，只不过人可以在生产劳动中貌似平静地求偶。人的外表遮挡了内心的凶猛、迫切和自然赋予的排他性。因此他们创造"心情"这个词来加以平衡。在特定的时刻，物种间相近的特征并没有分离内在的纽带，即使大春是个领导干部，他身体仍然留着远古的毛，是无法改良和进化的。他被上级委派来到这里作为一个地盘首领，实际他也经历了痛苦的搏斗，现在他当然要自由使用他的权力，划分他的疆域和他的领地。他不必搏斗，使用他的特殊气味，口头发出指令就可以了。在有一个时期，我们的王宝非常崇拜大春的这个职位，他表示不久将进入大春这一领导阶层，当一个干部。他想当领导。我们对这种理想表示理解。想起王宝平时极差的工作表现，也知道他在做梦。即使他再积极，可能也无法进入这个层面，当不成什么干部。我们劝他想开些，他也很爽快地收回了这个狂想。不过，他仍耿耿于怀地质问说：你们能容忍大春这样的反革命分子看他一直胡作非为吗？他双脚踩在一棵白菜上，小声地对我们说：喂，有谁来当领导吗？我可以让给他。你们当还是不当呀，世上只有两种人嘛，一种是领导，一种就是被领导。谁要当？他的样子，好像他已是某个直属大农场的场长了。每当王宝这样胡搅蛮缠时，我们仿佛看到了远处大春的背影。我们知道在果园那边，女孩子们已经星星点点分散开了。我们看不清楚大春是在干活还是在聊天——他同美芳和根娣这两个女孩是否在一起，实际也很模糊。所以，王宝说的这番话，即使大喊大叫，也显得幼稚可笑，那边也是无法听见的。也许，美芳和根娣她们没在大春身边劳动。她们既不是班长、排长，也不是大春的老婆。王宝的多虑（她们跟王宝也没关系）毫无必要。

现在已经到了收获洋葱的季节。我们一共种了两公顷多的洋葱，需要很多的人手来收获，我们没有专门收洋葱的机械设备，只能依靠人的力量。收洋葱和收土豆的程序差不多，如果我们是在青椒田或是在洋柿子（西红柿）田里劳动的话，情况相当糟糕，等大春走开，很多人就会挑选大个的青椒和洋柿子吃。要是天气炎热，或没有人往地里送水，损耗将更为可观。大春是个复员兵，有时却带不好队伍，他跑到田地东头的位置，又觉得拉开了与西边的空间：在那里活动的人们仍在破坏秋收成果。他清楚哪几个人是害群之马（比如王宝）。他警告我们要好好劳动，爱护集体的财产。可是我们发现他不怎么喜欢城里的人，听说他去上海搞了次外调，立刻就回来了。他说："上海呀上海，上海的毛病可不少，马路上走小火车（有轨电车），还有马桶。上海人一分钱买三根小葱。"我们知道，他当时确实在福州路一带的小旅社里住了一天就走了。也许是看到这几样特别的东西，不习惯才走掉的。他认为上海就是这些。有人解释说，上海人不吃葱，大捆大捆买回去没用。葱是去鱼腥的。上海的葱没有别的用场。他说：不吃葱的还算人吗？上海的毛病可不少呀。这么说着，他掏出一些虱子扔到解释者（王宝或谁）的被子里。我们请他抽烟吃糖，告诉他说，这是从上海带来的。他就问我们："是上海的吗？'大前门'可是建在北京，这一定是北京货吧。"他这么回答，我们也就不想多说什么了。他就是这样一个挺有趣的人，我们对他是毫无办法的。如果我们问他，连队里总共有多少上海来的上海人，他不会说我们来自别处（如来自北京或者齐齐哈尔市），引起人们不必要的骚乱。有时他没来由地说："同志们哪，看你们站起来五尺多高，坐下是一大堆，真是生孩子不叫生孩子——下人（吓人）哪。"他说了这个意见，就离开了。我们有些了解他的脾气，感到无所谓。我们把眼睛望着天，让他这么离开。等他走了，王宝说：放的屁真臭。挨操的时候打呼，他是装蒜。告诉你们，他是个反上海无产阶级的坏分子。他会倒霉的，暴露反革命的本性。王宝与大春是难以相处的，他仇恨着大春。我们叹了一口气，不想再随着他多说什么。我们不愿意掺和他们之间的事。王宝说，有谁以为他是跳芭蕾舞的男一号大春吗？休想。他不是。他会倒霉的，成为反革命的坏分子。我们不相信这个结论。能出什么事呢，就凭这几句话就能轻易打倒一个人？神经病吧。我们都不说话了。王宝注意到我们的反应，如果我们不说话，他站到一旁也不说话，或者就直接去睡觉了。他也是一个很特别的人，大部分的过程就这样平静地收场。有时王宝突然不高兴，跳出队伍或者被窝立刻便跟大春吵，不给当领导的一点面子。他们两人都是有意思的人，双方一吵就各骂各的，王宝骂一串上海话，骂了一通，又呼口号——"破四旧立四新！""无产阶级专政万岁！""把'文化大革命'进行到底！"闹了一阵，他呼天抢地，哭了起来。我们觉得他这么投入不太合适，有点滑稽和娘娘腔，也很可怜。他额头滚落很大的汗珠，不一会儿口吐白沫，四肢抽风。大春气得浑身哆嗦，大骂他是疯狗。但是没有办法，大家已经乱了，有人往王宝口里塞白菜叶子，掐人中穴，抬着王宝找卫生员看病。这争吵的起始，大家极难预料，都有点兴奋，有些喜欢出这种事，如果正在地里收菜，这样的混乱起码也可以少干点活儿。

到了以后的一天，正当王宝要发作的时候，大春和一个干部拿出绑猪的绳索，将王宝捆了个苏秦背剑，扔在田地旁边的草丛里。他们动作熟练，像蜘蛛抓住苍蝇一样，让我们眼花缭乱，不知所措。我们觉得，大春是经过了长时间的考虑才决定这么做的。他把王宝轰的一声扔进草丛里，像做完了一件大事。我们乱了一阵，无法救助王宝。在吵闹中，我们听见王宝强作镇静地在草丛里说，算了，不要紧。没关系的，没什么，他想睡觉了。他真的就不再动弹，像是已经睡了。我们只得向他告别，随大春一起回去吃饭。下午我们想办法赶到了地里，才把王宝解开。当时我们已经不认识草丛里的王宝了。他的脸在三个小时里被蚊子和牛虻叮得像一个猪头，眼睛肿成了两道细缝。他仿佛是个面目丑陋的陌生人。虽然他一直喊着要打倒大春，但他自己已经先于大春，成了个坏分子，像一个被批斗的反革命分子。

人们顺着翻松的垅趟排成一行，把泥里的洋葱归成小堆。洋葱都长得圆滚可爱，除有大量酒红色外皮的，还夹杂着白中带青色的品种，看起来都很新鲜。马车送午饭来的时候，有些人把洋葱剥开当饭前点心吃。大春在地里走来走去地看着，每发现一个，他就教育一个，让对方把手里的洋葱扔掉，吃了一半的也要扔掉。我们纷纷在开阔的田野里散开，躲避他和他的声音。他跑到地块的东边，很多人就移到西边去工作。在收割早玉米的季节里，他每天在田地前提醒大家爱工作，爱劳动，等人们一散开，他的讲话也像是蒸发了一样，大家三三两两躲在早玉米地里，视野变得窄小，周围被庄稼遮挡，看不到什么人，人人可以单独地活动，谁也管不了谁。大春在庄稼的海洋里穿来穿去，在沙沙的风声之中，有时能听到他在附近高喊，却看不到人，像是隔了一个草垛或是一堵山墙，就在附近，要找到并不容易，好像是藏猫猫，真是让人感到高兴。在这个阶段，在浓密的庄稼之中，有些人一边收割，一边啃嚼甜玉米秆（也有男女打情骂俏，啃作了一处），大春是明白的，却难以发现。庄稼长得过于繁密了，谁也不清楚在青纱帐里究竟发生了什么，当我们收了几公顷早玉米的同时，是否也播下各人隐秘的种子。大春的帆布绑腿早就被露水浸湿了，他的镰刀牢牢插在腰后的军用皮带上，挺直的腰板透出一股英气。他从飒飒作响的玉米棵子里蹦出来，给人一种过电影的感觉，仿佛他是三五九旅的南泥湾战士，或者是一位老练的平原游击队员，在一刹那你会有所触动。但想到他只是个监督管束你劳动的干部时，你就有些沮丧。他拔下镰刀，用刀尖指着土垄里嚼剩的甜秆渣子说：害人虫，大肚皮蝈蝈，屎壳郎，快干活吧，耽误多少工夫啦。

我们一直在体验农场的枯燥生活，美芳和根娣也是如此。别的女孩忙着恋爱，她们没太多的兴趣，她们的体态实际已发育得十分动人，却还没有急迫的求偶需要。在收工以后，她们有时去大春家串一次门，相信是不会有其他事情发生的。我们知道，她便是喜欢上了大春的小孩，仅此而已。她们常去抱抱那个小孩子，学做小母亲的样哄孩子玩。编织小毛衣，逛逛唯一的那家小卖店。孩子有病，才一岁多点，美芳教他说上海话——"宝宝讲讲看……三轮车……三轮车……三轮车……"美芳说着说着，孩子就睡着了。她重复着"三轮车"这个名词，似乎有点儿凄凉，也使我们觉得耳熟。三轮车，三轮车……缓慢地，耐心地，一遍一遍。我们在心里呵呵地叹了口气，想起"三轮车"是上海弄堂里的八哥和鹩哥学的话。是养鸟者和鸟相互挑逗的话，就像上海的人看见猴子惯常会说："阿三，老鹰来了。"我们想不通的是，美芳怎会移用它来教育孩子。她的可爱之中，显然是有点儿愚蠢的。她的神态，眉宇之间凝结的恬淡和愁绪，使我们无法安于现状，不免思念了一点上海的往事。那座城市有连绵阴雨的马路和弄堂、江南丝竹，以及深夜里唱着的沪剧女角的段子，遥远的气息和感觉逐渐朝我们袭来，似乎她在召唤绵绵无尽的乡愁。所幸美芳的样子还算得上富足自得，她的身段是丰满的；她的双眸，肩膀和胸脯充满活力。似乎这些表面的条件消除着她的怨女气质,也使我们常常分心关注她的这些外在特点。当她穿着窄小的夏季工作服——她的单布旧衬衣去上工的时候,按捺不住的王宝便在她面前走来走去。王宝在女孩面前十分腼腆多虑,不敢轻易搭讪,只是把眼光静静地射过去,射过去——美芳是不懂的。等到有介绍人去跟美芳说合,她才醒悟王宝的好意。但是她立刻就婉拒了。她表示自己还不太懂异性间接触的事情,她是正派的姑娘,连男人的手也没有碰过,怎么可以在晚上突然跟一个男青年去约会……大家都明白美芳的回话是不真诚的。在春季割戟柳时,有人窥见美芳拉大春的手,要他看手心里的刺。美芳那天分明是很嗲的,当时两人听到附近有声音,都不动了(柳树很密),好久以后他们才镇静地出来,各自走开。我们觉得,现在美芳拒绝了王宝,只是她对男人的经验表现罢了,不知道王宝心里是否清楚。我们看看王宝,不知道他的心情和想法,他好像默默忍受着打击,他在单恋。以后当他见到了美芳,仍静静地把眼光射过去,射过去……非常温柔。但看到根娣时,他的眼神是恐惧的。可能他疑惑瘦瘦的根娣从中作梗,进一步坏了他的好事。我们知道根娣的父母都是基督徒,根娣也是个安静的姑娘。她的话不多,挺和气耐心,也很理解别人。刚到农场时,因为她睡前偷偷画十字的事,被美芳打过小报告,为此她写了几次检查,扫了三个月的女厕所。但她不害怕,也没有眼泪。她知道是美芳告的密,仍对她很好。这使得美芳无地自容。她们成了朋友。这样的女孩,王宝恐惧什么?我们不知道。也许王宝是害怕自己的什么想法被她知道,不是恨她,只是担心被她发现。也许王宝看到根娣不会是恐惧,只是一种深深的敬畏也未可知。我们不清楚根娣真能洞察一切。同样也不知道王宝的内心是什么?每个人也许都那么难以理解。

我们就这样在田间平静地劳动,也经常躺在田间平静地休息。想一想每小时,每天的进程,已在田垄上工作了多少公尺(它们每条都有两千公尺)。每当太阳缓慢下山,我们会听到鹌鹑拍打翅膀的声音,它们集聚于麦田深处,仿佛发出一阵地心深处的神秘振动。我们扔下镰刀,放平身体。土地的温暖透过每个人的脊背，逐渐传递到了四肢，有些麻木，也微微感到刺痛，似乎身体就此沉沉睡去，不会再醒来。田野逐渐变暗，麦草的苦味徘徊着，空中淡金色光焰也逐渐柔和了，像是一面镜子，流动着叮叮当当的音乐离我们远去，那是驶向西方的一辆马车，最后它消失了。此时，平静的视野中飞扬着时光的灰烬，它们在缓慢地消退，缓慢幻灭。它们隐隐离去，逐渐在空中撕破一个裂口，以容纳我们游荡无定的灵魂。麦子整齐排列着，在落日的余晖中摆动；晚风把牛蒡、大蒲公英和麦粒成熟的信息掺和在一起。我们看到远方的雷雨云逐渐浮向此地，记住的却是垄中密密的杂草。在无数个日夜，这些田垄仍留在回忆里无法摆脱。大家磨了镰刀，铲掉锄板上的厚泥，双腿插入繁密的黄色或绿色植物里去。庄稼在啪啪地拔节，空中是它们秀穗时的气味。有关田垄的印象，将是永久的一种纪念了。它们的深黑颜色，葱绿，或是蜜黄的成熟色彩，将使每个人铭记终生。

　　我们知道，美芳就这样成了别人的梦中偶像。我们劝王宝注意这一点，不必折磨自己。王宝自己是知道的，也承认没什么意思，对身体也有损害。他给大家念小业主教他的诗，如：女想男，隔层纸／男想女，隔堵墙。如：虎丘山出名不是高／头班快船不是摇／浪子燕青慢开拳／要男人的女子倒不骚。他说要大家从中也吸取教训，这些诗是经过一代一代情种的积累才流传下来的，很了不起。我们请他不必劝慰别人，我们没有什么教训要吸取，请他自己想想清楚，有什么教训要记取吗？他也就不说话了，低着头走来走去。他是一直以这些诗考虑问题的——他恋爱的难度太高，他是在白费精神，但是已经有强烈的刹不住车的感觉，突然觉得自己没了办法，像走进一条死弄堂，他的内心十分痛苦，到了实在无法抑制的程度，他的脸色不好，闭着眼睛，像遇到了寒流袭击似的，搂抱着棉被在炕上滚，喃喃说着些什么话，仿佛饱受煎熬，不久便会昏厥了。而实际每当他这样痛苦时，内心已缓和了一些，已经转入沉睡的状态。半小时后他静静醒来，这时大家也静了，知道他已经恢复了体力。他带着歉意对我们笑着说，他太过分了，他是个脸皮很厚的人，肯定会被公安局抓走的。他这么说着脱光了衣服，从床铺下拿出两个搪瓷茶缸的盖子用细麻绳绑在胸口，身上罩了大花的床单，仔细地挺胸束腰。此时的王宝显得很满足，也很兴奋，站在炕上左转右转，摇晃身体，做一些兰花指给我们看，炫耀他的表演才能。他的脸是男性的，身段是美女般的妖娆，很特别。我们想他这是在学一个女人的样，或者是个女鬼的附体。他是装神弄鬼，搞迷信活动。我们不去搭理他，同时也不免紧盯着他和他的身体——我们的目光集中在他两个假乳房上——那实际只是两个坚硬的茶缸盖子，是搪瓷的，却特别引人注目。大家觉得，他怎么想出这个办法，分明是个下流东西，但确实也聪明过人。他闭着双眼，不男不女地站着。很无耻。他说，假如世上没有女人，一切便失去了意义。这是一位古代伟人的语录，是真理。就此我们都认定了王宝是个花痴，但我们也知道，他这样折腾了一会儿就好了，他的脸也就恢复常态，不久将格外平静，只是他自己不知道做的这种事已声名在外，通过某种渠道，一定使美芳也清楚了他的为人。当然，美芳不会有什么表示，也不去理会那种流言蜚语对她的侵害，这种沉默是女性们的惯常做法。美芳仍然平静地生活着，她和根娣在一起过得很好。

我们有时在田垄边散步，看一看农场的风景和人们的平凡生活。我们吹口琴，吹一会儿笛子。太阳即将落山了，小羊羔叫着找妈妈，排着队伍的麻鸭也摇晃着往家里走。空气多么醉人，我们的心情也舒展起来。在这疏朗宁静的时刻，我们会遇到美芳和根娣，她们远远地、神态自若地朝我们走来，她们眼帘低垂，面带神秘的微笑。这种笑容在根梯的脸上，更是一种圣洁，似乎她是一位进入教堂的年轻嬷嬷。在我们交臂而过之时，双方突然不说什么话了。这种男女间心照不宣的、矜持的状态，也许是这个地方多年来固守的规范与准则。在每天傍晚的迷人景色之中，我们曾几次遇到美芳和根娣，但也只能让她们像小风一样擦身而过。美芳哄着怀里的孩子，尽量使自己的姿势像个小母亲，孩子靠在她隆起的胸脯上玩耍，也把口水弄湿了她的胸口。她不介意，有时仿佛刺激了她的感官系统，她笑出了声，仿佛挺好玩。根娣在美芳身旁缓缓地，一刻不停地织毛衣。她在帮孩子织一件大红绒线外套。走路时也不耽误。她在细心织一种上海流行的阿尔巴尼亚针法。有时她还为这类事情和几个喜欢织毛衣的女人讨论。她对孩子说，宝宝乖乖，阿姨要织好看衣裳，蛮好看的，好看的……她们就这样慢慢走过去了，离开了我们。在农闲时，她俩坐在大春家门口晒太阳。我们远远望去，可以看到她们以及她们怀中的小孩。这是很合适的一幅"抚幼织衣"图卷。她们在照料那个小孩，关心爱护着他。孩子体弱多病，不吵闹，好像比一般的小孩干净些。我们相信当他能走的时候，也许不会像当地孩子那样跟着装菜马车，捡地上的新鲜韭菜吃。美芳和根娣，就这样宁静地生活着。秋天已经来临了，当我们远远地，不经意地看到了她们的劳动和生活的状态，我们发现那件没完工的红色毛衣是最醒目的。根娣的手工和针脚不可说不精细，她也是一个粗心的女孩，她织了很多，也拆了一个袖子。她不厌其烦地织，静静地织，那件毛衣在她怀中有时变得稍宽些，有时又缩小了许多，但它永是一块鲜红鲜红的颜色，即使我们离它很远也看得清楚，知道这是一件红毛衣。她在慢工出细活。有人忍不住对她说，根娣在磨洋工吧，要织到什么时候才算好呢。每当我们这么逗她，她的脸就潮红起来（也许她暗暗画了十字）。我们远远离开了她俩，一直走到漫坡的最高处，农场的房屋便只有火柴盒那么小了。举目四望，浅棕色的田野随风起伏，如大海一般没有边际。鹰在高空盘旋。美芳和根娣都好像空气一般消失了，包括代表着毛衣的小红点都已蒸发在空气里，不见了。我们在心里哼着歌子，机械地往前走着，最后一次照料洋葱田。如果天气晴朗，远方那些集中在一起的房舍或许会有星星般的闪光，那也许是有人在开窗、在擦拭镜子。也有可能，那会是根娣的毛衣针在忽闪着亮光。根娣的环形针是亮闪闪的，是托人刚从上海带来的新产品。我们在心里叹了一口气，根娣又织毛衣了。她什么时候才算个完呢。

过了一个月，记得是在起风的那天夜晚，大春的小孩染上急病，不久就死了。那时，根娣还没有织好孩子的红毛衣外套，几乎不相信这是真的。美芳也不懂得这件事情，她们还是第一次接触死这个字，感到身体不适，似乎得了重感冒，浑身都没有了力气。两个人哄着那个小孩，过一会儿还去摸摸小孩的面孔，给孩子洗头，抹"百雀灵"，抱了孩子一会儿。她们商量了以后，很无奈，只得把那件红毛衣给孩子穿上。毛衣的一个袖子没上袖口，还算是完整，另一个短了四寸就不是那么妥帖了。她们感到真是没办法，要缝上的方翻领还没弄好，要做的毛线纽扣还没有做，孩子却已经离开了她们。一切都像是很晚了，即使现在根娣再如何心灵手巧，也没时间弄好这件毛衣了。这个结果好让她们伤心。第二天，大春和他的婆娘走到小卖店里，要了一个装菠萝罐头的木箱。他们和美芳、根娣一起用这口箱子把小孩装殓了。根娣还把织剩下的一团红毛线也放在木箱里。夫妇两人抱着箱子走出了门。他们没有把箱子埋葬在坟地里，没有带上铁锹和镢头，只是默默走着。走了很远，经过了种洋葱的五号地，经过那块最高的漫坡，他们一直走到洋葱田的尽头，才停下了脚步。那儿是一片草地，他们叹了口气，就把箱子随便地放在草地里。他们夫妇俩看了那箱子一眼。在风中，草地嗖嗖地发出响声。听着这种声音，他们的心里一定很难过，但他们站了一会儿，便回来了。他们是照习惯把箱子露天放在草丛里的，这样处置死去的小孩子，女人才容易受孕。当时，地里的洋葱叶还有些绿意，天气已在变凉，在那片草地里，印着"糖水菠萝"字迹的箱子一直放着。我们在某一天下田劳动时，看到美芳和根娣抽空穿过整个地块，赶到漫坡下那片草地里看了看，然后返回。那是一片长满萱草的地方，如果是初夏，她们会采回一大捧萱草花（金针菜）作为纪念，而在这个秋凉的时节，除了草地里纷纷撒落干燥的草籽，就是那口小箱子。她们只是空转了一圈，根娣把一个柳条做的小十字架放在箱子上面，以寄托她心中的哀思，她们就走了。一个割蒿条的老汉以后对我们说，他没看到箱子上面有什么东西。已经有早霜了，木箱子挂满了霜花，像块白石头、撞倒的水泥路牌——根娣的纪念品，大概被好奇的乌鸦叼走了。谁都明白草地是很少有人去的地方，谁也不想再提起它，想把它忘记。在劳动中我们接近这片草地也不愿进去看看。它离农场也实在太远了，中间隔几块地，包括我们播了洋葱的那个大漫坡。如果我们不去那个地块，不走下漫坡，是无法看见草地和箱子的。我们不想看到它，没有心情去看。王宝说，草地那里的风一定刮得很猛了。天气已经转凉，植物已逐渐走过了它们的轮回，看它们倒在田垄上的姿态，使我们想起那片草地。到了明年夏天，田垄里的庄稼和那片遥远的荒草，还会重新苏醒吗？

上午九时，阳光融化了田垄间的寒霜，地头已经堆满了刚收下的洋葱，有人正把它们装入麻袋和围好苇席的马车上去。拉车的四匹骠马打着响鼻，我们的手、衣服和头发里都充满了洋葱特有的气味。王宝告诉我们，他已收了整整六麻袋的洋葱。他干劲很足，眼明手快，把洋葱迅速装进篮子和麻袋，一分钟也不想休息。大春注意到王宝的表现以后，口头表扬了他。为此王宝并没有受宠若惊，他解释说，是连队的进度太慢了，大春是在很着急的情形下才表扬他的。马上就是封冻的天气，洋葱收不完就会冻坏，知道吗，过一会儿大春就要回去带着女连过来帮忙了。他说，她们在中午就来了。我们得知了这个消息以后不久，大春看了看表，便匆匆离去。我们有些高兴。我们已好久不同女生一起劳动了，男女混在一起嘻嘻哈哈的状态挺诱人。这是真的吗？我们问。王宝说是真的，在昨天他就知道了连队有这计划。他把土垄里的洋葱快捷地捡到柳条篮里，抹去洋葱上的泥巴放入篮子，另一只手已急迫地在泥土里搜寻，他干得利落熟练。他是知道了大批女生要来的消息以后才有了活力吗？我们想。也许王宝就是这样的人了，他的习性和趣味并没有变，他这样忽前忽后、忽左忽右地走着，怎么就不摔一跤呢。我们对他说，王宝，假如没有女人，一切便毫无意义，收下再多的洋葱也没有意义吗？王宝像是没有听到，没有感觉，弯腰抓着洋葱，顺田垄离开了。我们看着他这样劳动，知道他不想得到什么表扬，也不想以自己的劳动态度影响带动整个连队。他不是大春。我们俯身在挖开的垄趟中拾起大大小小的葱头。土垄中弥漫着洋葱的刺鼻气味，我们感到有些累了，要找个地方躺下休息，不愿意再往前赶着收那些收不完的洋葱，我们想知道什么呢？这是一个容易搅浑的问题。天色逐渐明亮，逐渐地昏暗，每一天就这样缓慢地出现并消失。庄稼都成熟了，当我们收完了洋葱之后，整个大地上留下摇曳的枯草和整齐的田垄，直到明年，这里不会再有人来了。人们弯腰捧起洋葱，一次次装进篮子和麻袋，让马车一次次将它们运走，仿佛永无尽头，也算是向土地一次次作别。经过每年这样大规模的喧哗和搬运，土地却并没有缺少什么；一年一年悄然离去，田地仍然不多不少展现在人们的面前，想到它无尽的静态和沉默，眼前便飘来了大块的乌云，似乎大地将要发出雷鸣般的吼声了，当它显露出那种愤慨的心情时，有谁会为此深深地恐惧吗？为此，我们只是感到了迷惘。

　　我们顺着田垄劳动，逐渐走上了那个漫坡。有两辆马车一直跟着我们，只等装满洋葱便掉头朝菜窖的方向急驶而去。接近中午的时候，有人不断地朝大路那边遥望，这样回头的人数也越来越多了。王宝说别担心，她们应该到了，她们和大春已经迟到了半个小时。显然，我们的工作进度在放慢，我们已经接近漫坡的顶端，风强劲地掀动我们的衣襟，吹乱我们的头发，马车上的苇席刷刷地响着。等我们走到漫坡的最高处，一股旋转的寒风将地里的枯枝败叶卷上了天，尘土飞扬，马匹也嘶鸣起来。我们放下手里的活，回头遥望，忽然都情不自禁欢呼起来——我们和王宝等待已久的那支队伍，已经出现在远远的地头，她们由大春带队，正朝着我们这个方向移动。我们站在高处，像攻克堡垒的士兵那样向她们挥手致意，山呼万岁。我们似乎得到了谁的承认才这么大叫大喊，蹦蹦跳跳，在混乱之中，我们都以为王宝的喊声是最兴奋和强烈的，而实际上他一点反应也没有，没有感觉。他背对着我们，面朝漫坡草地的方向站着，像什么都没听到。他的眼睛冷静地直视前方，脸上带着棱角，一言不发，汗水顺着发际流着，似乎是遇到什么困难，他即将崩溃了；他一定听见了大家的呼喊，已经知道大春和那些女孩即将与我们会合，但他并没有转过身体，像是有些紧张。我们走近他，王宝，怎么啦？我们还打算再说些什么，但我们在瞬间都凝滞了。我们一眼看到在漫坡下不远的那片草地里，有个穿着鲜红色毛衣的小孩稳稳地站着，他像是依靠着背后那个罐头木箱站着，竖在那里才不至于倒下的样子。孩子的躯干是僵直的，有一种玩偶、稻草人的木然和死板，两手抱胸，看不见毛衣的袖口有什么缺点，看不见有没有织剩的那团大红毛线，但那件毛衣是鲜红鲜红的，一点没有褪色。小孩的头发随风在动，草也在动，如果我们不知道孩子的死，我们仅是一群路人，我们会以为草地里站着的这个红衣小孩是活着的，他在呆呆地等待着什么。他这样已经站了多久了？！我们不知道。我们想到了大春、美芳和根娣，我们只明显地感到有些神智错乱，看着不远处那个模型状的小孩，那块鲜亮鲜红的颜色，口中只是喃喃自语地说：这是怎么了？这是怎么搞的呀？

（原刊于《收获》1997年第3期）

唱西皮二簧的一朵

毕飞宇

十九岁的一朵因为电视上的数次出镜而迅速蹿红，用晚报上的话说，叫人气飙升。一朵其实是一个乡下孩子，七年以前还一身土气，满嘴浓重的乡下口音。剧团看大门的师傅还记得，一朵走进剧团大门的时候袖口和裤脚都短得要命，尤其是裤脚，在袜子的上方露着一截小腿肚子。那时的一朵并不叫一朵，叫王什么秀的，跟在著名青衣李雪芬的身后。看大门的师傅一看李雪芬的表情就知道李老师又从乡下挖了一棵小苗子回来了，老师傅伸出他的大巴掌，摸着一朵的腮，说："小豌豆。"老师傅慈眉善目，就喜欢用他爱吃的瓜果蔬菜给小学员们起绰号，整个大院都被他喊得红红绿绿的。一朵用胳膊擦了一下鼻子，抿着嘴笑，随后就瞪大了眼睛左盼右顾。她的眼珠子又大又黑，尽管还是个孩子，眼珠子里头却有一分行云流水的光景，像舞台上的"运眼"。这一点给了老师傅十分深刻的印象。事实上，送戏下乡的李雪芬在村口第一次看见一朵的时候就动心了。那是黄昏，干爽的夕阳照在一堵废弃的土基墙上，土基墙被照得金灿灿的，一朵面墙而立，一手捏一根稻草，算是水袖，她哼着李雪芬的唱腔，看着自己的身影在金灿灿的土基墙上依依不舍地摇曳。李雪芬远远地望着她，她转动的手腕和翘着的指尖之间有一种十分生动的女儿态，叫人心疼。李雪芬"咳"了一声，一朵转过身，她的两只眼睛简直让李雪芬喜出望外。一朵的眼睛黑白分明，眼珠子又黑又亮又活，称得上流光溢彩。因为害羞，更因为胆大，她用眯着的眼睛不停地睃李雪芬，乌黑的睫毛一挑一挑的，流宕出一股情脉脉水悠悠的风流态度。"这孩子有二郎神呵护，"李雪芬对自己说，"命中有一碗毡毯上的饭。"根据李雪芬的经验，能把最日常的动态弄成舞台上的做派，才算得上是天生的演员。

现在的一朵已经不再是七年前的那个一朵了。她已经由一个乡下女孩成功地成为李派唱腔的嫡系传人。现在的一朵衣袖与裤脚和她的胳膊腿一样长，紧紧地裹在修长的胳膊腿上。一朵在舞台上是一个幽闭的小姐或凄婉的怨妇，对着远古时代倾吐她的千种眷恋与万般柔情。舞台上的一朵古典极了，缠绵得丝丝入扣，近乎有病。然而，卸妆之后，一朵说变就变。古典美人耸身一摇，立马还原成前卫少女，也许还有一些另类。要是有人告诉你，七年之前一朵还是土基墙边的一棵小豌豆，砍了你你也不信。但是，不管如何，随着一朵在电视屏幕上的频频出镜，一朵已经向大红大紫迈出她的第一步了。依照一般经验，一个年轻而又漂亮的青衣只要在电视上露几次面，一旦得到机会，完全有可能转向影视，在十六集的电视剧中出演同情革命力量的风尘女子，或者到二十二集的连续剧中主演九姨太，与老爷的三公子共同追求个性解放。一朵的好日子不远了，扳着指头都数得过来。

现在是五月里的一天，一朵与她的姐妹们一起在练功房里做形体训练。十几个人都穿着高弹紧身衣，在扇形练功房里对着大镜子吃苦。大约在四点钟，唱老旦的刘玉华口渴了，嚷着叫人出去买西瓜。十几个人你推我，我推你，经过一番激烈的手心手背，最后还是轮到了刘玉华。刘玉华其实是故意的，大伙儿都知道刘玉华是一个火热心肠的姑娘。二十分钟过后，刘玉华一手托着一只西瓜回到了练功房，满脸是汗。一进门刘玉华就喊亏了，说海南岛的西瓜贵得要命，实在是亏了。刘玉华就这么一个人，因为付出多了，嘴上就抱怨，其实是撒娇和邀功。放下一只西瓜之后刘玉华似乎突然想起了什么，抱着另一只西瓜"哎呀"了一声，大声说，你们说那个卖西瓜的女人像谁？就是老了点，黑了点，皱纹多了点，眼睛浑了点，小了点，说话的神气才像呢，你们没看见那一双眼睛，才像呢！刘玉华说这话的时候开始用眼睛盯着大镜子里的一朵，大伙儿也就一起看。都明白了。谁都听得出刘玉华说这些话骨子里头是在巴结一朵，一朵和团长的关系大伙儿都有数，有团长撑着，用不了几天她肯定会红上半边天的。一朵正站在练功房的正中央，背对着大伙儿。她在大镜子里头把所有的人都瞄了一遍，最后盯住了刘玉华。一动不动。脸上没有一点表情。一朵突然把擦汗的毛巾丢在了地板上，两只胳膊也抱在了乳房下面，说："我像卖西瓜的，你像卖什么的？"一朵的口气和她的目光一样，清冽得很，所以格外的冷。刘玉华遭到了当头一棒，愣在那儿。她和一朵在大镜子里头对视了好半天，终于扛不住了，汪开了两眼泪。刘玉华把抱在腹部的西瓜扔在了地板上，掉头就走。西瓜被摔成了三瓣，还在地板上滚了几滚。一朵转过身，叉着腰，一晃一晃地走到刘玉华刚才站过的地方，盘着腿坐了下来，拿起西瓜就啃。啃两口就噘起了嘴唇，对着大镜子吐瓜籽。大伙儿望着一朵，这个人真的走红了。人一走红，脾气当然要跟着长，要不然就是做了名角也不像。大伙儿看着一朵吐瓜籽的模样，十分伤感地想起了前辈们常说的一句老话："成名要早。"一朵坐在地板上，抬头看了大伙儿一圈，似乎把刚才的事情都忘记了，不解地说："看什么？怎么不吃？人家玉华都买来了。"

但是一朵并没有把刘玉华的话忘了。洗过澡之后一朵坐在镜子面前，用手背托住腮，把自己打量了好半天。她倒要到西瓜摊上看一看那个女人，她倒要看看刘玉华到底是怎么作践自己的。不过刘玉华倒是从来不说谎，这一来问题似乎又有些严重了。一朵穿好衣服，随手拿了几个零钱，决定到西瓜摊去看个究竟。一朵出门之后回头张望了一眼，身后没有人。她以一种闲散的步态走向西瓜摊。西瓜摊前只有一个男人，他身后的女人正低着头，嘴里念念有词，在数钱。让一朵心里头"咯噔"一下的事情就在这个时候发生了，女人抬起了头来，她的双眼与一朵的目光正好撞上了。一朵几乎是倒吸了一口气，怔怔地盯着卖西瓜的女人。这个年近四十的乡下女人和自己实在是太像了。尤其是那双眼睛。卖西瓜的女人似乎同样意识到了这一点，先是愣了一下，随后居然咧开了嘴巴，兀自笑了起来。女人说："买一个吧，我便宜一点卖给你。"一朵听了就来气，"便宜一点卖给你"，这话听上去就好像她和一朵真的有什么瓜葛，就好像她长得像一朵她就了不起了，都套上近乎了。最让一朵不能忍受的是，这个卖西瓜的女人和一朵居然是同乡，方圆绝对不超过十里路。她的口音在那儿。一朵转过脸，冰冷冷地丢下一句普通话："谁吃这东西。"

一朵走出去四五步之后又回了一下头，卖西瓜的女人伸长了脖子也在看她，嘴巴张得老大，还笑。她一点都不知道自己张大了嘴巴有多丑。一朵恨不得立即扑上去，把她的两只眼睛抠成两个洞。

这个黄昏成了一朵最沮丧的黄昏。无论一朵怎样努力，卖西瓜的女人总是顽固地把她的模样叠印在一朵的脑海中。一朵挥之不去。它使一朵产生了一种难以忍受的错觉：除了自己之外，这个世界还有另外一个自己。要命的是，另一个自己就在眼前，而真正的自己反倒成了一张画皮。一朵觉得自己被咬了一口，正被人叼着，往外撕，往下扒。一朵感到了疼。疼让人怒。怒叫人恨。

生活其实并没有什么变化，昨天等于今天，今天等于明天。但是，吃了几回西瓜之后，一朵感到姐妹们开始用一种怪异的神态对待自己。她们的神情和以往无异。然而，这显然是装的，唱戏的人谁还不会演戏，要不然她们怎么会和过去一样？一样反而说明了有鬼。在她们从一朵身边走过的时候，她们的神情全都像买了一只西瓜，而买了一只西瓜又有什么必要和过去不一样呢？这就越发有鬼了。一朵连续两天没有出门，她不允许自己再看到那个女人，甚至不允许自己再看到西瓜。然而，人一怕鬼，鬼就会上门。星期三中午一朵刚在食堂里坐稳，远远地看见卖西瓜的女人居然走到剧团的大院来了。她扛着一只装满西瓜的蛇皮袋，跟在一位教员的身后。过了三五分钟，让一朵气得发抖的事情再一次发生了。女人送完了西瓜，她在回头的路上故意绕到了食堂的旁边，伸头探脑的，显然是找什么人的样子。这个不知趣的女人在看见一朵之后竟然停下了脚步，露出满嘴牙，冲着一朵一个劲地笑。她笑得又贴近又友善，不知道里头山有多高水有多深，好像真有多少前因后果似的。一朵突然觉得食堂里头静了下来。她抬起眼，扫了一遍，一下子又与女人对视上了。女人仔细打量着一朵，她的微笑已经不只是贴近和友善了，她那种样子似乎是见到了失散多年的亲妹妹，喜欢得不行，歪着头，脸上挂上了很珍惜的神情，都近乎怜爱了。她们一个在窗外，一个在窗内，尽管没有一句话，可呈现出来的意味却是十分的意味深长。一朵低下头，此时此刻，她最想做的事情就是站起来，大声地告诉每一个人，她和窗外的女人没有一点关系。但是，否定本来就没有的东西，那就更加此地无银了。一朵的嘴里衔着茼蒿，咽不下去，又吐不出来。所有的人都注意到，一朵的脸开始是红了一下，后来慢慢地变了，都青了。一朵把头侧到一边，只给窗口留下了后脑勺。她青色的脸庞衬托出满眼的泪光，像冰的折射，锐利的闪烁当中有一种坚硬的寒。卖西瓜的女人现在成了一朵附体的魂，一朵她驱之不散。

　　星期五下午四点过后，一朵必须把手机打开。这部手机暗藏了一朵的隐秘生活。手机是张老板送的。其实一朵的一切差不多都是张老板送的，除了她的身体。但严格意义上说，张老板每个星期也就与一朵联系一次，只要张老板不出差，星期五的夜晚张老板总要把一朵接过去，先共进晚餐，后花好月圆。

一朵把打开的手机放在枕头的下面，一边等，一边对着镜子开始梳妆。然而，只照了一会儿，一朵的心情竟又乱了。她现在不能照镜子，一照镜子，镜子里的女人就开始卖西瓜。这时候一朵听见看大门的老师傅在楼下高声叫喊。老师傅的牙齿已经掉得差不多了，他把了一辈子的大门，而现在，他自己嘴里的大门却敞开了，许多风和极其含混的声音从他的嘴边进进出出。老师傅站在篮球架的旁边大声告诉"小豌豆"，"黄包大队"有人在门外等她。一朵一听就知道是"疙瘩"又来了。"疙瘩"在防暴大队，和一朵在一次联欢会上见过面。他不知道从哪里打听到了一朵的祖籍，到剧团来认过几次老乡。一朵没理他。一朵连他姓什么都不清楚，就知道他有一脸的疙瘩。一朵正烦，听到"黄包大队"心里头都烦起了许多疙瘩，顺手便把手上的梳子砸在了镜面上，玻璃"咣啷"一声，镜子和镜子里的女人当即全碎了。这个猝不及防的场面举动给了一朵一个额外发现：另一个自己即使和自己再像，只要肯下手，破碎并消失的只能是她，不可能是我。一朵的呼吸顿时急促起来，两只乳房一鼓一鼓的，仿佛碰上了一条贪婪而又狠毒的舌尖。一朵推开窗户，看见一个高大的小伙子正在大门外面抬腕看表。一朵顺眼看了一下远处，梧桐树上"正宗海南西瓜"的小红旗清晰可见。老师傅仰着头，高声说："他在等你，要不要轰他走？"

手机偏偏在这个时候响了。一朵回过头去拿手机，只跨了两步一朵却转过了身来，慌忙对楼下说："让他等我。"

一朵只做了两个深呼吸便把呼吸调匀了。她趴在床上，对着手机十分慵懒地说："谁呀？"

手机里说："个小树丫，还能是谁。挺尸哪？"

一朵疲惫地嗯了一声。

手机马上心疼起来，说："怎么弄的？病啦？"

"没有，"一朵叹了一口气，拖着很可怜的声音说，"中午身上那个了，量特别多，困得不得了——司机什么时候来接我？"

手机那头突然静下来了，不说话。一朵"喂"了一声，那头才懒懒地回话说："还接你呢，这会儿我在杭州呢。"

一朵显然注意到手机里短暂的停顿了。这个停顿让她难受，但这个停顿又让她有一种说不出的欣喜。一朵也停顿了一会儿，突然大声说："不理你！这辈子都不想再理你！"

一朵立即把手机关了。她来到窗前，高大的小伙子又在楼下抬腕看表了。

疙瘩坚持要带一朵去吃韩国烧烤，一朵用指头指了指自己的嗓子，疙瘩会心一笑，还是和一朵吃了一顿中餐。一朵发现疙瘩笑起来还是蛮洋气的，就是过于讲究，有些程式化，显然是从电影演员的脸上扒下来的。但是没过多久疙瘩就忘了，恢复到乡下人仓促和不加控制的笑容上去了。人一高兴就容易忘记别人，全身心地陷入自我。这个结论一朵这几天从反面得到了验证。晚饭过后一朵提出来去喝茶，他们走进了一间情侣包间，在红蜡烛的面前很安静地对坐了下来。整个晚上都是疙瘩带着一朵，其实一朵把持着这个晚上的主导方向。疙瘩开始有点口讷，后来舌头越来越软，话却说得越来越硬。一朵瞪大了眼睛，很亮的眼睛里头有了崇敬，有了蜡烛的柔嫩反光。

一朵没有绕弯子，利用说话之间的某个空隙，一朵正了正上身，说有事请老乡帮忙。疙瘩让她"说"。一朵便说了。她说起了那个卖西瓜的女人。她"不想再看见她"。即使看见，那个女人的脸眼"必须是另外一副样子"。

疙瘩笑了笑，松了一口气。疙瘩说，我还以为什么大不了的，我叫上几个兄弟，两分钟就摆平了。

一朵说，什么样的人我找不到，找别人我就不麻烦你。一朵说我不想让别人知道，就你和我。

疙瘩又笑了笑，说，好的，没什么大不了的。

一朵说，我可不想等，等一天老虎的爪子抓一天心。卖西瓜的都睡在西瓜摊上，就今天晚上。

疙瘩还是笑了笑，说，好的。没什么大不了的。

一朵站起身，绕到疙瘩的面前。两只瞳孔乌溜溜地盯着疙瘩，愣愣地看。她刚刚伸出小拇指准备和疙瘩"勾勾"，疙瘩的右手却突然捂在了一朵的左乳上。一朵唬了一个激灵，但没有往后退，两道睫毛疾速垂了下去，弯了两道弧，却把双手反撑到了桌面上。疙瘩已经被自己的孟浪吓呆了，眼神里全是不知所措，像萤火自照那样明灭不定。到底是一朵处惊不乱，经历过短暂的僵持之后，一朵的眼睫突然挑了上去，两只瞳孔再一次乌溜溜地盯着疙瘩，愣愣地看。疙瘩的手指已经傻了，既不敢动，又不敢撤，像五根长短不一的水泥。过了好大一会儿一朵终于抬起了一只手。疙瘩以为一朵会把他的手推开，再不就是挪走。但是没有。一朵勾起了食指，在疙瘩的鼻梁上刮了一下。这个日常性的动作由女人们来做，通常表达一种温馨的羞辱与沁人心脾的责备。疙瘩的手指一下子全活了。

"回头我请你。"一朵说。

一朵说完这句话便抽出了身子，提上包，拉开了包厢的房门。她在离开之前转过头，看见疙瘩的手掌还捂在半空，一脸的不可追忆。疙瘩回味着一朵的话，这句话被一朵说得复杂极了，你再也辨不清里面的意味多么地叫人心跳。一朵的话给疙瘩留下了无限广阔的神秘空间，"回头我请你"这五个字像一些古怪的鸟，无头，无尾，只有翅膀与羽毛，扑拉拉乱拍。

星期六的上午一朵一早就下楼去了。她知道疙瘩一定会来找她，立了战功的男人历来是不好对付的，最聪明的办法只有躲开。躲得了初一，就一定能躲得过十五。男人是个什么玩意儿一朵算是弄清楚了，靠喂肉去解决他们的饥饿，只能是越喂越饿，你要是真的让他端上一只碗，他的目光便会十分忧郁地打量别的碗了。再说了，一只蛤蟆也完全用不着用天鹅的肉去填它的肚子。这年头的男人和女人，唯一动人的地方只剩下戏台上的西皮与二簧，别的还有什么？

一朵打算到唐素琴那儿把星期六混过去。唐素琴是一朵的小学同学，现在已经是省人民医院的妇科护士了，人说不上好，可也说不上坏，就是没意思。然而，她毕竟是妇科的护士，说不定哪一天就用得上的。

一朵出了大门之后直接往左拐。对一朵来说，这是一个特殊的早晨。她一定要从那个空着的西瓜摊前面走一走，看一看。她一定要亲眼看到另一个自己在她的面前是如何消失的。一朵远远地看见西瓜摊的前方聚集了许多人，显然是出过事的样子。这个不寻常的景象是预料之中的，它让一朵踏实了许多。一朵快速走上去，钻进人缝。路面上有一摊血，已经发黑了，呈现出一种骇人而又古怪的局面。一朵看着地上的这摊黑血，松了一口气。她用小拇指把额前的一缕头发捋向了耳后，脸上的表情又安详又傲慢。一朵把她的眼睛从地上抬上来，却意外地看见了卖西瓜的女人——卖西瓜的女人正站在梧桐树的后面，一边比划一边小声地对人说些什么。她的身上没有异样，神态里头一点劫后余生的紧张与恐怖都看不出。毫无疑问，地上的血和她没有任何关系。一朵吃惊地望着那张脸，恍然若梦。要不是手机在皮包里响了，一朵还真以为自己是在梦中了。

"起床了没有？"张老板在手机里头说，听口气他还在床上。

一朵有些恍惚，脱口说："没，还没呢。"

"昨晚上你喝茶喝得太晚了，这样可不好。"

"没，没有。"

手机里头张老板摁了一下打火机，接下来又长长地嘘了一口烟。张老板说："我说呢。我手下的人硬说你昨晚和一个傻小子鬼混了。弄得有鼻子有眼。他们说那个傻小子的手不本分，趁人家在马路边上卖西瓜，居然在人家的身上开了两个洞。你说这是什么事？——幸亏不是什么要紧的地方。"

"你在哪儿？"一朵喘着粗气问。

"我还能在哪儿？当然在家。"

"你不是在杭州吗？"

"我在杭州做什么？"张老板拖声拖气地说，"闲着无聊，没事就说说小谎，反正闲着也是闲着——我看你还是到医院去看看吧。"

一朵的心口紧拧了一下，慌忙说："我到医院去干吗？我到那儿看谁去？"

"你说看谁？当然是看看你自己，"张老板说，"半个月里头你的月经来了两次，量又那么多。我看你还是去看一看。"

一朵的脑袋一下子全空了，慌得厉害，就好像胸口里头敲响了开场锣鼓，而她偏偏又把唱词给忘了。她站在路边，把手机移到左边的耳朵上来，用右手的食指塞紧右耳，张大了嘴巴刚想解释什么，那边的电话却挂了。一朵张着嘴，茫然四顾，却意外地和卖西瓜的女人又一次对视上了。卖西瓜的女人看着一朵，满眼都是温柔，都像妈妈了。

一九九九年九月　南京螺丝桥

（原刊于《收获》2000年第1期）

广州暴乱

薛忆沩

>一切真的历史都是当代史。
>
>——克罗齐

现在,我已经非常虚弱了。我知道我的生命很快就会走到尽头。我要用这最后的一点时间写下我的忏悔。这将是我一生当中与语言最后的也是最重要的一次关系。语言如同妓女,我一生当中不断地进入它,不断从这种进入之中得到快感和满足。可当最后一次走进它的时候,我很清楚,自己什么也不可能得到。我并不需要什么,甚至我也不需要被原谅。但我需要忏悔。忏悔将给我最起码的支持,使我能够克服孤独带来的恐惧。现在,我十分孤独。因为我刚刚埋葬了我的仆人。这个跟随过我将近三十年的仆人在最近这十年之中是我唯一的交谈对象,甚至可能是我唯一见过的人。每天,我都给他编一个故事,他也给我编一个故事。然后,我们根据故事的好坏决定我们的输赢。我们就靠这样的游戏来克服与世隔绝的无聊和寂寞。现在，参与游戏的另一方已经离去了……在这阴冷的房间里，我第一次感受到了如此揪心的孤独。我知道，那个曾经活着的"我"已经随着我的仆人一起离去了。我好像只是作为一个动物还继续存在在这个我几乎已经感觉不到的世界上。我知道，时间之所以仍然努力支撑着我的感觉，是因为我还需要忏悔，忏悔我所经历过的那一段我不愿意经历的历史。

其实，对于大多数人来说，那个曾经活着的"我"——那个盛名远扬的总督，十年前就已经死去了。他的仆人也下落不明。极少数知道我还活着的人为我安排了一个虚张声势的葬礼。葬礼之后，我的灵柩被运往我在北方的老家。我看着我的灵柩从我的眼前缓缓经过。我为它流下了绝望的眼泪。我的仆人也流下了眼泪。他也许在为自己不能够亲自安葬自己的主人而伤心。他一定想象不到十年之后，是我亲自安葬了他。这十年之中，尽管他仍然周到地照料着我的生活，可我们的关系已经超出了主人和仆人的限度。我们是相依为命的朋友，又是那使我们的生命得以延续的游戏之中的对手。

葬礼之后，我们经过精心的安排，在离广州有两天路程的一座偏僻的小山村里安顿下来。那些知道我还活着的人为我们准备好了一座简陋的房子。最初的几个月，他们还不时送来一些食品和一些消息。我知道传教士们又被允许在广州自由活动了。他们还要求新上任的总督立即调查事件的经过，迅速向传教团公布调查的结果并严惩肇事者。新上任的总督自然将一切都归咎于我和我的副手。因为我们已经死了，所以传教士们的要求不可能得到满足。但这位总督拨重款重新安葬了事件中的受害者。加上他与皇帝宠信的那几位著名的传教士在京城时有过密切的交往，事件很快也就平息下去了。以新总督的智力，他一定知道我还活着，可他从来没有向任何人表露过对我的死的怀疑。我死了比我活着对他更有意义。而他也并不在乎我是不是已经真正死去。这是他对我的最大的恩赐。我猜想他一定非常理解我在任时所经历的一切困难。现在他处在同样的位置上，他肯定会遇到同样的困难。当然以他的智力以及他对事物的看法，他会将一切都处理得很好。好了，还是回到我自己的生活中来吧。几个月之后，就不再有人来看望我们了，食品和消息也都突然中断。我们带来了足够的钱，生活当然没有问题。我也对消息失去了兴趣。我知道，到这时候，新的生活才真正开始。因为我们已经被人们遗忘了。我们将在这与世隔绝的状况中生活。这种生活持续了整整十年。昨天，我刚刚埋葬了我的仆人。他的离去将我们共同的生活带进了坟墓。

现在让我回到这十年之前的那一段时间里去吧。那时候我是这个省的总督。我的主要任务是保卫领土的完整和人民的安全。威胁来自海上。西班牙人已经在菲律宾安顿下来了，可谁都知道，他们的野心决不会安顿在那里。更直接的威胁是，葡萄牙人已经在澳门站稳了脚跟。虽然他们仍然接受我们的管制，但这种管制显得越来越力不从心了，它正在蜕变成一种交易。我与这些西方人没有任何接触，可我对他们却十分反感。我不太清楚这种反感是怎样产生的。也许是因为他们给我带来了一种危险的责任吧，一种既要亲善他们又要防止他们的责任。这种责任使我的地位变得非常敏感。每一个决定对我来说都是一种考验。这种紧张的生活令我十分疲惫。

疲惫使我心灰意冷，对一切都失去了兴趣。我想到过要离开这个敏感的省份，多次托我在朝廷里的朋友们为我寻找一个新的位置。但一直没有找到。我必须继续忍受这种疲惫的生活，直到有一天，我读到了那本在外面已经相当流行的小书。那本书令我突然亢奋起来。它使我做出了我一生当中最重要的决定。现在我知道，这是一个非常错误的决定。不仅仅它本身非常错误，对我个人的生活来说，它也是致命的一击。我想忏悔的并不是这个错误，而是我纠正错误的努力。我的努力并没有将错误纠正过来，或者说并没有使我像我开始打算的那样逃脱错误对我的损害。相反，它增加了我的错误的分量，在我已经来不及反应的情况下将我——那个作为总督的"我"置于死地。而我自己也被迫过起了与世隔绝的生活。

在那本小书之前已经有两次事件在营造气氛，好像有意将我引向我的那个决定。首先是荷兰海盗在几次成功地袭击了葡萄牙的船队之后有些得意忘形，决定攻打几个葡萄牙人聚居的岛屿，这其中也包括了澳门。当地人听到这个消息，决定在山顶上修筑一座炮台。后来，荷兰海盗冷静下来，放弃了他们的计划，撤回到新加坡的外海上去了，炮台的工程也就停了下来。当时我的下属中流行着一种另外的看法，认为在澳门修筑一个军事设施可能有其他的用途，防御海盗恐怕只是一个幌子。因为工程后来停下来了，这种看法当然不能成立。可它的确引起了我的疑心。然后是当地中国人与葡萄牙人最近的一次纷争。中国人冲击了传教士们在附近一座小岛上新修的一个小教堂。中国人认为那是葡萄牙人修筑的工事。他们冲上小岛之后，发现那的确是一个教堂，但仍然放火将它烧毁了。这次纷争后来也得到了妥善的解决。那个小岛继续由传教士们占用，但岛上竖起了一个显眼的标志，说明小岛是中国皇帝的领土。尽管冲突很快被平息下去，不安和警觉却留在了我的心中。经过这两次事件，我已经有了一种要出大事的感觉。正是在这个时候，我的副手将那本小书呈到了我的面前。

小书的作者是一位不太出名的绅士。他在书中激动地罗列了最近发生在澳门的一系列骚乱，然后将矛头直指当时正居住在那里的一位耶稣会传教士。这位出生在热那亚的意大利人身材魁梧，蓄着很威风的长胡须。他经常穿着中国绅士的服装在城里走动，十分引人注目。他还是城里唯一一个见到过万历皇帝的人。当地的中国人都认为这绝对不应该是一个西方人应该拥有的荣誉。这位意大利人了解中国的历史又熟悉中国的地理。更不可思议的是，他还精通中国的语言。据说他曾经协助那位被皇帝恩准居留在北京的更为著名的耶稣会传教士编撰过一部音韵字典，其中使用了一种很特别的方法来给汉字注音。这位身材魁梧的意大利人还曾经在南京居住，在那里与一些著名的绅士讨论欧几里得的几何学，并深得他们的信任。这样一个人如果有野心的话，可能是什么样的野心呢？那本小书说这个人想成为中国的皇帝。一个了解中国的历史、熟悉中国的地理、精通中国的语言并在中国各地拥有一大批追随者的身材魁梧的人想成为中国的皇帝，这听起来一点也不荒唐。据说他正在等待着一支从印度开来的舰队。舰队一到，马上就会爆发大规模的行动。

那本小书的确引起了巨大的恐慌。它使我第一次强烈地感觉到自己正生活在历史之中。我听说大批的澳门居民已经开始逃亡。其中一部分逃进了广州。我没有给自己太多的时间去思考这场革命的可能性。书中的指控与我对国家越来越重的担心以及对西方由来已久的反感一拍即合。它让我立刻振奋起来。我迅速在广州附近集结了足够的军队。我又在广州城内张贴告示，严禁市民接待从澳门过来的人，尤其是西方传教士。告示也禁止一切与葡萄牙人的生意，还不允许任何人把粮食运进澳门。我还命令我的军队将广州朝向澳门方向的城门全部用石头和灰浆封堵起来。这一切都还算不了什么，它们还不至于让我蒙受巨大的风险。但是，我做出了一个更加冲动的决定，我下令拆除广州城墙外十公里范围内的全部房屋。我的军队总共拆除了近两千栋民房，有超过一万的穷人因此无家可归。我清楚地记得当时的考虑，我担心有人会藏匿在城墙周围的民居里，那将使对广州的进攻变得轻而易举。我认为，要有效地组织起防御，必须保证城墙外有足够的空地。在这一系列命令和行动之后，广州城里已经充满了战斗的气氛。而与此同时，皇帝也接到了我详细报告正在澳门策划的阴谋以及我采取的防范措施的奏章。但我的奏章没有引起他的注意。我早就听说我们的皇帝已经被传教士们送给他的自鸣钟给迷惑住了。那些能够制造出精巧机器的西方人在皇帝的眼里一定非常渺小，恐怕就像是他庞大帝国疆域内的几只蚂蚁。他根本无法相信他们会有取代他的野心。那本小书中的故事在他看来恐怕仅仅是贱民的想象，他一定觉得它非常荒唐。

我的奏章没有能够引起皇帝的强烈反应是我生命中最惨重的失败。这对我来说，也是一个非常危险的暗示。时间证明了皇帝的智慧。那位有篡夺帝位野心的意大利人整天郁郁寡欢，毫无动静，甚至连到教堂外走动的兴趣都没有了。而整个澳门因为缺乏粮食已经陷入了极端的饥饿状态。在广州城里，那些无家可归的人聚集在一起，泣诉着他们的痛苦，要求补偿他们的损失。朝廷对此时的事态却反应强烈。许多人主张追究我的责任。

　　我之所以采取那一系列的行动，完全是出于我对国家承担的义务。我的动机是非常正直的。为什么要追究我的责任？又怎样追究我的责任？这是我感到极度痛苦的时刻。这时候，我多么希望真有一支西方人率领的队伍来攻打广州城呵。我希望有这样的进攻来验证我对事态的判断。我非常清楚，如果没有任何重要的事情在广州发生，就肯定很快会有重要的事情在我个人的生活之中发生。可是还能有什么重要的事情会在广州发生呢？正在我焦虑不安的时候，我的副手给我带来了那个著名的案子。

　　一开始，我的副手就意识到了那是一个极好的机会。可后来，他觉得事情有点难办。他说有人向他告发一个从澳门来的奸细和他的几个同伙。这些人已经潜入广州，准备在这里组织一场暴乱。我的副手立即将这些人抓了起来。他发现那个奸细是一个正发着高烧的瘦小的修士。年轻的修士自称是第一个进入耶稣会的中国人。他的同伙是他的一个朋友以及这个朋友的两个侄儿。我的副手搜查了这几个人的行李，从中找到了一些用拉丁文写的信和印的书，还找到几件葡萄牙式样的衣服。对于在广州组织一场暴乱这样重大的阴谋来说，我的副手认为，行李中的这些发现已经是相当充分的证据了。所以他立刻刑讯了这些人。他将他们的双腿用两块木板夹紧，逼他们平躺在地上，然后让人用重锤不断猛击木板。这些人被折磨得死去活来，可并没有改变他们最初的说法。他们说他们是从韶关下来的，而不是来自澳门。他们下来迎接正等待在广州的一位神父去中国内地巡视各地教会的发展情况。那个正发高烧的修士还拿出了一位大臣为他写的证明信件。这封信证明了他的身份以及他在中国活动的范围和目的。这封信令我的副手觉得事情有点难办。他马上停止了刑讯，将犯人押回牢房。接着他还听说此案的原告其实是这位修士的朋友，也曾经入过教，只因为这位修士拒绝了他借钱的要求，才借机告发了他。这一下，我的副手觉得事情更加难办了。

　　（也许我应该说明一下，在关于事件的叙述之中，我混用了"这"和

"那"来指人指物指感觉。这是因为当我回忆事件的时候,它有时候离我远,有时候又离我近。十年之后,我一直把握不住自己与整个事件的距离,我希望没有人会在乎我在忏悔时的这种混乱。这种混乱还将继续下去。)

我坐在花园的石凳上仔细倾听我的副手陈述事情的经过。我知道他与我一样,急于想要证实的确有危险的事情将在广州发生。我们还需要证实我们前一段所做的一切都毫不过分。我们需要证实我们的正直。我们担心我们的城市(事实上也就是我们的国家)被人侵犯。我们承担着巨大的责任。同时,我们也有足够的智慧,我们对事态的判断一点也没有出错。所有这一切我们都急于想要去证明。我知道我的副手跟我想得一样。于是,听完他的陈述之后,我非常肯定地对我的副手说:"从韶关来可能是谎言。证明信也可以伪造。那样下贱的原告,还留着他干吗?"

我的副手完全领会了我的意思。他将我们迫切需要的这个阴谋命名为"广州暴乱"。当天晚上,他把原告请到他的家里与他探讨有什么办法能够让那个奸细更好地招供。原告给了他一个很好的建议。因为这个建议,我的副手在送走原告时很肯定地告诉他,他将得到一笔可观的报酬。充满感激的原告在回家的路上被一伙人用乱刀捅死,塞进一只麻袋,扔到了白云山里。

第二天,我的副手再次提审那几个犯人。他已经不再犹豫了。他肯定地告诉那一伙从韶关来的人,他们无疑来自澳门,而他们的证明信是伪造的。我的副手严厉申斥那个修士,让他尽快交代他们准备在广州发动暴乱的事实。那个重病的修士低声争辩了一下。他说他的确是从韶关下来的,那封证明信也的确是真的,他说上帝不允许他撒谎。他的争辩给他带来了一阵鞭打。皮鞭抽打在他单薄的肩膀上。这时,我的副手突然示意停止鞭打,他很神秘地问:"你是不是买过药?"年轻的修士迟疑了一下,显然不大理解怎么会有这样的问题。"对,我买过药。"他最后低声说。"很好,你终于承认了,"我的副手接着问,"你们准备在哪里引爆?"年轻的修士恍然大悟,立刻争辩说:"我买了治病的药,不是……"他的争辩又给他带来了一阵鞭打。"我再问一次,你是不是买了药?"我的副手又问。"我买过,但不是……"年轻的修士昏迷过去了。"好,你们已经承认了犯罪的事实。"我的副手命令将犯人押回牢房,等待第二天的判决。他马上着手准备关于"广州暴乱"的奏章。在这份报告中,他提到了奸细已经承认在广州买过炸药的事实。

  第二天,我亲自提审了那几个犯人。我刚看见那个年轻的修士时感到了一阵难过。他只有三十三岁,看上去比这个年龄还要年轻。很快,一种极端的愤怒从我心中喷薄出来。那也许是对我心中那一阵难过的愤怒吧。我大声命令给他们每人一百鞭,要狠狠地打。那是我在提审过程中说过的唯一的一句话。我目睹着皮鞭抽打在他们的身体上,感到一种很深的快感。这种快感洗尽了童年时代起就一直依附在我心灵中的一种仇恨。那是对世界的仇恨。有一个冬天,我因为一个小小的错误被父亲关进一间漆黑的房子里,关了整整一夜。那一夜,我对世界充满了仇恨。我发誓要报复这个凶狠的世界。后来一帆风顺的生活使我淡忘了童年时代那个夜晚的誓言。当鞭子重重地抽打在那几个犯人身上的时候,我立刻重温了那一夜的仇恨。仇恨也才获得了彻底的释放,我也才感到了那阵很深的快感。

  接着,我的副手对犯人进行了宣判。那个年轻的修士和他的同伙被判处死刑。那个同伙的两个侄儿被判终身苦役。死刑定在第二天执行。而年轻的修士在当天返回牢房的途中就断了气。我的副手要求将他单独埋葬在一个废弃的矿井里,与其他死囚相区别,以便将来朝廷的人能够随时复查。他还要求就让年轻的修士带着枷锁、穿着囚衣下葬。他说对这样的暴乱分子就应该用这样的方式来羞辱他。我的副手将这句话也写进了关于"广州暴乱"的奏章。

  后来我听说在传教士中间,没有人认为这种下葬的方式是一种羞辱。相反,他们认为,这种受难的下葬方式是一个基督徒最高的荣誉。他们还发现他们的这位兄弟遇难的时辰与耶稣被钉在十字架上的时辰一致。他们相信这样的死是上帝的恩赐。当然他们并不会因此而放过我。虽然这样的死是上帝的恩赐，造成这种死的人决不是上帝的朋友，而是上帝的敌人。他们同样准备了一份详细的奏章，想通过他们在皇帝身旁的那些兄弟呈递到皇帝的手里。

这两份内容相反的奏章都还没有抵达北京，我的继任就已经从那里出发了。大家都知道他是一个温文尔雅的人。我听说他也对几何学发生了兴趣。我的副手听到我的继任已经上路的消息就在家里服毒自杀了。我很清楚我的继任最初的使命就是彻底调查在澳门和广州发生的事情。当然，朝廷还不知道"广州暴乱"的情况。但毫无疑问，我们刚刚处理完的这个案子不仅不会洗刷我在处理澳门事务上所犯的严重错误，相反，它会加重我的罪名。"广州暴乱"会被当成是我的虚构（或者说我的又一次虚构）。大家一眼就能够看出我想借此逃脱前一次过错的动机。我必将受到双倍的惩罚。除了自杀，我还能够选择什么呢？

我选择了自杀。可是与我的副手不同，我并没有因为自杀而死。死去的只是那个即将卸任并且一定要为两个重大的错误承担责任的总督。一切都经过了精心的安排。我在自杀身亡之后又活了整整十年。这十年之中，我的生活仍然由我的仆人料理。现在他已经不在了。我相信自己很快也会死去，因为我完全不会照顾自己的生活，一辈子都不会。在这十年之中，我经常会回想起自己作为总督的最后那几个月，想起那一场"广州暴乱"。我仍然认为我在读到那本小书之后采取的那一系列防范措施并不过分。我那样做完全是出于我对国家的责任感。那正好是我这个人正直的证明。我的错误在于当人们都认为那是错误的时候，我所选择的逃避指责的方式。那个年轻的修士的死当然应该由我负责。如果他不在那种敏感的时刻来到广州，他现在应该还活着。我还清楚地记得他在受刑时安详的表情以及我在他受刑时所经历的快感。我肯定是我造成了他的死。我肯定他是无辜的。我和他完全是生活在不同的世界里面的人。我们只是在历史之中偶然相遇。可他为这相遇付出了生命。那个总督也为这相遇付出了生命。历史之中为什么要有如此残忍的相遇呢？历史又是什么呢？我后来常常思考这样的问题。当我读到那本小书的时候，我的精神为之一振，我强烈地感觉到了历史。而现在，经过这十年与世隔绝的生活，我才知道我原来生活于其中的世界不过是一种假象。时间变幻着这些假象。现在我肯定，其实历史并不存在，存在的只是我们对于假象的幻觉。也许历史可以被看成是这些假象的垃圾堆吧，那里散发出人类生活的恶臭。

有一次，我的仆人问我是不是愿意回广州去看看，他说危险早已经过去了，人们已经不记得我们了。人们的确早已经忘记那个自杀的总督了。这正好是我不愿意回去的原因，因为人们已经失去了对我的记忆，已经无法从人群中将我辨认出来了。我为什么还要回去？现在我甚至觉得，我为自己延长的这十年的寿命也毫无意义。除了游戏之外，我的生活之中什么也没有发生。每天我们都在虚构中游戏，在游戏中虚构，故事维持着我们的生活。真的，现在我觉得，我应该在十年之前与那个自杀的总督一起下葬。

现在我已经非常虚弱了。我知道我的生命不可能再持续很久。我不知道黑夜是什么时候降临的。现在我完全笼罩在黑夜之中。我在黑夜之中继续写下我的忏悔。我没有丝毫的恐惧。我突然又想起了童年时代的那个夜晚，我被父亲锁在一间漆黑的房子里。那时候，我对黑夜充满了恐惧。因为那种绝望的恐惧，我甚至发誓要报复这个世界。现在，我竟对黑夜充满了感激。现在这无边无际的黑夜竟是我的需要。它给我带来了从没有过的平静。我希望它不再离开我。我希望它用力包裹着我，使我不再受阳光的侵扰。我甚至希望它能够将我吞噬，让我永远逃离过去的伤害。如果神能够接受我的忏悔，它就应该用永远的黑夜来证明它的恩典。

真的，我已经没有力气再写下去了。我应该马上结束我的忏悔。我要向曾经迷惑过我的语言告别。我已经没有力气再一次深入到它的体内，从它细腻的颤动中获得难以忘怀的快感。我要躺下来了，我要在这无边无际的黑夜之中躺下来了。

（原刊于《收获》2000年第2期）

冬天我们跳舞

唐 颖

一九七八年的十一月和往年一样已经是萧瑟峻峭的初冬，但在我的记忆里却缤纷缭乱，摇晃着圆舞曲滑过之后的眩昏，兴奋的眩昏，眩昏到快要吐，快乐伴随着忧伤，却又过眼云烟一样的抓不住，我在成熟以后曾觉得那些岁月多么幼稚轻浮，却难以忘怀。

我和妈妈被她的朋友老旧伯伯（也许姓裘，但上海话"旧""裘"同音）带到某个单位参加舞会。哦，舞会，当我听到这个词，身体里的内分泌都发生了变化，我有一种莫名的兴奋和激越，在去舞会的路上我的脚步飞快，我必须站在路口，等着我的长辈们赶上来。

我发现街上的行人比往年密集了许多，听说成千上万的知青正返回城市，他们回来了，却面临着失业和住房的问题，我为他们沮丧的时候更为自己庆幸。虽然中学毕业后我被分配去郊区农场，但我以各种理由跑回家，在妈妈的督促下我背外语，温习数理化，时刻准备着脱离苦海。果真，高考制度在年初恢复，七月进考场，十月我已去大学报到。我想说的是，我那两年可耻的逃跑生涯换回了眼下的逍遥日子，我应该感激妈妈的高瞻远瞩，可我不，我讨厌她在老旧面前眉飞色舞的样子，但这并不妨碍我全心全意地拥着我自己的快乐，我突然发现在我二十岁的人生中，走向舞会，乃是一种高峰体验。

那晚，在一家文化机关破旧的大厅里，圆舞曲响起来，这是我第一次听到施特劳斯，在我听来华丽绚烂得过分，很符合我对享乐的期待，不知为何我有点紧张，我的腮帮微微发麻，而乐曲正穿透我的衣服从我的肌肤拂过，每一根汗毛都立起身并在颤栗。

喔，舞曲一支接一支，舞池里却空空荡荡，我能想象人们对这空空荡荡的舞池所产生的无法言说的畏惧。然后有勇气的人出现了，男人和女人，他们三三两两进池，摆出跳舞的姿态，却是男女分离，是和同性结成舞伴，看上去舞步笨拙、跟跟跄跄，还有人滑倒在地。我也差点滑跤，我仅仅站在边上，和观舞的人群站在一起，就已经头晕目眩，因为正有一对男女走进池子，男子伸出左手搂住女伴的腰，右手捏住女伴的手，人群"轰"地发出有声音的骚动，灯光耀眼，众目睽睽，所有的人跟我一样亢奋，跟我一样第一次看见男人和女人可以这么公开地身体亲近。但那男子带着壮烈的表情，用力拽着女伴试图让他们俩的脚步跟上旋律，他们终于在舞曲中旋转起来，人们鼓掌，我的心跳得响亮急促，我的表情一定很愚蠢，瞪着眼睛张着嘴，一脸的惊讶和迷惘，我就是在这一刻深深地感受到：新时代开始了。

妈妈和我紧紧挨在一起，我能听见她的喘息，我看见她的脸通红，白皙细长的手指神经质地在脸颊上划动。她的近乎失态的反应令我不悦，我晓得她身上的每个细胞已经在舞曲中跃跃欲试，她在大学读书时是个舞迷，是节庆舞会上的皇后，多少年来值得让妈妈回味的便是这类往事，或者说这是让她缅怀往昔的唯一通道，让我那个在外省上班、喜欢穿中山装的父亲十分不以为然。如今她仍是个爱俏的中年女人，缎面中式夹袄外罩一件褐色西式呢料外套，头发烫成卷曲，很像旧照片上的太太。我是在革命年代成长，和妈妈的审美南辕北辙，我们之间常要为不同的趣味冲突。但今天我发现，妈妈的着装风格很适合舞会的气氛，我不无讥讽地想道，她到底还是等来了这一天，她的旧衣服在箱子底下等待了许多年，眼见得可以重见天日，虽然已经散发着呛鼻的樟脑味。

站在我们身边的老旧伯伯也是一件旧西式长大衣，硬肩窄袖，头发梳成三七开，精光滴滑一丝不乱，角质架眼镜有一股奢华的气息，和我妈妈并肩倒是般配，用我熟悉的时代语言便是臭味相投。

"侬看侬看，这些人哪里像在跳交谊舞？根本是在拉黄包车，脚步介（太）重，身体介硬……"舞池里的人越来越多，老旧伯伯用一口糯咪咪带苏州口音的上海话在对妈妈发着议论。他的挑剔让我不安，我和周围的人一样对池里的舞者其实是充满艳羡，姿态好不好有什么要紧呢？要紧的是，舞曲响起来了，请跟着舞曲旋转。可是我晚生了至少二十年，这样的舞只能在妈妈的回忆、在她津津乐道的老电影里看到，而那种黑白旧片被批判了整整十年，我很少有机会观赏，妈妈以为，那样的时代——可以跳舞的时代已经永远过去！可是，它又回来了，你怎么敢相信？

是的，你应该旋转起来，可你才发现，你的腿、你的腰是不受你的意志控制的，你的腿和腰成了你的身体令人生厌的部分。是在往后的日子，当我把跳舞当作功课来认真练习的时候，我对自己的身体产生了自卑。

那晚，当一曲布鲁斯舞曲波浪一样从远处缓缓荡漾过来的时候，妈妈已经缓过神来，她好像刚刚想起有个我："小妹，这是四步舞，不用学也能跳，让老旧伯伯带你跳。"可我拒绝了，我涨红着脸挣脱了妈妈和老旧的手，差不多是从他们身边逃开，那样子很不体面。那支用我的耳朵听来完全是"靡靡之音"的舞曲令我的肉体发生痉挛，我心慌意乱竟想流泪。

接着我看到妈妈和老旧一起走进舞池，她的左手搭到老旧肩上，右手高高地举起，我第一次看见妈妈跳舞，我得说，妈妈和老旧的舞姿让我大开眼界，那双腿仿佛被同一根神经牵扯着，跌宕起伏在一条线上，轻盈干净得就像穿着冰鞋在滑翔的影子。这时，施特劳斯的圆舞曲复又响起，妈妈和老旧跳起了华尔兹舞，他们旋转着，沿着舞池的边缘画出飘飘欲飞的圆圈，观舞的人群瞬时安静下来，甚至池里的另外几对舞者也退到边上，我想，是经典的舞步让他们给骇着了。

舞池里的老旧端着肩膀，平稳矜持的肩膀，这个将一件西式大衣穿了几十年的破落男人这时候却显得优雅高贵，而妈妈已脱去外套，中式缎面夹袄勾勒出她过往的窈窕，虽然有些勉强，但她娴熟的舞步足以平衡，相比之下，我显得过于茁壮、粗枝大叶，我的年轻成为某种遗憾，而我熟悉的时代，一个简陋粗暴的时代正在妈妈和老旧的舞步中远去。

这晚之后的每个周末，我和妈妈一起去老旧家跳舞。我们两家住一条马路，夜幕刚刚落下，客人还未到的时候，性急的老旧便让妻子爱华来叫唤我们。老旧夫妇和妈妈几十年前是同学，是来往多年的朋友，但成年之前我对他们几乎没有印象，他们仿佛突然出现在我的生活中。

老旧在上海西区三层高的旧洋房里拥有两层楼，一家三口人共有大小四间房，这在当时的上海是属于少数富裕的阶层，然而经过了"文革"，他这样的人家早已一贫如洗。但老旧仍然保留着一些作风，床上铺着洗得起毛的棉布床罩，餐桌上垂着有流苏的镂花和破洞分辨不清的台布，墙上挂着发黄的黑白照片，照片上是穿燕尾服的老旧和披雪白婚纱的爱华。无论如何，老旧的家里有着某种和革命时代相悖的气氛，那种破败中丝丝缕缕渗漏出来的享乐主义的味道，正是这股味道，吸引着我妈妈这类人。

事实上这一栋楼本来就是老旧的，"文革"时被人强占去底楼和三楼，一年前三楼人家搬走了，三楼便空关着。老旧似乎习惯了住小屋子的简单生活，二楼朝南的大屋是老旧夫妇的卧室也是起居室，朝北的亭子间给上中学的儿子做功课睡觉。老旧一时想不起来三楼可以用来派什么用场，那里四壁空空，老旧竟连给一间空房添置家具的钱都没有，这是老旧当时的烦恼。

但现在不同了，现在的老旧又喜孜孜的，周末的夜晚老旧家里舞客盈门，那次舞会结束后多少人意犹未尽，老相识们来到老旧家，把舞继续跳下去。是的，他们希望舞会永远不要结束，老旧的人生又有了称得上是理想的光芒，他那空着的三楼可以用来开派对（Party），那间房容得下十几对人跳慢舞。

那一年，老旧五十二岁。

回想起来，那些周末对于我却是烦恼多于喜悦。星期六下午，我从学院赶回家，忙着洗澡、吹洗头发，然后熨烫晚上去派对的服装。但事实上，我的衣服就那么几件，没有一件称得上是有款有型。那个冬季，我贴身穿的棉毛衫外是粗棒针编的绒线衫，再套一件中式宽腰棉袄，棉袄外罩蓝布衣，下身是棉毛裤加绒线裤外罩一条宽臀宽腿的灯芯绒裤，那时候假如你不想特殊，这是最具普遍性的服装。冬天的上海，人人都显得臃肿、稚拙，像年画上的农民。那样的年代，穿着这样的衣服在人群里无惊无险，对付上海阴湿的冬季也是十分有效。可是突然间有了舞会，参加跳舞的女人最先改变的是自己的衣服，她们长及膝盖的毛料大衣里面是色泽鲜艳、薄而贴身的羊毛衫，下面是裙子配有跟的皮鞋，好像是一夜之间，上海街头又出现了称得上是"摩登"的美女。

让我深深遗憾的是，时代的转变是这么突如其来，我刚从郊区考回上海，学业和生活都靠父母资助，我首先在经济上没有能力紧跟时尚，而我长得人高马大，妈妈那些做工讲究的旧衣服对于我就捉襟见肘，我本来以为快乐的生活正在开始，却没想到自己先被烦恼弄得头昏脑涨。

是的，我有足够的理由向妈妈抱怨，周末下午我的家就像个卖旧衣服的铺子，樟木箱里的衣服翻腾得到处都是，床、地板、桌椅，所有能搁东西的平面都被衣服弄得铺铺满满，妈妈刚洗过的头发挂满了塑料卷发筒，对着镜子将几十年前的衣服来来回回搭配着试，我在学校住了一个礼拜——从学业到衣食住行——体贴儿女的妈妈们该有多少细节需要询问，可妈妈见到我的第一句话竟是："小妹，去，洗头洗澡把自己弄弄干净，晚上老旧家有派对。"

我对她大声嚷嚷，算是找到了发泄的机会："我不去！"我想道，自从有了舞会，她似乎忘记了母亲的身份。

"随便你！"妈妈的眉峰高高扬起。我其实很畏惧妈妈，她从来不宠我。我一下子倒不知道该怎么办，然后眼圈红了。

"我没衣服穿！"

"是啊，我也没衣服穿，所有的女人都说自己没有衣服，谁让我们碰到这种时代，什么都不能穿，"妈妈突然愤懑起来，"浪费了这么多年，不管怎么样，小妹，你还年轻，你有的是机会穿好衣服，我已经四十七岁了，马上要做老太婆了。"说着妈妈从杯里喝一口水，朝着熨衣板上的衣服用力喷去，水滴像雾一样细碎地洒开来，她把在煤气灶上烧红的铁熨斗压在潮湿的衣服上，立刻有"滋滋"的响声，冒出一股股乳白色蒸汽，空气里弥漫着焦铁味，一件皱巴巴的衣服已在妈妈的悲哀中熨平，我想象着她在夜晚的派对上容光焕发，生气勃勃，人生的这一类对比令我措手不及。

傍晚，爱华来叫唤我们的时候，我的心情又雀跃起来，圆舞曲已在耳边回旋，美丽的华尔兹是我人生的又一个高度，我期待着立刻能攀登上去，我和妈妈一样不肯放弃每一个周末派对，我其实和她一样虚荣，不同的是，我仅仅把老旧的家当作练功房，我要在那里将舞技练得精湛，我想象着有朝一日在某个盛大的舞会上，我将和妈妈年轻时一样风头十足。然而为了扫扫妈妈的兴，一开始我总要对爱华推拒一番，说什么功课忙啦，没时间啦，爱华便抓住我的手对妈妈说："小妹要是不去，老旧会生气的！"

妈妈语调干脆："不是功课的问题，是衣服，小妹觉得自己穿得土。"

我很气，但爱华却笑开来："小妹，你这样的年龄穿什么都好看，什么样的衣服都比不过年轻啊！"

"我也这么劝过小妹，但她不明白，不到我们的年龄她是不会明白的！"妈妈接过话，她已换好皮鞋，她才不担心我去不去呢。我只好让爱华牵着手走出家门，觉得她是更加母性的女人。

听到楼梯的脚步声，老旧已经站在房门口，我和妈妈是今晚第一对客人，是派对的序曲，我们的出现令老旧有某种踏实感，这不，他站在房门口已经喜笑颜开，欢快地招呼着我："小妹啊，你辛苦了一个礼拜，今天要好好放松一下……"听起来老旧似乎同情我重新成了一名学生，我觉得有点好笑。此刻，走上楼梯的我抬起眼帘便看到老旧的裤子，是裤缝笔挺的料子西裤，宽宽的裤腿，垂甸中带点飘逸，很斯文，很都市味，让我有春风拂面的感觉，可我马上想到保暖的问题，这裤子只有在单薄中才能穿出那种好感觉，我这么揣测便觉得四肢冻得发痛，冬天在老旧发潮的老房子里显得更加阴冷，那时候没有取暖设备。

老旧的头上还戴着压发帽，我总算明白了，老旧这一头考究的发式就是靠这顶帽子维持着，在这一点上，他和妈妈一样在苦心经营，我想到的是，十年"文革"好像只触及了他们的皮肉。

我们在二楼坐了一会儿，陪着爱华喝完一杯茶。披着洁白婚纱的标致的新娘在裂缝纵横的墙上温和地笑着，只有爱华是心平气和的，她不烫发，只穿大众化衣服，笑得跟年轻时一样馨香，客人越来越多，她把他们送上三楼，然后把我们也送上去，她不跳舞，所以从来不上三楼，可她显得和老旧一样快乐，这就是所谓的夫唱妇随吧？我对这样的妻子总是心怀怜悯。

舞会刚开始时，人们有些拘谨，他们坐在椅子上，仿佛在等待什么，老旧便邀妈妈跳上一曲，他们的舞姿总是引来人们的掌声。但是我发现，妈妈和老旧跳的机会并不多，老旧要分出一部分时间教我跳舞，他在我的耳边喋喋不休："没关系，走舞步女人最省力，伊只要跟牢男人，现在，侬只要跟牢我……"可是，我就是跟不牢，我的鞋踩在老旧的鞋上，或者被老旧的鞋绊了一个踉跄，我手脚冰凉，脊背上的冷汗从额上溢出来，我咬着嘴唇，我那神态妈妈形容说，就像在痛经。

"呵，不要紧，"老旧边安慰边指导，我可不要指望妈妈对我这般耐心，"你的脚步跟着节奏走，听到了吗，节奏？"

我茫然地看着老旧。

"节奏,你听你听,就在旋律的背后,蹦嚓……蹦嚓……蹦嚓蹦嚓,变成数字就是,一……二……三四、一……二……三四……"但是,我听不到节奏,旋律像有覆盖面的物质罩住我的感官,我胸闷气急,患了幽闭症似的。

我很想放弃,我发现寻欢作乐并不是我的擅长,但老旧帮助我坚持着,我因此觉得欠了他的情。不过,老旧可不这么认为,他说:"和女孩子跳舞到底感觉不一样,她们的细腰握在手里,味道真好!"用我的标准那是一次有性意味的评论,但从老旧的嘴里出来毫无色情意味。老旧瘦高的个子,脸部轮廓富有魅力,年轻时的风流倜傥给他留下一些好习惯,最抢眼的标志便是他的洁净,我成年时的社会风气粗鲁,他这样的男人凤毛麟角。重要的是,和老旧面对面跳舞时,他总是口里含着有薄荷味的桉叶糖,还有他彬彬有礼的手,这使我感受着老旧内在的文雅,他说什么并不重要。

可是,我却对妈妈有了歉疚,我觉得我在掠夺妈妈的快乐,我早就看出来,妈妈如此热衷于老旧家的舞会,无非是想和老旧同舞。可现在当老旧在教我跳舞时,妈妈不得不和那些老朽的男人周旋,他们有口臭,远不如老旧英俊,有一两个举止缺乏教养的年轻男人也会缠着她,他们跟我一样急功近利,他们是要妈妈教舞,回家路上,妈妈向我抱怨那些在无意中得罪了她的男人,她感叹着:"要找一个让人舒服的舞伴真不容易!"

我在想,妈妈是否有点后悔把我带到老旧家?

下一个周末,我在应该跟老旧学舞的时候,却溜到二楼,我的用心显而易见,顺便,我也想陪爱华喝杯茶,我以为她待在二楼会很寂寞。我总是自我感觉太好,我发现爱华并非一个人待着,那里有个年龄不甚明了的男人在和她聊天,是个邋遢的男人,穿着旧军装,腮帮上的胡子没刮干净像一块贫瘠的草地。他们正聊得热闹,我进去后反而有片刻的冷场。

我又回到三楼，老旧和妈妈并没有如我所愿在翩翩起舞，老旧现在在和一个不算年轻但算得上时髦的女郎走舞步，妈妈呢？密度很高的宾客中，我一时竟找不到妈妈，我只能站在房门口，因为里面的空间已被跳舞的人挤得铺铺满满；然后才看到我妈妈被挤在一个角落，她的舞伴是个比她矮的小老头，他们在走慢四步。我才发现，妈妈在这一堆涂脂抹粉、追赶时尚的女子中有一种静止的陈旧感，是的，第一次舞会上，她还有足够的自信穿起几十年前的衣服，烫起那时候的发式，才几个周末舞会，妈妈就落伍了？

已经是十二月下旬，期终大考将在几星期内陆续开始，周末的学院食堂又排起长队，不少人为了在图书馆和自修教室度周末，不得不咀嚼冬天食堂的冷饭冷菜，球场上也已经冷冷清清，我无精打采地朝家赶。我既不想过那种苦行僧的日子，又担心因此而平白无故丢失考卷上的分数，怀着患得患失的忧虑回到家，却见妈妈容光焕发，她刚从理发店回来，新做好的头发像发套一样坚硬地套在头上，一片刘海孤单单地竖在额前，像一面上过浆的旗子，妈妈不知道，她自己用卷发器做的头发更自然、更顺眼，女人要是用足心思装扮自己，往往是适得其反。妈妈两颊通红，以和她年龄不相称的兴奋告诉我，今晚是圣诞夜，老旧在家举行圣诞舞会。

圣诞舞会！

这几个字就足以把我弄得头脑混乱，它带来的梦幻气氛令我觉得人生有一种不真实的感觉，我觉得自己没有任何准备去面对这个本不属于我们的日子，我对着镜子哭起来，我说，我没有像样的衣服。

妈妈镇定地一笑，变戏法一样拿出一件白色羊毛开衫和一条枣红薄呢短裙让我试穿，虽然羊毛衫薄得像片纸，裙子太短，可白衣红裙让我眼睛一亮，我都不敢相信衣服能给我的外貌和心理带来这么大的变化。

羊毛衫是妈妈排了两小时队从百货公司抢购来的减价衣，裙子是她让裁缝从旗袍改过来的，花去她年终奖金的三分之二。我感动得只能用脊背去对着她，因为我又想哭了，我考取大学的时候，对妈妈都没有这样的感激之情，可见当年的我多么浅薄。妈妈也给自己买了同样价格的衣服，是黑色的，下面是黑呢旗袍裙，她穿这一套黑衣很时髦，一扫原先的陈旧感。妈妈说，黑色永远不会落伍，可见她一向是有鉴赏力的，只是出于经济原因她才没法随心所欲打扮自己。

然而，这是个零下好几度的冬天，我怎能穿薄羊毛衫出门？这一点，妈妈已经考虑到了，她从箱子底下拿出那件她从来不舍得穿的银灰色开司米大衣。这件腰身很窄的西式大衣穿在我健硕的身上，扣子怎么也扣不住，袖子更是短了两寸，妈妈皱着眉头再一次抱怨我，为何长得像四大金刚，责备我饭吃得太多，说她年轻时的女子从来带着三分饥饿，所以她们个个苗条如柳枝，说她当年怀着我三个月照样能穿这件大衣去参加新年舞会，那是个多么寒冷的冬天，马路的阴沟盖上是厚厚的冰，她竟敢穿着高跟鞋踩在变得坚硬的柏油马路上，要是摔一跤怎么办？妈妈皱着眉头笑起来，遥望着当年那个轻佻的生气勃勃的女孩子。然而美好的时光多么短暂，我还未出世，"反右"便开始了，父亲被下放西北，妈妈不再跳舞，事实上，所有的中国女人都不再跳舞……我微笑着倾听妈妈的牢骚，那些往事我听了无数遍，但只是在这一刻，才有了肉体的或者说是物质的感觉，因为我正穿着那个急急奔向舞会的女孩的大衣，所有的触角都是柔软的、暖乎乎的，妈妈当年的活力和欲望抚平了我的锋芒，那一刻我和妈妈才有了真正的女人之间的感应。

是的，只能让大衣敞开，也不要去注意袖子，我看上去修长、端丽，有几分成年女子的风度。总之，这个对我来说还是个崭新的节日尚未开始，便已经跌宕起伏，让你想象将要到来的高潮是多么激动人心。

那晚，老旧的二楼和三楼挤满了客人，女宾们浓妆艳抹，戴着首饰，甚至穿着裘皮大衣（也许是人造的？），反正，一片珠光宝气，很符合我那有限的想象力对所谓都市夜生活的想象。在那样一片强烈的女人虚荣的光芒中，我不由得想到这个城市常被人们斥责为"十里洋场"，想着那段短暂的历史却悠久地影响着这个城市的几代女人。

舞会就在我的遐想中开始了。施特劳斯的舞曲响起来，可是——可是老旧没有邀妈妈跳第一曲，老旧邀请的是一位红色女郎，她穿一身超短红皮衣、红皮裙，头发染成红棕色，人们说她是从香港来的（也许是在申请去香港）。反正，不管她从哪里来，或者要去哪里，她是那个圣诞舞会上最耀眼的女郎，你瞧，老旧毫不踯躅地走向她，不惜怠慢自己的旧相识，喔，男人是多么靠不住！

不过，他们的确是完美的一对。老旧舞姿优雅娴熟，标准的绅士风度，女郎年轻时髦，有一股火辣辣的风情，你觉得时光在疾速地倒退，或者说在飞快地流逝，总之，你觉得不是生活在"现在"这个时态。我相信妈妈也有这样的错觉，她站在人堆里凝望着他们，她的两颊通红，目光被迷惘的水汽罩着。也许妈妈什么表情都没有，只是因为踩在打蜡地板上的舞步扬起的灰尘和男人烟卷上的烟在灯光下形成一层薄雾？

隔着薄雾，我发现妈妈老了，她的脖颈有些松弛，肩膀和臀微微下坠，在我的同龄人中，她一向是最显年轻的妈妈，她好像是在这两个月里显老的，是因为舞会上的女郎过于明媚，还是因为在这欢乐的时光，她感受到的都是忧愁？

至少，对于我，感受到的都是忧愁。

你瞧，是个多么闹猛的圣诞舞会，也多么令人失望。舞会上，我和妈妈成了一对壁花，我俩并排坐着，没有人请我们跳舞，所有的来宾都带着舞伴，即便是那几个老朽的男人，在今晚也带来了能让他们脸上放光的女伴，我相信今晚有许许多多女人向往奔赴这一类舞会，无论谁邀请，她们已经急不可待。我和妈妈共同的舞伴老旧，正轮流向这个舞会上引人注目的女宾邀舞，他的额上亮晶晶的正在冒汗。

事实上，我舞步生涩，我并不指望在这里出风头，这儿是我作为成年女人刚刚起步的地方，也许我应该把获得人生快乐的希望寄托在别处。我好像在为妈妈失望，假如今晚妈妈失去了跳第一支舞的机会，她还有什么机会展示她的舞技？在这个拥挤的美女如云的空间，不跳舞的妈妈，一个四十七岁的女人只能是黯淡的。可我知道，她渴望在舞曲响起来的时候翩翩起舞，渴望在被称为圣诞夜的今晚和她自认为是完美的舞伴领第一支舞,可是,她却被她的舞伴抛弃在靠墙的木椅上。我是在那一刻发现,人生的陷阱就在你的脚边,在你意想不到的时候出现了,比如,你上这儿原本是为了获得快乐,却给自己弄来一堆创伤。

房间显得太小,因为人太多,氧气变得稀薄,有人喊胸闷,窗被打开了,寒风像洗涤剂一样把混浊的空气清洗干净,屋里的温度也在迅速下降,真是个寒冷的冬天,廉价毛衣让我和妈妈的手指冻得像冰棍,我们的腿在裙子里抖动,我们只得把大衣又穿上,我们穿着大衣正襟危坐和这狂欢的气氛很不相称,但属于我们的快乐还在彼岸,先保暖再说。可是我的大衣没法扣住,寒流从我胸前这巨大的缺口灌入我脏腑的各个角落,奇怪的是,感到疼痛的是脚趾。我站起身想活动活动腿,妈妈也跟着起身,也许她想带我跳一支舞?可旁边的人以为我们打算离去,竟闪开身自动让出一条走道,于是,我们下意识地沿着这条走道走到门外,我和妈妈成了今晚第一批离去的客人,窘迫中竟忘了和主人打招呼。

狂风席卷枯叶朝我们的脸上砸来,我们几乎是奔跑着往家赶,温度还在下降,就像妈妈形容的,柏油马路突然变得坚硬。冷空气让一切都变得硬邦邦的,包括我们的肉体。此刻,我们居住的这条马路只有我和妈妈在奔跑,春天的时候茂密得可以遮住天空的梧桐树,如今只剩下光秃秃的枝丫,能清晰地看见沿街住家的窗口,它们大部分拉上了窗帘,但灯光的明暗度完全不同,有些是幽暗的,有些却明晃晃的刺眼,关闭的窗户里有鼎沸的人声,然后我听到了圆舞曲,隐隐约约在低矮的屋顶上盘旋,在这条过去是法租界的狭窄的小马路上,到底有多少人家在举行舞会呢?我突然伤感起来,似乎所有的人都在寻欢作乐,这一个狂欢之夜,却已经和我擦肩而过。

关于那个圣诞夜我和妈妈没有做任何交流,她若无其事的样子宛如在我们之间砌了一堵墙。考试的几个礼拜我一直住在学校,没有比图书馆和自修教室更能使你的欲望枯竭。然后,我去父亲工作的外省度寒假,那个西北城市人们穿着黑色的棉袄棉裤背着双手在荒漠的街上散步,像一段段移动的电线杆子,时光的界限很模糊,从那里回到上海,我见到妈妈的第一句话竟是："老旧家还举行舞会吗？"这个问题刚提出来，我就明白我正急不可待地要从一个时代跳到另一个时代。

"不要老旧老旧的，你应该喊他老旧伯伯！"妈妈令人困惑地摆出母亲的架子，但她马上笑开来，差不多是兴奋地望着我，"呵，你不知道，这些日子老旧那里发生了多少故事……"妈妈一激动便微微喘息。当每个周末老旧轮流和时髦女郎共舞的时候，他的爱华，我认为是世界上最贤淑的妻子，在二楼他们的卧室，一个最安全的地方发生了情变，爱华爱上了那个陪她聊天的男人，谁也没有看出任何不道德的迹象，是爱华自己告诉老旧的，她说那个人是她这辈子唯一称得上是知音的人。

"那个穿旧军装的邋遢男人吗？"我不以为然地喊起来。

"嘘！"妈妈把食指放在嘴边制止道，"这种事情也是可以嚷嚷的吗？"她以长辈的口吻教训我："你懂什么？人不可貌相，爱华要为他和自己老公离婚，他们的感情已经很深了。"

"老旧……老旧伯伯他怎么说呢？"

"啊，他快要气疯了，"妈妈皱着眉笑了，"他跟你一样，觉得爱华喜欢上这样一个人很没面子！老旧真傻，去跟踪他们，在马路上两个男人差点打起来，这把年纪了还要为这种事动手动脚的！"妈妈在为老旧觉得不值。

"后来呢？"

"没有什么后来，"不知为何，妈妈的情绪突然就沉落下来，"现在就这么僵着，老旧不同意，这婚就离不成，当然，他没有心思跳舞了，三楼又关起来了。"妈妈问："你想得到吗，老旧跟这么多漂亮女人跳舞，倒什么事都没有发生，爱华那么老实，却……做出那种事来？"

妈妈走到窗口，我也跟着她朝老旧家的方向望去，仿佛我们在眺望那个也许还在发展的故事。眼看下起了雨，是淅淅沥沥的小雨，这样的雨可以不间断地连着下几天，滴滴嗒嗒的声音就像滴在神经末梢上，妈妈说这样的雨下一次，天就暖一阵，初春的气候就是湿淋淋的，可我的感觉好像更冷了，冬天仿佛驻守在骨髓里。

在后来的日子里,我又听说了不少这样的故事,跳舞让一些家庭跳散了。没错,这突如其来的新时代让许多人失衡了,人们以为快乐迫在近前,为何抓获的却是悲剧呢?但我仍有一种持久的惊讶,还有几分失落,怎么最早出轨的竟是爱华呢?

当太阳又明亮起来的时候,已经是第二年的仲春了,学院的食堂周末成了舞场,那里贴满海报,号召学生来食堂学舞,那阵势,就像要掀起一场群众运动,是的,舞会已开始在社会的各个层面流行,如火如荼的架势,的确像一场运动。我把妈妈请到学校,我希望下一个圣诞夜能在校园举行盛大的舞会,我将在舞会上跳第一支舞。妈妈让我的同学排成队,像做广播操一样,在"一二三四"的口令下,集体走舞步。但是妈妈的热情没能维持多久,因为学舞的队伍很快就稀疏起来,就像妈妈说的,重要的是,我的那些同学没有跳舞的心情。是的,他们中的大部分已插了十年队或在社会底层闯荡多年,眼前已进入中年,他们面对的都是现实,毕业后能否留在上海,如何安置分居两地的妻子,还有孩子……他们听到舞曲的时候脸上只有苦笑。而对于我,举行大学的圣诞舞会,成了我青春时代的奢望。

有一天中午,我在学院的宿舍楼接到妈妈的传呼电话,她哽咽着告诉我,老旧伯伯去世了,死于突发性心肌梗塞。

追悼会上,仍是由爱华读悼词,他们最终没有离成婚。爱华和妈妈抱在一起痛哭。

回家路上,天下起雨,妈妈说黄梅天开始了,是的,我这才发现天闷得就像一间挤满人的舞厅,季节转换时的雨水为何总在我的心里留下挫折感?妈妈的眼圈老是红红的,却奇怪地笑了起来:"老旧前几天还在说,至少还能跳十年舞!"是的,那又怎么样呢?如果有往后的十年,老旧会不断地掉换新的舞伴,妈妈只会越来越失望。我差一点用这样的话去安慰她,但我什么都没有说。

那晚,妈妈请求我说:"小妹,陪我跳舞好吗?"我们第一次互相成为舞伴,家里没有唱机,所以没有舞曲,妈妈念着舞步节奏,她像老旧伯伯一样搂着我的腰捏着我的手指走着男步,我紧紧跟着她的节奏从来没有这么顺畅,我想着老旧家重新空寂的三楼,我多么想听到施特劳斯的圆舞曲,然后跟着舞曲疯狂地旋转。但此刻,我和妈妈静静地跳着舞,布鲁斯、伦巴、吉特巴、恰恰、华尔兹……由慢到快,我从来没有跳过这么多的舞。

(原刊于《收获》2000年第2期)

俗世奇人

冯骥才

题外话

　　日本的新锐作家南条竹则极通吾国文学。他读过我刊在《收获》上的《市井人物》，便问我所写的这类小说是否受冯梦龙的影响。我说：然也。我与他皆姓冯，我们这是"家传"。他笑了，接着问我受冯梦龙哪些影响？

　　我说：三个方面——

　　一是传奇。古小说无奇不传，无奇也无法传。传奇主要靠一个绝妙的故事。把故事写绝了是古人的第一能耐。故而我始终盯住故事。

　　二是杂学。杂学是生活，也是知识。杂学必须宽广与地道，而且现用现学不成。照古人看来，没有杂学的小说，只有骨头没有肉。故而我心里没根的事情决不写。

　　三是语言。中国的文学史，散文在前，小说在后。小说的语言受散文影响。中国人十分讲究文字的功力，尤重单个方块字的运用，决不是一写一大片。故而我修改的遍数很多。

南条竹则说："你所有小说都这样写吗？"

我说："只这类小说才这样写。这是文本的需要。"

此后，我主动告诉他，鄙人写完《神鞭》与《三寸金莲》等书后，肚子里还有一大堆人物没处放，弃之实在可惜。后来忽有念头，何不一个个人物写出来。各自成篇，互不相关；读起来又正好是天津本土的"集体性格"？于是就此做了。

初写七篇，曾冠名《市井人物》。这次又续写十余篇，改名《俗世奇人》。话说明白，为了怕把读者搞乱。

再有，写完了这一组小说，便对此类文本的小说拱手告别。狡兔三窟，一窟必死；倘若再写，算我无能。

我的另一位日本朋友纳村公子小姐听罢，则说："我来为你这种'告别式'的小说画插图吧！"她亦精通汉文，译笔极灵，又善绘画。我的《三寸金莲》等这类书的日译本皆出自她手，插图也是她顺笔为之。而无论人物形象，都十分传神，并难得有那时代之味道。我说："好呀，这次——你也和你那种插图拱手告别吧。"

话到此处，已然兴尽。再无言之欲也。

龙年初月于津门俯仰堂

刷子李

码头上的人，全是硬碰硬。手艺人靠的是手，手上就必得有绝活。有绝活的，吃荤，亮堂，站在大街中央；没能耐的，吃素，发蔫，靠边待着。这一套可不是谁家定的，它地地道道是码头上的一种活法。自来唱大戏的，都讲究闯天津码头。天津人迷戏也懂戏，眼刁耳尖，褒贬分明。戏唱得好，下边叫好捧场，像见到皇上，不少名角便打天津唱红唱紫、大红大紫；可要是稀松平常，要哪没哪，戏唱砸了，下边一准起哄喝倒彩，弄不好茶碗扔上去；茶叶末子沾满戏袍和胡须上。天下看戏，哪儿也没天津倒好叫得厉害。您别说不好，这一来也就练出不少能人来。各行各业，全有几个本领齐天的活神仙。刻砖刘、泥人张、风筝魏、机器王、刷子李等等。天津人好把这种人的姓，和他们拿手擅长的行当连在一起称呼，叫长了，名字反没人知道，只有这一个绰号，在码头上响当当和当当响。

刷子李是河北大街一家营造厂的师傅，专干粉刷一行，别的不干。他要是给您刷好一间屋子，屋里任嘛甭放，单坐着，就赛升天一般美。最别不叫绝的是，他刷浆时必穿一身黑，干完活，身上绝没有一个白点。别不信！他还给自己立下一个规矩，只要身上有白点，白刷不要钱。倘若没这本事，他不早饿成干儿了？

但这是传说。人信也不会全信。行外的没见过的不信，行内的生气愣说不信。

一年的一天，刷子李收个徒弟叫曹小三。当徒弟的开头都是端茶、点烟、跟在屁股后边提东西。曹小三当然早就听说过师傅那手绝活，一直半信半疑，这回非要亲眼瞧瞧不可。

那天，头一次跟师傅出去干活，到英租界镇南道给李善人新造的洋房刷浆。到了那儿，刷子李跟管事的人一谈，才知道师傅派头十足。照他的规矩一天只刷一间屋子。这洋楼大小九间屋，得刷九天。干活前，他把随身带的一个四四方方的小包袱打开，果然一身黑衣黑裤，一双黑布鞋。穿上这身黑，就赛跟地上一桶白浆较上了劲。

一间屋子，一个屋顶四面墙，先刷屋顶后刷墙。顶子尤其难刷，蘸了稀溜溜粉浆的板刷往上一举，谁能一滴不掉？一掉准掉在身上。可刷子李一举刷子，就赛没有蘸浆。但刷子划过屋顶，立时匀匀实实一道白，白得透亮，白得清爽。有人说这蘸浆的手法有高招，有人说这调浆的配料有秘方。曹小三哪里看得出来？只见师傅的手臂悠然摆来，悠然摆去，好赛伴着鼓点，和着琴音，每一摆刷，那长长的带浆的毛刷便在墙面

"啪"的清脆一响，极是好听。啪啪声里，一道道浆，衔接得天衣无缝，刷过去的墙面，真好比平平整整打开一面雪白的屏障。可是曹小三最关心的还是刷子李身上到底有没有白点。

刷子李干活还有个规矩，每刷完一面墙，必得在凳子上坐一大会儿，抽一袋烟，喝一碗茶，再刷下一面墙。此刻，曹小三借着给师傅倒水点烟的机会，拿目光仔细搜索刷子李的全身。每一面墙刷完，他搜索一遍。居然连一个芝麻大小的粉点也没发现。他真觉得这身黑色的衣服有种神圣不可侵犯的威严。

可是，当刷子李刷完最后一面墙，坐下来，曹小三给他点烟时，竟然瞧见刷子李裤子上出现一个白点，黄豆大小。黑中白，比白中黑更扎眼。完了！师傅露馅了，他不是神仙，往日传说中那如山般的形象轰然倒去。但他怕师父难堪，不敢说，也不敢看，可忍不住还要扫一眼。

这时候，刷子李忽然朝他说话：

"小三，你瞧见我裤子上的白点了吧。你以为师傅的能耐有假，名气有诈，是吧。傻小子，你再细瞧瞧吧——"

说着，刷子李手指捏着裤子轻轻往上一提，那白点即刻没了，再一松手，白点又出现，奇了！他凑上脸用神再瞧，那白点原是一个小洞！刚才抽烟时不小心烧的。里边的白衬裤打小洞透出来，看上去就跟粉浆落上去的白点一模一样！

刷子李看着曹小三发怔发傻的模样，笑道：

"你以为人家的名气全是虚的？那你是在骗自己。好好学本事吧！"

曹小三学徒头一天，见到、听到、学到的，恐怕别人一辈子也未准明白呢！

死 鸟

天津卫的人好戏谑，故而人多有外号。有人的外号当面叫，有人的外号只能背后说，这要看外号是怎么来的。凡有外号，必有一个好笑的故事；但故事和故事不同，有的故事可以随便当笑话说，有的故事人却不能乱讲，比方贺道台这个格色的雅号——死鸟。

贺道台相貌普通，赛个猪崽。但真人不露相，能耐暗中藏。他的能耐有两样，一是伺候头儿，一是伺候鸟。

伺候上司的事是挺特别的一功。整天跟在上司的屁股后边，跟慢跟紧全都不成。跟得太慢，遇事上不去，叫上司着急；跟得太紧，弄不好一脚踩在上司的后脚跟上，反而惹恼了上司。而且光是赛条小狗那样跟在后边也不成，还得善于察言观色，摸透上司脾气，知道嘛时候该说嘛，嘛时候不该说嘛；挨训时俯首帖耳，挨骂时点头称是。上司骂人，不准是你的不是，有时不过是上司发发威和舒舒气罢了。你要是耐不住性子，皱眉撇嘴，露出烦恼，那就叫上司记住了。从此，官儿不是愈做愈大，而是愈做愈小——就这种不是人干的事，贺道台却得心应手，做得从容自然。人说，贺道台这些能耐都出自他的天性。

说完他伺候头儿，再说他伺候鸟儿。

伺候鸟的事也是另外一功。别以为把鸟关在笼子里，放点米，给点虫，再加点水，就能又蹦又跳。一种鸟有一种鸟的习惯，差一点就闭眼呛毛，耷拉翅膀；一只鸟有一只鸟的性子，不依着它就不唱不叫，动也不动，活的赛死的差不多。人说贺道台上辈子准是鸟儿。他对鸟儿们的事全懂，无论嘛鸟，经他那双小胖手一摆弄，毛儿鲜亮，活蹦乱跳，嗓子个个赛得过在天福茶园里那个唱落子的一毛旦。

过年立夏转天，在常关做事的一位林先生，打江苏常州老家歇假回来，带给他一只八哥。这八哥个大肚圆，腿粗爪硬，通身乌黑，嘴儿金黄；叫起来，站在大街上也听得清清楚楚。贺道台心里欢喜说："公鸡的嗓门也没它大。"

林先生笑道："就是学人说话还差点。它总不好好学。怎么教也不会，可有时不留神的话，却给它学去了。不过，到您手里一调理，保准有出息。"

贺道台也笑了。说道："过三个月，我叫它能说快板书。"

然而，这八哥好比烈马，一时极难驯服。贺道台用尽法子，它也学不会。贺道台骂它一句："笨鸟。"第二天它却叫了一天"笨鸟"。叫它停嘴，它偏不停，前院后院都听得清清楚楚，午觉也没法儿睡。贺道台用罩子把笼子严严实实罩了多半天，它才不叫。到了傍晚，太太怕把它闷死，叫丫环把罩子摘去，它一露面，竟对太太说："太太起痱子了吧？"把太太吓了一跳。再一想，这不是前几天老爷对她说的话吗，不留神竟给它学去了，逗得太太咯咯笑半天。待贺道台回来，对老爷说了。没等她去叫八哥再说一遍，八哥自己又说："太太起痱子了吧！"

贺道台给逗得咧嘴直笑，还说："这东西，连声音也学我。"

太太说："没想到这坏东西竟这么聪明。"

自此，贺道台分外仔细照料它。日子一长，它倒是学会了几句什么"给大人请安""请您坐上座""您走好了"之类的话，只是不好好说。可是，它抽冷子蹦出几句老爷太太平时说的"起痱子"那类的话，反倒把客人逗得大笑，直笑得前仰后合。

知府大人说："贺大人，从它身上就知道您有多聪明了。"

贺道台得意这鸟，更得意自己。这话就暂且按下不提。

九月初九那天，东城外的玉皇阁"攒九"，津门百姓照例都去登阁，俗称九九登高。此时，天高气爽，登高一望，心头舒畅，块垒皆无。这天直隶总督裕禄也来到了玉皇阁，兴致非常好，顺着那又窄又陡的楼梯，一口气直爬到顶上的清虚阁。随同来的文武官员全都跑前跑后，哄他高兴。贺道台自然也在其中。他指着三岔河口上的往来帆影，说些提兴致的话，直叫裕禄大人心头赛开了花。从阁上下来，贺道台便说，自己的家就在不远，希望大人赏脸，到他家去坐坐。裕大人平日决不肯屈尊到属下家中做客，但今日兴致高，竟答应了。贺道台的轿子便在前面开道，其余官员跟随左右，骑龙驾虎一般去了。

贺道台的八哥笼子就挂在客厅窗前，裕大人一进门，它就叫："给大人请安。"声音嘹亮，一直送进裕禄的耳朵里。

裕大人愈发兴高采烈。说道："这东西竟然比人还灵。"

贺道台应声便说："还不是因为大人来了。平时怎么叫它说，它也不肯说。"

待端茶上来，八哥忽又叫道："这茶是明前茶。"

裕大人一怔，扭头对那笼子里的八哥说："这是你的错了。现在什么时候了，哪还有明前茶？"

上司打趣，下司拾笑。笑声贯满客厅，并一齐讪笑八哥是个傻瓜。

贺道台说："大人真是一句切中了要害。其实这话并不是我教的，这东西总是时不时蹦出来一句，不知哪来的话。"

知府笑道："还不是平日里说者无意，听者有心。想必贺大人总喝好茶，它把茶名全记住了！"

裕禄笑道："有什么好茶，也请裕禄我尝尝。"

大家又笑起来。但八哥听到了"裕禄"两字，忽然翅膀一抖，跟着全身黑毛全乍起来，好赛发怒，声音又高又亮地叫道："裕禄那王八蛋！"

满厅的人全怔住。其实这一句众人全听到了，就在惊呆的一刻，这八哥又说一遍："裕禄那王八蛋！"说得又清楚又干脆。裕禄忽地手一甩，把桌上的茶碗全抽在地上。怒喝一声："太放肆了！"

贺道台慌忙趴在地上，声音抖得快听不见："这不是我教给他的——"话到这里，不觉卡住了。他想到，八哥的这句话，正是他每每在裕禄那里受了窝囊气后回来说的。怎么偏偏给它记住了？这不是要他的命吗？他浑身全是凉气。

等他明白过来，裕禄和众官员已经离去，只他一个人还趴在客厅地上。他突然跳起来，朝那八哥冲去，一边吼着："你毁了我！我撕了你，你这死鸟！"

他两手抓着笼子一扯，用力太大，笼子扯散，鸟飞出来，一把没有抓住。这八哥穿窗飞出，落在树上。居然把贺道台刚刚说的这话学会了，朝他叫道："死鸟！"

贺道台叫仆人们用竿子打，用砖头砍，爬上树抓，八哥在树顶上来回蹦了一会儿。还不住地叫："死鸟！死鸟！死鸟！"最后才挥翅飞去，很快就无影无踪。

自此，贺道台就得了"死鸟"的外号。而且人们传这外号的时候，还总附带着这个故事。

蓝　眼

古玩行中有对天敌，就是造假画的和看假画的。造假画的，费尽心机，用尽绝招，为的是骗过看假画的那双又尖又刁的眼；看假画的，却凭这双眼识破天机，看破诡计，捏着这造假的家伙没藏好的尾巴尖儿，打一堆画里把它抻出来，晾在光天化日底下。

这看假画的名叫蓝眼，在锅店街裕成公古玩铺做事，专看画。蓝眼不姓蓝，他姓江，原名在棠，蓝眼是他的外号。天津人好起外号，一为好叫，二为好记。这蓝眼来源于他的近视镜，镜片厚得赛瓶底，颜色发蓝，看上去真赛一双蓝眼。而这蓝眼的关键还是在他的眼上。据说他关灯看画，也能看出真假；话虽有点玄，能耐不掺假。他这蓝眼看画时还真的大有神道——看假画，双眼无神；看真画，一道蓝光。

这天，有个念书打扮的人来到铺子里，手拿一轴画。外边的题签上写着"大涤子湖天春色图"。蓝眼看似没看，他知道这题签上无论写嘛，全不算数，真假还得看画。他刷地一拉，疾如闪电，露出半尺画心。这便是蓝眼出名的"半尺活"，他看画无论大小，只看半尺，是真是假，全拿这半尺画说话，绝不多看一寸一分。蓝眼面对半尺画，眼镜片刷地闪过一道蓝光，他抬起头问来者：

"你打算卖多少钱？"

来者没急着要价，而是说：

"听说西头的黄三爷也临摹过这幅画。"

黄三爷是津门造假画的第一高手。古玩铺里的人全怕他。没想到蓝眼听赛没听,又说一遍:

"我眼里从来没有什么黄三爷。你说你这画打算卖多少钱吧。"

"两条。"来者说。这两条是二十两黄金。

要价不低,也不算太高,两边稍稍地你抬我压,十八两便成交了。

打这天起,津门的古玩铺都说锅店街的裕成公买到一轴大涤子石涛的山水,水墨浅绛,苍润之极,上边还有大段题跋,尤其难得。有人说这件东西是打北京某某王府流落出来的。来卖画的人不大在行,蓝眼却抓个正着。花钱不少,东西更好。这么精的大涤子,十年内天津的古玩行就没现过。那时没有报纸,嘴巴就是媒体,愈说愈神,愈传愈广。接二连三总有人来看画,裕成公都快成了绸缎庄。

世上的事,说足了这头,便开始说那头。大约事过三个月,开始有人说裕成公那幅大涤子靠不住。初看挺唬人,可看上几遍就稀汤寡水,没了精神。真假画的分别是,真画经得住看,假画受不住瞧。这话传开之后,就有新闻冒出来——有人说这画是西头黄三爷一手造的赝品!这话不是等于拿盆脏水往人家蓝眼的袍子上泼吗?

蓝眼有根,理也不理。愈是不理,传得愈玄。后来就说得有鼻子有眼儿了。说是有人在针市街一个人家里,看到了这轴画的真品。于是,又是接二连三,不间断有人去裕成公古玩铺看画,但这回是想瞧瞧黄三爷用嘛能耐把蓝眼的眼蒙住的。向来看能人栽跟头都最来神儿!

裕成公的老板佟五爷心里有点发毛,便对蓝眼说:"我信您的眼力,可我架不住外头的闲话,扰得咱铺子整天乱哄哄的。咱是不是找个人打听打听那画在哪儿。要真有张一模一样的画,就想法把它亮出来,分清楚真假,更显得咱高。"

蓝眼听出来老板没底,可是流言闲语谁也没辙,除非就照老板的话办,真假一齐亮出来。人家在暗处闹,自己在明处赢。

佟老板找来尤小五。尤小五是天津卫的一只地老鼠,到处乱钻,嘛事都能叫他拿耳朵摸到。他们派尤小五去打听,转天有了消息。原来还真的另有一幅大涤子，也叫《湖天春色图》，而且真的就在针市街一个姓崔的人家！佟老板和蓝眼都不知道这崔家是谁。佟老板便叫尤小五引着蓝眼去看。蓝眼不能不去，待到了那家一看，眼镜片刷刷闪过两道蓝光，傻了！

真画原来是这幅。铺子里那幅是假造的！这两幅画的大小、成色、画面，全都一样，连图章也是仿刻的。可就是神气不同——瞧，这幅真的是嘛神气！

他当初怎么打的眼，已经全然不知。此时面对这画，真恨不得钻进地里去。他二十年没错看过一幅。他蓝眼简直成了古玩行里的神。他说真必真，说假准假，没人不信。可这回一走眼，传了出去，那可毁了。看真假画这行，看对一辈子全是应该的，看错一幅就一跟头栽到底。

他没出声，回到店铺跟老板讲了实话。裕成公和蓝眼是连在一块的，要栽全栽。佟老板想了一夜，有了主意，决定把崔家那轴大涤子买过来，花大价钱也在所不惜。两幅画都攥在手里，哪真哪假就全由自己说了。但办这事他们决不能露面，便另外花钱请个人，假装买主，跟随尤小五到崔家去买那轴画。谁料人家姓崔的开口就是天价。不然就自己留着不卖了。买东西就怕一边非买，一边非不卖。可是去装买主这人心里有底，因为来时黄老板对他有话"就是砸了我铺子，你也得把画给我买来"。这便一再让步，最后竟花了七条金子才买到手，反比先前买的那轴多花了两倍的钱还多。

待把这轴画拿到裕成公，佟老板舒口大气，虽然心疼钱，却保住了裕成公的牌子。他叫伙计们把两轴画并排挂在墙上，彻底看个心明眼亮。等画挂好，蓝眼上前一瞧，眼镜片刷刷刷闪过三道光。人竟赛根棍子立在那里。天下的怪事就在眼前——原来还是先前那幅是真的，刚买回来的这幅反倒是假的！

真假不放在一起比一比，根本分不出真假——这才是人家造假画的本事，也是最高超的本事！

可是蓝眼长的一双是嘛眼？肚脐眼？

蓝眼差点一口气闭过去。转过三天，他把前前后后的事情捋了一遍，这才明白，原来这一切都是黄三爷在暗处做的圈套。一步步叫你钻进来。人家真画卖得不吃亏，假画卖得比天高。他忽然想起，最早来卖画的那个书生打扮的人，不是对他说过"黄三爷也临摹过这幅画"吗？人家有话在先，早就说明白这幅画有真有假。再看打了眼怨谁？看来，这位黄三爷不单冲着钱来的，干脆就是冲着自己来的。人家叫你手里攒着真画，再去买他造的假画。多绝！等到他明白了这一层，才算明白到家，认栽到底！打这儿起，蓝眼卷起被袱卷儿离开了裕成公。自此不单天津古玩行没他这号，天津地面也瞧不见他的影子。有人说他得了一场大病，从此躺下，再没起来。栽得真是太惨了！

再想想看，他还有更惨的——他败给人家黄三爷，却只见到黄三爷的手笔，人家的面也没叫他见过呢！

所幸的是，他最后总算想到黄三爷的这一手。死得明明白白。

背头杨

光绪庚子后，社会维新，人心思变，光怪陆离，无奇不有，大直沽冒出一个奇人，人称背头杨。当时，男人的辫子剪得太急，而且头发受之父母，不肯剪去太多，剪完后又没有新发型接着，于是就剩下一头长长的散发，赛玉米穗子背在后脑壳上，俗称马子盖，大名叫背头。背头便成了维新的男人们流行的发式了。

既然如此，这个留背头姓杨的还有嘛新鲜的？您问得好，我告您——这人是女的！

大直沽有个姓杨的大户。两个没出门的闺女。杨大小姐，斯文好静，整天待在家；杨二小姐，激进好动，终日外边跑，模样和性情都跟小子们一样，而且好时髦，外边流行什么，她就立即弄到自己身上来。她头次听到革命二字，马上就铰了头发，仿照维新的男人们留个背头。这在当时可是个大新闻。可她不管家里怎么闹，外头怎么说，我行我素，快意得很。但没出十天，麻烦就来了——

这天傍晚，背头杨打老龙头的西学堂听完时事演讲回家。下边憋了一泡尿。她急着往家赶，愈急愈憋不住，简直赛江河翻浪，要决口子。她见道边有间茅厕，便一头钻进去。

天下的茅厕都是一边男一边女，中间隔道墙，左男右女。她正解裤带的当口，只听蹲着的一个女的大声尖叫："流氓，流氓！"跟着，另一个也叫起来，声音更大。她给这一叫懵了。闹不清流氓在哪儿，提着裤子跑出去。谁料里边的几个女的跟着跑出来，喊打叫骂，认准她是个到女厕所占便宜的坏小子。过路的人，上来把她截住，一拥而上，连踢带打。背头杨叫着："别打，别打，我是女的！"谁料招致更凶猛的殴打，"打就打你这冒牌的'女的'！"直到巡警来，认出这是杨家的二小姐，才把她救出来送回家。背头杨给打得一身包，脸上挂了彩，见了爹娘，又哭又闹，一连多少天，那就不去说了。

打这儿，背头杨在外边再不敢进茅厕，憋急了就是尿在裤兜里，也不去茅厕。她不能进男厕，更不能进女厕。一时间，连自己是男是女也弄不清了。

她不去找事，可是事来找她。

她听说，大直沽一带的女厕所接连出事。据说总有个留背头的男子闯进去，进门就说："我是背头杨。"唬住对方，占些便宜后扭身就跑。虽然没出大事，却闹得人心惶惶。还有些地面上的小混混也趁火打劫，在女厕所的墙外时不时叫一嗓子："背头杨来了！"叫这一带的女厕所都赛闹鬼的房子，没人敢进去。

背头杨真弄不明白，维新怎么会招来这么多麻烦。不过留一个背头，连厕所也进不得。而且是进厕所不行，不进厕所也不行。不知是她把事情扰乱，还是事情把她扰乱。一赌气，她在屋里待了两个月。慢慢头发长了，恢复了女相，哎，这一来女厕所自然就随便进了，而且女厕所也肃静起来，好似天底下的麻烦全没了。

蔡二少爷

蔡家二少爷的能耐特别——卖家产。

蔡家的家产有多大？多厚？没人能说清。反正人家是天津出名的富豪，折腾盐发的家，有钱做官，几代人还全好古玩。庚子事变时，老爷子和太太逃难死在外边。大少爷一直在上海做生意，有家有业。家里的东西就全落在二少爷身上。二少爷没能耐，就卖着吃。打小白脸吃到满脸胡茬，居然还没有"坐吃山空"。人说，蔡家的家产够吃三辈子。

敬古斋的黄老板每听这话，心里暗笑。他多少年专卖蔡家的东西。名人家的东西较比一般人的东西好卖。而黄老板凭他的眼力，看得出二少爷上边几代人都是地道的玩主。不单没假，而且一码是硬邦邦的好东西。到手就能出手。蔡家卖的东西一多半经他的手。所以他知道蔡家的水有多深。十五年前打蔡家出来的东西是珠宝玉器，字画珍玩；十年前成了瓷缸石佛，硬木家具；五年前全是一包一包的旧衣服了。东西虽然不错，却渐渐显出河干见底的样子。这黄老板对蔡二少爷的态度也就一点点的变化。十五年前，他买二少爷的东西，全都是亲自去蔡家府上；十年前，二少爷有东西卖，派人叫他，他一忙就把事扔在脖子后边；五年前，已经变成二少爷胳肢窝里夹着一包旧衣服，自个儿跑到敬古斋来。

这时候，黄老板耷拉着眼皮说："二少爷，麻烦您把包儿打开吧！"连伙计们也不上来帮把手。黄老板拿个尺子，把包里的衣服一件件挑出来，往旁边一甩，同时嘴里叫个价钱，好赛估衣街上卖布头的。最后结账时，全是伙计的事，黄老板人到后边喝茶抽烟去了。黄老板自以为摸透了蔡家的命脉，但近两年这脉相可有点古怪了。

蔡家二少爷忽然不卖旧衣，反过来又隔三差五派人叫他到蔡家去。海阔天空地先胡扯半天，扭身从后边柜里取出一件东西给他看。件件都是十分成色的古玩精品。不是康熙五彩的大碟子，就是一把沈石田细笔的扇子。二少爷把东西往桌上一摆那神气，好赛又回到十多年前。黄老板说："真是瘦死的骆驼比马大，二少爷的箱底简直没有边啦！东西卖了快二十年，还是拿出一件是一件！"蔡二少爷笑笑，只淡淡说一句："我总不能把祖宗留下来的全卖了，那不成败家子了吗？"可一谈价就难了，每件东西的要价比黄老板心里估计的卖价还高，这在古玩里叫做：脖梗价。就是逼着别人上吊。

像蔡家这种人家卖东西，有两种卖法：一是卖穷，一是卖富。所谓卖穷，就是人家急等着用钱，着急出手，碰上这种人，就赛撞上大运；所谓卖富，就是人家不缺钱花，能卖大价钱才卖。遇到这种人，死活没办法。蔡二少爷一直是卖穷，嘛时候改卖富了？

一天，北京琉璃厂大雅轩的毛老板来到敬古斋。这一京一津两家古玩店，平日常有往来，彼此换货，互找买主，熟得很。

毛老板进门就瞧见古玩架上有件东西很眼熟，走近一看，一个精致的紫檀架上，放着一叠八片羊脂玉板刻的《金刚经》，馆阁体的蝇头小字，讲究之极，还描了真金。他扭脸对黄老板说："这东西您打哪来的？"脸上的表情满是疑惑。

黄老板说："半个月前新进的，怎么？"

毛老板追问一句："谁卖您的？"

黄老板眼珠一转。心想你们京城人真不懂规矩。古玩行里，对人家的买主或卖主都不能乱打听。他笑了笑，没搭茬。

毛老板觉出自己问话不当。改口说："是不是你们天津的蔡二少爷匀给您的？这东西是打我手里买的。"

黄老板怔住。禁不住说："他是卖主呀！怎么还买东西？"

毛老板接过话："我一直以为他是买主，怎么还卖，要不我刚才问你。"

两人大眼对小眼。都发傻。

毛老板忽指着柜上的一个大明成化的青花瓶子说："那瓶子也是我卖给他的！他多少钱给您的？我可是跟白扔一样让给他的。"

毛老板还蒙在鼓里，黄老板心里头已经真相大白。他不能叫毛老板全弄明白。待毛老板走后，他马上对伙计们说：

"记住，蔡二少爷不能再打交道了。这王八蛋卖东西卖出能耐来了，已经成精了！"

青云楼主

青云楼主，海河边一小文人的号。嘛叫小文人？就是在人们嘴边绝对挂不上号，可提起他来差不多还都知道的那类文人。

此君脸窄身薄，皮黄肉干，胳膊大腿又细又长，远瞧赛儿根竹竿子上凉着的一张豆皮。但人不可貌相，海不可斗量。他能写能画，能刻图章，连托裱的事也行；可行家们说他——手糙了点儿。因故，天津卫的买卖没他写的匾，饭庄药铺的墙上不挂他的画。他于书画这行，是又在行里，又在行外。文人落到这步，那股子"怀才不遇"的滋味，是苦是酸，还是又苦又酸，只有他自己知道了。

于是，青云楼这斋号就叫他想出来了。他自号青云楼主，还写了一副对子挂在迎面墙壁上："人在青山里，心卧白云中"。他常常自言自语念这对子。每每念罢，闭目摇肩，真如隐士。然而，天津卫是个凡夫俗子的花花世界，青云楼就在大胡同东口，买东西的和卖东西的挤成个团儿。再说他隔墙就是四季春大酒楼，整天鱼味、肉味、葱味、酱味换着样儿往窗户里边飘。关上窗户？那管屁用！窗玻璃拦得住鱼鲜肉香，却拦不住灯红酒绿。一位邻居对他说："你这青云楼干脆也改成饭馆算了。这青云楼三字听着还挺好听，一叫准响！"

这话当时差点叫他死过去。

乾旋坤转，运气有变。一天，有个好事的小子陈八，带来一位美国人拜访他。这人五十多岁，秃头鼓眼大胡子，胡子里头瞧不见嘴。陈八说这老美喜欢中国的老东西，尤其是字画。青云楼主头一回与洋人会面，脑子发乱，手脚也忙，踩凳子挂画时，差点来个人仰马翻。那老美并没注意到他，只管去瞧墙上的画，每瞧一幅，就哇啦哇啦叫一嗓子，好赛洗屁股时叫水烫着了。然后，嘬起嘴啧啧赞赏一番。这一嘬嘴，就见有一个樱桃样的东西，又湿又红，从他的胡子中间拱出来。青云楼主定神一看，原是这老美的嘴唇。最后他用中文一个字一个字对青云楼主说："我、太、高、兴、了、谢、谢——我、太、高、兴、了、谢、谢——"他大概只学了这几个字，反反复复地说，一直到告辞而去。

青云楼主高兴得要疯。他这辈子，头次叫人这么崇拜。两个月后，他收到一封洋文写的信。他拿到《大公报》的报馆去找懂洋文的朱先生。朱先生一看就笑了，对他说："你用嘛法子，把人家老美都折腾出神经病来了！他说他回国后天天眼睛里都是你写的字，晚上做梦也是你的字，还说他感到中国的艺术家绝对都是天才！"

青云楼主如上青云，身子发飘，一夜没睡，天亮时，忽来灵感，挥笔给那老美写了"宁静致远"四个大字，亲手裱成横披，送到邮局寄去。邮件里还附一张信纸，提个要求，要人家把字挂在墙上后，无论如何站在这字前面，照张照片寄来。他想，他要拿这照片给人看。给亲友看，给街坊邻居看，给那些小着他的人看，再给买卖家那几个大老板看，给报馆的编辑们看，最后在报上刊登出来。都看吧！瞪圆你们的狗眼看看吧！你们不认我，人家老美认我！

他在青云楼中坐等三个月，直等到有点疑惑甚至有点泄气时，一封外皮上写着洋文的信终于寄来了。他忙撕开，抻出一封信，全是洋文，他不懂，里边并没照片。再看信封，照片竟卡在里边，他捏住照片抻出来一瞧，有点别扭，不大对劲，他再细瞧，竟傻了。那老美倒是站在他那字的前边照了相，可是字儿却挂倒了，全朝下了！

泥人张

手艺道上的人，捏泥人的"泥人张"排第一。而且，有第一，没第二，第三差着十万八千里。

泥人张大名叫张明山。咸丰年间常去的地方有两处，一是东北城角的戏院大观楼，一是北关口的饭馆天庆馆。坐在那儿，为了瞧各样的人，也为捏各样的人。去大观楼要看戏台上的各种角色，去天庆馆要看人世间的各种角色。这后一种的样儿更多。

那天下雨，他一个人坐在天庆馆里饮酒，一边留神四下里吃客们的模样。这当儿，打外边进来三个人。中间一位穿得阔绰，大脑袋，中溜个子，挺着肚子，架势挺牛，横冲直撞往里走。站在迎门桌子上的"撂高的"一瞅，赶紧吆喝着："益照临的张五爷可是稀客，贵客，张五爷这儿总共三位——里边请！"

一听这喊话，吃饭的人都停住嘴巴，甚至放下筷子瞧瞧这位大名鼎鼎的张五爷。当下，城里城外气最冲的要算这位靠着贩盐赚下金山的张锦文。他当年由于为盛京将军海仁卖过命，被海大人收为义子，排行老五，所以又有"海张五"一称。但人家当面叫他张五爷，背后叫他海张五。天津卫是做买卖的地界儿，谁有钱谁横，官儿也怵三分。可是手艺人除外。手艺人靠手吃饭，求谁？怵谁？故此，泥人张只管饮酒，吃菜，西瞧东看，全然没把海张五当个人物。

但是不一会儿，就听海张五那边议论起他来。有个细嗓门的说："人家台下一边看戏，一边手在袖子里捏泥人。捏完拿出来一瞧，台上的嘛样，他捏的嘛样。"跟着就是海张五的大粗嗓门说："在哪儿捏？在袖子里捏？在裤裆里捏吧！"随后一阵笑，拿泥人张找乐子。

这些话天庆馆里的人全都听见了。人们等着瞧艺高胆大的泥人张怎么"回报"海张五。一个泥团儿砍过去？

只见人家泥人张听赛没听，左手伸到桌子下边，打鞋底下抠下一块泥巴。右手依然端杯饮酒，眼睛也只瞅着桌上的酒菜，这左手便摆弄起这团泥巴来；几个手指飞快捏弄，比变戏法的刘秃子的手还灵巧。海张五那边还在不停地找乐子，泥人张这边肯定把那些话在他手里这团泥上全找回来了。随后手一停，他把这泥团往桌上"叭"地一戳，起身去柜台结账。

吃饭的人抻脖一瞧，这泥人真捏绝了！就赛把海张五的脑袋割下来放在桌上一般。瓢似的脑袋，小鼓眼，一脸狂气，比海张五还像海张五，只是只有核桃大小。

海张五在那边，隔着两丈远就看出捏的是他。他朝着正走出门的泥人张的背影叫道："这破手艺也想赚钱，贱卖都没人要。"

泥人张头都没回，撑开伞走了。但天津卫的事没有这样完的——

第二天，北门外估衣街的几个小杂货摊上，摆出来一排排海张五这个泥像，还加了个身子，大模大样坐在那里。而且是翻模子扣的，成批生产，足有一二百个。摊上还都贴着个白纸条，上边使墨笔写着：

贱卖海张五

估衣街上来来往往的人，谁看谁乐。乐完找熟人来看，再一块乐。

三天后，海张五派人花了大价钱，才把这些泥人全买走，据说连泥模子也买走了。泥人是没了，可"贱卖海张五"这事却传了一百多年，直到今儿个。

大　回

大回姓回，人高马大，手大脚大嘴大耳朵大，人叫他大回。叫惯了大回，反倒没人知道他的名字。

大回是能人，专攻垂钓。手里一根竹竿子，就是钓鱼竿；一个使针敲成的钩，就是鱼钩；一根纳鞋底子用的上了蜡的细线绳，就是鱼线；还有一片鸽子的羽毛拴在线绳上，就是鱼漂。只凭这几样再普通不过的东西，他蹲在坑边，顶多七天，能把坑里几千条鱼钓光了。连鱼秧子也逃不掉。

甭管水里的鱼多杂，他想要哪种鱼就专上哪种鱼；他还能钓完公鱼钓母鱼，一对对地往上钓。他钓的大鱼比他还沉，钓的小鱼比鱼钩还小。

人说钓鱼凭的是运气，他凭的全是能耐。

钓鲫鱼用的红虫子，又小又细，好赛线头，而且只有一层薄皮儿，里边一兜儿血红的水。要想把鱼钩穿进去，那可不易；弄不好钩尖一斜，一股红水出来，单剩下一层皮儿了。可人家大回把红虫子全放在嘴里，在腮帮子那里存着。用的时候，手指捏着鱼钩，张开嘴把钩往里边一挂，保管把那小红虫漂漂亮亮穿在鱼钩上。就这手活，谁会？

他无论钓什么都有绝法，比方钓王八。

钓鱼时勾到王八，都是竿儿弯，线不动，很容易疑惑是勾上了水下边的石块。心里急，一使劲，线断了！大回不急，稳稳绷住。停了会儿，见线一走，认准那是王八在爬，就更不急着提竿。尤其大王八，被鱼钩勾住之后，便用两只前爪子抓住水草。假若用力提竿，竿不折线断。每到这时候，大回便从腰间摸出一个铜环，从鱼竿的底把套进去，穿过鱼竿一松手，铜环便顺着鱼线溜下去。水底下的王八正吃着劲儿，忽见一个锃亮的东西直朝自己的脑袋飞来，不知是嘛，扬起前爪子一挡，这便松开下边的草。嘿，就势把它舒舒服服地提上来！

这招这法，还在哪儿见过？

天津卫人过年有个风俗，便是放生。就是把一条活鲤鱼放到河里去。为的是行善，求好报。放鱼时，要在鱼的背鳍上拴一根红绳，做个记号。倘若第二年把这鱼打上来，就再拴一根红绳。第三年照样还拴一根。据说这种背上拴着三根红绳的鲤鱼，放到河里，可以跳龙门。一切人间的福禄寿财就全招来了。

可是鲤鱼到处有，拴红绳的鱼无处弄到。鱼要是给鱼钩钩过一次，就变得又灵又贼。拴一根红绳的鲤鱼在鱼市上偶尔还能看见，拴两根红绳的鲤鱼看不见，拴三根红绳的连撒网打鱼的也没瞧见过。你想花大价钱买，他会笑着说："你有本事把河淘干了，我就有本事把它弄上来。"

怎么办？找大回。天津卫八大家都是一进腊月，就跟大回定这种三根红绳的鲤鱼了。

大回站在河边，看好鱼道。鱼道就是鱼在水里常走的路，大回有双神眼，能一眼看到水里。他瞧准鲤鱼常待的地界，把一个面团扔下去。这面团比栗子大，小鱼吃不进嘴，大鱼一口一个。但这面团里边决不下钩，纯粹是扔到河里喂鱼，一天扔一个。开头，那贼乎乎的大鱼冒着危险试着吃，一吃没事，第二天再来一个，胆儿便渐渐大起来，最后见了面团张嘴就吞。半个月二十天后，大回心想差不多了，用鱼钩钩个面团扔下去。错不了——一条拴红绳的大鲤鱼就结结实实绷住了。

可是这法子最多只能钓到拴两根红绳的鲤鱼。三根红绳的鲤鱼决不上钩。这三根绳的鲤鱼已经给钓到三次，就是吃屎也不敢再吃面团了。使嘛法子？就用小孩的巴巴做鱼食！大回不是把鱼琢磨透了？

南门外那些水坑，哪个坑里有嘛鱼，哪个坑里的鱼大小，哪个坑的鱼有多少条，他心里全一清二楚。他能把坑里的鱼全钓绝了，但他也决不把任何一个坑里的鱼钓绝了。钓绝了，他玩嘛？故而，小鱼不钓，等它长大；母鱼不钓，等它潲子。远近钓者都称他"鱼绝后"。这可不是骂他，是夸他。

这外号并不好——

辛亥变革后的第三年，夏至后转一天。大回钓了一天鱼，人困力乏。多半辈子，整天站在坑边河边，风吹日晒，身子里的油耗得差不多了。他在鼓楼北的聚合成饭庄，吃饱肚子喝足酒，提着一篓子鱼摇摇晃晃回家。走不动就靠墙睡会儿。他家在北城根，这一段路不近，他走走停停直到午夜，迷迷糊糊就趴在大街上了。这时街上走过来一辆拉东西的马车，赶车人在车上睡着了。但就是醒着也瞧不见他——凑巧这段路的几盏街灯给风吹灭了。这真是该活死不了，该死活不了。马车从他身上轧过去时，车夫那老家伙睡得太死，居然也没觉出来。转天天亮才叫人发现，大回给车轧成一个片儿了，赛张纸似的贴在地面上。奇怪的是，人压瘪了，鱼篓子却没轧着，里边的鱼还都活着。等巡警一追查，更奇怪的是，那车上拉的东西，竟然是一车鱼！这事叫人听了一怔一惊，脖子后边冒出凉气来。

有人说，这事坏就坏在他那个外号上了，"鱼绝后"就是叫"鱼"把他"绝后"了。但也有人说，这是上天的报应，他一辈子钓的鱼实在太多了，龙王爷叫他去以命抵命。可事情传到东城里的文人裴文锦——裴五爷那里，人家念书的人说的话就另一个味儿了。人家说：

能人全都死在能耐上。

刘道元活出殡

天津卫的买卖家多如牛毛。两家之间只要纠纷一起，立时就有一种人钻进来，挑词架讼，把事闹大，一边代写状子，一边去拉拢官府，四处奔忙，借机搂钱。这种人便是文混混儿。

混混儿是天津卫土产的痞子。历来分文武两种。武混混儿讲打讲闹，动辄断臂开瓢，血战一场；文混混却只凭手中一支笔，专替吃官司的买卖家代理讼事。别看笔毛是软的，可文混混儿的毛笔里藏着一把尖刀；白纸黑字，照样要人命。这文混混之中，拔尖的要数刘道元。

买卖家打官司，谁使刘道元的状子谁准赢，没跑。人说，他手里的笔就是判官笔，他本人就是本地人间的判官，谁死谁活，全看他笔下的一撇一捺了。可是他决不管小店小铺的事，只给大买卖写状子。大买卖有钱，要多少给多少。他要是缺钱，也用不着去借，只要到大买卖门前，往门框上一靠，掌柜的立时就包一包钱，笑嘻嘻送上来。那些武混混儿们来要钱，都是用爬头钉打嘴里把自己的嘴巴子钉在门框上，不给钱不算完。那模样龇牙咧嘴，鲜血直流，真把人吓死。但人家文混混儿刘道元决不这么干，他倚在门框上的神气，好赛闲着没事晒太阳。只要钱一到手，扭身就走，决不多事。这便是文混混儿的这个"文"字了。

刘道元有钱，不买房置地，不要钱，不逛窑子，连仆婢也一概不用。光棍一个人，一直住在西门外掩骼会北边的一个院子里，由两个徒弟金三和马四伺候着。赚来的钱，吃用之外，全都使在义气上了。他走在路上，只要听到谁家在屋里哭哭啼啼，说穷道苦，或者穷得打架，便一撩窗子，一把钱哗哗啦扔进去。掩骼会那一带，不少人家受过他的恩惠。可谁也不敢当面谢他；你谢他，他不认账，还翻脸骂你。

要论混混儿的性子，不管文武，全一个混样。

一天，他忽把两徒弟金三和马四叫到跟前说："师傅我今年五十六，人间的事看遍了，阴间的事一点也不知道。近来我总琢磨着，这人死后到底嘛样？我今儿有个好主意，我装死，活着出一次殡，我呢，就躲在棺材里，好好开开眼。可我人在棺材里，外边事不能料理，就全交给你们俩了。听着！你们两王八蛋别心一黑，把我钉死在棺材里！"

金三灵又快，马四笨又慢。金三说："哪能呢，师傅要是完了，我俩还不如一对丧家犬呢。师傅！您的主意虽好，可人家死人，都得累七作斋，至少也得七天。您哪能天天躲在棺材里？那里边又黑又窄又闷，您受得住？再说您要是急着吃东西、急着拉屎怎么办？我的意思，棺材摆在灵堂上是空的，您人藏在后院那间堆东西的小屋里。后院绝对不准人去。吃喝一切，我俩天天照样伺候您。等到出殡那天，您再往棺材里一钻。至于那棺材盖儿，哪能钉呀，您还得掀开一点往外瞧呢！"

刘道元笑了。说："你这王八蛋还真灵，就这么办吧！"

跟着，天津卫全知道大文混混儿刘道元死了。还知道他是半夜得暴病死的。于是刘家门外贴出讣告，家内设了灵堂，放棺材，摆牌位，还供上那支大名鼎鼎的判官笔，再请来和尚，吹吹打打，作斋七天。来吊唁的人真不少，门口排成长龙，好赛大年夜卞家开粥场。

刘道元藏在后院小屋里，有吃有喝，还有个盆，能够拉尿，倒蛮舒服。金三一直在前边盯着应酬，马四不时跑来向师傅送个消息。开头，刘道元很是得意。心想自己活着时威风八面，人"死"后一样神气十分。可是两天过后，一寻思，有点不对。那些给他打赢官司的大掌柜，怎么一个没来；没名没姓的人倒是蜂拥而至。是不是来看热闹的？这些人平时走过他家门口，连扭头朝里边瞥上一眼都不敢，此刻居然能登堂入室，把他这个大混混儿日常的活法看个明白。马四说，头年里叫他一纸状子几乎倾家荡产的福顺成洋货店的贺老板,这次也来了。他大模大样走上灵堂,非但不行礼,却"呸"地把一口大黏痰留在地上。随后,任嘛稀奇古怪的事全来了。

作斋的第四天,一条大汉破门而入,居然还牵着一条狼狗进了灵堂,进门就骂:"姓刘的,你一死,借我那十条金子,叫我找谁要去?你不还我钱,我就坐在这儿不起来。"他真的就坐在堂屋中央一动不动。占着地界儿,叫别人没法进来行礼。金三和马四从来没见过这汉子,知道是找茬儿讹钱来的,上去连说带劝也没用,只好动手去拉,谁料这汉子劲儿奇大,一拳一个,把金三和马四打得各一个元宝大翻身。金三和马四都是文混混儿,下笔千斤,手中无力,拿他没辙,干瞪眼等着。直到后晌,他闹得没劲,才起身离去。临出门时说十天后要来收这几间屋子顶债。他牵来那只大狼狗一蹿,把摆在桌上用来施舍给孤魂野鬼的大白馒头叼走一个。

马四人实,把这些事全都照实说了。刘道元一听,火冒三丈,气得直叫:"哪个王八蛋敢来坑我!我刘道元跟谁借过钱?我不死啦!我看看这个王八蛋是谁?"这就要到前边去。

马四顶不住,赶紧把金三找来。金三说:"您一出去,还不是炸尸了?咱的戏可就没法往下演了。师傅您先压压火,一切都等着出完大殡再说。您不也正好能看看这些人都是嘛变的吗?"

金三最后这句话管用。眼瞧着刘道元的火下去了。自此,马四不再对师傅学舌前边的事。刘道元忍不住时,向他打听平时那些熟人,哪个来哪个没来。马四明白,师傅心里问的是另一个文混混儿,大名叫一枝花。那家伙以前整天往他们这儿跑,跟刘道元称兄道弟,两人好得穿一条裤子,可是打刘道元一"死",他也跟死了一样,一面不露。马四哪敢把这情形对师傅说?马四愈不说,他心里愈明白。脸就愈拉愈长,好赛下巴上挂个秤砣。后来干脆眼一闭,不闻不问了,看上去真跟死人差不多。

这天下晌,院里忽有响动。不像是金三和马四。侧耳朵再听,原来是邻居那个卖开水的乔二龙，还有他儿子狗子，翻过墙头，来到他的后院。隔窗只听狗子说："爹，金三、马四一来，咱再翻墙跑可就来不及了。"乔二龙说："怕嘛？脓包！金三、马四连苍蝇都打不死，你还怕他们。这刘家无后，东西没主，咱不拿别人也拿！跟我来——"

刘道元肺快气炸了。心想，我"活"着的时候给你们钱，你们拿我当爷爷；我"死"了就来抄我的家！你们还要干吗？扒我的皮做拨浪鼓吗？

他想砸开门出去，但不行，不能为这两个狗操的把事坏了。心里一急，不知哪来的主意，竟装出一个女人腔，拿着嗓子细声尖叫："快来人呀！有坏人呀！"这一喊，竟把乔家父子吓得赛两个瞎驴，连跑带蹿，噼里啪啦翻墙跑了。幸好的是，前边念经的和尚们鼓乐正欢，没听到他这边的叫声。可马四再来时，却见他一桌子吃的东西，全扔在地上了。

过了一七，总算没出太大差错，万事大吉。金三把供桌上的判官笔放进棺材。对人说这支判官笔必须给师傅陪葬；还说，这支笔是支金笔，华世奎那支笔只是支草笔，这支金笔只配他师傅一个人使。然后，他悄悄去请师傅，乘人不注意，赶紧入棺，起灵出殡。刘道元骂一句："真他妈不知是活够了，还是死够了。"便一头钻进了棺材。

棺材里，金三给他一切准备得舒舒服服。盖是活的，想开就开；里边照旧有吃有喝，还有个枕头可以睡觉。他哪有空儿睡觉，好不容易"死"一次，也得"死"得再明白些。

棺材抬起，往灵车上摆放的时候，就听到金三和马四一左一右哭起来。金三灵，说哭就哭，声音就赛撕肝扯肺一般。刘道元想，还是金三好，马四这王八蛋连假哭也不会。可是金三的假哭却长不了，闹一会儿就没声了。这才听出马四这边也有哭声。马四来得慢，声音不大，可动了真格的，呜呜哭了一路，好赛死了亲爹。这没完没了的哭，反而扰得刘道元心烦，愈听愈丧气。刘道元已经弄不明白，到底是真的好还是假的好了。

走着走着，刘道元忽听，外边乱糟糟，声音挺大，好赛出了嘛事。

跟着，灵车也停住了。他心里奇怪，两手托住棺材盖，使劲举开一条缝，朝外一瞧，只见纸人纸马，纸车纸轿，黑白无常，银幡雪柳，白花花一片。街两旁却黑压压，站满瞧出殡的人。到底嘛事叫出殡的队伍停住了？他透过旗杆再一瞧，竟看见一些人伸拳伸腿挡在前面，原来是会友脚行的滕黑子那帮武混混儿。他心想，这帮人平日跟他一向讲礼讲面，怎么也翻脸了，想干吗？这时他突然瞧见，他那弟兄一枝花也站在那帮人中间。只听一枝花在叫喊着："那支判官笔本来就该归我，他算个屁！死了还想把笔带走？没门！不交给我，甭想过去！"

刘道元的脑袋"轰"的一下——但这次没急，反倒豁朗了。心里说："原来人死了是这么回事，老子全明白了！"双手发力一推棺材盖，哐啷一响，他站了起来。

这一下，不但把出殡的和看热闹的全吓得鸡哇喊叫，连截道的那帮混混儿也四散而逃。

刘道元站在灵车上大笑不绝。

二〇〇〇年二月八日

（原刊于《收获》2000 年第 3 期）

父亲和骗子

叶 弥

一

我父亲捉骗子有些年头了。到年终，他会拿到派出所奖给他的二百块钱，而后，他会不满意地对自己说："年初交八百元，年终奖二百元。还不是蜻蜓吃自己的尾巴——自己吃自己？"

他说这句话时正好在开职工大会，人群里有些人就笑了。有个人说："唐老板，你捉贼有功，派出所应该重奖你。"

我父亲大声说："他们不懂规矩。"

他的神情悻悻的，有些失落，有一刹那他的思绪被什么东西吸得干干净净。但他很快回过神来，宣布今天的会议内容主要是严防盗贼的事。于是底下"嗡嗡"声一浪盖过一浪。我父亲猛然提高了声音，说："要过年了呀，遍地是贼呀。"

年纪大一点的职工否定我父亲的话："老板，没有的。恐怕您老人家被骗子吓怕了。"

我父亲固执地说："有的。不信过几天捉一个给你看。"过了一会儿，他又说道："老冯临走的时候告诉我，要严防盗贼。"这句话他说得很轻。

父亲的厂里到处写着大标语：严防盗贼。

二

有一件事情几乎全城的人都知道，我父亲在四十四岁那一年，被一个骗子骗得差一点倾家荡产。那一年落实政策，"落实政策"这四个字听来有点幽默。但不管怎么说，我父亲"落实"到了一幢两百平方米的房子，还有我爷爷留下的一些古人字画。我父亲马上把所有的字画都卖掉，而后买了几幅唐伯虎和张大千的赝品，挂在客厅和书房里。他这样做是有道理的，因为守着那些珍贵的字画，他经常做一些以前的梦，一些让人感到害怕的梦，这些梦让他心情很不好，提防猜忌之心老缠着他。字画全部卖掉以后，他开始睡得踏实，还出去结交朋友，应酬酒席。

我父亲有一个多年的老朋友，姓倪，因为头大，人家都叫他"倪大头"。大头叔叔患有肺气肿，经常喘不过气来。他们下棋的时候，一俟大头叔叔喘气不匀，我爸爸马上就输了。或者这么说，每当大头叔叔发觉自己要输，马上就喘不过气来，马上就会反败为胜——我父亲十分在乎大头叔叔的健康和情绪。

大头叔叔患有肺气肿，需要不时地进进医院，补个药或者问个药方子。他的定点医院是市三院。市三院原先是古代一个为官人家的私家园宅。里面亭台楼阁，身形婀娜的护士小姐飘飘然地从鹅卵石上踏过，倒是不难看的。大头叔叔就在这里看病，看了五六年的病，只认准一个外科医生：老阿福医生。老阿福本名叫佘阿福，年青时叫小阿福，老了便叫老阿福。老阿福上下班乘十六路公交车。有一次，快要到医院的时候，一个小贼向他的口袋下了手，一个穿着工作服的中年男人上来帮着老阿福保护了钱包。结果，穿工作服的男人被小贼用切菜刀砍了一下，砍在手上，血流如注。车里一片惊叫声，小贼举着菜刀，一脚踢开车门，堂而皇之地下了车。

小贼一面走一面还抽空看看路边的广告牌，没人上前去拦截他。

这事件开始是这样混乱，混乱的人只顾忙着自己的事情，跟我父亲一点也沾不上边。

老阿福就带着穿工作服的中年男人走进三院，陪着他挂号、包扎、打针。中年男人自称姓冯，某街道木器厂工人，至于是哪个街道木器厂的工厂，冯没说，老阿福也没问。

冯好像经常穿着工作服。大头叔叔看见他时，他也是穿着工作服，坐在老阿福的旁边，呆呆的，乖乖的。身形是矮而胖的那种，肤色不白不黑。总之，是那种让人感到放心的一类人。

大头叔叔认识了冯，他们之间更有话好谈，有些一见如故的意思。冯第二天就拜访了大头叔叔，第三天就拿来刨子、凿子、油漆，替大头叔叔修门窗家具。大头叔叔不好意思，请他吃了一顿酒，又买了一瓶酒准备送给老冯。这样大头叔叔就来到了冯家，冯家有一个瞎眼老太太，嘴里说着莫名其妙的话，一只手不停地在席子上摸索。后来她起身上卫生间，那只手还在空气里摸索，一摸摸到了大头叔叔的身上，大头叔叔赶紧干笑一声。

"这是我娘。"冯说。

瞎眼老太太点点头，用很大的声音说："他老婆跑了，他儿子在乡下呢。我不是他的娘。"

大头叔叔再次干笑一声，冯摇摇头，一脸的羞赧，没说什么。

冯的家里是一套老式的"小户"，二十多平米，一个房间，一个吃饭间。油盐酱醋到处乱放，既寒酸又凌乱。

大头叔叔再也没到冯家去过，因为他感觉到冯在自己的家中很窘迫，显然，他为自己的居家感到难堪。

三

大头叔叔把冯这个人告诉我父亲，好朋友之间理所当然地分享一些事。

他十分伤感地告诉我父亲："我怎么能再去？他到隔壁人家家里去借鸡蛋。"

于是我父亲也伤感起来，这两个男人都很会动情，这就是他们几十年不离不弃的秘密。

他们正在下棋。我父亲伤感了一阵，骂大头叔叔："你作死啊？跑到人家家里去蹭饭吃，还伤人家自尊心。"

四

我父亲把冯叫来修理门窗。家中所有的门窗都布满灰尘，让居家这件事变得很是无奈。冯一一摸过门和窗，他的手结实而布满老茧。父亲这时已经显得急躁了，他的急躁是兴奋带来的，因为家里的门窗许久没有人这样亲亲热热地摸它们了，它们好像与这个家不太有关了。冯这样一一地抚摸过，显示出他的耐心和品位，显示出他是怎样的一个人。

接着，冯开始清洗门窗，这是一件繁重无趣的工作，他一丝不苟地做了整个上午。下午他略微把门窗修理一下，重新给门窗上了一遍油漆。油漆上好，我父亲觉得人都变成新的了。

冯向我父亲摊开一只手掌。

"什么？"我父亲问。他是真的不明白，此时，就算他马上明白的话，他也是被动的。

冯对我父亲说,油漆是他花钱买来的,因为用得很多,所以他要收成本费。

我父亲若无其事地笑了两声,哈哈、哈哈,我以为你是从厂里捞来的。

这件事成为大头叔叔讥笑我父亲的一个把柄,大头叔叔得意洋洋地指着我父亲,说:"怎么样?人家跟你的交情没有那么好,不肯贴本。你怎么这样自作多情呢?"

我父亲一阵不自在。

但是他心里很快安定下来,那个冯,不管怎么样总还是个实在人,叫人感到踏实。

父亲开始称冯为"老冯"。

五.

我们现在已经知道一个事实,冯就是那个骗得我父亲倾家荡产的人。"冯",不过是他许多化名中的一个。这个贼化名为"冯"的时候,身穿工作服,一副木然敦厚的模样,却受到我父亲前所未有的信任。这种一个中年男人对另一个中年男人的信任从何而来,一直是个谜。

父亲被骗前的那段日子,过得有滋有味。

父亲一向有早起的习惯,五点钟起身,到"阿庆"茶馆喝早茶。从家里到茶馆,两站多的路,他是屁股朝前倒着走的。父亲身体虚弱,从"落实政策"以后,他就长病假,就开始早晨倒着走,人家说这样走路会延年祛病的。

九点钟吃早点。然后到一个安静的园林里面去消磨时光。有时候在林子里看人练功,练发声,林子里回荡着"啊—啊—噫—噫"的声音。父亲的心里百感交集,又像什么事都虚无了一般。

冯后来陪父亲了,他说他也长病假了,为的是跟车间主任合不来。

两个人早晨总是在"阿庆"茶馆喝茶。喝完了吃两块糕或者一碗面。然后到园林里去消磨时光。

妈就在那时候有了怨言："以前你爸爸总是跟我一起到园林去的。我也总是高高兴兴的，凭什么就把我扔掉了？"

父亲听到这句话，就噘起嘴巴来，发出否定的"嘘"声。于是妈别无他法。

冯和父亲在园林里，有着固定的一个座位：山顶亭子里的矮石凳上。冯拎着鸟笼，画眉鸟在笼子里发出好听的鸣叫，冯不大说话，也不爱走路，这对父亲急躁的性情起了一种稳定的作用。我们很快就发现父亲说起话来，不再像个十三岁的男孩那样急急忙忙、上气不接下气。他变得稳重而缓慢了。

冯就是这样改变着父亲的性情。

在冯的建议下，父亲泡起了浴室。从下午三点到五点。当然，是冯陪着的。冯说这样对父亲的身体有好处。

两个月以后，父亲的身体明显好转，症状之一就是身体胖起来。他不再屁股朝前地走路了，这让我们全家松了一口气。

妈就三天两头地炖好老母鸡汤，请老冯到家里来喝酒，这样以退为进，总算把父亲抢了回来。父亲又在老冯的劝说之下，喝起了药酒，喝一口，他就皱紧眉头咒骂一句，不过他还是喝了。所以到后来，父亲在家里一不讲理，妈就咋呼：

"叫老冯来，快叫老冯来看看。"

热乎乎的，但这是慢慢习惯出来的无奈。

六

有一次我陪外地的一个朋友到园林去，看见了我父亲和老冯。这是一个安静的园林，游人不多，鸟的声音喧成一片。太阳斜斜地照在白墙上，几株清竹，一块秀气的太湖石，紫藤花是淡淡的，有点药味。父亲和老冯坐在山顶的亭子里，石凳是破的，石桌也不知为什么缺了三分之一。我父亲和老冯坐在那里，石桌上放着鸟笼，笼子里那只画眉轻盈地跳来跳去，显得什么都是盈满着的。

我注意到父亲是微斜着身体坐着——朝老冯那边斜着，不时说着什么。而老冯依旧是木木的，呆呆的，但我一眼就能看穿老冯就是用那种呆劲镇着我父亲。这丝毫没有什么不妥，他们之间有默契，也很温馨。真的很温馨。

父亲是依恋老冯的，他不在乎表现这人性脆弱的一面，这是父亲的幸福。

七

接下来就讲到父亲被骗的经过了。实际上父亲对他的被骗毫不讳言，现在他每提到一个骗子，就要发一遍牢骚："现在的骗子，算什么骗子？一点脑筋都不肯动，哪里像老冯。真是一代不如一代。"

他把原因归咎为当今世界的浮躁，人人都急功近利，何况骗子呢。

老冯那年学了驾驶，拿了一个"A类"行驶执照，说要去开出租车。在这个旅游城市，出租车司机是很能赚钱的。这事由老冯自己提出来，大头叔叔和我父亲都同意，因为他们都知道，开出租车能赚钱。而老冯向他们提出来的意思，就是要他们同意，表示他在乎他们的看法。

某一日，老冯打电话给我父亲，说他下午就要到上海一家汽车厂去提货，让父亲带十万现金到他的家里去。

他的口气是命令式的，不容置疑，充满自信。我亲爱的父亲急急慌慌地到银行去提了十万元。买了房子以后，这是他全部的积蓄了，不过他不想让老冯知道这一点。

父亲到老冯家去的路上很安全，没有发生意外的事，太阳很亮，天也有点蓝。他只看到有两个人在吵架，一个胖乎乎的太太抱着一条哈巴狗，这条狗瞪着温柔而麻木的眼睛。一个可爱的男孩坐在地上无泪地号——他要那只汽车玩具。父亲甚至忘了他的包里有十万现金，他感觉上是要把一袋沉甸甸的令人生厌的物件转送他人，所以他心情迫切起来了。

老冯家的门关着，邻居说老冯刚才还在。父亲点上一支香烟，淡蓝的烟雾从手指间袅袅升起，父亲的心情稍稍安定了一点。

老冯回来了，父亲感到他的脸色有点黄，感到他的精神比往常好。这两种感觉是有点冲突的。

老冯的手里拎着一大包东西。

什么都没问，父亲就把钱交给了他。老冯把钱仔细地放到大行李箱里，他已经收拾好了行李。

老冯的母亲早就不在这里了，说是送到乡下去了。

两个人还是像往常一样挨着桌子坐下，父亲的身体略略偏向老冯。父亲突然觉得很疲倦，他想躺在老冯的那张床上睡觉。当他睡下去的时候，他的脑袋里舒服地"嗡"了一声，他知道在五分钟之内就会睡着。

这时候，老冯说话了，他的声音就像淡蓝的烟雾在远处飘着。

"我刚才到药店去买了一点药，"老冯说，"你身体比过去好，可我知道你心脏并不好——不会比以前好。因为你比过去胖了十几斤。"

老冯还说，走时把门关关好。

父亲听到的最后一句是："你的信放在桌子上。"父亲的心里诧异了一下，但是这个诧异就像钟摆那样左右一晃，就不见了。他睡着了。

八

父亲从睡眠中醒来，他知道这是傍晚了。屋子里弥漫着一些冷飕飕的生硬的气息，黑暗已经降临，门外传来人世里嘈杂的声音：生炉子的，炒菜的，大人和小孩的吵闹声，男女一声半声的调笑声。饭菜的香味从门缝里飘进模糊的屋里。父亲的感觉因睡眠充足而清晰起来，敏感起来，有一刻他突然伤感了，好像某一样东西永远地失去了。

父亲这才觉得不大对头。

他忍不住地叫了一声，赶紧开亮电灯。他一眼看见的桌子上整整齐齐地放着许多药，有纸包，有瓶装。

另外，还有一封信。

信上只有三句话：

按时吃药。

开塑料厂能赚大钱。

严防盗贼，切记切记！

老冯一直都不爱说话，写信也是这样。

父亲想，这个老冯，说起话来就是简洁。

他想他的身体快要受不住了，是身体，不是他的大脑。他拿起老冯给他买的"救心丹"吃了下去。

九

邻居对每一个来问老冯下落的人都说：不知道。

真的不知道。房子是老冯从以前的户主手里租赁来的。老冯就像水汽那样从这个城市里蒸发掉了。大家都说不知道，不知道这个人从何而来，到什么地方去，不知道。他住在这里，和谁都没有关系，也没有伤害过什么人，呆呆的、木木的，就是喜欢小动物。

邻居说，喜欢小动物，有一次他捉到一只大老鼠，大伙儿亲眼看见他走到垃圾筒那儿放生了。他还说，是只雌老鼠，啊，垃圾千金啊！

一切都显得虚无缥缈，唯一真实的就是那十万块钱，唯一的真实伤害了唯一的一个人：我父亲。

十

为了"老冯"（我们姑且称这个骗子为"老冯"吧，不然的话，称他为什么呢？），大头叔叔和我父亲经常吵嘴。

大头叔叔又来下棋了。大头叔叔的脾气和他的棋艺一样差劲，他输了棋，说要咒骂老冯。他认为是老冯把他的心绪彻底搞坏了。他并不直接骂，而是婉转地、得意地说："你知道吧，老冯被公安捉住了，要枪毙了。"

过几天输棋，又说："怎么还不枪毙老冯，公安局肯定还在审他呢。审个屁，早毙早好。"

枪毙老冯这件事，大头叔叔会一直编下去。他不屈不挠地编，我父亲不屈不挠地跟他吵，父亲说大头叔叔良心不好，没人性，缺乏人味。全然不顾大头叔叔气喘如牛。于是我大头叔叔十分伤心。他说父亲竟然会为了一个贼跟他吵架，全然不顾他心里会怎么样，几十年的情谊反而不如相处才几个月的骗子——一个贼。这是为什么呢？

父亲也在想，是啊，这是为什么呢？

大头叔叔还说，十万块钱啊，不是十块钱。十万块钱我数也数不过来啊，你这个败家大少爷。

父亲固执地说，我也数不过来，我交给老冯数。

十一

后来，父亲真的听了老冯的话，去开了一家塑料厂，发了财。他按照老冯的嘱托，时刻提防着骗子，所以他没有吃亏。当他的厂扩大到有些规模的时候，各种各样的骗子接踵而至，好不热闹。基本上是这种情况：来一个识破一个。捉住的就地送派出所，捉不住的，父亲当场画好贼的眉眼长相，张贴在厂房的大门上。

父亲并不喜悦，他常说："现在的骗子，算什么骗子，连老冯的一根手指头也算不上。只能算下三滥的贼。"

由此我们知道，骗子和贼到底是有差别的。

下三滥的贼们有的装扮成买方，有的装扮成卖方，全都直截了当地与金钱有关，既迫不及待又漏洞百出。重要的是，下三滥的贼们全都不会与父亲作精神交流，换句话说，他们无法与父亲作精神交流，他们配不上。

于是父亲有了这番感慨，有点矫情，有点得意，也有点无奈，或许，还有点……怀念什么的。

这一次父亲在职工大会上预言性地说："要过年了呀，遍地是贼呀。"

果然过了几天，就来了一个骗子，一个年轻的骗子。这个骗子开着一辆崭新的"光阳"摩托，从厂外直驰进来，像遛马一样，在厂里绕着圈开了两匝。

可以断定，这个骗子喜欢声音，而且是那种特别的声音。许多人都喜欢声音，譬如晴雯喜欢听撕扇子的声音，西门庆喜欢听女人叫他"达达"的声音。这个骗子穿着黑色发亮的皮夹克，头发梳得油光水滑，皮鞋也是锃亮的。又可以断定，这个骗子喜欢奢华，喜欢华而不实的东西。父亲站在西楼上，正好看见年轻的骗子从外楼梯上走过来，他身上所有的物件都在熠熠生光，包括他的包。在西斜的阳光照耀之下，加上他仿佛跳跃似的步态，他的浑身闪动着光斑，颇像黑夜里粘成一团的萤火虫。

这是我父亲的感觉。他马上笑了，他知道上来的这个人不牢靠。做生意的人，最怕的事就是不牢靠。

现在，年轻的骗子坐在我父亲的办公桌旁边了。刻把钟后，父亲就知道这是个骗子。他不露声色地继续谈话，期望这个骗子能认真一点，把他的骗局当成一回事。但是这个骗子显得很不耐烦，他坐在椅子上转动着屁股，转过来转过去，就像玩手中的圆珠笔一样。他甚至还轻轻地吹了一声口哨，就那样，从皮包里掏出一份合同，让父亲签字。父亲怀着开玩笑的心情签了字，然后，冷冷地看着年轻的骗子。

"祝贺你,"年轻的骗子伸出手,一本正经地宣布,"我们的生意谈成了。明天,或者后天,我就把支票带来。现在,我需要一千块钱,我中午要在隔壁的酒楼里请客,没有带足现金。你先借我一下。"

　　父亲悲哀地微叹了一口气,他知道,人和人之间,再也不会发生精彩的对局了。就像他和我大头叔叔的下棋,平庸、拖沓,充满吵闹的喜剧和不值一提的计较。

　　人心浮躁啊!

　　父亲突然震怒起来,他一把拉住年轻骗子的皮夹克,喊道:"跟我走,上派出所去。"

　　接下来,我父亲全神贯注在那件皮夹克上,皮夹克被他扯住,又被衣服的主人挣脱掉。就这样你扯我夺地一直闹到大门口。有几个工人看到了,上来帮助我父亲,小骗子连忙脱掉皮夹克,慌不择路地逃走了。

　　父亲收获不小啊!一件皮夹克,一只包,一辆崭新的摩托车。

　　父亲打开包,里面只有一封没有封口的信。居然有这样的信:

　　叔叔阿姨,要是我不幸被您识破(真相),请高抬贵手。我上有老,下有小。千万不要报警,我害怕电棍。愿上天保佑您。

　　还有一个落款:冯小小。

　　这件原本平淡的事就此变得有声有色了。父亲看到那个"冯"字,眼神为之一亮。

十二

　　好了,现在明白了,对于我父亲来说,老冯是不是个骗子并不重要,重要的是老冯离开他,消失不见了。什么都可以再生,就是老冯不能。

　　首先发现我父亲变化的是我妈。我妈是一个标准的家庭妇女,我父亲说"是",她就接上"啊",连起来就是:是啊。我妈大清早出去跳舞,下午打麻将,晚上看电视。有一年(很久以前的事了),我父亲和人下象棋,下得伤了和气,彼此拿妻子作为赌注。结果我父亲输了,我妈一句埋怨的话也不说,带着我就住进了那人家中。当然第二天她又住回来了,因为我父亲又把她赢回来了。

父亲变得沉默了,不再叽叽喳喳地饶舌,而且他开始听音乐了,是一些老曲子,舒缓而淡定的,让人想起一个空旷的什么地方。

妈对自己说,有问题了,你不能跳舞不能打麻将了。她对我父亲说,你在哪儿买的唱片,好听啊!我父亲用疏远的眼神看看她,但过几天就会给她买一枚戒指什么的。妈不死心,忍着一个又一个的呵欠坐在我父亲旁边,看着他跟大头叔叔下棋。我父亲下棋的时候就记不住旁边坐着我妈,他只记着棋了,有时候还记着那个年轻骗子。他会忍不住地嘀咕:"东西都不要了,电话也不打一个,这个小冯啊!"这一阶段他经常输棋,输了棋还耍赖,要把音乐调得很响,还说:"哼,我记着人家,人家不记着我。难道我是替他保管东西的?这个小冯啊!"

后来,电话一响,妈就跳起来去接,不管对方是谁,拉起来就对话筒里讲:"喂,你是不是小冯啊?"把电话递给我父亲:"小冯找你。"

我父亲不想和我妈打仗。

这样,我妈只能找我大头叔叔诉苦。

大头叔叔说小冯是个男人,可能是老冯的儿子吧,因为他也是骗子。只是一代不如一代,技艺不行,心情也浮躁得很。

我妈说我明白了。其实她一点不明白,她有太多的疑问需要大头叔叔解答。

小冯真是老冯的儿子吗?你们不是在串通一气骗我吧?

他为什么突然爱听音乐了?

他为什么不喜欢说话了?

大头叔叔的头又大了一倍,他回答:

小冯是不是老冯的儿子,我不知道,因为这是你丈夫这样说的。既然他爱听音乐了,就不喜欢说话了。有这样一个事实表明着:到目前为止,你什么都没有失去。

我妈很虚弱地声明，她想关心他。关心不对吗？大头叔叔回答，对，对。我建议你去买些老曲子给他听听。我知道他一想听老曲子的时候，就表明他想从困境中挣脱出来。

我妈马上又冒出一个新鲜的问题：

我怎么不知道？

大头叔叔用怪怪的口气说，你们三十多年的夫妻了，你怎么还不知道这一点？

妈马上愣了，大头叔叔看见我妈愣了，仿佛受了传染，也愣了。他们突然从这个问题上受了启示，想起了一点什么，讪讪的。

我父亲是不是早就厌倦了生活？

不说也罢。

十三

小冯到底没有出现，他留下的东西被父亲交给了派出所。父亲绘制了小冯的画像，张贴在大门上，告诉厂里所有的人，要是看见路上有人像这个人，务必上前问问是不是姓冯，叫小小。过了不久，大家就把小冯的事遗忘了，每天走过大门口，也是熟视无睹的。只有我父亲，无论走过多少次，也要看上一眼，越看越像老冯的什么人。

过了年，父亲到远方出差，他去的是一个遥远的城市，干燥而多灰，永远是灰蒙蒙的样子，不像他的城市，白天是清朗的，夜晚是湿润的。

他临走时告诉他的母亲、老婆、女儿、保姆，可能会有一个年轻男人上门要他的摩托车和皮衣服，那就是小冯。务必把他留住问一下，他跟老冯有什么关系。

他后来就接到我妈一个电话。我妈在电话里惊慌失措，说家里被小偷夜里洗劫了。那小偷从别墅的二楼阳台上翻进来，你知道，阳台边上有一根电线杆，样子十分难看。他就从电线杆上爬过来，带着凿子、榔头，肯定还有什么万能钥匙之类的，因为他轻轻把锁一拨，门就开了。然后他就把大门打开，用什么东西固定好，这才一间屋子一间屋子地搜起来。他把你妈吓坏了。你妈不知道为什么突然醒了过来，看见一个人站在她床边，摸她的衣服口袋。他没有摸到多少油水，所以他生气了，"乓乓乓乓"地到处乱砸。我告诉你，你的瓷器砸坏了不少。

父亲问，后来呢？

妈继续说，我们都吓坏了，不敢出去。电话线被他掐了。他砸了一气，就走了。我们怎么知道他走了呢？他把我们的摩托车开走了，还说他吃亏了，这辆摩托车的刹车不好，不如他的那辆好用，明天还得拿到车摊上去修理呢。

我爸不相信地问："这是小冯吧？"

我妈沉默了好一会儿，才回答他："我不敢说是他。"

我父亲苦涩地微笑了，他轻轻地说：

他也配姓冯？

（原刊于《收获》2001 年第 4 期）

黄色的故事

叶　弥

　　那时候，我外公的书桌上方悬着一帧小横幅，题为：书香门第，诗书传家。

　　但我外公不是那种渊源很深的读书人，渊源很深的读书人决不会这样自我标榜，可能会悬一些字画，但与标榜是没有关系的；可能什么也不悬——这就是很高的境界了。城里的大学问家余自问先生，书房里什么都没有，只有满满两墙壁的书和书上的灰尘。他自己说，近两年来他什么书都不看，因为天下的书他都看完了。

　　我外公的太爷爷是不识字的。他的爷爷，识得钉子、刨子、凿子一类的字，对外宣称识得四书五经。到他的爸爸，正儿八经地上了私塾，在木匠作坊的楼上辟了一间书房，不过，墙壁上什么也没悬。

　　不敢悬。

　　我外公的太爷爷是个远近闻名的木匠，后来就开了木匠作坊。木匠作坊里都是做劳力的男人，一边做苦力，一边就源源不断地生产出各种黄色故事。

黄色故事，也就是今天所说的"段子"。

我外公的太爷爷常常一边听一边笑骂，显见得是欣赏多于斥责。他是不识字的，内心里对文化有种说不出的情绪，手上有了一点钱，喝酒、狎妓、养小老婆，居然没让儿子学四书五经。

所以我外公的爷爷只识得几个字，偏偏那几个字造化了他，使他待人接物时显出儒雅和睿智来，也因此结识了大学问家余自问。余自问看中他身上的一片纯真，什么话都对他讲，把他当成一只藏污纳垢的垃圾筒。最后，连他珍藏的春宫画册都拿给他浏览，并告诉他，最好的是那幅《奴要嫁》，是城东头的郎秀才特意为他临摹的。

我外公的爷爷对着《奴要嫁》左看右看，看不出什么新鲜名堂。除了人物的衣裳装饰一副贵族派头之外，说什么也比不上木匠作坊里的黄色故事。他很想带着余自问到木匠作坊里听听，但他不敢，也不想扫了余自问的威风，余自问到底是城里有名的学者。

他毫不犹豫地夸奖道："好啊！好一个'奴要嫁'。"

但是心里到底有几分看不起余自问。

现在，到我外公的父亲这一代了。

我外公的父亲，一只耳朵在文人堆里听黄段子，另一耳朵在木匠作坊里听黄段子，天长日久，他觉得有必要把一些精彩的内容记录在案。于是编纂了黄段子大集《无羁室宝鉴》，劳心者与劳力者的智慧不分彼此地在里面闪烁光华。我外公的父亲是个识货的，他一直认为木匠们随口胡造的黄段子比文人精心编造的要高明一等。

我外公的父亲到五十岁才生下我外公。他很高兴放下了心中的一块石头。因为他的放浪形骸，亲戚中说他要断子绝孙的。

这就到了我外公。

我外公上学的时候，就听人风言风语地说到这些往事。我外公天性方正，性格里又有些女性化，加上读书时接受了一点西方的文艺思想，崇尚精神高于肉欲，对性方面的种种游戏恨之入骨。他一把火烧了《无羁室宝鉴》，然后，禁止作坊里的木匠们传说黄色故事。

解放初公私合营时，我外公的木匠作坊合给了国家。对此，他心中不免悲苦。后来，他转念一想：取消了木匠作坊，他的儿子，不是听不到那些污言秽语了吗？

他茅塞顿开，眼前立时出现了一个光明天地，一向紧绷的脸出现了些许笑意。

"共产党好！"

他说。

共产党取缔了妓院，严禁黄色内容的书刊出现，蓝蓝的天上飘着白云，白云下面的中国是一个干净的精神焕发的中国。

我外公病死于一九五八年，我舅舅那一年八岁。临死前，他把我舅舅叫到床前，挣扎着告诉我舅舅，要是日后从书房里翻出一本叫什么宝鉴的东西，千万不要翻看，立刻扔到炉子里烧掉。

我外婆在旁边惊惊乍乍地叫起来："什么宝鉴？你不是烧了吗？"

我外公双眼一翻，从这边的世界到那边的世界去了。

现在我们知道了，《无羁室宝鉴》并没有被我外公烧掉，其中的原因不详。他死了之后，我外婆曾经在家里翻箱倒柜地寻找过，一边找一边骂：

"死鬼啊！你把它藏到哪里去了？莫不是你把它带到那边去了？这个东西有什么好看的？"

有一件事是可以确定的，那就是：经过许多年之后，那本被许多人私下传看过的据说十分黄色的《无羁室宝鉴》，并没有被人遗忘，随着岁月的沉浮，总在人的眼睛前面若隐若现。具体表现可以举一小事说明，八十年代弄堂里的小孩玩串字游戏，这么说：

我，我来玩游戏；戏，戏子拉胡琴；胡，胡子要剃啦；啦，拉美无产者；无，无羁室宝鉴。

我舅舅是个结巴，长到了二十岁，到了寻偶的年龄，好像一夜之间，他的身边就冒出了两个铁杆子朋友，在一起谈笑玩耍——大凡男人在寻偶前都会有几个铁杆子朋友。就如昙花一现似的，结婚以后就各奔东西了。

我舅舅的两个朋友，一个姓黄，二十一岁，因为头发有些黄，顺带着就被人叫成了"黄毛"。黄毛的妈妈去了一趟北京，回来就生了黄毛，据说黄毛的亲爸爸是苏联人。也有人说是捷克人，因为黄毛的一个表姨在捷克人的使馆里做事。黄毛的妈妈年轻健壮，性格豪爽，思想进步，满脑子革命的浪漫主义幻想，那时候像这样的女青年不在少数。她进了一趟北京，受了一个外国革命者的精，然后回来毫无怨言地生下了没有父亲的孩子。

经常有人问黄毛的妈妈，这是怎么回事呢？黄毛的妈妈总是一个标准的答案：她走在长安街上，那个人从对面过来，向她吹了一口气，她就怀孕了。

听的人都笑。

我舅舅另一个朋友姓姜，外号老姜头。老姜头就像一块姜一样长不高，二十五岁的人，干瘪瘦小得像十七八岁，是个电工。他爸爸是个说书的先生，人在外地，却在这里养了一个外室。解放以后，外室带着老姜头嫁给了一个老工人。老姜头这种样子这种背景，没有女孩子愿意嫁给他。

我外婆说，这些都是什么人啊？都是下等人。

他们三个人在一起讲故事。我舅舅岁数最小，对女人一无所知，常常在边上听得两只眼睛直愣愣的，嘴巴张得老大。黄毛就过来打他一个耳光，把他的嘴巴打得并起来。

  公鸡公鸡真漂亮
  红红的鸡冠长尾巴
  母鸡母鸡真漂亮
  肥肥的胸脯短尾巴

他们一开头就集体朗诵这首打油诗。后来因为我舅舅不会讲故事，就罚他一个人朗诵。我舅舅的普通话不好，苏南人的普通话都不好。我舅舅用怪里怪气的普通话朗诵完"公鸡母鸡"，老姜头就开始发表演说，因为他年纪最大，理应最先发言。他咳嗽一声，清清嗓子，目光装模作样地四下里一扫，开始说"五洲"浴室的事。

"五洲"浴室就在老姜头家旁边，有一扇窗子正对着他家的窗子。要命的是，那扇窗子被牛皮纸糊住了。但是糊住的地方拦腰坏了一条，一小条，好像被谁用指甲划破了。老姜头就经常蹲在楼道上的窗户边，隔着四五米远，看巷子对面的那一小条。女人们裸着身体在一小条里面动来动去，很不安分的样子。老姜头憋住气看，张着嘴看，眯了眼睛看，睁大眼睛看，站着看，蹲着看。看来看去，只能看见女人胸脯以下腹部以上的部位，于是他的心里就有了一个恶狠狠的念头，想叫那条裂缝移一个位置，向上或者向下都可以。

他们三个人凑在一起的时候，老姜头绝口不谈心里的想法，他知道这个想法讲出来是不妥当的，与眼下神秘的缠绵的气氛不相配。

"雪白雪白，像天上的雪那样白。"

老姜头说。

"乌黑的，看上去比白的还好。"

这就是老姜头的黄段子。不管是乌黑还是雪白，统统都是胸以下腹部以上的部位。

黄毛的黄段子比老姜头的复杂一些，因为他妈的原因，黄毛早熟。所谓早熟也就是敢多看陌生的女人一眼，敢摸摸熟悉的女人手。他说：

"五洲浴室，五洲浴室没啥了不起。"

老姜头说："你讲讲，你讲。"

黄毛长得像他妈妈，性格也像。他妈妈是个远近闻名的破货，这个破货曾经那么浪漫过。黄毛的气质里也有一些浪漫，他对女人的手十分在意。当然，他捏过许多女孩子的手，凭他的相貌，女孩子当然会很喜欢他，也不在乎让他看手或者捏手。但是女孩子不会嫁给他，因为他除了相貌一无所有。一无所有也罢了，偏有那么一个妈。

　　黄毛的妈生下他以后，有过数不清的男人，黄毛对此习以为常。路上遇到被他妈蹬掉的男人，还会恭恭敬敬地叫一声"爷叔"。他从小就耳闻目睹妈与爷叔们的勾当，就像一段不得不长在污泥里的莲藕。要说讲黄段子，应该他讲得最露骨才对，偏偏他只讲他捏过的一只只小手，从来不说他听到看到的男女之事。其实他只要把故事里的人物隐掉就行，譬如老姜头，有些黄色故事里的动静一听就知道是他的爹妈弄出来的。

　　黄毛不肯。

　　黄毛捏过的手都是柔若无骨的，顺从听话的，干净细腻的。他的妈有着一双粗糙的骨节很大的手。他妈是街上扫马路的环卫工，那双手天天握着大竹扫帚扫马路。

　　老姜头对黄毛很不满意，斥责道："手，手，手。一天到晚手，难道女人就只有手吗？"

　　"是的，女人只有手。"黄毛说。

　　我舅舅开始朗诵：

> 公鸡公鸡真漂亮
> 红红的鸡冠长尾巴
> 母鸡母鸡真漂亮
> 肥肥的胸脯短尾巴

　　我舅舅说话结巴，朗诵不结巴。

　　我舅舅想，三个人中，数他最丢人。他想起家族里传得沸沸扬扬的那本什么宝鉴。他一去寻找，被我外婆发现了。我外婆一屁股坐在地上，号哭起来。

　　"我的亲娘啊！"她哭道，"我可怎么办啊？"

　　我舅舅说："找，找……找。"

我外婆骂道:"找你的魂啊?"

我舅舅说:"找找,看看。看一眼。"

"杀千刀的,看了要生红眼病。"

后来,这件找书的事就被大家遗忘了。原因是外婆开了一个"地下"木匠作坊。经常有人对我外婆说,我家缺个大衣柜(或者是缺个五斗橱)你做不做啊?结果我外婆就动心了。我舅舅会做木工活,我外婆也是内行。

我外婆把后天井腾空,叫上两个老木匠,开始承接加工任务。黄毛没事可做,每天都来,递个东西,扶扶木头什么的。老姜头上班很卖力,不大来。

没过多久,女主角出现了。这个女孩子高中毕业在家,等着顶替母亲进厂。二十岁,因为读书时留过两级,所以毕业时就二十岁了。脑子不灵,却长了一张聪明的脸,脸皮白里透着粉红,上面一层淡米色的汗毛。眼睛亮汪汪的,鼻尖上老是出汗。举止笨拙,走路经常带倒东西。这样的女孩子毫无疑问地会引动所有男人的心思。她出现以后,我舅舅和黄毛经常地觉得喘气粗重而且不均匀,像是生了什么心脏病。

女孩子就住在这条弄堂里,毕业了没事干,听说我外婆绣花绣得好,就特意过来请教。她胖乎乎的手捏着一张小小的绣绷,那绣绷被她的手摸得有些脏,她绣的一大堆芍药看上去也不大干净,在一些晴朗的天气里散布出莫名其妙的混浊的信息。但是她的眼神清澈透明,像风一样在我舅舅和黄毛身上飘来飘去。我舅舅隔老远也闻得到她的鼻尖和手指散发出的汗味。他经常什么话也不说,一口一口地吸气,他想,真香啊!他发现黄毛也是这样。黄毛没有固定的事可干,可以自由地跑到下风处痛痛快快地吸气。

因为这女孩子的目光飘忽不定,我舅舅和黄毛就相互吃起醋来。

"你,"黄毛指着我舅舅说,"一只结结巴巴的癞蛤蟆,想吃天鹅肉?告诉你,这种女孩子不能碰,一碰,她就像饴糖一样粘牢你。我有经验。"

我舅舅说:"我,我,我没经验。我,我不怕!"

过了一阵子,那女孩子终于把她的一大堆芍药绣好了。绣好之后,她又开始绣一只黑白色彩的猫。这次谁也不看了,就低着头,像没事人一样。她知道事情有点难办,她是个好人家的女孩子,智商又有点问题,所以,索性谁也不看。我舅舅和黄毛知道事关紧要了,立刻互相提防得像贼一样。

"芍药呢?"黄毛问我舅舅,语气里恶狠狠的,"她是不是把芍药给了你了?"

我舅舅说:"没没,没。难道她没没,给你吗?"

又过了几天,我舅舅在上衣口袋里摸到了这幅芍药绣巾,他一阵天旋地转的惊喜,又一阵委委琐琐的难为情,因为他那只口袋里还装着他一方脏兮兮的手帕,几张擦屁股用的黄草纸。他想,人家多聪明啊!不知什么时候就把东西放在你口袋里了。

他闻到一些汗味,很熟悉的,好像前世里注定他今生要对这汗味发生好感。除此之外,他还发现自己心里有点惶恐。

于是在一次三个人的聚会中,我舅舅念了顺口溜之后,把女孩子给他的芍药绣巾从口袋里拎出来。

黄毛和老姜头互相使了一个眼色,脸色有些黄。他们应该说话的,但是他们看着我舅舅,谁都不想说话。这种情形让我舅舅感到绝望。

我舅舅更加惶恐。

"我我,我不要了,给,给你们。"

他毛手毛脚地把绣巾扔到他们身上。

黄毛和老姜头的眼珠子开始活动,而后,脸色也不那么难看了。

黄毛捡起绣巾放在鼻子底下闻闻,说:"没错,是她的。"

老姜头上来搂住我舅舅:"跟你开玩笑,别在意。有了女朋友不要忘了我们啊!你发个毒誓。"

我舅舅看着老姜头的脸,心里想,老姜头是个电工,一天到晚爬电线杆,最怕的就是触电。就说:"忘了你们,我就触电从电线杆上掉下来。"

黄毛和老姜头互相看了一眼，开始讲故事。他们说话的口气显得蔫蔫的，虚弱不堪，好像大病了一场。我舅舅想，有什么办法让他们高兴一点呢？

再说我外婆的地下木匠作坊，成天叮叮当当，刨锤砍削，一副发财的景象。这就惊动了居委会主任鲍阿姨。鲍阿姨是个热心的女人，谁家有事，她一定在场。她肤色白皙，说话轻慢，神情总是懒懒的，却特别能决断事情。所以这一带的居民都服她。

她径自走到我外婆的后天井里，轻呼道："要死啊，还有这样的事？"
抬头看见了绣花的女孩。
"你做什么不在家里？在这里做什么呢？"
绣花的女孩一低头，磕磕绊绊地从她身边跑了。
我外婆满不在乎地点了支烟抽着，对两个木匠一挥手："散伙，不做了。"
鲍阿姨像是自言自语地说："什么时候了，还开加工厂。你家的木匠作坊远近街坊都晓得，除了加工木头，还加工黄色故事。光晓得捞外快，不替自己儿子想想，学坏了怎么办？"
我舅舅伸了伸头颈，白着眼睛说了两个字："没有。"
鲍阿姨转过一对厉害的眼睛，剜了我舅舅一眼，忽然就笑了，边笑边朝外面走。
我舅舅说："她，她笑什么？"
我外婆没好气地把一口浓烟喷到我舅舅脸上，骂道："笑，笑你死到临头了。"

事实证明，不是我舅舅死到临头，而是我外婆死到临头。街道里办了一个"地富反坏右"学习班，我外婆是第一届学员。她是坏分子。除她之外，还有两个女的，一个是某国民党要员的小老婆，一个是资本家的闺女。我外婆抱怨说，那两个女人真是她妈的，难怪共产党革她们的命。因为这两个女人一个劲地跟她要那本什么宝鉴，可见她们是两个坏女人。后来戴了纸糊的高帽子游了街，她们才老实了。

抱怨到后来，就对我舅舅说："你也快了，第二届学习班就轮到你了。鲍阿姨就要找你来了。"

她这么吓唬我舅舅是有道理的——当她挂着牌子游街的时候，我舅舅手里捏着块绣花丝巾，痴心地在那女孩门口等着见上一面呢。我外婆挂着两面牌子，一块在前，上写"反动工头"，后面那块写着"无耻室宝鉴"。前面的字有据可查，后面的字有点莫名其妙，不过挺幽默的。两块都是上好的木板，前面那块轻些，后面那块重些，所以我外婆游街的时候，姿势和别人不一样，昂着头，老是要朝后面倒。游好街回来，一肚子气，要个人捶腰也找不着，难怪她要吓唬我舅舅。

我外婆的恐吓马上见了效果，我舅舅从此不敢轻易出门，看见鲍阿姨的影子就像老鼠见了猫一样。

黄毛吓唬我舅舅："鲍，鲍阿姨来了。"

老姜头也这么吓唬我舅舅："鲍，鲍阿姨来了。"

我舅舅不敢出门的时候，黄毛和老姜头轮流陪着他。我舅舅这个人，结巴、胆小怕事、脑子不太好使，但他知道感恩。他知道黄毛和老姜头也是不高兴的，因为他们喜欢沉默了，三个人在一起的时候，不再兴高采烈地说黄色故事。我舅舅想，有什么办法让他们高兴呢？

这个问题他以前也想过的，只是到现在才想到办法。

他就开始给他们两个人讲亲身经历的事，他经历过那个绣花的女孩子。

他讲怎么摸手，怎么摸脚，怎么接吻。到后来，不知怎么搞的，一讲就讲到了那个女孩的胸脯。

"这个，"老姜头皱着眉头沉思，他想我舅舅多半是胡编，这样胆小的人不可能把手放到那个位置，他必须拆穿他，"那么你讲讲看，女人的胸脯从什么地方开始，到什么地方结束。"

我舅舅脑子昏了，真的，他从来没有仔细研究过女人的胸脯，隔着的女人的衣衫，他只敢在远处偷偷地看上一眼。

我舅舅拍拍自己的胸："这里，就长在这里。上边在这里，下边在这里，左边在，在这里，右，右，边，在，在这里。"

老姜头和黄毛偷偷地使了一个眼色，一齐放声大笑。

我舅舅说："错，错了吗？"

过了一会儿，他不得不承认，他和那个女孩只拉过手，他的左手和她的右手。

"这就对了，"黄毛颇有经验地下结论，"你跟她不可能有实质性的进展，女人要是喜欢一个男人，她自己会送上门来的。她送上来了吗？没有，为什么呢？我们都知道原因。"

老姜头认真地点一下头："是的，我们都知道，就是他不知道。他明摆着是个傻子。"

黄毛和老姜头一齐喊起来："傻子傻子小傻子，红木家具换栗子。"

过了一阵子，那个女孩子来问我舅舅："哎，你们三个，老在一起，说些什么？"

我舅舅说："没，什么。"

女孩子粲然一笑："我知道，你们在讲一些好玩的故事。讲给我听听。"

我舅舅张口结舌了一番，终于没讲。

过一阵子，那女孩子又来说："哎，我知道你们昨天讲了些什么。"

我舅舅说："讲，了些什么？"

女孩子说："你不信？我说给你听。傻瓜。"

这样的次数多了，我舅舅觉得事情不妙，他主动找到女孩，对她说："我，我，讲给你听，好不好？"

女孩子骄纵地说："你能讲些什么？你什么都不会讲。我现在不要你讲了，黄毛会讲给我听。除了你们说的以外，黄毛还会说好多故事。"

我舅舅说："我讲一个你没听过的。"

我舅舅在女孩的注视下，搜肠刮肚地想了半天，终于什么都想不出来。他对女孩说："小姑娘，不，不要，不学好。"

女孩子毫无表情地看了我舅舅片刻，转身就走了。我舅舅望着她的背影，知道这场恋爱到了终点站。他沮丧到了极点，回去关紧了房门，闷闷地哭了一场。

我外婆的学习班在盛夏的某一天傍晚结束，她心里很高兴，一边走一边和人招呼："结束了，结束了。"她回到家之后，发现香烟断了，就叫我舅舅拿上烟券，到百货商场去买。然后她在后天井里放下洗澡盆，在井里拎上水，准备先洗一个澡。

"你！"她气势汹汹地招呼儿子，"不要慌着走，先到碗橱里把早上剩的那碗粥端来让我喝，快点快点！"

这时候正是全年最热的时候，我外婆有点不耐烦，我舅舅也有点不耐烦，大家心里都有点毛毛躁躁的，像是想要一点什么，又像是什么都不想要的样子。我舅舅拉开碗橱的一刹那，家里养的那只大黑猫突然从桌子上跳到我舅舅拉碗橱的右手臂上。我外婆一天不在家，没人给它喂食，它饿慌了，准备武力抢夺碗橱里的食物。

"喵——"它龇出白牙狂嘶一声。

我舅舅慌忙一抡手臂，把猫甩到地上，他忘了松开攥紧碗橱的右手指，慌忙之间，猫抛到了地上，碗橱也被他拉到了地上。

于是就发生了一件事：碗橱里掉出一本书。原来碗橱的底层隔了两层木板，其中有一块是可以活动的。

我舅舅穿着拖鞋，走了一站多的路。他脚上出着汗，他的拖鞋老是要离开他的脚，他的脚跟有时候碰到冰凉的砖地上，浑身一时轻快又一时紧张。他的裤腰里就藏匿着那本书，那本要命的《无羁室宝鉴》。自从看到这本书起，他就一直处于慌乱之中。他现在最大的问题是：这本书给谁看。

要给的人太多了，我舅舅突然觉得密密麻麻的人蜂拥而来，他有点慌乱，但是他心里又很高兴。书已经不是书了，书是一种宝贵的货物。奇货可居啊！我舅舅现在就是这种心情。除此以外，他突然觉得自己重要起来，这使他对爱情和友谊重新有了一些想法，迷迷惑惑中，他觉得生活又美丽起来。

就在我舅舅全神贯注地对付他多变的情绪时,有个人走过来把他当胸一撞,是老姜头。他们很久没有在一起了。

"嘿,结巴。"

我舅舅大喜,连忙问老姜头最近在干什么呢。老姜头说他最近经常加班,因为尼克松要来参观,他被市里抽出去维修线路。

"说说尼克……松吧。"我舅舅说。

老姜头把我舅舅拉到僻静处,一本正经地告诉我舅舅,尼克松的事不怎么样,不过他有好看的东西。

我舅舅二话不说,跟着就走。他开始时心里是急慌慌的,后来就害怕起来。他站住脚,倚着粉墙一个劲地皱眉头,他真的很怕,他的牙齿打起架来了,他的脑子里稀里糊涂。他已经忘记那本书了。老姜头只管在前面走,顾不上回头看他一眼。

我舅舅跟着老姜头七拐八拐地到一条小巷子里,巷子里像是都住着体面人家,家家都关着门,外面也没有人乘凉,安静的,竟在盛夏中透出凉气来。我舅舅流着汗打了一个哆嗦,隐隐地有些生病的感觉。

老姜头把我舅舅带到一根电线杆下,从电工包里拿出一副铁脚板,叫我舅舅穿到脚上去。

我舅舅说:"我,上上……去干什么?"

老姜头说:"你看到没有?杆子上的那盏灯快要熄了,你假装上去修修。我修了好几天了,每次都把它修成半死不活的样子。"

"那,那你关了总闸吧。"

"关了总闸你还看什么?"

我舅舅开始朗诵:"公鸡公鸡真漂亮,红红的鸡冠长尾巴。母鸡母鸡真漂亮,肥肥的胸脯短尾巴。"

他现在什么都不想,只想快点上去,快点下来。他的妈妈还在家里等着他,他的妈妈刚从"地富反坏右"学习班回来,憔悴不堪,头发少了一半。她没有香烟抽,会发脾气的。

这就爬到了电灯那边。

老姜头在下面说:"朝左,朝左。眼睛朝左边看。"

我舅舅慢慢扭过头去。高门大户里,粉墙黛瓦中,一方封闭的小天井里,一个女人坐在木盆里洗澡。我舅舅立时全身麻木,目瞪口呆,忘了身在何处。不知道过了多长时间,木盆里的女人在我舅舅的寂静中偏过一边的脸——一张我舅舅似乎熟悉的脸。我舅舅想了一想,恐惧地大喊一声:"鲍阿姨!"

他记得鲍阿姨那天到他家里去的样子,她是来取缔加工厂的,但是她临走的时候朝他看了一眼,就笑了,边笑边朝外面走。她笑什么?她把那么重的木板挂在他妈妈的脖子上,前面一块写着"反动工头",后面一块写着"无羁室宝鉴"。她带着群众喊口号的时候,总是全身一阵抽搐,然后猛地伸长了身体,一只手高高举起,双脚随之向上一踮,整个人像是凭空高大了许多。

我舅舅立刻想到他腰里那本书,他觉得腰里的这本书快要掉出来了。他惊慌地朝下面张了一眼,他看见老姜头在昏黄的灯光下显得神色不善,他生平第一次对人起了防备之心。他想,也许老姜头已经知道他腰里藏着这本书,所以故意把他骗来看鲍阿姨。他们都知道他怕鲍阿姨。他们这样做的目的,是想叫他彻底离开那女孩子。

我舅舅一阵手忙脚乱,他是想下来的,但是他的双手一起碰着了电线,所以没能下来。他触电了。

我外婆一向不喜欢我舅舅的朋友黄毛和老姜头,自从我舅舅死后,她对这两个人更是恨之入骨。过了一些时候,她认为心里的恨已经减少了一点,就把老姜头叫到家里训话。

她先问:"我儿子死前有什么话讲?"

老姜头战战兢兢地回答:"啊,啊呀!"

(原刊于《收获》2001年第5期)

TURN ON

盛可以

　　结婚请柬鲜红刺眼，香味浓得呛鼻，但是程晓红用她的那双灵巧小手制作得非常精美，上面写着"请丁燕小姐携先生张旭亲临"。程晓红玩了一个文字游戏，把先生放在张旭的前面，先生的意思便暧昧了。深圳这地方，女人称丈夫为先生，也可以称大街上所有男士为先生，过去的学生称老师为先生，现在也可以尊称德高望重的女士为先生。先生是多义的，先生是含糊的，先生是暧昧的。程晓红的意思是张旭先生是丁燕的先生。张旭装出天真的样子解释，像回答一加一等于二。我笑。就目前我与张旭的状态看，先生张旭，的确是指丁燕的先生张旭，但我读到了先生张旭里隐藏的信息。程晓红是聪明的，先生张旭适合我与张旭任何一种关系与状态，就像我与一个男人勾肩搭背的照了张相，你说不清楚我们确切的关系，但是和一个男人拍婚纱照就不同了。因此先生张旭，也可理解为张旭先生。

食指与拇指压下煤气开关，朝 TURN ON 方向拧转，"神州"牌煤气灶孔里腾地冒出一团烈焰，疯狂地扑过来，我像一杯水，被口渴之人一饮而尽，一股糊味堵住我的鼻孔，我闻到自己肉体焚烧的焦香。张旭教我 TURN ON 的时候闭上眼睛，深夜梦魇般的幻觉来得更真。恐惧吸干心血，痛苦把心揪成麻绳，崩溃了却还吊着一丝希望，在这样的罅隙里，我几乎是挣扎着把手伸向 TURN ON，闭着眼睛，更清楚地看到扑向我的一团火焰，我因而知道，我活着。我活着之时，就得承受煤气灶的捉弄，面对它的摆布忍气吞声。它吐着温柔的蓝焰，向我微笑，我知道这里面潜伏着巨大的阴谋，它算计着更为妥当的时间，在我毫无准备的情况下，爆炸！像一个男人，一边与你调侃着，一边却思考怎么痛快地做你；一边做你，一边却想着另一具美艳的躯体，一切都像这摇摆不定的火焰。我无法预知煤气爆炸的时间。我永远是弦上的箭，等待射出，等待爆炸。可是我不愿等待张旭对我说"越来越没劲！"，让这五颗子弹冷飕飕地将我击毙。

我瘦得像条饥饿的狗，肋骨顶着皮囊，立刻让人想到悬挂的狗排，胸部以下，肋骨呈八字形，搭成伞一样的阴篷，胃部凹陷，前背贴着后背，像炒锅。我抽烟。我抽烟时那面炒锅一鼓一瘪，就像蛤蟆的腮，蛤蟆张着两只乳房样的眼睛，漠然地思考什么。

叉开双腿上床把自己摆开，我像片白纸。跟得上时代的，都与电脑纠缠上了，没有谁会在一张纸上涂写。我抚摸着这张白纸，光滑的，没有皱褶，空白的，没有语言，与那闪烁光标的电脑屏幕一样，只不过纸上没有光标，没有指定的下笔路径，不是程序设计，也不是机械操作，而是一触摸，内里就奔涌热血的有生命的纸。

相对于纸，写者是自由的；相对于写者，纸是自由的。

当然，我不是《裸体的玛哈》或者《入睡的维纳斯》。

张旭说。

我是顶着黑衣服的骷髅，我晃动在空空的衣服里。手褪出袖子，我在衣服里转身，从前面转后面。我总玩这样的游戏，忽然间披头散发，面孔朝后。张旭曾恐惧地叫，你怎么像鬼！我说，张旭你错了，你应该说，你怎么像人？！

张旭是个美术老师，留着我喜欢的长发，但真正让我迷醉的是他的鬓角，充满英国贵族式的矜持与原始的奔放。柔软的发丝微微鬈曲，紧贴皮面生长，到与耳朵平齐的地方自然结束。这种宽条形的鬓角很是罕见，他整个鬓角的韵味，在收尾的地方表现得登峰造极，有几分恣意，几分狂妄，几分内敛，像大师的妙笔杰作，隐含着全部的个性、涵养与智识。

这个沉默的性感的鬓角，超出网络挑逗与电话语言引诱的力量，轻易地打开我欲望的闸门，我想象那侧脸擦过的快慰，像羽毛拂过身体的隐蔽处。他的眼神扑过来，就像列宾的《作曲家穆索尔斯基》一样，茫然而冷酷，深刻且意味深长，尖利如猫的爪子，准确无误地攫住了我这只偷窥的耗子。

为了不标新立异，我们混进恋爱的大多数，没多久就同居了。在新婚夜才赤裸相拥，那委实矫情与刻意。我们成熟的肉体很赞同并且享受我们的决定。我们兴致勃勃地手挽着手，吃遍了东西南北风味，我们在餐桌上饶有兴致地谈童年及一切往事，谈希望与所有未来，眼神在冒着热气的桌面相撞，飘散。我们的右手夹菜，往嘴里扒饭，左手在桌面相握，或在桌底下搭上对方的大腿，我们需要这种黏合，这种抵触，像兑冲一杯蜂蜜。当终于有一天对着五花八门的菜谱，一个菜也不想叫，一个菜也点不出来的时候，张旭说，小小燕，我们自己做饭吧！是啊！我怎么没想到呢？我兴奋地跳起来抱着张旭喊，亲爱的，我要为你下厨！

我要为张旭下厨，呼喊是真挚的，不必置疑。我愿意在锅里调制爱情端到桌上享用，就像从卧室做到客厅，拓宽做爱范围，每一种方式都是爱情足迹的延伸。

那是蓝花格子的围裙，绣着精致的花边。像孩子的肚兜，一根绳子系在腰上，一根绳子绑在脖子上，于是我被捆绑成厨娘。帮我系上围裙时，张旭得意地说，亲爱的，围着围裙的你，别有一番风味呢，你天生是我的妻子。张旭灌得我晕头转向，我幸福得一塌糊涂。

左 TURN ON，右 TURN OFF，看着煤气开关我傻眼了。我压根儿没想过还有这么一个环节。

你帮我开煤气，我怕！我不敢伸手。傻丫头，你看，TURN ON。张旭啪的一下拧转，他的动作甚至有几分潇洒，蓝色的火苗腾地蹿起，扭动。我放上炒锅，把厨房兵器弄得乒乓作响，大干四化一样热火朝天。

吃饭的时候，我们依然大腿抵着大腿。

张旭，来帮我开煤气！来了来了，我的小傻瓜。

以后每回做饭，都由张旭 TURN ON，我们配合得像公的和母的。

做饭前为你打开煤气，就像做爱替你剥除衣裳。张旭嬉皮笑脸。

日子过得很快，快乐不知时日长。我们被俗语击中。

忽然一天，张旭终于烦了。你怎么还不会？TURN ON！食指和拇指拧着按下迅速往左旋扭！他手里按着遥控器，眼睛追逐电视节目大声地喊。我怕，我一直都害怕的呀！连煤气都怕，你怎么当人老婆？你想不想当我老婆嘛！我当然想，这跟煤气有什么关系？老婆要做饭，做饭要 TURN ON，就像睡觉要做爱，做爱要脱衣服！可是你说过，"做饭前为你打开煤气，就像做爱替你剥除衣裳"。我以为找到了有力的盾牌，欲暗自得意，却猛然震愕了，我突然发现一个事实：张旭很久没替我脱衣服了！即便是我自己脱光了，他也缓慢地才兴奋起来。

我颓丧。哑口无言。

TURN ON。闭上眼睛，全身肌肉立刻紧张了。用食指与拇指压下煤气开关，往左迅速地旋扭，嘭——一团猛烈的大火扑向我，呲呲呲疯狂地燃烧，我恐惧地睁开眼，蓝火苗儿微笑着舞蹈。

或许，它原本是天使，是我把它假想成了魔鬼。

闭着眼睛 TURN ON。幻象来得更真实可怕。

我只能闭着眼睛。

咀嚼。每一颗饭都经过了牙齿的咀嚼，舌头的品尝，每一颗牙齿都参加了对于饭粒的碾磨，我们像科研工作者，严肃、细致、负责，绝不苟且完事。

端坐着身子，左手端着饭碗，右手握着筷子，夹菜扒饭，决不拖泥带水，像一个舞蹈者。腿在腿的位置，没有偏离，手在各自的岗位尽职，惟有两人咀嚼的声音交融，像活塞在湿润的管道里抽动，传递着默契与融洽，在碾碎那欲望的硬块，以饱饥渴的腹。可是咀嚼是干燥的，枯燥的单调的，压抑的沉重的，甚至还是尴尬的，涩涩地，涩涩地响。这种湿润的声音唤起某种温馨的联想，我的心里涌起冷冷的恐惧。

我在一家小报做着所谓的编辑，修改"的地得"和标点符号，必要时整块挪动。我慢慢地习惯被它们强奸，无力反抗，并开始麻木地享受。TURN ON，指引我前进与生活。我们的办公室很大，齐胸高的玻璃屏障，围成一个大圆，形同猪圈，里面切割成六块，根据品种的不同，再做了详细的划分。比如主任的桌子是我们的两倍，独占一条电话线，独享气派的办公桌，就像良种猪独享食槽，特派的奖金就是那额外的饲料，把他撑得大腹便便。余下的五个人算是同一类别，一切共享，拥有虚假的私人空间。抬起头，不是宋吉掏鼻孔，就是刘琴照镜子，阿涌一个喷嚏，就使我水杯震动，稿纸哗啦哗啦往桌底下滑溜。电话一响，五个分机一起轰鸣，像防空警报，好几次我拽着贵重物品就想往防空洞里钻，陡地站立，再颓然坐下，糊涂与清醒同时产生。日本佬夹尾回巢，太平盛世哪有狗叫。是电话是电话，我咬英语单词般狠狠发音。

刘琴揽下了接电话的活儿。刘琴刚进报社时，她老爸就邀了报社领导和编辑部同仁狠撮了一顿，刘琴就成了编辑部的宠物。刘琴芳龄二十三，这也是电话轰鸣的原因。刘琴对每一件事情都兴致盎然，像个初生的婴儿对待世间万物。而我觉得每一件事情都索然寡味，像一个残疾人独自承受着不幸。我有病。我肯定有病。我有病就是不健康，不健康就是病。我甚至把电话的突然响起误作煤气的爆炸。每回电话响，我的心脏就经受一次冲击，甚至于身体最隐蔽的地方也受到侵扰，像毫无戒备的小蜗牛，猛然收回散漫的触角，肌肉发紧。

爱情怎么把你滋润成这样了？节制点，细水长流啊！宋吉阴阳怪气。我说你们这帮混蛋，眼红是吧。咋不眼红呢，张旭艳福不浅，你要是结了婚，肯定有部分读者魂断小梅沙。你们猪，损人不利己。电话又响，我腾地站起来。嘻，咋啦，蚂蚁咬屁股啦？刘琴笑眯眯的，像她胸前那个大大的Hello Kitty头像。喂，你好？哦，请稍等。丁燕，找你的。我拿起桌上的分机，刘琴的分机还在手上，她要听。无所谓，我反正没有秘密情人。我几乎没什么隐私，除了肉体。刘琴挂了，刘琴还是挺懂事的。电话嗞嗞地响，像煤气灶燃烧，空锅烧红了。啊程晓红呀，怎么回事？王东他？不会吧？那下班在名典咖啡屋碰面。

今天不必TURN ON，心里那群关在笼子里的鸽子扑腾扑腾飞向蓝天，忽然间全身肌肉都松弛了，不自觉地哼起了歌：我怕来不及，我要抱着你，直到感觉你的发梢……丁燕要玩红杏出墙了，看她那甜蜜的样子！宋吉，你好歹也当了四个月的爹了，我看你跟你儿子角色调换一下差不多。阿涌刘琴哈哈笑，好新闻，明天见报，头版头条。

我给张旭拨电话。我在图书馆。他回答。我原本只是告诉他，今晚不回家TURN ON，听他一说，忽然间就很生气了。你为什么不弄点菜回家？我在图书馆查资料啊。你怎么查不完的资料嘛！我开始觉得自己没道理，火却越发越大。你怎么了？我很正常！不是生理周期吧？我说了我很正常。发出不TURN ON的信息，几乎是做爱的另一种暗示。不TURN ON的那天，张旭肯定会剥我的衣服。如果你有事我去买，我现在就去买菜！张旭妥协。你自己吃吧！我生硬地说，粗鲁地挂断电话。

我重新烦躁了。每一次打乱正常进行的 TURN ON，我就感到生物钟紊乱，就像挨了一个通宵，困到极点却不能入睡，脑海里是白天，不断地行走着人，晃动的事物，说话的嘴唇，咧笑的牙齿。我故意制造了因为张旭不买菜，所以我不回家 TURN ON 的假象，我企图在这里面找点什么？或者我在不由自主地向张旭暗示什么吗？是我的潜意识里渴望跟张旭稍微频繁地做爱吗？我明明要跟程晓红吃饭，程晓红要跟我谈她的感情问题。

王东是我介绍给程晓红的。王东是个警察，大约是那身警服太约束的缘故，王东趿着拖鞋，穿着沙滩短裤短袖 T 恤，懒懒地来到我的生日晚会现场。弹簧那东西，压得越紧，就弹得越远，就像形体释放了的王东，那股懒散劲儿，就像曾被人捆绑了几个世纪。好在也不是什么正儿八经的宴会，在场的女孩子光彩照人，王东才有点局促。程晓红特意逛街弄了一套白衣裙，绝对可人。其实这里有一个蓄意的阴谋，我就是想撮合程晓红和王东。那时程晓红刚与男友分手，异常空虚。医治失恋的良药就是迅速地投入再恋，这点我与程晓红达成共识。王东这身穿着，谁都想这事儿准崩。没想到后来两个人居然搞起地下工作，现在革命快要成功，曙光就在眼前，又不知程晓红遇上啥事儿了。

名典咖啡屋有点冷色调。程晓红向我招手，五个手指头在空中弹钢琴。服务员倒上一杯柠檬水。丁燕，你越来越瘦了呀！张旭都在搞什么鬼嘛。我一坐下程晓红就嚷嚷。我准备抽烟。程晓红一把抢过打火机。不让你点！你看你瘦得鬼一样，那手，鸡爪子似的。你认为胖就像人了吗？我嗅了嗅烟，用枯枝样的指头轻轻地抚摸，烟瘾在嘴唇上蔓延，渐渐渗透到嗓子里，弥漫到胸腔，在心跳动的地方，凝止。于是我满脑子抽烟的欲望，满屋是烟香。程晓红坚决不许。我看着手中的烟，一具细长的白色躯体，它等待燃烧，等待我的嘴唇，将它吞吞吐吐地消灭。就差一个环节：TURN ON。但打火机在程晓红的手中握着。我压抑着不抽。玩弄着它。玩弄着我的欲望。我手中似乎握着屠刀，切割欲望的屠刀。难受着，几乎也是快活地享受着，这种近距离的不能拥有。当然，我可以不顾一切地去夺回程晓红手中的打火机，或者找服务员索要一个，也可以让服务员替我 TURN ON，只为过一把烟瘾。

程晓红又抢过我手中的烟，替自己点上，几乎是挑衅地抽吸。我终于挠心地痒。靠，程晓红，你存心要折磨死我吧，你不让我抽，好心你就别在我面前抽！你这是把人绑了手脚，却逼她看顶级片，连手淫的权利都剥夺了！丁燕，我看你成天想法怪异，大抵是这烟熏出来的，你真的不能再抽了，你像个大麻鬼。我不行了，我得上洗手间。我掐着脖子离开。我在洗手间洗把冷水脸。抬起头，镜子里一个秃子，脸刀削过一样尖细，脖子比鸭颈还长，黑衣服像挂在软塌塌的衣架上，两个黑洞般的眼睛茫然地看着我，心被重重地撞击了一下，我想尖叫，就像 TURN ON 时眼前出现了一团火。可是镜子霎时清晰了，一切是我抬头产生眩晕所致。

你的铁板烧来了，好香。铁板嗞嗞地烧，不断地溅冒滚烫的水珠，我扯起小餐巾挡着。程晓红喝着柠檬水，翻着眼睛看我。这是个漂亮姑娘，我喜欢，因而我迁就她。我们很久没一起吃饭了吧。我说。你陪张旭，我陪王东，重心发生了转移，有什么办法呢？程晓红似乎很怀念我们一起泡吧蹦迪的日子。一个人产生怀念，想必是对当前生活有所腻倦。程晓红你怎么样？王东怎么样？你们怎么样？我其实完全可以综合性地问你们怎么样，但我总认为程晓红、王东、他们俩，是三个独立的个体，有不同的本质特性，我不想笼统地问。我们要结婚了。程晓红一句话回答我三个问题。祝贺啊，怎么没有新嫁娘的兴奋？我不想结，我不知道结不结。你不知道啊？我更不知道呢！我的意思是说程晓红拿不定主意，一个旁观者更不知道了。昨天我们还吵架，他动手打人，打完又道歉。程晓红噘着嘴。你怕煤气灶吗？我突兀地问。这跟结婚什么关系。程晓红莫名其妙。有关系啊，你不下厨么？我不会做饭啊，一直都是王东做，我洗碗。啊?！煤气灶跟结婚还是有关系，只不过跟你程晓红没关系啊！丁燕你又胡乱怪想了，这是个问题么？程晓红又揪我的辫子。我不再说话，因为这是个严重的问题。我吃着黄鳝铁板烧，给自己出了一个命题作文：《假如张旭爱做饭》。然后往下想，假如张旭爱做饭，丁燕爱张旭；假如张旭会做饭，丁燕疼张旭；假如张旭爱做饭，丁燕与张旭幸福快乐。

说好去蹦迪，往日的激情似乎都让男人折腾完了。那时候一个晚上可以泡两三个吧，然后再去蹦迪。像根据地、本色、简约、0755这些酒吧，闭着眼睛都能摸过去。在酒吧里我们故意用眼神勾引带着女孩子的男人，搞得男人心不在焉，女孩子翻脸离去，我们就碰杯哈哈大笑。酒吧洋酒瓶上挂着我们的名字，我们不定期地去喝，我们把酒量练得很大，半醉着开车，跟交警调笑。在我们的词典里没有 TURN ON 这个词，我们不受任何约束。我们嘲弄过把自己绑在男人身上，或把男人系在自己裤腰上的人。现在呢？男人把绳索套进了我们的脖子。

说好去蹦迪，往日的激情似乎都让男人折腾完了。程晓红想去不想去的，说王东在家等她，我也忽然惦念着张旭，有些懊悔电话里的粗鲁。我想拥抱张旭，如果我今天伤害了他，我愿意用 TURN ON 来惩罚自己。于是吃完饭，我和程晓红就撤了，回到各自的男人身边。

张旭，对不起，我脾气很坏。我想进门就扑到张旭怀里对他说这番话。我体内升起热恋的温度，假寐的感觉重新苏醒。我想张旭会揪着我的鼻子，疼爱地骂一句小傻瓜。我陶醉在自己设计的场景里。遗憾的是，门铃响，没人来开。电视机前的张旭陶醉在甲A赛事里，口哨与呐喊的声音很大，所有的场景立即打乱。我按门铃你怎么不开门？我气咻咻地延续了电话里的脾气。我对自己感到吃惊，可是我就这么说了。丁燕我真的没听到，你看，这么闹呢。张旭站起来，牵着我的手，走进厨房。我都准备好了，我要是会炒，你现在就可以坐着吃饭了。张旭毕竟在努力，可怜的，他还饿着肚子。我心酸了一下。张旭，我说，张旭，本来和程晓红去蹦迪，忽然就想你了。我眼泪流下来，张旭就把我抱紧了，替我抹去眼泪，取下炒锅放上煤气灶，说，来，哥哥帮你TURN ON。不！我来！我勇敢地对张旭说。就像我喊着要为张旭下厨，义无反顾的样子。那晚上我还是要帮你TURN ON，我们要TURN ON。张旭凑近我的脸。TURN ON，这个令我极度恐惧的动作，被张旭制造成一个温馨的词：做爱。我看着张旭右侧的鬓角，有羽毛轻颤拂过我身体的隐蔽处。

我的手伸向TURN ON。

我微笑着操作了TURN ON。

我与张旭像荷叶里的两滴水珠，滚动了几圈，又融合了，享受并反射太阳的光芒，与太阳也融为一体。我时常看到我与张旭在那面炒锅里，我用铲子捣腾，搅拌，闷蒸，爆炒。事实上我把握不住咸淡，掌握不好火候，或者有的煮烂了，有的还夹生，我习惯在所有的东西里都添上辣椒作调料，于是掩盖了菜肴的本质与真味。虽然我的心愿是弄好些，可口些，让张旭发自肺腑地赞叹与喜爱。对于我的烹饪技术，他一直像时下的小说评论家一样，含含糊糊故作条理，轻轻棒打不忘鼓励，然后把期望与信任的大帽子往我头上一扣，我便戴上了紧箍咒。念咒语的是哪路神仙？是爱情。爱情咒语令我头痛，头痛我还不能甩膀子罢工，我还得积极表现，与人为善，像孙猴子那样发誓，从咒语里获取幸福。

程晓红与王东结婚，使所有人大跌眼镜。就好像一盘菜，本来只是品一品，尝尝新鲜，却忽然间一扫而光了。谁能断定，到底是吃的人饥饿了，还是菜的味道实在鲜美？王东三十一岁，家里的独苗，早该结婚了，父母时常催逼，差点没把王东逼得从二楼跳下去。程晓红呢？美丽的晓红在本市开过个人钢琴演奏会，算个搞艺术的，搞艺术的跟捉贼的警察结婚，像不像木瓜炖鱼翅？木瓜用鲜红的瓤铺成温馨的家，盛装柔软纤细白嫩的鱼翅，散发的木瓜香味混糅进鱼翅味里，完成两种物体的交融，只是木瓜始终是木瓜，鱼翅究竟是鱼翅，木瓜不与鱼翅搭配，就上不了宴席的桌面。王东即便不张扬他的成就感，他也掩饰不了喜悦与骄傲。王东打人，我想那只是艺术与现实的冲突，是木瓜与鱼翅两种不能真正相融的物质特性之间存在的必然矛盾。王东是爱程晓红的，为什么？他为程晓红下厨啊！就像我爱张旭，忍受那幻觉的折磨一样。不要问程晓红爱王东么，张旭爱我么，因为，程晓红和张旭不懂做饭！

请柬的浓香使我与张旭产生片刻的昏眩。搞清楚先生张旭就是丁燕的先生张旭后，我与张旭开始情侣装设计。我们有时候需要别人来下定义，我们很想知道我们是别人眼中的什么。程晓红的婚礼安排在五四青年节，在小梅沙度假村举行，夜晚入住小梅沙大酒店，请了牧师与唱诗班，仿照西方婚礼仪式进行，有些别出心裁。小梅沙在海滩上，因此除晚礼服外，我们还得准备游泳衣和休闲便装，当然宴会上的礼服是主要的，因为我作为程晓红的死党，要和先生张旭上台致辞。脱下职业装，套上晚礼服，我要在程晓红的婚礼上风光一把，确切地说，我需要张旭替我争一回面子，我知道台下肯定有一双目光，那目光与我有过短暂的交媾，后来弃我而去，在美国混了两年，重新回到了程晓红的艺术学校。我喜欢跟老师搞对象，我没法解释这种嗜好。

浅绿色的无袖旗袍我爱不释手，白色低领晚装我不愿舍弃，左挑右挑，前照后照，我终于绝望了，没有一件衣服适合我，或者说我不适合任何一件衣服，即便是加小码的衣服套在身上，也像树干挑刺着一样晃荡。面对一桌盛宴，饥饿得无力拿起筷子，这滋味真不是滋味。镜子里的张旭坐着不动，开始还说这件可以，那件不行，这会儿一个字也不说，屁股粘在凳子上，像与我较劲。最后一丁点兴致像炒锅里的香味，被抽油烟机抽得一干二净，我的心里涌起一股无名火，我憋着，只觉得委屈和难受。我本来是个衣服架子，随便套什么衣服，都能穿得生动起来，有许多简直是度身定做的，腰很掐摆很娟，肩不宽不窄，袖子不长不短，可现在，我这具骷髅躯体，都被什么东西吸干了水分？

　　走，不买了！我狠狠地瞪张旭一眼，他望着门外行色匆匆的脚步，我只看到右侧的鬓角。不再挑挑？张旭敷衍。他其实早烦了。还能穿什么，树棍撑着也比挂我身上强。丁燕，原来哪件衣服你不能穿啊，你怎么瘦成这样？你才发现我瘦了？张旭先生，都是你搞的！啊？这你也怪我？太不讲道理了！我们走着吵着，声音不大，也很平静，像聊天，蹦一句，沉默一阵，沉默一阵，又蹦出更尖刻的一句。到家时，我们彼此都使用了最恶毒的话，攻击了对方最软弱的部位，我们发现原来我们这么丑陋地活着，这么卑鄙地相处，我们彼此毫不留情，似乎从不曾爱恋。一切就好像象征性地出席了一次很有排场的盛宴，浅尝了各式佳肴，我们并没吃饱，所有的宴席只是排场，在酒和空话大话套话的喧嚣中，我们根本不能填饱肚子，一切结束，才发现我们仍是饥饿。

　　我们开始上纲上线，事情就闹大了。原本只是咸淡问题的一道菜，被我们在锅里炒得焦糊糊的一团，于是我们谁也不伸筷子，让问题像这团黑糊糊的菜去自己反省。

　　参不参加程晓红的婚礼，吵架后我就开始考虑。现在这样的精神面貌，与喜庆的氛围不相融洽，喜庆氛围也会让我感觉压抑。我费九牛二虎之力才把程晓红约出来，她为结婚的琐事忙得不亦乐乎。程晓红，你把我的祝辞环节取消，我现在就祝你们白头到老，永不厌倦。我对程晓红说。你怎么啦？那多没劲啊，先生张旭呢？程晓红憔悴了一点，但仍是兴致勃勃地准备度过人生的这个重要环节。甭提，跟张旭先生崩了！崩了？！你崩他？他崩你？他敢！程晓红握起小拳头。晓红，谁也没崩谁，但都被谁崩了！我苦笑，摇晃着轻飘飘的头颅，那谁是谁呢？我想不清楚，就像我搞不清楚张旭到底是先生张旭还是张旭先生。比如说吧，同样的原料，为什么有的人就能烹出美味，有的人只能和成一堆稀泥，和成稀泥的人，怎么知道哪个环节错了？也许并没错，只不过一个好的厨师有手感、灵感，也有灵性与悟性，并有创新和开拓精神。我习惯性地舞动手指。我想抽烟。丁燕,这不是你,你不是这样的,你一直是我的精神支柱,我跟王东崩来崩去,却崩成了夫妻,我现在有点相信,缘是如来佛的掌心,我们这些猴子是跳不出来的。宿命!我简短有力地说了这两个字,而我的心里忽然凄楚不堪,我承认我开始羡慕程晓红这种认命的幸福。我们不可能总吃精致的西餐,铺张的盛宴,家常饭菜才是永恒的主题。那么爱情的美满结局,无疑就是家常饭菜。

眼皮底下伸过来一具白色躯体。给你。程晓红递给我一支烟。我用左手食指与中指夹着,右手握着打火机,拇指搁在按钮上,并不急于点燃,我忽然想在消灭这支烟前好好想一想:第一,我是否可以不 TURN ON;第二,我是否确实来了烟瘾;第三,我抽了这支烟是否得到满足;第四,我不抽这支烟,烟是否失落。

丁燕,你别胡思乱想了,张旭哥是个很好的男人。我扑哧笑了,程晓红,你看对面那人,吃的什么?那东西我筷子都不沾,那人却像狗一样哑吧有声。我拿起餐牌,指着一份名字很雅、颜色制作很漂亮的套餐图对程晓红说,你看这个,色香味俱全似的,挺馋人吧?可我试过,吃起来并不那么回事。程晓红就不说话了,沉沉地低着头,再抬头时眼里就闪着泪花。丁燕,到底为什么要结婚呢?我真的害怕,我和王东都觉得是在让老人安心,让老人高兴,我们结不结好像都无所谓了,可是,好像只有婚姻才能给这段同居生活一个交待!晓红,我常常在厨房努力做好菜,可是摆好桌子,拿起筷子,我一点食欲都没有,被厨房的油烟熏饱了。

我按下了打火机按钮,小小火焰细腰摇摆,渐渐地靠近白色烟头,我深吸一口,燃烧的黑圈沿着烟的躯体迅速往上爬行,焚烧成一厘米长的黑灰。我吐出一口烟才发现我忘了回答自己的问题。我总这样,或者人都容易犯这样的错误,一波未平,又卷入另一波当中,越卷越身不由己。我相信程晓红听懂了我的每一句话。可是听懂了又怎么样呢?她仍是迷惘的,我仍是困惑的。我还是一具骷髅顶着一副臭皮囊。

张旭先生，你是否愿意与丁燕小姐同赴程晓红小姐与王东先生的婚礼。

我愿意。

张旭先生，你是否愿意以丁燕先生张旭的身份出席程晓红小姐与王东先生的婚礼。

我愿意。

张旭先生，你发誓，你与丁燕小姐在出席程晓红小姐与王东先生的婚礼中不使她难堪。

我发誓。

张旭先生，你发誓，你与丁燕小姐在出席程晓红小姐与王东先生的婚礼中，会一直像情侣一样关照她，无论她生气、快乐、生病、健康。

我发誓。

阿门！先生张旭，现在你可以与丁燕一起 TURN ON。

（原刊于《收获》2002 年第 6 期）

石头的暑假

魏 微

二十年前，石头还是我们这条街上最俊朗的男孩子。问问我们这里的街坊邻居，谁不记得当年的石头啊？那个白皙颀长的少年，又安静又腼腆，他挎着黄书包，骑着自行车从街巷间趟过的样子，至今还浮现在我们的眼前。

邻居的阿姨大妈们都说，一个暑假过去了，石头就长高了，出挑成一个帅小伙子了。可不是，这一眨眼，石头就十七岁了，我们这些随他一起耍大的小姑娘，有一天突然不敢看他了，害臊了，脸红了，也不和他说话了。

石头看见我们，也会脸红的。他朝我们笑一下，轻轻侧过头去……石头妈说，你看我们家石头，成天跟大姑娘似的，也不晓得叫人。我妈说，是啊，我们家嘉丽也是这样，这些孩子，人小鬼大呢。

两个母亲站下来说话的时候，我和石头打一个照面，就各自回家了。我妈是很喜欢石头的，也许，她私下里盼着石头将来能成为她的女婿呢。

　　石头和我们街上别的男孩子都不同，石头规矩，有教养。他在重点中学读高一，成绩嘛，总算还可以。石头的父亲李叔叔说，石头就是有点闷，眼看就要考大学了，还整天记日记，你说多浪费时间啊，大人都急死了。

　　我妈说，日记上都写什么了？

　　李叔叔"嗨"一声道，还能写什么呢？不过就是忧愁呀，人生呀，我看都不要看的，做作！我们就都笑了。我妈说，你不懂，石头像个诗人。

　　李叔叔常来我们家，找我父亲下棋，几盘棋下来，他就点上一支烟，"石头石头"地挂在嘴边。他是既骄傲又焦虑的。他常说，这一代的孩子啊，接着就唠叨起当年他在山西当兵，冰天雪地的，还要到山地里铺铁路。——怎么个苦法，嘉丽你知道吗？有人再没出过山，死在那儿了；雷管刚拿出来，全冻裂了……我告诉你嘉丽，那时候，你李叔叔可想不起命运、人生这些字眼来，我嘛——他站起来，在院子里踱上两步，笑道，净想着你张阿姨了，想着我要是能活着出去，就和她结婚，生个像模像样的儿子出来，取名叫石头。石头再生儿子，就叫石子。

　　说到这儿，李叔叔笑嘻嘻地看了我一眼。

　　李叔叔是个风趣人物，他常拿我打趣，说将来要找一个像嘉丽这样的儿媳妇，而我父母竟是一点都不恼的。我尤其记得夏天的傍晚，他坐在我家的院子里，说起儿子时眉飞色舞的样子。石头这个词由他嘴里蹦出来，就像在敲鼓点，又响亮，又有节奏，石头，石头。他又是个不停嘴的人，一说能说几个小时，而我们是怎么也听不够、听不厌的。

　　暑假将近末梢，八月底的一天，我们对过的一户人家来了一个小亲戚。小姑娘八九岁吧，也是本城人，她因父母出差，便被送到这户姓王的表叔家里，暂住几天。

　　我还能记得那天，她由母亲领着走进我们的街巷里。她穿着天蓝色的泡泡袖连衣裙，一双大大的眼睛，在太阳底下眯缝着，既安静又灵活。她是黄黄的小鬈毛儿，额头上有两个旋儿，一左一右扎着抓髻，像羚羊的角。后来我们知道，这个像精灵一样的小人儿，她叫夏雪，在实验小学读一年级。

起先，她是很认生的，她一只手拎着个小包裹，另一只手攥在她母亲的手心里，抵死不肯进亲戚家的门。她母亲笑道，这又怎么了？不是说好了吗？你自己兴兴头头要来的！待她母亲要走了，她站在门框里，眼泪汪汪地说，妈妈，你说过两天以后来接我的。她妈妈说，你要听话，我去上海给你买裙子和皮鞋。她这才收住眼泪说，皮鞋我要红色的，裙子要白色的。她妈妈笑道，都说过一千遍了！她婶婶弯腰跟她说，你先住着吧，我们这条街上小姑娘可多啦，过两天赶你走，你都不想走呢。你不是有个同学叫李清的吗？喏，就住在斜对面，待会儿我带你去找她。

她这才勉强一笑。

小姑娘就这样走进石头的家里，去找他的妹妹李清。我们说，石头的命运是从这一天开始转变的，虽然这一天，他也许并没有遇上她。

两个小姑娘整天混在一起，我们确实知道，至少在暑假的最后几天，她们是快乐的。她们在巷子里疯跑，玩"捉迷藏"的游戏。其中一个倚在电线杆后面，闭上眼睛问，好了吗？那一个说，还没呢，不准看呵。常常地，我们就听到她们的尖叫声，从巷子的某个角落里传来，弥漫在正午的太阳底下。

很多天后，石头说，他也听到了类似的尖叫声，有时是在正午，有时是在晚上，待他从床上爬起来的时候，它就不见了。

真是奇怪，石头说，它不见了。

它从来是在石头似睡非睡时响起，迷迷糊糊的像一声唿哨；他清醒的时候，它就消失了。所以，这究竟是怎样的一种声音，石头是描述不出来的。有时候，他怀疑自己得了幻听，也不知从哪一天起，石头突然烦躁了，常常彻夜不眠，为的就是等——也许和人们听到的并不是一种尖叫的尖叫声。有一天下午，石头去妹妹房间里找剪刀，推开门的时候，看见两个小姑娘脱光了衣服，坐在床上玩一种叫做"石房子"的游戏。

石头很大方地就进去了，从抽屉里摸出剪刀，侧头看她们一眼，笑道，你们两个，怎么不讲文明啊？石头根本没在乎她们，整一个夏天，都是由他为妹妹洗澡，他摸着她的小胸脯，常常开玩笑说，一把瘦骨头。床上坐的另一位却是胖的，然而跟她的胖并没有关系，石头紧张了，那是因为她紧张了。

自始至终，她用一双惊恐的大眼睛瞪着石头，一边拿裙子遮住了身体，这动作是连贯的，迅速的，很像个成人。石头觉得很有意思。一个八岁的小女孩，皮肤是粉红色的，肉乎乎的四肢和手脚，她把膝盖支起来，挡住了胸口，双手把肩膀紧紧搂住……就这么蜷缩在床角，往后退，往后退。石头也呆了，他从未见过这样的阵势，一个八岁的小女人。

后来，她的裙子滑下去了，她放下手臂去捡裙子，石头就看见了她的小乳头，还来不及肿起来，往里瘪。石头听见自己的声音软弱而轻飘，像来自远方，像经历了一场大汗淋漓，他说，你们把衣服穿起来吧。他转过身去，把门关上了，他感到自己很昏沉。

我们小街上的第一场强奸案就发生在两天以后。石头终于听到了他找寻已久的尖叫声，那是由他自己发出来的，在他的身体里藏了很久，折磨得他快要发疯了。石头不承认自己是强奸，然而那天上午，他把妹妹支走了，屋子里只剩下他和那个小女孩，他把她抱在怀里……竟哭了。他知道在这间屋子里，此时此刻，发生了一件事情，他已大祸临头。

石头觉得冤屈。

他回忆说，从见她第一面起，他就喜欢上了她。这是他的第一次……看着一个女孩子坐在他家的院子里，葡萄架下她抬起长睫毛的眼睛，阳光在她的脸上忽闪忽闪的。她的胳膊里夹着一个布娃娃，他看着她给布娃娃把屎把尿，哄它睡觉，又掀起衣服给它喂奶。她喂奶的样子真是迷人极了，微微垂着眼帘，嘴唇一张一合的。石头说，他从来没把她当做八岁，在他看来，她是个比他更年长的女子，十八岁，二十岁，她像的。

她比我们街上任何一个少女都像少女。——石头这句话，伤了我们街上的所有女孩，尤其是女孩的母亲们。我妈就说，她怎么像少女了？如果少女就得遭强奸，那我宁愿我们家嘉丽不是。总之，这是个奇怪的混合体，她时而矫揉造作，时而落落大方，她看人的眼神是直接、清澈的，有时也曲折。石头忘不了那一双天使的眼睛，纯洁，坦荡，看上去什么都明白……她的鼻翼上有人的汗珠。

她叫他好看的石头哥哥，有时她会亲他，央求他给她买一根冰棍。她也会撒娇，她是对谁都要撒娇的，扭一下小身子，伤心的时候泪水就汪在眼里。她让石头背着她，身体吊在石头的脖子上，嘴唇咬在他的耳边，撒李清的口气说道，李石，李石。后来，我们街上的人都说，这是个小尤物，虽然她什么也不懂……这事怪不得石头。

那天上午，一声尖叫刺破了小街的上空，直到二十年后，这尖叫还回荡在我们的耳膜，让我们想起久远的一段往事，那发生在十七岁的少年和八岁女孩之间的一场"友情"：那于他们都是新鲜的，第一次……两人都很害怕。他央求她别把这事告诉别人，她答应了，她求他带她去看一场电影，他也答应了。她渐渐感到疼了，石头的最后一个暑假就结束了。

石头被判了两年。

女孩的父亲是刑警队队长，他是在外地执行任务时听说这件事的，一个七尺男儿当即蹲在地上痛哭，他拿拳头砸地，血肉模糊。后来，他拔出枪来，朝幽暗的星空连放了数枪。他是当夜赶回来的，到我们街上接他的女儿。女儿蜷缩在婶婶怀里，天已经很晚了，她真的困了，就要睡了。一屋子的人却围住她，轻声地说着，侧过头去抹眼泪。

父亲抱住女儿恸哭，女儿也哭，大呼小叫的。我们街上的人都说，究竟为什么要哭，她自己其实是不知道的。

父亲来到石头家里，在屋子里站了会儿，他的牙齿都在发抖。他毕竟是刑警出身,并未做出什么过激之举,临走的时候只丢下一句话说,我会让你赔命的。

这是真的,石头差点就送了命,虽然他只有十七岁;石头家为此付出了惨重的代价,他们甚至越级到了省城——李叔叔是供电局局长,是能通上很多关系的。反正至少在半年里,这件事是我们小城的头等大事,被大家议论得沸沸扬扬。当事的两个男女主人公,也成为我们这里的名人。

我们街上的人都在叹息,石头毁了。

不可避免地,我们眼前就常浮现出一个玉树临风的少年,他优雅礼貌,有着青瓷一样秀美的五官和肤色,他笑起来是不出声的,白牙齿微微地露出来。再有一学年,他就要考大学了,老师们都说,谁能想到石头会出这种事呢?这孩子老实,成绩又好,不知有多少女生暗恋他,往他书里夹纸条,他一概不理的。每年暑假开学,总有几个学生来不了的,他们或是病死的,或是游泳淹死的,李石是犯强奸的。

那个女主角呢,听说被送到外地的舅舅家里,每天上学由外公外婆接送,只在过年的时候才被悄悄地送回来。整个家族的人都在为她制造一个安全的氛围,让她忘掉往事,忘掉这个小城,某一年夏天,那条小街……就像一切都没有发生过。

城里有个"智多星"说,其实大可不必,既然事情已经做了,两个孩子也都废了,那两家更应化干戈为玉帛,不如结成亲家,横竖石头再等几年,等她长大了,倒真是一对璧人呢。

不过这话也就私下里瞎说说,传了一阵,就没人提起了。

石头放出来的时候,我们已差不多忘了他。两年,我们这拨孩子的个子又长高了一点点,有了新的朋友、知识和思想。有一天,我就看见了他,他一个人在路边走着,他的身后,是我们生长于斯的嘈杂的街巷,来来往往的下班的人群,整个庞大的夏日的蝉鸣,夕阳的光辉一点点地掉下去了。

我看见了一个青年,他趿着拖鞋,穿着白衬衫和肥大的黄军裤,他似乎瘦了点，鼻梁上架着副眼镜，神情沉着而硬朗。而且，他抽烟了，他一只手抄在裤兜里，一只手夹着烟，偶尔手臂轻轻一抬，从鼻孔里冒出白色的气雾来。我看见了他那青梗梗的下巴，青梗梗的，他十九岁了，到了该用剃须刀的年纪。

说不清楚我是以怎样的眼光来看石头的，他也看见我了，朝我大方地点点头，笑笑，我也笑笑。非常奇怪地，原来存在于我们之间的那种紧张微妙的东西不见了，我伤心地发现，从前那个青涩的石头不在了，他长大了，看见任何一个姑娘，再也不会害臊脸红了。

我妈说，你要当心石头，晚上最好别一个人出门——我们街上，所有的母亲都是这样告诫女儿的。可是我想，石头对我们是不会有兴趣的，不管丑的还是美的，因为我们不是夏雪——那个八岁的"少女"；因为，他亦不是他了。那天晚上，我一个人坐在屋子里哭了很久。

时间不断地流淌，清新，永恒。等我长到了石头的十七岁，也读高一的时候，石头已是一个三岁男孩的父亲了。他很早就结了婚，娶了一个朴实能干的乡下姑娘，听说感情还不错。李叔叔又托关系为他在医药公司谋了一份职，这些年来，石头过得还凑合，他健康、平安、矜持。而且他胖了，也没有到痴肥的地步，不过，从前秀弱的体态确实不见了。他也很少出门，只偶尔，我们会在街上看见他，他骑着自行车，前杠上放着儿子，有时他会俯下身来听儿子说话，夕阳迎面照过来，他微微眯着眼睛，身后的影子拖得很长。

我们都说，石头是善始善终。他心中的熊睡着了。

要不是今年秋天发生的一件事，石头也许就这样过着平庸的生活，一年年地，看着自己的躯体在腐坏，衰老……静静老死于街巷；他将和我们一样，成为一介良民，一生碌碌无为，心力越来越麻木。二十年过去了，我们这些当年一起长大的孩子，都已步入而立之年。李叔叔也退休了，这年秋天他得了中风，被送进了医院。

是啊，这事说出来谁会相信呢，在这所医院里，石头又遇见了夏雪。

这些年来，我们城里也算发生过一些稀奇古怪的事，可是都不及这对男女……长辈们说，疯了，这事蹊跷了，天上的哪颗星要掉了。也有人说，这就是命吧，二十年前的孽债还没尽，他们不安生呢！当年发表预言的那个智多星还活着，他听了，愣了半晌叹道，这两个可怜的孩子，当年要是听我的话结了婚，也不至于此。

总之，事情确实发生了。两个历尽沧桑的人，共同经历了少年时期的一段往事，他们已认不出对方了。他们的容颜都有了很大的改变，女方隐姓埋名，她从八岁起就被送离了自己的小城，就像做贼一样，后来几经辗转，嫁给了一个转业军人，三年前离婚了。这年秋天，她回家来休年假，顺便陪陪父母，跟外人就说，这是她的姑父姑母。

这天傍晚，五六点钟的光景吧，她来医院找"姑母"。她"姑母"是医生，正在病房里值班，不能陪她，她就一个人出来转转。门诊部的左侧有一条僻静的甬道，参天的树木底下摆着一排排绿长椅。她先是在长椅上坐了会儿，大约是百无聊赖了，就沿着甬道走。她把手抄在风衣的口袋里，低头看自己的脚，偶尔也抬起头来，秋天的阳光从树叶的深处漏下来，像雨点一样砸进她的眼睛里，她站了会儿，闭了闭眼睛。

这时候，她感觉身边有一个男人迎面走过来，是个中年人，她也没在意。这天下午，总有一些人走在这条甬道上，和她擦肩而过。这个人也是。他们各自瞥了对方一眼，似乎都愣了一下。后来她说，她只是觉得这个人有点面熟，好像在哪儿见过，却怎么也想不起来了。那擦肩而过的一瞬间，好像是漫长了些，有意转过身去看吧，又觉得没必要。总之，是顿了顿脚步，心思微微动了一下，就各自走开了。

后来，她又看见了这个人，在甬道的尽头，朝她这边看过来。他在看她，却装着在看别人……他穿着高领线衣、牛仔裤、棕色皮鞋。微风之中，头发有点乱了。他看上去并不老，虽然也有小腹、眼袋、皱纹……是个体面男子，没什么特征。想来，他不过和这城里的大部分中年人一样，过着安静优越的生活，身体一天天地沉了下去。

然而这一天，他遇见了一个女人。这女人并不美，高，出奇地瘦，石头的心竟一凛。石头后来说，这些年来，他一直在等一个女人，他不知道她长什么样子，身在何方，可是他总在设想一幕情景，设想他和她见面了，他的身体因此而抽得紧，他的手心里攥着汗，他的呼吸里能听到隐隐的尖叫声。

这尖叫已经久违二十年了，石头说，他差不多已经忘了，可是又常常想起，尤其在夜深人静的时候，他睡不着觉，就会坐到院子里，或者摸黑走到妹妹的房间里，妹妹出嫁后，这房间就空着，他沿着床沿滑到地上，连他自己都不知晓，泪水就汪在眼里。

有时他也不哭，仅是干巴巴地坐着，耳边就会响起那风啸一样的声音，在很多年前的烈日底下，像幽灵一样地刮过来。那是像嗯哨的，像人的喘息，刀子一样的声音，刺进了他的身体里。他的眼前就会浮现出那个八岁小姑娘的身体，胖乎乎的，粉红色的⋯⋯石头一下子把灯打开，双臂搭在床沿上，拿手掸了掸床单。

石头决定朝女人走去，现在，他还不清楚自己想干什么，他有点害羞，身体在轻微地发抖。后来，他站到了她面前，她便抬了抬眼睛。

石头低了低眼帘，把两只手团着，按得指节骨直响。他笑道，你也是来看病人？

她睃了他一眼，郑重说道，我在等一个亲戚。

石头抿了抿嘴唇说，听口音不是本地人？

她点点头。

哪里人？石头问。

她笑了起来，摆出一副宽恕的、什么都明白的样子，石头的脸便刷地红了。他搓搓手，嗫嚅着说道，你别误会，我不是那个意思⋯⋯他有点说不下去了，心疼了一下。她以为他是谁？想干什么？他近乎恼怒了。二十年了，没有人知道他这二十年是怎么过来的，如行尸走肉一般⋯⋯他早就死了。他的心里爬满了无数羞辱的虫子，每个虫子都在跟他说强奸两个字。那一刻，石头简直想跪下来。

她抬头看了他一眼，越发警惕了。自小，她就被告诫不要跟陌生人说话，八岁那年的事，她并不记得很多，记得的就是她曾受过伤害，这伤害很重要，人人都同情她。她处处要做出一副端正的样子，据说这样就不会受侵犯，而这些年来，类似的侵犯总有一些……总有一些人会上来跟她搭话，问问她几点钟，贵姓，芳龄，家在哪里，是否需要送送；问问她是否结过婚了，跟她说她很迷人。——无论她怎样冷淡，这些男人……可是细细琢磨起来，她并不是每次都生气的。

这一次也是。首先，这男人还不算讨厌，他面目温和，衣着得体，如果他要追求她，又是单身，或许……她会委婉地拒绝他，跟他说她是离过婚的，家又在外地。她对他有点爱理不理的，三句话能接个一句，可是一句话就能让石头留下来。

石头真是不想走，他有点眷恋，也不知为什么。面前的这个女人……她告诉他，她姓顾，叫顾平平。无缘故地，石头听到自己吁了一口气，他有些失望，仿佛又更加安心。

有好几次，他想鼓足勇气跟她说说他自己、他从前的一些事……这些事他跟任何人都没说过，只放在心里。他还想说，这些年来，他在等一个人，一个似曾相识的人，哪怕从未见过面，可是打一眼，他就知道他们会很亲近，她能理解他，她长得并不美，可是她很迷人。

有一瞬间，石头觉得自己像是回到了二十年前，那时他还很年轻，才十七岁吧，是个无所事事的少年。他仿佛又听到了当年在睡梦里才能听到的尖叫声，迷迷糊糊地，正午的太阳底下，有什么东西被烤焦了，他的心动了一下，他感到害怕。

石头现在害怕的，是女人的眼神，小心而机警的，戒备的，像兔子一样忐忑不安。天色渐渐暗下来了，林阴道上没什么人，路灯光从很远的地方照过来，恍若隔世。他有点看不清楚她了，然而记得的总是她的眼神，那温绵的、柔软无骨的、勾魂摄魄的……她的眼神。石头很沮丧，他得努力控制自己，不让眼泪落下来。

女人也害怕了，她很慌张，几乎没说什么话，掉头就走，她的脚步越来越快，几乎要跑起来了，石头也跑。他"哎"了一声，三步两步就抓住了她的臂膀，那是一个死角，平时很少有人来这里，而且，它的四周一片黑暗……

我妈说，四周一片黑暗，他追上了她……我一下子失声尖叫起来。那确实是我的尖叫，很锐利，凄楚，它在二十年前的暑假就发作过，它发作过呀，那高亢的、捉摸不定的嗡哨一样的声音……是它，曾一直在石头的耳旁游走。可是石头不知道，石头怎会知道呢？

这么多年来，我以为自己已经忘了石头，真的，有多少年了，我不再想起他！可是这年年末，我回小城探亲，当我妈说起他的时候，当我看见弟弟的资料袋里有当事人口述记录的时候（我弟弟在公安局工作），我泪如雨下。

二十年过去了，我竟然不能忘掉他，他竟然还很爱她。那一刻，我觉得自己异常的委顿，很伤心。

（原刊于《收获》2003年第3期）

曲别针

张　楚

一

这个冬天的雪像是疯掉了，一场未逝，另一场又亢奋地飘上。"雪终将覆盖大地／就像新婚之夜／男人终将覆盖女人。"志国半躺在待客厅的沙发上时，想到了多年前的一首诗。无疑他对这些突然冒将出来的词汇略微有些吃惊，只好歪头窥视着那个收银小姐。她还在接电话。这孩子生得浓眉大眼，额头镶嵌的几粒青春痘，被灯光浸得油腻斑驳。志国觉得把她安排在收银台是酒店的失误。她的嘴唇一直水蛭那样余动，"她的上唇和下唇，一分钟内碰了六十九下"。志国觉得难受极了，如果手里有把勃朗宁手枪，他会用枪口抵住她的嘴巴让它闭住。

身边的大庆不时打着呼噜。他这个人最大优点便是即便在狗窝里也能睡得像死猪一样。浓烈的涮羊肉的膻气让志国险些呕吐起来。志国只好站起身，径自踱出酒店。肥硕的雪打着旋迷的眼睛，他只好又退回去。就在这时，手机的音乐响了。电话是苏艳打来的。他看了一眼号码就关掉了。这几天她疯了似地找他。他把手机揣进兜里，大声地对那个女孩子说："小姐，先把账给我算了。"

女孩子有些不情愿地放下手中的电话，拿着账单，开始按计算器。她皱着眉头的模样更丑了，志国突然发现，他还从来没有和这么丑的姑娘打过交道："那两个小姐的服务费怎么算？"

女孩子说："一个五十，两个一百。小费我们不管的。"

"吃巧克力吗？"志国掏出一板"德芙"，在她眼前晃了晃。

女孩子的脸上没有任何表情，她目视着他说："叔叔，把钱结了吧。"

她管他叫叔叔。志国问："我那两个客人，什么时候完事啊？"

女孩子怏怏地说："我怎么知道？他们身高体胖，看来谁都不是快枪手。"女孩子的话让志国吃惊。他没料到她会如此作答。他突然对她厌恶起来。厌恶来得如此猛烈，以至于他的手机再次响起时，那种古怪的铃声他丝毫没有察觉。

"先生，你的手机响了，"女孩子说，"你的音乐真好听，是王菲的《你快乐所以我快乐》。"然后她有些忧伤地说："王菲下个月要在红体育馆开演唱会呢，我什么时候能坐着飞机去香港听她唱歌就好了。"

你快乐所以我快乐？多么像是在总结男女做爱。那两个东北客户和那两个四川小姐快乐吗？他们去包间已经快三十分钟了。他想起了其中的一个东北人。这个倒卖道轨的小伙子虎背熊腰，左臂文着一条蜥蜴，右臂文着那个经常被人咬掉耳朵的拳击手霍利菲尔德。

"我签字。"志国说。

"我们这里不赊账的。"

"你是新来的吧？我是李志国啊。去叫你们老板，"志国说，"把你们老板给我叫出来。"

女孩子舔舔嘴唇说："老板的孩子生病了，他正在医院呢。"

"我找你们老板娘。"

女孩子一边按电话号码一边说："我们没有老板娘。"

志国没说什么，付了钱。他想，那两个东北人，那两个从俄罗斯坑蒙拐骗道轨的东北人，那两个脖子上套着项链、满口"爷们爷们我操我操"的东北人，什么时候能把两个徐娘半老的四川小姐折腾完？他忧心忡忡地看了一眼睡得像孩子似的大庆，咳嗽了一声。就在这时，那个男人和那个女人从门外走了进来。那个男人很年轻，女人也不老。他们瞥了一眼志国，又睃巡着收银台附近的摆设。然后，他们朝大庆旁边的沙发走了过去。他们从志国身边蹭过时，那个女人身上的香水味道让他觉得很舒服。他特意瞥了女人一眼。她身上的香水味道是那种橘子的清香。张秀芝用的也是这种香水。终日满脸疲惫的张秀芝每天上班之前，都会把橘子香水赌气似地喷到自己的脖子、头发、腋窝、手腕和裙摆上，然后夹着那个样式老套的坤包，骑上自行车去上班。在她多年的修饰性气味里，志国一点一滴地感受到，她正像一只新鲜橘子，慢慢地被日子风干了。

二

来酒店之前，苏艳已经快把他的手机打爆了。对于这个脾气急躁的女人，志国早就磨炼出了一副好耐性。"紧锅猪头慢锅肉"，志国经常教育她，凡事都急躁不得。他教育她的时候，手一直不停闲。他的衣服里经常装着几个银色曲别针。很多时候，他一边注视着别人讲话，一边把曲别针掏出来。多年前他曾在一本杂志上读到一幅精美图片，上面是个叫路易斯·裘德的美国艺术家用曲别针弯曲成的小玩意，比如：一个沙漏，一只女人的乳房，一位单腿直立、伸展着手臂跳芭蕾的单腿女孩，一支小号。他佩服极了，他想他从来没有这样佩服过美国人。那一段时间，他对此简直是着迷了，有事没事就拿根曲别针练，他并不想做路易斯·裘德那样的艺术家，但他希望自己有那么一手。

可是那种冰凉、坚硬的细铁丝在他的手里如此僵硬，他没能把它弯成他想象的小东西，哪怕是最简单的玫瑰也好，哪怕是那种抽象主义的小房子也好，相反，摊在手心里的那些半成品，是那种什么都不是的东西，或者说，至少他看不出它们像什么东西。还好，在弄断了无数根曲别针后，他好歹成了一个末流的曲别针艺术家：他能在几秒钟内将它弯成一把铁锹，或者一个女孩子的头像。

那次他和苏艳做爱，他的手没有抚摩这个臃肿肥硕的女人，而是闭着眼睛，在苏艳的喘息声中，把那根冰凉的曲别针弯成了一把铁锹。在最后的喷发中，他的手死死抓住那把在黑暗中闪烁着银色的铁锹一声不吭。苏艳匍匐在他身上，轻声抽泣着。她说她知道他早不爱她了，她为他生了个儿子后，她就成了一堆垃圾。"你总是这么心不在焉，你是不是又有别的女人了？"她最后去触摸他的手掌，把那根变形的曲别针扔了出去，"上次那个堕胎的姑娘，难道还缠着你？"

当他的手在衣兜里习惯性摸索时，他的眼睛一直睃巡着那个男人和那个女人。他终于看清了他们的模样。女人好像很漂亮，也就是说，她的五官挑不出任何毛病，妆化得很精细。她用的是那种玫瑰红唇膏，听说这种色彩的唇膏有个很好听的名字："热吻不留痕"。这样，她的嘴唇远远恍惚着，仿佛一颗尚未成熟即已饱满的樱桃。她坐在沙发上，掏出镜子用眉笔融了融眼线。她的修长的双腿和臀部被那条呢子长裙紧裹着，很轻易就吸引了她身边的男人。男人的眼睛不时在女人的身上荡漾，间或说些什么。女人时不时盯着男人微笑。志国知道在这样的夜晚，男人的哪些言语最能打动女人。后来男人朝收银台走过来。这样志国和这个男人几乎并排着靠在吧台上。他听到男人问：

"还有包房吗？"

一个嫖客和一个小姐。志国不动声色地摆弄着曲别针想，如果没有猜错，一桩皮肉生意又要成交了。他们无疑讲好了价钱。"我总是喝酒后越来越清醒，"志国想，"我没有喝多，我为什么总也喝不醉呢？"

志国和那两个东北客人喝了三瓶五粮液。在和东北人多年的打交道过程中，他对在寒冷地带长大的人慢慢充满了敬意。他们喝酒的时候从不打酒官司，除了显示了他们天生的酒量，志国体会到，和这些爷们做生意，最好别耍花枪，最好的方法就是胡同里扛竹竿——直来直去。就像这次道轨生意，他们即便喝酒的时候也没提到价钱，但志国知道，他们肯定会出一个最公道的价格。当然他对这次买卖有自己的一套想法，当这想法闪电似地划过近乎麻痹的大脑时，他的身体哆嗦了一下。

"对不起啊，我们这里的包房已经满了，"那个收银小姐放下手中的电话，"你们先在这里坐会儿吧。估计十来分钟后就有空房。"

这家酒店位置很不错，远离闹市区，肃静安全，很多客人都是冲这点来的。志国听到男人叹息一声，对那个女人说："我们去别的地方坐坐啊？你也知道，这里生意一向不错，又他妈满员了。"

女人除了笑好像就再没别的表情。小姐们最拿手的把戏就是永远像蒙娜丽莎那样弱智地微笑。志国的手指一直在不停地运动着。他的手指修长白皙，无名指比中指还要长一截。谁也看不出这曾经是双钢铁工人的手。他用这双手在一家国有企业铸造过成千上万的"狼"牌铁锹，抚摩过七个女人的乳房。现在他用这双手算自己的账。虽然最近他的锹厂生意冷清，但他还是相信自己能把那笔价值不菲的生意摆弄得得心应手。拉拉的药费永远是一只饥饿的胃。他只有不厌其烦地往这只胃里灌溉纸币。他除了灌溉纸币还能做些什么呢。

当大庆打着哈欠醒过来时，首先是对坐在身边的一对男女有点吃惊。他直着嗓子嚷道："小姐！来壶茶水！靠！渴死我了！怎么？他们还没完啊？"

志国没有搭理他。他把那只曲别针放在手心里，这是个女人的头像。女人的鼻子有点塌，嘴唇启着，似乎在呼喊着最动人的语言。可是她的下巴有点突兀，像刀子打开时刀身与刀鞘形成的生硬的弧线。

这个女人是……张秀芝？苏艳？还是这个沉默寡言的小姐？

谁也不是，志国想，她是他的女儿，拉拉。脸色苍白、终日拿药喂着、患了轻度抑郁症和自闭症的女儿拉拉。拉拉。可怜的拉拉，十六岁的拉拉。喜欢吃"德芙"巧克力和"绿箭"口香糖的拉拉。得了先天性心脏病、左心房和右心房血液流速缓慢、左心室和右心室时常暂歇性停止跳动的拉拉。拉拉。唯一的拉拉。拉拉。拉拉。

三

　　大庆的茶水还没上来，楼上突然就响起脚步声。一个女人从楼梯口跌跌撞撞地跑下来。在众人不知所措的注视中，这个女人的哭声显得悲怆绝望。他们看到她的皮裙尚未拉上锁链，腰部的赘肉闪着白色腻光。"没见过你这么变态的！"女人的声音颤抖着，"小姐怎么了？小姐就不是人了？"她趿拉着松糕鞋，趁机拽了拽露脐紧身背心，然后麻利地将一件大氅裹住身体。她这才注意到那些好奇的眼神。"我先走了，"她拢了拢披散着的头发对收银台的姑娘说，"等玛丽下来，你告诉她我先回去了。让她小心点。真不是人养的！"

　　她慌里慌张地推开门跑了出去，然后志国看到那个东北客人走了下来。他脸色通红，朝志国挥了挥手，又向大庆递了根香烟。大庆接了，点着，愣愣地问："怎么了？发生什么事情了？"

　　"没啥，"客人狠狠地吸着香烟，"我还没见过这样的。"他扒着大庆的耳朵说着什么。大庆尴尬地笑了两声，去瞅志国。对于这个温和老练的老板，大庆一直抱着敬畏的态度。他想问问老板是否再找个小姐，这个客人一直是他们最大的货源。很显然老板对眼前发生的变故有点恼火。他没听清客人和大庆嘀咕了什么，可他仍然很恼火。老板恼火的时候通常肆无忌惮地笑。大庆盯着老板将一枚闪着亮斑的小玩意蠕进裤兜，朝客人咧了咧嘴巴。"再找一个！"志国拍拍客人的肩膀，"心急吃不了热豆腐嘛。悠着点会更舒服，还用我教你啊？嘿嘿。"

　　这样志国只好再次打扰那个迷恋打电话的收银员。很显然收银员对他们抱了种敌意，她似乎还从没遇到过能把小姐吓跑的男人。"我们这里没有小姐了，"她低着眉眼拨拉着算盘，"真是对不起，你们去别的酒店吧。"然后她朝那对男女挥挥手说:"现在有空包房了,你们要吗?"

志国的手机就是这时又滴答滴答地响了起来。你快乐所以我快乐,志国才知道这音乐的名字。这音乐是苏艳挑选的。她能有什么屁事?她能有什么屁事呢?他转身对客人笑笑说:"你稍等。你嫂子的电话。"

那个东北人说:"算了算了,我先回旅馆。这里真他妈没劲。还是俺们东北那疙瘩的姑娘爽。"

志国拍拍他肩膀,然后去看那个男人和那个女人。他们正在朝这边猫悄着踱步。他关了手机,朝那个女人挥了挥手,女人诧异地问道:"你有什么事情吗?"

志国说:"这位先生给你多少小费?"

女人说:"你说什么?"

志国说:"这位先生出多少钱?"

男人把女人拉到一旁。女人的胸脯剧烈地颤抖着,男人冷笑着问:"你刚才说什么?有种的话你再说一遍。"

志国寻思着说:"我想把这位小姐给包了……你出了多少钱?我赔你双倍价钱好了。"

男人朝志国笑了笑:"你以为我们是做什么的?也好,你给我一千元钱吧。一千元钱成交。"

志国觉得他从来没见过这么无耻的男人。志国发现那几瓶五粮液的威力似乎这时才真正发作起来。在酒店的灯光下志国发觉这男人其实已不年轻,他的人中很短,也就是说,他的鼻子和嘴唇之间的距离缺少一种必要的距离。他说话的时候,那种不屑的表情让他厚重的嘴唇仿佛在瞬间无限扩张,让四周所有对称的物体也畸形起来,最后志国的眼睛里全是男人肉色的嘴唇了。他身上猎犬般冷清的气味和女人身上的橘子香水的味道混淆在一起,让志国有种要呕吐的欲望。

"你有病啊?"大庆朝男人吐了口唾沫说,"你……你他妈的有病是不?凭什么给你一千元钱啊?"志国拍了拍大庆的头。他从来没有喜欢过这个喝酒后就颠三倒四的下属。要不是因为他们一起在钢铁厂做过十五年的工友，要不是他有个下岗的老婆和瘫痪了多年的父亲，他早把他解雇了。

"也好，"志国掏出一把钱塞给男人，"你数数。"然后他对那个女人说："你和我朋友去吧。"

女人的脸在灯光下扭曲着。志国没想到这个女人的面部表情如此丰富。他有点不耐烦地说："怎么？价钱好说，你们做完后，你要多少我给多少。"

女人的手就是这时甩过来的。志国没料到她的手这么利落地就打在了自己的脸上。干燥的疼痛在腮边隐隐燃烧。还没等他反应过来，一把冰凉的手铐已经铐住了他的手腕。大庆和东北客人以及那个唧咕着继续打电话的收银员全愣愣地盯着那个男人。那个男人几乎完美的动作让他们大开眼界。他们甚至没留意那副手铐是如何变魔术般抖动出来的。那副手铐像玩具一样牢靠地固定着志国的手。大庆留意到一只弯曲着的曲别针从志国的手指间掉下来，志国没有在意，他只是笑着对男人说："我要告你非法拘禁的。你的玩笑开得太大了。"

那个女人拍拍他的脸庞，她的手指间也散发着那种橘子香水的味道。他听到她骄傲地说："我们没和你开玩笑。我们是警察。"

四

那两个警察的车原来停在酒店旁的胡同口。他们开的不是警车。在他们把志国的身体强行推搡进车厢时，志国还没忘记对大庆喊一嗓子："把客人招待好！"后来他乖乖地把身体蜷缩在椅子上。屁股底下是一张暖融融的老虎皮毛。男人开车，女人坐在他身旁。车厢里弥漫着那种暖风烤糊了胶皮的气味，志国忍不住咳嗽起来。他的脑筋是越来越清醒了。他窥视到女人的身体向男人倾斜着嘀咕着耳语。志国突然发觉自己倒霉透了。他们没开警车，说明他们不是值班的巡警。从他们亲昵的表情猜测,这是两个关系暧昧的人。如果没有猜错,这个男警察和这个所谓的女警察只是出来约会。从他们进酒店的时候起,他们的表情已经证明了他们根本不是在执行任务,他们只是像其他的情人那样,在这个寒冷的夜晚出来约会,他们甚至想要一个包房。志国闻到自己的鼻孔里呼出浓烈的酒香。

车快行驶到市区的一条废弃道轨时,女人推开车门,袋鼠一样地跳了下去,志国听到男人温柔的声音:"你打车回去吧。你身上带零钱了吗?"

女人的脸映在车窗上,显得很清澈。志国看到女人朝男人微笑着。她还拽出一条手绢,在嘴唇上轻柔地抹了抹,她在擦拭唇膏吗?她的唇膏是玫瑰红,志国想,喜欢玫瑰红的女人都是愚蠢的女人。

男人开着车在大街上溜达。他好像并不是很着急回警局。他开始放音乐。当那首《花房姑娘》的前奏响起时志国有点吃惊,他没料到这是个喜欢崔健的警察,后来是那首《假行僧》,再后来是那首《红旗下的蛋》。在这个大雪弥漫的夜晚,被一个警察押解着去警局的路上,能听到那种歇斯底里的摇滚,志国除了觉得荒谬,好像没有别的解释。这样,这个警察和这个亵渎警察的锹厂老板在电吉他、贝斯、架子鼓和唢呐的喧嚣声中开始了似乎是漫长的行程。志国发觉最近的派出所已经过去了,但是车子还是没停。然后另一个派出所的招牌也在车子雪亮的灯光下一晃即逝,志国的头越来越疼,他不知道这个警察在耍什么花样。当那盘磁带卡带时,志国忍不住问:"你是哪个派出所的?"

男人只是回头朝他笑了笑。然后他换了盘带子。这次是外国音乐,志国听到一个女人近乎天籁的嗓音在车厢里像教堂赞美诗那样宁谧地流淌。"喜欢恩雅吗?"男人问,"你应该喜欢恩雅。"

志国摇摇头。

"我认识你,"男人似乎自言自语着说,"你叫刘……刘志国是吗?你的笔名叫拇指。对,拇指。"

志国茫然地点头。他的手腕被手铐拘禁得疼痛起来,他试图去衣服里摸一只曲别针,他总共试了十三次,每一次他的手指在手腕冰凉的桎梏下都摸到了那只小巧玲珑的曲别针,但是就是没有办法将它掏出来。

"我真的认识你,"那个男人说,"你以前在轧钢厂上班,还是个诗人,我读过你的诗呢。现在你是个私营企业家。我说得对吗?"

志国的头又开始疼起来,那个男人继续说:"我上高中的时候还买过你的一本诗集。诗集的扉页有一张你的朦胧照,你也老了呢。"他似乎有些伤心地念诵道:"那时每天睡觉前我都会读上两首,不读你的诗我就睡不着觉,可是,"他扭过头,志国看不清他的表情,"如果不是那些神经病才读的诗,我他妈早考上名牌大学了!"他似乎商量着问:"如果不上那所破警察学校,我用得着深更半夜地来查岗吗?你以为警察是那么好当的?"

志国对这个警察的任何行为和言语都不会再吃惊了。"是吗?"他怏怏地回答说,"你这是带我去哪儿啊?"警察没有言语,所以当志国的手机铃声清脆地响起来时志国失望地叹了口气。这次肯定是拉拉打来的。拉拉每天晚上十点钟的时候都会给他打电话。志国不回家,拉拉就睡不着觉。

"我能接个手机吗?"志国问。

"不能,"警察说,"我不喜欢犯人接手机。"

志国不吭声了,他发觉这辆行事诡秘的车又回到了那条废弃的道轨旁。这条铁路是解放前修建的,现在再也没有火车从它身上碾过。志国有时开着自己的车从这里路过,总是看到路轨伸展着生锈的臂膀捅向远方。他搞不懂政府为何不把它拆掉。

现在他更搞不懂为什么那个女警察又出现了。她站在马路边上朝这边挥手。后来她进了车子,志国这才发觉她换了身衣服。那条曾经裹着她修长大腿的呢子长裙被一条有点肥硕的西服裤代替。她上身裹着件红色的羽绒服,臃肿不堪。他听到男人问道:"事情办好没?"

女人说:"好了。我们回派出所吧。"

志国在两个警察的陪伴下到了路西派出所。看到派出所的牌子时志国吁了口气。男人和女人把他拽下车,领着他进了一间审问室。屋子里很暖和。志国问:"我可以用手机打电话吗?"

男人攒攒眉毛,从他衣服里拽出手机,攥手里溜了两眼,顺手扔到旁边的床铺上。女人面无表情地坐在椅子上。志国发现穿着羽绒服的女人比穿套裙的女人要老很多。她的嘴唇是那种冷静的暗红色。她眼神里那种甜蜜色彩也消失了,相反,她锐利的目光让她看上去像头苍老的秃鹫。她看上去好像真的是个警察了。

接下去女人开始问他的姓名、职业、性别和民族。女人平淡得近乎厌倦的声音让他困顿起来,酒精的威力突如其来地发作了,志国的眼睛突然一跳一跳地疼起来。他舔舔干迸的嘴唇问:"我的手机响了,我能接一下吗?"

男人暧昧地笑起来。他笑的时候,他的颇为肉乎的鼻子像卡通片里的刽子手那样颤抖着。"你现在还写诗吗?"他问。

"我能接下电话吗?"志国说。

"你以前的诗写得真不错,我会背诵不少呢。"

"我接下电话好吗?"志国问。

"让你的泪落在我的脚趾上/让你心室的血/流在我的灵魂上。呵呵,好诗啊,"男人朝女警察挤挤眼睛,"为什么连诗人也变得这么无耻啊?"

"让我接电话成吗?"

男人和女人对视了两眼。"你还想联系小姐?"男人呵呵笑着说,"这么晚了,小姐早他妈卖掉了。"

"刘强在这里上班是吗?"

女人狐疑地盯着志国,志国就说:"我和他是高中同学。"

志国又说:"我打个电话好吗?"

男人和女人的脸色都有些不好看。很明显他们没有料到志国和他们的所长有这层关系。男人说:"我给你打好了。不过这么晚了,他好像睡了吧。"

志国听到男人的声音在耳朵旁边绕来绕去。他觉得自己的头快要爆炸了。他听不清楚那个警察在说些什么，只是觉得皮肤开始起那种细小而琐碎的鸡皮疙瘩。他的眼皮也在空调格外暖和的风下缓慢翕动着，恍惚中手机又焦躁不安地响了。那个男人的牵强附会的笑声和女人娇嫩的嗓音被另外一种空旷的、暧昧的声音搅拌着。他最后听到男人说："那这事情就好办了。我们罚点款就行了。要不我们也不会这么生气，他把小夏当成了小姐！还硬拉着她去陪客！是啊……今天本来是小张和小王值班，后来他们有点事，和我们换班了。谁能想到会遇到这码事情呢。好了……好的，我知道怎么办。"

男人放下电话，把志国的手铐卸掉。"我们刘所长说，罚款就不用交了。他叮嘱你快回家。别再喝酒了，"警察讪笑着，"他说，他不想你喝酒后再给他添乱。"

志国没搭理他们。他攥着手机出了派出所。后来他扶着一棵梧桐树呕吐起来。他终于在手机再次响起的时候听到了一个人的声音。他听到苏艳冷冰冰的声音："你儿子有病了，住了三天医院，肺炎，你再不来他就死了。"

他没有回答。他关了手机。他从来搞不明白那个叫雅力的两岁男孩到底是不是他的儿子。苏艳在当小姐的时候很火，她那时身材苗条，风骚万种。她为什么看上了一个四十岁的、有点轻度阳痿、手里没有几个钱的小老板呢？她爱他哪一点？他知道苏艳就等着拉拉死。她坚信拉拉死了，他就可以和张秀芝离婚了。

他开始给家里打电话，在打电话时他的手指又开始忙碌起来。他把手机夹在肩膀和头部中间。电话是张秀芝接的。她对他模糊的口齿和颤抖的声音没有吃惊，"你又和那个女人在一起是吧？你到底想怎么样呢？你到底想要什么呢？"她急促的喘息声让她自己激动起来，"要不是为了拉拉。要不是为了拉拉……"

"……"

她哽咽着说："我今天又找苏医生了。他说，拉拉……拉拉……"

"……"

"拉拉……可能是过不了这个冬天。你早就盼着她死了,我知道,你是头没有良心的狼,喂不熟的狼。我知道。我什么都知道。我能有什么不知道的呢?"

"我没力气和你吵架,"志国说,"我一点都不喜欢和你吵架。"

张秀芝沉默了半响。他知道她又在流眼泪,她的泪囊已枯萎多年,所以即便她哭时,也不会有咸湿的液体顺着鼻翼爬上嘴唇。她只是一副流泪的样子。每当他看到她悲伤时的面孔,就会想起她年轻的模样。他还记得在农村插队时,知青们一起割稻子,张秀芝似乎是那种天生的割稻能手。她悄悄地蹭到他身边,绾着裤腿,露出青筋毕暴的脚丫。她那时多瘦啊,还扎着两支小刷子,一会儿她就拉他好远,然后直起身,呼哧呼哧着朝他笑,胸脯剧烈地高耸着起伏……她笑的时候其实很丑,她从来不知道她笑的时候很丑。她从来不知道他喜欢她丑丑的样子。

"我很累。"志国听到她把嗓子压得低低的。"我就快撑不住了,"她叹息着说,"真的,我真的快撑不下去了。"

他没吭声,手指间的曲别针在瞬间变成了一个女孩子的头像。他蹲着她的嘴唇。她不会说话。他多么希望她能说点什么。这么想时他的眼睛湿润了。

五

志国是在派出所旁边的胡同口发现那个女人的。她裹着件棉大衣,在路灯斑驳的光线中靠着墙壁抽烟。她好像朝他摆了摆手,他就犹豫着走了过去,在行走过程中,这个女人的眉眼随着光线的变幻而呈现出各种不同姿态,有那么片刻,志国仿佛觉得他正在向很多个女人走过去,当他走到她身边时,他注意到她眼睛很小,嘴唇由于寒冷哆嗦着,他甚至闻到她身上淡淡的狐臭味。她掐掉香烟,一把攥住了志国的下身:"你很冷,是吗?"

志国和那个女人做了很长时间。他没料到，在派出所的隔壁就是小姐做皮肉生意的场所。他本来想把她带给那两个东北人，他相信他们更喜欢和一个女人玩刺激的游戏。但是后来他改变了主意。在他脱衣服之前，那个姑娘佝偻着身体将床单裹卷着塞进沙发。他甚至没有看清她的模样。她褪掉他的长裤和袜子，开始亲吻他胸部的几根肋骨。"你真瘦啊。"她厚实的舌头机械地顺着小腹往下滑，他哼了一声，开始亢奋起来。女人没料到他如此粗暴，他从后面搂紧她，几乎是凶狠地进入了她干燥的身体。女人似乎有些厌烦。"我不喜欢这种姿势，我们换个别的，"她命令道，"我不喜欢像狗那样做，真的不喜欢。"他还没有回答，女人已经像个柔道高手把他摔在床上，然后坐在他的身体上。她好像很陶醉的样子，她的嘴唇是紫色的。她和苏艳多么相像，连喜欢的做爱姿势都同出一辙。他的手又开始不安分起来，他开始抓床单，她把他的衣服甩到哪里去了？后来他拽到了一张报纸，把报纸索索着展开时，女人的脸倒映在那些似乎蠕动着的汉字上。后来他觉得这个女人成了皮影戏里那种单薄的、毫无色彩可言的木偶。她的胳膊和她的柔软的大腿正被一辆卡车轧成一张皮，没有血肉和骨骼的皮。在这只木偶越来越疯狂的动作和技巧性的喘息声中志国读到了报纸上的新闻：

英特种兵迟了半步
突击搜捕竟与拉登"擦身而过"

伦敦讯，据英国报章报道，英军特种部队士兵较早前突击阿富汗南部山区一处怀疑拉登匿藏的洞穴时，竟和拉登"擦身而过"。

英国《星期日邮报》报道说，英军空降特勤队一小队士兵，近日在塔利班大本营坎大哈东南部山区的洞穴与拉登的同党爆发激烈战斗，有四个英军士兵受伤。

当英军在此次战斗结束并审讯战俘的时候，才得知本·拉登仅仅在约两小时前离开该处。英军相信，拉登正是在得悉该次战斗爆发后才匆忙逃走的。

他把报纸翻转过来时手机响了,那个女人似乎才醒悟过来:"你有病啊?"志国看了看她的脸:"你接着做,接着做。"那个女人怏怏地嘀咕了两声后,又开始摇晃起身体。这样志国的眼睛又读到了那些晃来晃去的字:

超级充气女郎

　　本品由美国原装进口。它选料独特,仿真人如处女,具有震颤、按摩、震动、抽吸等各种功能组合,犹如身临其境,性感刺激;设计有处女膜,震动按摩频率可以无级调节,直到您满意为止。将其充气后,形象活灵活现,也可放置于房内作为一件精美的艺术品摆设,顿添室内光辉。商品价格:¥1 680.00。

　　他把报纸揉巴揉巴扔了,问女人:"完事了?"
　　他这才发现她竟然早穿好了衣服,正蜷在他脚底下打量着他。"你有病,"她安慰他说,"你该去看看心理医生。"她好像真的在为他担忧:"你的东西一直硬着,但是它好像不是你自己的。你没有快感吗?"
　　"多少钱?"
　　"你看着给好了。"
　　志国开始掏钱,这时他才想起来,在酒店里,他把所有的钱都给那个警察了:"对不起啊,我没带钱。"
　　女人问:"是吗?"
　　志国说:"是啊。"
　　女人冷笑起来:"你有病。你是不是从精神病医院跑出来的?"她直起身蹭到他身边,一把揪住了他的下体,然后附着他耳朵说:"你他妈真的有病!"志国没料到这个女人扇了他一巴掌。她竟然扇了他一巴掌。这是他第二次挨耳光,他一天中竟挨了两次耳光。"我没见过你这么不要脸的人!"她喧嚷道,"我为什么老是碰到这么下流的男人呢?我想过年回家,我只是想过年回家!你们连路费都不给我!"

志国相信这个女人可能患有轻度狂躁症，接下去他发现这个不可思议的女人开始搜索他的衣服，她老练的动作惹得他很不开心。当她把那个透明的水晶珠链从衬衣里拽出来时，他才吼了一嗓子："别动那个东西！听到没有！"

　　女人怔怔地瞅着他，后来笑了笑。她把那串透明的链子塞进了自己的袜子里。志国裸露着身体冲过去。当这个女人的笑容还没有结束之前，志国已经卡住了她纤细的脖颈。女人一把推搡开他，他的骨骼好像并没有她那么粗壮。她在做皮肉生意之前肯定是个优秀的拳击手。当她的第二拳击打在他的鼻子上时，他闻到一股浓烈的酒的香气，他甚至相信那些优质高粱酿制的美酒正从身体的每个毛孔安静地流出来，甚至流到了这个女人身上。这激发了他的骨骼和肌肉的协调性：当他发现女人被自己像玩具在地板上摔来摔去，一摊黑色的血粘着她浅黄色的短头发时，他愣了一会儿。他想，他只是想吓唬吓唬她，结果她真的被吓唬倒了。她软绵绵的身体瘫倒在自己的脚下，仿佛一条被剥离了脊椎的蛇。她的手里攥着那个水晶珠链。他不知道她什么时候把它从她那双充满香皂气味的纯棉短袜里拿出来的。没人会得到不属于他自己的礼物，哪怕是一件价值四元钱的地摊货。他吹了吹链子上的尘土，用舌头舔掉了上面的血迹。这是拉拉送给他的，他想，竟然有人想无耻地偷窃拉拉送给他的礼物……他踢了踢女人的屁股，女人似乎变成了一条吃了安眠药的鱼。

　　她再也不会扑腾了，他有点伤心地琢磨，也许，她再也不会骑在那些男人的身体上，做垂直活塞运动了。

六

　　他没料到出了女人的房间时，会再次邂逅那个男警察和那个女警察。也许他们发现了他，志国恍惚觉得那个男警察朝他挥了挥手，也许根本不是他们，这么晚了情人是不会出来散步的，这个时候他们肯定正在派出所的某个房间里做爱。也许他们什么都没做。谁知道呢？

　　志国呼了口气，凝视着嘴巴哈出的气息，和雪的颜色一样。那两个东北人命真大，他本来想今天晚上把这两个五大三粗的家伙干掉。即使干掉也没有人会留意，那个黑社会模样的家伙其实是傻帽儿，他们鬼使神差地路过他的城市，又鬼使神差地和他签了一大笔生意，预付了二十万货款，他把他们埋进这个下雪的冬天应该是个不错的选择，至少不会再有小姐担心被啤酒瓶骚扰。他已经联络好了街头的几个黑社会头目，他甚至已经交了三万定金……可是他现在什么都不想做了。他想，他真的什么都不想做了，不是做不成，只是不想做，如此而已。

　　他打开手机，然后靠着一棵秃树，眯上了眼睛。他总是这么累。一辆出租车从他身边缓缓驶过，好像有人在问什么话。他什么都没听到。他什么都不想听。他的耳朵紧紧贴住手机银白色盖子，然后，他听到了一声轻声轻语的问候："是爸爸吗？"

　　他没吭声。女孩子的声音毛茸茸的："我知道是你，爸爸。"

　　他的眼泪流了下来。

　　"快回家吧，妈妈都睡着了。你觉得待在外边比待在家里舒服，是吗？"

　　他好多年没哭了，他听到女儿柔弱的呼吸声："我爱你，爸爸，妈妈也爱你，爸爸，你也爱我们，是吧？"

　　他嘟囔了句什么，这时他发觉他已经把手机关掉了。他开始搜索衣服的各个角落，后来，他总共摸到了十四枚变形曲别针，有两枚是铁锹，剩下的，全是一个女孩瘦削的头像。"我为什么总也不能把它弯成一枝玫瑰，或者一个跳芭蕾的女孩呢？"他的手指瞬间变得灵动起来，他命令自己的手在瞬息变成了路易斯·裴德的手，他相信他的手指已经变成了路易斯·裴德的手指，因为几分钟后那些曲别针似乎真的变成了他想象中精妙绝伦的小玩意：一只狗、一枝玫瑰，还有一个跳舞的孩子。"好了，"他想，"我就是路易斯·裴德。"他嘿嘿地笑了两声。然后摊开手心，仔细盯着那些什么都不像的曲别针。

后来当他把十四枚曲别针塞进嘴巴时,他使用舌头卷了卷,那种冰凉的滋味和亲吻拉拉时的滋味仿佛,更让他略微吃惊的是,他平生第一次发现,他的牙齿如此尖锐,他以为他的牙齿已经被香烟、烈酒、豺狼一样的生意人、女人的体液、多年前那些狗屁诗歌腐蚀得烂掉了。然而,那些曲别针,似乎真的被他的牙齿咀嚼成了类似麦芽糖一样柔软甜美的食物。当那些坚硬的金属穿过他的喉咙时,他的手指神经质地在衣服的角落搜寻,他相信,如果运气不错的话,当那些玫瑰、狗和单腿独立的女孩在他的胃部疯狂舞蹈时,他还能摸到最后一枚。他的运气总是不错的。

(原刊于《收获》2003年第4期)

蜗　牛

于　是

　　这是一个找不到蜗牛的城市。

　　女人看着盘中浇着绛红色浓汁和稀薄奶油汁的法国蜗牛，暗自思忖着蜗牛的家。能够看到的，也只是碎成颗粒状的。更有甚者，如同这里所谓的法国大厨，欲将碎粒拼凑成一只蜗牛的死前状态。

　　坐在她对面的是一个更加年轻的男子，真是可以定义为男孩。他幼稚而妄自尊大地摆弄亮闪闪的刀叉，一边准确地用叉子叉住一团蜗牛肉，一边漫不经心地招呼女人，吃吧，愣着干吗。

　　女人没有可能告诉他，她在考虑"生前姿态"这样一个词语，生前、死后，完全应该倒过来说才对。生后，死前。

　　她带着忧伤的面容，微微张了一下嘴唇，却什么都没有说。她本想有一个严肃的开场白，比如："你知道我为什么选中了你吗？"可是男孩迫不及待的食欲打消了她的企图。

她伸出干燥的手来，握住了刀叉。她很想再次激动起来，如同在真正新婚的床上，那五年前的夜晚，夜色明媚，喧嚣散尽，她完美的初婚，她是激动的。可是除了更加僵硬地握住刀叉，她还是什么都没有做，什么都没有说。

丰厚的肉感，在她的咀嚼中挤压出廉价的调料味儿，淹没，或是说渗透进她的知觉，同一个感官出入口，为了咀嚼，就有了理由不再说话。浓烈的调料味儿使蜗牛这种肉感彻底丧失了存在，她因味觉受到的刺激，恍然感到，自从她和他落座在这个小街上的法国餐厅后，她因某种亢奋而麻木了所有感官。犹如强心针一样的浓汁蜗牛一下子刺痛了她的所有感觉，她觉得鼻子也呛酸了，喉咙也嘶哑了，连听觉之中都充满了肉感的汁液。

女人略带嘲讽地接受所有感官的恢复，渐渐觉得，浓汁带着碎肉囫囵吞咽下去，一直下落到干燥而疼痛的私处。

活生生的活，活着的活，生活的活，不过是一条潮湿的舌头。

结婚五年间，天天都是舔着尘埃的露水醒来，和她一样年轻的丈夫有时候牙龈出血，凝血和着口水，沾湿了一处被角。而她已多久没有因此而更换清洗被套了？有足够的日子来教育她，对付欲盖弥彰的最好办法，依然是麻木。

麻木和习惯就像两排互相吻合的利齿，彻底咀嚼了她的生活。她一边吞咽着调料中的碎肉，一边无望地想着，就在不同性质的吃喝排泄中，完成了婚姻，完成了爱情，完成了生活。

对面更年轻的男子表现出很享受的样子，盘子空了，服务生过来收走了他的盘子。他看着女人也是狼吞虎咽的面庞，两颊有节奏地鼓胀着，他故作神秘地凑近她说："我一直觉得，在享受性之后享受吃，才是最性感的幸福！"然后，男孩唐突地问她："你最想到哪里去吃饭？"

女人眼睛都没有抬一抬，继续鼓动着两颊。男孩无所谓地接着说道："我做梦都想到这家餐厅来吃饭。有一次有一个女人答应了先带我回家，第二天随便我挑饭店好好吃一顿补补。可是没想到第二天她一大早就溜了,说什么日本老公突然回来了。不过呢,她倒是留了不少的钱。可惜……哦,不可惜,否则就不能和你一起享受这里的法国蜗牛了嘛!"

女人推开了盘子,用雪白的餐巾抹嘴,留下一道鲜红的痕迹。女人终于感到厌恶和沮丧也被活生生地抹了下来。她一言不发地从旁边的座位里拿起自己的棕色手提袋,拿出一叠钱来。她在心里迅速盘算了一下,确定自己没有多拿一张。然后,把钱轻轻地放在男孩手边。她又看了一眼那只雪白的手,青筋时隐时现地埋伏在薄薄的皮肤下面。她让自己的手停留了几秒,比较着两层皮肤之间的差别。然后,她依然一言不发地站起来,把餐巾上的红印叠在里面,放在座位上。她最后看了一眼男孩,男孩眼中天真的粗鄙已经浮现到了最上面,马上就要对她表露失望了。她想,这么个小男孩,即便是无知,看上去也是精致的。她浅浅地笑了一下,拍拍男孩的手,一言不发地走出了法国餐厅的红色小门。

女人在地铁里等待开往家的列车。

这时候,她下意识地松了一口气,当手掌中卷着地铁票的时候,她总是习惯性地看着对面的灯箱广告,隐隐约约地能看到自己投射在画面表面的身影,她的手指在无所事事地翻卷塑料质地的票。就在三天前她也是这么做的时候,有一个男人闷头行走,撞到了她,地铁票发出脆生生的一响,飞弹到了地铁轨道之间。

拒绝进入的标志就在眼前。可是她很想跳下去。就算是一列飞驰的电车,也不会在眨眼间到达她的眼前吧。她没有下去,只是无意识地幻想着:在没有人拦着她的前提下——因为拦着拦着就会错过了最好的时机——她看准了轨道间平坦的部分跳下去,然后轻巧地捡起票,还可以笃悠悠地看看远方黑漆漆的地洞,也许会感觉自己是伏在一条黑蟒蛇的腹中吧,自己就仿佛一条微不足道的寄生虫,寄居在强大的、虎虎生风的巨蟒体内,长长的铁轨在不可知的尽头应该是没有所谓"尽头",循环往复的列车,周而复始,即便是不规则的路线,终究是封闭的圆圈。然后,她再一步走到靠近地面的那根铁轨上,只需要双手搭在地面一撑,脚下一跃,好像中学时候跳鞍马一样,就可以毫不费劲地再次回到"安全线"内。这一切只不过需要二十秒钟,而等她在幻想中拍净了身上的灰尘,甚至和周围的人用目光微笑着交流心得,然后,长长地深呼吸几次,然后,才看到巨蟒之车瞪着黄色的眼睛,卷着冷风而来。她的确是那么幻想的,可是整个过程里,她只是麻木地看着地铁轨道之间的那张票。

生活中看似微小的事物都可能被看成是危险的。所以这次她玩弄着地铁票,突然停止了。她把票揣进兜里,顺手拿出了手机。开机。

没有信息。她摁到"家"的那个号码,手指在按键盘上滑动游弋,仿佛在擦拭灰尘一样。终于,冷风来了。她摁了取消键。在她抬起头的一刹那,列车冲入她和对面的灯箱广告之间,恍然之间,她觉得自己的影子也就这么被冲走了。

丈夫还有一个星期才能回来。冰箱里已经没有现成的食物了。年轻女人连大衣都没有脱,就瘫软在客厅的沙发里,默默地感受房间中的冷。五年前,也就是日历上的这个日子,二月十四日,医院派发了母亲的病危通知单。年轻女人和父亲孤独伶仃地在病房外面看着医生和护士走进走出,仿佛世界上因为母亲的离去而突然变得空旷。她就在这时的客厅里回忆起那奇异的空旷感,也许就是生和死、有和无之间的那道门缝吧。她回想起那天陪着父亲坐在冰冷的椅子上时,任何人从她身边走过她都觉得遥远。仿佛只有自己所在的那个无名之点才是世界的中心,而世界的离心力将所有之所有都抛掷出去,她自己在寂寞的中心一边等待,一边眼看着所谓的世界变得不可把握、越来越庞大、越来越稀薄、越来越遥远。

此时的客厅悬挂着厚厚的窗帘。阳光是有的。她从地铁站走回家的十分钟里,阳光像一桶过期牛奶浇下来,她只觉得抬不起头来,遂越发肯定空气中的不新鲜味道一定是由于巷子口的窨井,也许不这么频繁地掏粪管道就会堵住,接着就是污秽泛滥。窒息感仅仅来自人的克己意志。

此时的客厅里，无色无味的阳光像是挣扎着从窗帘孔隙间挤入这个十几平米的房间，接着便和她一样瘫软在空间里，找不到重力存在的根据。她茫然地缓慢转动眼球，看着这个空间里的每一样东西。客厅里是留存最多遗物的地方。母亲去世后三年，父亲也撒手人寰，居然得的是同一种病。肝癌。不论是好的肝细胞还是癌变的细胞，此时仿佛都从双亲的遗像里浮动出来，代替她占领了这个小小房间。双亲的遗像下面，照规矩摆放着香烛台。不到规定的日子，是不会摆上供品或是点燃香烛的，丈夫总是说，既然如此，不如连遗像也收起来吧，到时候再一起拿出来。可是她拒绝了。她心里想的事情很简单，却也透着一点狠毒。

此时，她习惯性地对着遗像中的双亲默默地说话：看到了吧，你们的女儿是如何生活的，就让你们的恨或者哭泣或者微笑或者哪怕是麻木，都以最短的距离传递过来吧。也许肝癌也是可以遗传的吧。

然后，她看着一张不新不旧的餐桌，四把椅子都规规矩矩地塞在桌子下面，只露出高高的椅背，像四个俯视桌面图案的人。结婚时买的桌椅，几年来供人吃饭、供人打麻将，平时的桌面上一直摆放着几块水果图案的餐桌垫。巨大的草莓和橙子已经褪去了最初的新鲜色泽。靠近卧室的地方，依次是鞋柜、脚凳和沙发。沙发是米色的，布面的。结婚时，父亲说等你们有钱了的时候，再买个新房子，放一个阔气的皮沙发吧。是啊，即使有皮沙发，这里哪里有地方放呢。

放眼四周之后，年轻女人觉得自己越发像是粘在沙发上的一堆灰尘。

在一片灰蒙蒙的阳光灰尘里，她不知不觉地睡着了。

在睡梦中，她见到了生命中的两个男人，并且为之羞愧，梦突然就红了，她想那是因为某种羞愧，不是因为"两个"，而是"竟然只有两个"。她看到那个年轻的丈夫没有表情的脸孔下，身体千疮百孔；她麻木地转过身，看到笑得灿烂的男孩，那个吃着绛红色蜗牛的男孩，他的笑容天真而无知，欲望从眼底滑落到胸膛，再是腰下、纤细如女孩的腰身，她抬头再看，那是多么可怕的恒久的笑容，犹如小丑一样，一点都不曾改变，只有从肤色里流出来的体液，一点一点红起来，她才意识到，红色的不是脸膛，而是整个时空。血犹如受了诅咒的染色剂，冲撞进她的眼睛、口鼻、耳朵，她尖叫起来，看到冻结成实体的"麻木"犹如枯叶一样，从她的身上褪下，冻结成硬质的壳落在客厅的地上，堆积起来，呈现漩涡状的扭纹，哦，是一只巨大蜗牛的背壳。她仰起头，如同看着无形的镜子，指望着越过这些死皮看到自己……

丈夫回来是一个星期之后，天气好得简直失真。她在窗台抖床单的时候，看到空虚的天空，真想伸手抓一把褶子出来。

旧床单在洗衣机中旋转的时间里，她麻利地扫地、拖地、抹灰，最后换上新床单。这时候，矮胖的丈夫推门进来了。他们之间只有一些简短的问候，听上去很像是仪式。轻轻地，她说，回来得正好，帮我把床单晾起来吧。丈夫说我先洗个手，然后便听到厕所里传出一系列声响。她在外面收拾他带回来的大包小包，这次丈夫从四川回来，包裹里有不少土特产。她肆无忌惮地把包掏了个空。

"开学了，一样是很忙吗？"丈夫卷起袖子，抱着甩干的床单出来，径直走向阳光浓烈的阳台，顺便问他的女人。

"还可以，都是一起升上来的班级，没什么新的事情，只是一些学校开会啊什么的老花头。"女人把旅行包拿到卫生间，刚要放进洗衣机里，丈夫在外面叫道："不用洗了。我再过三天就走。"

"又走？"女人的手僵持在洗衣机上空。

"最近市场不错，公司要我再去次江苏，这次快，差不多一个礼拜就可以回来了。"丈夫说完，一匹亮闪闪的洁净床单垂挂下来，抖动着阳光，终于，她觉得这一天的光影活动起来，这日子是活生生的了。

女人把旅行包松开，放在鞋柜旁边。丈夫脱下的鞋子又脏又臭。

"那你又赶不上爸爸的忌日了吧。不如早一点弄掉，明后天哪个上午你走得开？去次墓地就行。"

"哦！你不说我都快忘了。今年该是把骨灰盒下葬了吧。"

"确切地说，是和妈妈合葬。"女人望了一眼客厅的遗像。

"那就后天吧。明天无论如何要去公司跑一趟的。"丈夫站在阳台上，干完了活儿，顺手从裤兜里摸出烟盒，对着阳光点燃了香烟。

烟雾袅袅的影子投影在洁净的床单上，女人站在房间里望着烟雾的影子，隐约看得到丈夫手指间的烟头一下一下的红亮，突然产生一种燃烧将尽的轻松感。双亲合葬，这之后的日子会不会有所改变呢？总是要等一个虚伪的借口，开始某种新的期待。合葬也好，丈夫的新项目也好，学校的新学期也好，不过都是些这样的借口。然而，生活的新鲜感，还会不会汹涌而来呢？五年前，母亲的去世就是一种借口。当父亲就坐在客厅里带着丧妻后的平静，犹如指望着她能带去某种生活的期待一样，说：你还是早点结婚吧，我也活不了多久了，你妈走之前，说最放心不过的就是你。

"最初见到你的那天，也是隔着很远就看到你的香烟在飘。我就想，媒人真讨厌，所有抽烟的男人都讨厌。"女人说完，看到男人因为这些初次吐露的事情，愕然地从阳台上转身进来，甚至没有来得及把烟头扔掉，烟灰掉落在光洁的木头地板上。

女人几乎能够听到空气中污浊的时间在一点一点流动。她看着男人的脸，可以说是熟悉，也可以说是完全陌生。从第一天相亲开始，她就没有主动地在意识里"看过"这个男人。即便是在新婚的床上，她企图激动起来，也不曾想过去观望一下这个男人脸上、身上的细节。这个男人，现在，他带着旅途的疲惫，面容丝毫不带紧张，只是茫然地和她对视着。女人与其说看着他，不如说看着他的存在。阳光从他身后洒落在他裤子的褶皱里，更有立体感的衣裤显得更陈旧。她看着自己和他之间的空气，某一个灰尘的点，继续责无旁贷地往下说。

"后天办完合葬的事情，我们离婚吧。"

女人在心里继续对自己说着，仿佛有一种纯粹的动力迫使她在这样的日子里把一切都交代清楚，至少是对自己：不只是厌倦，他人的生活，从父母的，到身为女儿的、身为妻子的，面对老厨房里做窝生了不知道多少代的蟑螂们、浴室下水道里再也清理不完的落发，面对在某一个城市某一栋几十年的老房子里如同执行生之任务一样的彬彬有礼的生命。女人知道对丈夫,这些理由都不成为理由。她的问题,和婚姻,和他都无关。厌倦只是比较容易理解的词语。

于是,作为一种必要的补充,她说:"我有别的男人了,只是性。这总能够说明问题了吧。"

男人矮胖的样子不像是一个在自己家里的主人,而是站在大街上即将迷路并且孤独的行人。他转身,把烟头扔出去。并且没有再转身。

沉默如同在阳光中融化了一样,奶油一样的质地穿流在男人和女人之间。天气果然是种纯粹的存在。女人望着地板上的烟灰,保持着一小截形状,没有散尽,整面地板因此而充满他人的气息。女人觉得安详。这一切坦白,都让她充满了安详的表情。女人期待着幻觉,在这种奶油状的沉默中,太阳下山,太阳上山。俨然可以把余下的作为责任感的生命融化完毕。

可是,大约三五分钟的光景,她听到男人转身并且开口说话。他说的是:"安全吗?"

"什么?"这一幕超出了女人的种种期待。

"我是说,安全吗?你们有没有……安全措施?"男人沉稳地把话说完,又忍不住掏出了一支香烟。

"哦。这个。我们……有,这是行规吧。"女人说。

"其实……"男人喷出一口烟,似乎企图胸有成竹地解决这场仅仅作为家庭纠纷的难题,"其实,我也知道我们没有很多时间好好生活,像其他夫妻一样。可我也是为了这个家,为了你和我能有舒服体面的下半辈子。买房子的钱差不多了,下半年我们好好打算一下吧。其实……我明白你的意思。我也……你知道,男人出门在外,即便是应酬,也会有女人的。既然你说了,那我也不隐瞒什么。我们……可以互相谅解,只要够安全,我们……"

"没有什么我们。根本就没有。从来都没有过。我和你没有感情。就好像我的一个学生写的周记——妈妈和爸爸只是两枚偶然相遇的硬币,只有当要买一样两元钱东西的时候，才作为整体给出去。他们之间没有关系。我和你也是，所以你不必指望着交换彼此的秘密生活就可以达成新的关系。"女人开始变得更加沉着。她渐渐明白了，她要的结果将不再是妥协。一辈子不该有太多妥协。

"那我倒要问问你，为什么答应和我结婚？我想有一个好的家庭，一个好的太太，将来还有孩子。我是负责任的人。"男人激动起来。尤其是在说最后一句话的时候，他意识到自己应该挺直腰板。

女人突然走向了男人。丈夫本能地往后一退。

"你知道我为什么选中了你吗？"

"……"

"因为我厌倦了相亲，见陌生的面孔，讨论一辈子的责任。"

这时，女人笔直地站立在男人面前。两个人都突然惊讶地发现，彼此脸上的皱纹，彼此凌乱的头发，彼此穿着的毫不讲究的衣裤。阳光似乎突然介入了他们之间。对面窗户里有人在翻动一面小镜子。晃荡不安，如同海底。

谈话就这样无疾而终。

当空气像煤气灶上的老鸭汤一样油腻时，女人凝视着外面的走道。没有人回家的时候走道就是最好的通风口，让老鸭汤和煤气的味道飘散。厨房窗口正对着三楼到四楼的拐弯口，交错的楼梯，陈旧的扶手，犹如多年后收到的陌生明信片，富有神秘的陌生气氛。她突然就在这样的场景里想起自己去找陌生男人的事情。

她和男孩相遇的地点，多年后将是一张富有怀旧温情的图片，贴着这个时代的人民币如同过期的邮票那样珍贵。她很难向任何人解释清楚那时的心态。她觉得她需要出轨。仅仅是出轨，仅仅是需要。专业人士显然是好的选择。她指望着在那个酒吧外面遇到一个可以信赖的中年男子。

一个月前，她在中学的洗手间里听到两个高二的女生在谈论某个酒吧。一个女孩说，真的！真的就是他！另一个反问，那你也不能肯定他是做那个的呀。她们正在厕所里洗手，也许是刚刚上完体育课，从门缝里看出去，只能看到她们都穿着墨绿色的校服，极其难看的运动服。两个女孩形容了那个街角——只有周末晚上才会热闹，中国人外国人都好像认识一样，女人都化妆，女人比男人更色迷迷地左顾右盼，有的男人非常像女人……她们一边说着一边离开了厕所。女人记得很清楚，她感到沮丧。感到有什么凝胶状的隔阂阻挡在她和真实世界之间，哪怕那只是一个角落里的真相，她都觉得自己被排斥在外。墨绿色的校服，以及她一丝不苟的老师装扮，在这个铺满瓷砖的厕所里似乎是与世隔绝的事物。

所以，那其实是一个出了名的酒吧角落，连中学生都可以拿着一本免费派送的娱乐指南找到。甚至和教室里的孩子差不多大小的孩子们在那里找寻性交易或者一夜情的机会。堕落的投机分子。贫乏的安乐主义。那两个女孩的谈话将她体内藏匿多年的激情挑出了个线头，绵绵长长的黏腻欲望，甚至在被压抑在麻木之下这么多年后，突然变成了生命的本质内容。毛绒绒的线球从学校厕所里开始松散，她犹如被这根迟来的命运线牵掣着，神情恍惚地执着于一个念头：在老迈之前，把激情找回来！

女人已经三十六岁了。以往的青春犹如被荒废的儿童乐园，就在学校的厕所里，颓败的秋千似有若无地摇摆了几下，迫使她又关注起这个花园，同时被彻底的失败感所折磨。那天，丈夫照例不在家，这给了她机会。她在客厅的沙发里翻看了一个晚上的旧东西。照相集、中学时候的日记、读师范院校时和高中友人寥寥无几的信函。在照相集里，丈夫的出现突兀之极。按照时间顺序排列的照片在三年前出现了截然相反的两组照片。母亲的追悼会，自己的婚宴。女人来来回回地翻看着这相邻照片中的自己，先是穿着黑色的衬衫、黑色的长裤，胸前别了一朵白色的人造假花，她的眼睛是红通通的，嘴角坚毅的线条令她再次确定自己是有强烈克己意志的人。出席追悼会的人们千篇一律的老气横秋。几乎没有什么年轻人。母亲的单位是那么贫困，当时已有一部分工友下岗在家，她们哭得比她更为伤心，因为命运的苦涩已经在各人身上流转，她们无法再漠视躲避了。没有人显露出对死亡的平和态度。也许除了她自己，没有人会觉得，死是对苦命的解脱。

她不是克己。她坐在母亲死前的家中，审视自己的表情。她把婚宴上那个穿成一身红的自己拿过来做比较，有那么一瞬间，她几乎不得不相信：仪式上的表情如此相似，红通通的眼睛和红通通的脸庞，全都是假的。两颊的肌肉都是那么僵硬，那么无动于衷，仿佛演习了一辈子的标准社交表情，自己的笑容究竟像什么呢？

像眼前这锅炖了一下午的鸭肉。女人漫不经心地拿一根筷子去戳，肉烂透了，筷子在肉的纹路间顺利地插进去。女人喊了一声：吃饭！便将碗筷拿到客厅的桌子上，在草莓餐垫上又放了一块木头锅垫，然后再把鸭汤的沙锅端过来，接着，男人主动地将西红柿炒鸡蛋、清炒豆苗端过来。两人以标准的姿势入座，随着热气蒸腾而上，挂在沙发上方的石英钟便含含糊糊，看不清钟点了。

"带来的麻辣牛肉干也可以拿出来下饭。"

"菜不够吗？"女人也不动弹。

"麻辣的东西好吃。"

女人按部就班地喝汤、吃饭。心里去意已决。她一遍又一遍地想：真是无从说起，不如不说。负心又如何？至少做的每一顿饭、每一锅汤都是对得起他的。

在男人喝了第二碗汤并且轻松地吃完一条鸭腿后，女人决定说点什么。

"你不想知道我和别人的事情吗？但是我很想告诉你。但是你不要告诉我你和别人的事情。我不关心。其实事情很简单，我在酒吧一条街遇到一个小男孩，他说他可以让我快乐，我实在等不到更加适合的中年男子，所以我就让他开了房间。男孩很小，他说现在只有年轻才更有本钱。"

"做小姐的也是这么说的。"男人似乎必须作出回答才勉强说道。女人心想，真是负责的丈夫。

"你知道吗，我为了独自去泡酒吧，甚至买了一套新衣服，化了妆，染了头发。"

男人终于有点惊讶了。他的目光落在女人一贯黑且直的短发上。

"哦，对，第二天我就去另一个发廊把头发染回了黑色。那天晚上是金色的。很好看。我以为自己会很紧张，可事实上就和去上课，或者去听课一样，我知道自己该做什么，该讲什么，该点什么，甚至该以怎样的目光去看人。很陌生的环境，但是我很自在。然后我就在吧台坐着。我喝一杯红色的鸡尾酒，味道很好，不酸也不辣。再然后，有几个老外过来和我聊天，可是我不感兴趣。你知道，那样可以更简单，但是我的确不喜欢他们。再后来，那个男孩就出现了。你有没有在上海公车上注意过这样的年轻男孩？就像一个白白嫩嫩的女孩子一样漂亮，长长的眼睫毛，细细的身子，他总是笑眯眯的。他认识很多人，和很多人打招呼，拥抱，亲亲脸颊，然后他开始打电话，蓝色的手机。就看到他在笑，轻轻地说话，手指在腿上画着圆圈，很仔细的样子。我觉得他应该是很聪明的那种学生，所有的老师都喜欢他，也害怕他。很突然地，他的手机蓝色的光闪了几下，他叹口气，抬起头来。"

男人已经忘掉了老鸭汤。他神情凝重，看着餐垫，橙子横切面的图案。

女人停下来，看了一眼丈夫。眼神也落在橙子图案上。他们两人的目光将那瓣虚假的橙子死死钉在桌子上。不远处，装着双亲遗像的镜框正在一点一点地透明起来。水汽在退却。

"他问我为什么一直在看他。我问他，是不是手机没电了。他笑起来，第一次对我笑。他问我是否可以把手机借给他用一下，说还有最后一句重要的话没有说完。我给他了。他在我的面前打电话。电话接通后他只说了一句话，妈妈，我手机没电了，你好好睡吧。"

女人的眼前浮现出那个时刻的自己。她记得当时自己的想法：人人都有妈妈，需要特殊对待。于是她觉得应该和男孩一起，把剩下的堕落部分好好完成。她这样想着，便把手机从他手里拿回来，极其缓慢。

"我就问他，多少钱？我这么问，因为前一个老外这么问我。他说了一个数字，表情很奇怪，似乎不想说，但不假思索说出来后又有点后悔。"女人停下来，拿起筷子把剩下的豆苗都拨进自己的碗里。都冷了。

她又独自回忆当天的景象，在酒吧将近夜半喧闹的声音中，男孩表情很有点害羞的样子，他说："嘿，其实不用这么急功近利，如果开心，不提钱也是很好的。我喜欢你的样子，怎么说呢，和别的女人不一样。其实如果你愿意，明天中午请我吃法国菜就行了。我只是想吃法国蜗牛。"

男人觉得很滑稽似地干笑了一声："到哪里去找法国蜗牛？亏他想得出来。"

女人把汤汁拌进白饭里，最后对丈夫说道："就是这样，我们过了一夜。我想，我的过去终于完结了。所以我们得离婚。"

她把碗里的饭菜全部吃完。一言不发地开始收拾饭桌。

合葬的那天，早上八点，丈夫准时出现在门口。他没有继续在这个家里留宿。他没有说是在哪里过夜的。在这个城市，他没有亲人。

丈夫很疲倦，但依然是有责任心的。为了双亲的婚姻，为了离婚的葬礼，他是明白了。

两人带上所有的香烛、证件，先去火葬场存放骨灰的小楼，再搭班车往墓地去。

天色阴霾，墓地凉风狂扫。两人不再说话，仿佛再说什么都是不应该的了。合葬的墓地是当年和父亲一起选好的，只需要找墓地的工人把石板撬开，放入父亲的骨灰盒，再用水泥封口，即可。

女人看着墓碑上父母的名字、彩色相片，以及年份。年月日。生死界。她的存在不曾介入，只在这四个生死年份中间突如其来，呈附着状态，含糊不清，定义不明。她突然悲凉起来，觉得父母看错了她。觉得自己根本不曾用心用力地活过。这父母给的身躯，只是壳。

从墓地出来，他们直接去了民政局。离得很顺利，甚至没排多久的队。

这时，丈夫已不是丈夫。女人带着不经意的歉意，欲言又止。男人宽容地拍拍她的肩膀，说道："我又变成这个城市里的孤家寡人了。你卖了老家，重新生活吧。"

男人上了第一辆出租车，女人上了第二辆。他们没有问彼此的方向，可是两辆出租车却一路开下来，终于在第三个红绿灯并排停止。女人透过车窗，看着对面的男人。男人也在看着她。女人心想，他必定酸楚难当，自己又能好到哪里去呢，都是错误地听任命运摆布的迷路人。

男人的车往左边驶去。女人的继续前行。他们理应再也不相见。

最初的激情到达的时候，女人才发现有点手足无措。她独自在家里，早上吃饼干，去学校，晚上吃泡面，一切似乎仍然按部就班，她积攒着这股变异期间的茫然冲动，在夜里的床榻上用一支细细的木头铅笔写下要做的事情，要有的变革，要有的一切细节。男人将一半积蓄给了她。她什么都没有给男人。足够的钱，交首期和第一年的贷款，装修的最高额度，以及一个人的度假地点……她漫不经心地把玩着目前的自由，并且终于在某一个早上将父母的遗像和香烛都放进了五斗橱最上面那个带锁的抽屉。

又过了两个月，离开她给自己定下的买房日期还有三天。那也是一个晴天。下课的时候，她放下高中语文的课本和三十七名学生的作业本，发现手机上有一条短消息。

"如果还记得蜗牛，给我回电。紧急！"

女人努力地记忆。她掏出红笔，翻开作业本，圈出错误的选择题答案，这是谁？！居然错了这么多，仅仅一篇课文的复习题就如此，他还怎么可能去参加高考？她愤愤然地写下"阅"字，决定将这个学生留下来，补习一次。她接着翻开第二本作业本，字很端正，然而竟然没有错误。她翻到封面看看学生的姓名，认定了这个女孩子有一本标准答案参考书，因为她上个学期的成绩只有六十五分。她再次愤愤然地将这个作弊的孩子也列入要补习的名单。

所有老师都下班的时候，所有作业本都已经批改完毕。女人甚至到操场上走了一圈。体育老师还在带领足球队，一组学生在练习带球，一组学生在练习射门。男孩们穿着白晃晃的足球短裤，墨绿色的上装和裤子上的边线依然使她觉得丑陋不堪。没有她班级里的学生。足球小子们看上去生机勃勃，每一块年轻的肌肉都在体育老师的严厉喊叫中紧张起来。她默默地看着，做着一些无谓的猜测。

足球队训练完毕的时候，夕阳也快下去了。女人慢慢地从操场漫步回教学楼，看着整个学校荒芜起来。从师范毕业就在这里教书，十几年。她记得，每一个漫长的暑假，她都想快乐地度过，像未完成的少年时代。可是这时，她第一次认真地回忆自己的少年时代，无望的结果告诉她，少年也好，中年也好，她一直没有超越任何责任感的生活。

女人买了一套远离老家的房子，二手房，几乎是迫不及待的。

签署文件的时候，她从包里拿出一叠又一叠钞票，有种被一点一点掏空的感觉。

长假已经开始。暑天的热气在白晃晃的日头下烤得她感觉五味丧失。就在这种情绪下，拿到属于自己的钥匙，她强忍着耐心，检验了需要重新装修的部分，一一记下。然后顶着中午的烈日，去往家居装潢店。她将认准一套厨具、一套卫浴、一套家具，然后选择工期，杀价，成交。在可以预见到的步骤中，她看得到自己只能独自操心，也猜想得到一个人开始新生活应该有的匆忙乐趣，满足感随之而至，固然缓慢，也不至于没理由到来。在出租车里，她还盘算着，这个学期过完，她就将辞职。她有一年的时间选择一项崭新的工作。接触到崭新的人群，纵是庸俗也不可怕，只要新鲜。离婚让她明白了，开一个看似恶劣的头，并不难。只要是对手，都有起码的理解能力。

出租车里相当安静。冷风口吹出强烈的冷气，肌肤瞬间结出了疙瘩。她放松自己的神经，仍然感到有一些不安。

司机问她车子停在哪个出口。就在这时，手机响了。她匆忙接听，却听到一个久违的声音。虽然年轻如她自己的学生，可是言语中自然流露的轻浮却不会有错。她愣了。

她下车，茫然地站在一个陌生的出入口，人们搬运着大型货物忙碌不堪地流着汗走过。她停止在这些运货工人穿梭不息的队列里，听到吃蜗牛的男孩嘲笑地说："没收到短消息？我不骚扰我的任何客人，只是情况有点特殊，好在我妈妈的手机上曾经有你的号码。我只是好心告诉你，我 HIV 的结果。最近一次复查结果还是一样。劝你也去查一查。……你不说话也没关系。反正我说完了。"电话立刻传来忙音。女人茫然地看着"通话时间：41秒"。

女人没有想到世界上也许还有恶作剧这种事情。也许这时候，玩世不恭才能帮助她。然而这是未来的计划之一，现在的她只能体验命运的恶爪撕烂了最细小的表层，被诅咒的血液不会说谎。她没有再次询问细节，也没有机会了。她相信，这种事情容不得玩笑！

就这样，女人她在烈日下浑身依然紧紧绷着。冷气从心底直直地渗进头脑。她看着自己的脚步下意识地往厨具柜台走去，那是一个月来光顾了多次的地方，她看到那个穿着齐整的男售货员正在朝她笑着打招呼，她觉得自己不可理喻。

性爱的回放。不锈钢厨具崭新得发亮。她蓦然看到自己变形的身影反照在橱门上。她惊着，后退。明晃晃的，是她赤裸的中年体肤，男孩贪婪的笑容埋伏在双腿之间，从未那样尽兴地堕落，从未那样陌生地享用自己和他人。她觉得想哭，可是笑了出来。售货员对她说，整个工期可能需要一个月，她不用太过操心，验货时有什么不满意他们可以重做。她抬起已经蒙眬的眼睛，说，谢谢你。

所有年轻人的笑容都差不多吗？所有年轻男孩都会暗地嘲笑她一个中年单身女人的苍凉吗？女人在眼泪即将汹涌之前，莫名其妙地令自己不信任这个售货员。交易双方。

废弃的乐园，无人再荡的秋千。老迈的跷跷板呆滞地停住。这是女人的浅梦。

最后的激情迫使女人终于坐在了艾滋病体检中心。她没有去染头发，没有化浓妆，没有换上放浪的衣裙，一切都在夏日中消失了可行性。她在老家的床上失眠了两天两夜，往事变得恐怖，未来变得荒诞。当她在了无希望的睡眠中迎来第三个黎明，她在镜子前站立，拚命地想看到自己足够老迈的模样。否则，可能会怕死。她盯着自己高高的颧骨、有鱼尾纹的眼角、嘴角坚硬的线条，她毫不犹豫地扯下身上的棉布睡袍，用手挤压着已经松垮的双乳，用指甲去抠脖颈间蔓延向双肩的皱纹。她觉得还不够。直到完全赤裸，并且抓痕满身。

就是在这样一个清晨，她洗了淋浴，听着外面传来邻居上班关门、疾步的声响。女人穿上一套上公开课穿的最严谨的套装，将头发吹干，抹上定型水，接着为自己描了眼线，描了口红。她对自己说，这辈子只有今天最重要。

坐着等待的女人神情庄严。她已没有心思多做猜想。只有两种可能。她早已计划好了每一种可能的后续工作。新生活的开始，不过是如此严密的计划。女人想完了自己的心事，门被人推开了。女人下意识地抬头，然而晚了。

进门的男子惊愕异常地退出去看了看门口的招牌，然后万般无奈地叫了她一声"老师"。

女人的心被这一声揪疼了。七年或是八年前的学生。已是成年男子的样子，如今和她平起平坐，共同学习堕落的课程吗？女人觉得脚下已是虚空。

女人毕竟是克己的。她强忍着，站起来，走出门去，也装作看了看招牌，演绎出惊惶的表情。她对男学生说，哎呀，走错门了。

女人拿起自己的背包，几乎是优雅地和男学生道别，甚至问了问他现在的工作情况。最后，她说，老师老了，看病都走错门。

再见。

女人一步一步走出了门，走过走廊，没有看到第二道招牌。她的眼泪落了下来，背脊已快坍塌。

她又进了出租车。她不停地哭泣。她对司机说出了新家的地址。接着说，麻烦把冷风关掉。我冷。

堵车。继续堵车。司机狐疑地从反光镜里看着她。一个沮丧的中年女人。仿佛一辈子都没有哭过一样地在哭。

女人在堵车的高架上肆无忌惮。她嘶哑的声音已不属于自己。万物停顿在尖利的阳光里。

"对不起。我决定要去死了。"她突然安静下来，说。

司机尴尬之极。

"师傅，我刚刚离婚。我已经得了绝症。所以我哭了。对不起。"女人最后一次深呼吸。

司机仿佛长吁了一口气。

"你看，堵车堵得这么厉害。谁愿意被堵着呢？可是只有熬下去。离了婚可以再结嘛。得了病也可以治一治嘛。人只要不是自己寻死，就好。想开一点吧。"司机拖着长音，结束了开导。什么样的乘客都见到过。要寻死的人是不会打车的。司机想着想着，突然觉得是在开导自己。

女人自此变得沉默。心想，也许到死都不用再说话了吧。没有适合的听众，连生死决定都是废话。

看了一圈新家。无所事事。依然是他人留下的房子。女人关上铁门，突然迟疑了一下，也许，可以把它当作一种表示，给前夫？他是外乡人，他是孤独的，他需要再次结婚。然而，门已经关上了。

接着，女人又在地铁里等待开往老家的列车。

她故意把地铁票扔进地道的中央。有点偏。太靠近自己这边了。女人在幻想自己跳下去，犹如足球队员带球过人，临门一脚，肌肉紧紧绷起，还穿着万无一失的制服。她感到自己抢在巨蟒之前，冲入自己和灯箱广告的身影之中。她和影子归于一处。就像那张地铁票的塑料质地，脆生生地碎。

从那天开始，女人决定了去死。但去死是隆重的，有尊严的，有备无患的，不可操之过急的。

她甚至已经无来由地认定——自己即便不自杀，也会因为艾滋病而死。女人因此放弃了去再次检查HIV的念头。她要足够的尊严，以及自由。她闭门不出，觉得外面的世界可能处处隐藏危机，学生、亲戚、同事、导师、邻居……难道不是谁都可能出现在同一个诊所里吗？她还是用那支细细的木头铅笔，一丝不苟地写下死前的计划书，并且在"遗产"一栏里踟躇了几个日日夜夜。

人生的过去就是用来埋伏地雷的，死前状态就是一个世界的雷区。她高估了男孩的无知，认定那该导致起码的正义感，又被自杀之悲壮深深吸引，难以自拔。艾滋病这三个字从她回忆中的各种报纸杂志上站起来，三个字手拉手地在她脆弱的神经里日日夜夜地跳跃。她想到了——本该先生个孩子！也许孩子才是比前夫更合适的遗产继承人。生孩子的念头日复一日夜复一夜地强大起来，因其无法弥补的后悔掩盖了那三个字的跳跃。这是比任何错误都更错的事情，这是惯于按照计划形式的她犯下的最没有远见的错误。她完全可以和前夫先有一个孩子的啊！渐渐地，女人决定去死的幻觉变成了一个婴儿——胖乎乎如莲藕的手臂牵着那三个扁平干枯的字在日夜不休地旋转跳舞、蹦跳狂欢……直至全部变成骷髅。

这个假设已无法成立，于是她在浅浅的睡梦里总是梦到蜗牛的壳碎了，她亲手拖出一条过时的、湿淋淋的预言，早已过了赏味期限。

二〇〇三年二月二日

（原刊于《收获》2003年第5期）

爱 情 诗

金仁顺

一

安次和赵莲第一次见面的晚上喝了太多的酒，很多细节在事后变得无法确认了。他怀疑那一夜的诸多美妙情感是被酒精渲染出来的。所以，他宁可把第二次见赵莲，当成他们之间真正的开始。

那天他接到一个陌生女人打来的电话，她说我是赵莲，遇到一点儿麻烦，请你帮帮我。

"哪个赵莲？"他眼睛盯着电视，心里这么嘀咕着，一不留神，话就脱口而出了。

"我是……洞天府的赵莲。"电话里的声音变得低沉了。

安次一下子想起来了。

"对不起啊，对不起，光记着你是洞天府的'第一美女'，忘了你的名字。"

赵莲短短地笑了一声。

二

两个星期前，安次的哥哥安首在洞天府请客。洞天府的老板是安首的哥们儿，安首订包房时，嘱咐了老板一句："给我挑个漂亮机灵的服务员，上次那个说一句她动一动，油瓶子倒了都不知道扶。"

洞天府老板是个笑面虎："我把我们酒店的第一美女给你派过去。到时候你别忘了给小费。"

赵莲就是那个"第一美女"。她平时不端盘子，站在酒店门口迎宾，这天晚上临时被老板抽调过来，身上还穿着宝蓝色丝绸旗袍，头发拢在脑后盘成发髻。打眼一看，"第一美女"虽然言过其实，但她肤色白净，唇红齿白，加上身段婀娜，拧着腰肢那么一走，当真是步姿撩人。

赵莲知道这桌客人跟老板的关系非同寻常，也知道自己赏心悦目，笑容格外甜美，动作很有表演性，十分殷勤地给客人们添酒倒茶。酒桌上气氛融洽，六个人先喝了三瓶五粮液，又喝了十瓶啤酒。

正经事儿谈得差不多了，安首讲了几个段子活跃气氛。一桌子男人笑得东倒西歪的，有人斜睨着赵莲说："安老板得注意影响啊，这里还有女生呢。"

"这才哪儿到哪儿啊，比这邪乎的她们听得多了，"安首回头看了一眼赵莲，问，"是不是啊？"

赵莲笑而不答。

"现在的女人喝酒比男人厉害，讲段子也比男人厉害。"

安首怂恿赵莲讲段子："我给你小费，一个段子一百。怎么样？"

"我不会讲。"赵莲借口取果盘，红着脸出去了。

"装什么纯情玉女。"有人盯着赵莲的背影说。

"喝酒喝酒喝酒，"安首把杯子举起来，"喝完酒我带你们去看纯情玉女秀。"

大家笑起来。

吃完水果,安首带着客人先走了。安次留下来买单。包房里一下子冷清下来,有了股空旷的意味儿。满桌子残酒剩菜,散发出让人颓丧的气息。赵莲拿着账单去前台结账,出门前打开了几扇窗子,安次的头晕乎乎的,坐在窗边的椅子上透气,冷风一吹,胃里的酒翻转、扭曲起来,顺着食道直往上蹿。

安次捂着嘴出门时,赵莲拿着单子刚回来,他顾不上跟她说话,径直冲到洗手间去吐。吐完了,胸口爽快了不少,又用冷水漱了口,洗了脸,这才回到包房。

包房里已经收拾过了,连桌布也换了新的,赵莲给安次沏了一壶新茶,让他醒醒酒。

"外面下雨了。"

他们就着这壶新茶,聊了一个多小时。多半是安次问,赵莲答。赵莲今年二十,是家里的独生女儿,考大学那几天生了病,没考上,也不想再给家里增加负担了,正好看见"洞天府"招工,就到这里来了。

"家里没什么靠山,就算考上大学了,找工作也很费劲儿。"赵莲微微地笑着,仿佛在说一件很简单的事情。

安次想起自己二十岁的时候,正在大学读书,狂热地迷恋着朦胧诗。那时候朦胧诗在年轻人心目中的地位相当于现在的摇滚乐。安次的情绪不知不觉地有些激动,望着外面,雨还在下,凉湿的空气扑面而来,他给赵莲背了一段北岛的诗:

即使明天早上,
枪口和血淋淋的朝阳,
让我交出自由、青春和笔。
我也决不交出现在,
决不交出你。

赵莲的眼睛闪着光。安次在她的眼睛里面看见自己挥舞着手臂的形象。"那个时候女生也和我们一样，把诗歌当成生命中最神圣的东西，比化妆品，比衣服鞋子之类的重要得多，甚至比谈恋爱都重要，她们和我们一样整天骑着破自行车——不能骑好车，好车老是丢，大学校园里净是小偷——参加演讲比赛、诗歌讨论会，偶尔看一场舞台剧。"

安次离开洞天府时，往赵莲手里塞了两百块钱小费，还给她留了一张名片："有什么需要帮忙的，给我打电话。"

赵莲拿着安次的名片，"咦"了一声。

"怎么了？"安次问。

赵莲笑了："你手机后面的四位刚好是我的生日。"

"是吗？"安次也笑了，"看来，我们是有缘人啊。"

三

安次临出门时看了一眼表，十一点多一点儿，路倒不远，开车十多分钟就到了。

赵莲站在路边等着，仍然穿着旗袍，不过这一件是月白色的，被车灯一闪，波光粼粼的，好像把一层水穿在了身上。

安次心里暗暗惊奇，同样的衣服，在酒楼里穿，是地地道道的服务员，到了外面，摇身一变成了电视剧里面的姨太太。

车停下来以后，赵莲先跟他要了一块钱，跑到附近的杂货店里给人送去，然后才上车。她显然哭过了，眼皮有些红肿，怕冷似地交叉胳膊抱紧自己。

"怎么了？"

赵莲不说话。

安次把车灯关掉，两个人在黑暗里坐了一会儿。

"出什么事儿了?"

赵莲不说话,嘤嘤哭了起来。

安次在家看了一天影碟,几乎没吃什么东西,这会儿赵莲压低的抽泣声进入他的胃里,变成了猫爪子,一下一下地抓挠着他的胃壁。他回想她在电话里的声音,已经很不对劲儿了,难怪他没听出她是谁来。

赵莲哭了一会儿就不哭了,但还是不说话。对面开过来的车灯一晃,她被泪水打湿的脸颊上反着光。

安次想了想,开车把赵莲带到常去的一家咖啡馆,给她要了一杯"卡布基诺",还要了点儿吃的东西。

赵莲两手捧着杯子,把咖啡和奶油一小口一小口喝完,才开口说话。

晚上老板带朋友来吃饭,吃完饭约她和另外一个迎宾的女服务员出去喝咖啡。那时候几乎没有客人登门了,她们也闲了下来。赵莲出门后发现老板带着另外那个服务员开车先走了,他的朋友在等着她。他喝了酒,车开得飞快,一口气开到了城郊的树林里。他劝她别干服务员了,让她以后跟着他,他给她买房买车,买钻石买手机。除了婚姻,他什么都能满足她,就是婚姻,也不是绝对不行,只不过是眼下不行。他一边说一边动手动脚,把她吓得半死,好容易挣开他跑出车去,但旗袍绊腿,没跑多远又让他抓回了车里,幸亏她死命地抗拒,最坏的事情总算没有发生。两个人折腾了好几个小时,他的酒慢慢地醒了,态度温和了不少,但意思还是原来的意思,劝她跟了他,她要是跟了他,想要什么有什么。赵莲担心无法脱身,也假装对他的提议有兴趣,但强调说她不是随便的女孩子,轻易就和男人如何如何,她让他给她点儿时间考虑。老板的朋友同意了,他们开车回城,中间他停车去买烟,她趁机下车躲了起来,他买完烟回来,见她不在车里,在四周找了找,就开车走了。她这才跑出来,找到那家可以打电话的杂货店,她身上没带钱,没法儿打车,而且时间也太晚了,洞天府这会儿可能已经关门了。她这才给安次打电话。

"你说过你会帮我忙的。"

"我会帮你的。"安次松了一口气。赵莲讲完了,他也像喝多了酒刚刚吐完,虽然有些别扭,但轻松了不少:"吃完饭,你想去哪儿?"

赵莲看了他一眼,没说话。

"先吃点儿东西吧,"安次把盘子往她面前推推,自己点上了一支烟,"实在没地方去就跟我走。"

赵莲吃了几口东西就不吃了,安次把烟撅在烟缸里,招手叫服务员过来买单。

"我们去哪儿?"赵莲问。

"郊区树林。"安次笑着说。

赵莲嗔怒地瞪了他一眼,笑了。

四

安次带着赵莲到了"圣湖"酒店,酒店的装修工程是安首承包的,还有一部分余款没结,他们兄弟在这里开房打对折不说,还可以签单。服务员早都跟他们熟悉了,安先生长安先生短的,一边拿眼睛瞟站在他身后的赵莲。

"你经常带女孩子来这里吧?"进了电梯赵莲问。

"你呢?"安次反问她,"你是第几次跟男人到酒店来?"

赵莲的脸色一下子变了,别过身子,垂下眼睛盯着自己的脚。

电梯到了楼层,安次先走出去,回头一看,赵莲留在电梯里不动。

"生气了?"安次又走回去,电梯门在他身后关上了。他按了一下按钮,笑着跟赵莲说:"我跟你开玩笑的。"

赵莲幽幽地瞪了他一眼,电梯门又打开,她这才跟着他走出来。

酒店是四星级,房间很舒服。浴室是特别设计的,有平常酒店浴室的两个大。里面既有淋浴间,也有浴缸。

"洗个澡吧,要不然浪费了。"安次推开浴室门,指给赵莲看了看。又指了指她身后的衣橱:"里面有浴衣,都是消过毒的。"

赵莲没说话。

"你放心。我既然没把你带到郊区树林里，就不会干那些在树林里干的事儿，"安次在窗前的沙发上坐下，"当然，你想洗就洗，不想洗也别勉强。"

赵莲犹豫了一下，在写字台前面的椅子上坐下了。

"我不想洗。"

"那我洗一洗，你不介意吧？"安次问。

赵莲又犹豫了一下，摇摇头。

"这儿有零食，冰箱里有饮料。你自己随便。"安次拿了一件浴衣进了浴室。水很热，他的思想和身体却都是冷静的。在洞天府的那个夜晚，安次对赵莲产生的亲近感越来越遥远，几乎变成了某种想象。而眼下这个坐在房间里的赵莲才是真实的，她的身材好像比那个夜晚丰满一些，尖下巴也不知怎地变圆了，还有她说话的声音，她的眼神儿，全都变得不是那么回事儿了。最最重要的是，安次觉得她变脏了——在他的感觉里，那个男人的抚摸还停留在她身上，宛若皮肤病让人心生憎恶——她不是那个雨夜里双手放在腿上、目光熠熠地听他读诗的赵莲了。

安次洗完澡套上内裤，然后才把浴衣穿上。

赵莲坐在沙发上，望着他。

"你想喝东西吗？"

赵莲摇摇头。

他从冰箱里取出一听啤酒打开，挑了个离她最远的位置在床边坐下了。

"你困不困？想睡觉吗？"

赵莲摇摇头。

"要不……"安次喝了口酒，看着赵莲，"你一个人在这儿睡吧，我下楼跟服务员说一声，直接把账结了。"

"不用，"赵莲赶忙说，"我并不害怕你。你要是走了，没准儿我倒会害怕的。"

好像为了证明自己的话似的，她也洗了个澡。但她没穿浴衣，又把旗袍穿回身上从浴室里出来，两手用毛巾吸着头发里的水。

安次跟她随便聊了几句，半睡半醒的，只知道自己在说话，却不知道究竟说了些什么。房间里所有的灯都开着，明晃晃的，让人睡不踏实。安次在迷迷糊糊中，知道赵莲也在另一张床上躺下了，她好像睡不着，翻过来翻过去的。

早晨起床洗漱后，安次带着赵莲下楼吃早餐。赵莲没睡好，眼睛下面发黑，昨天哭肿的眼睛倒是恢复原状了。她长了一对桃花眼，天生就擅长左顾右盼，她和安次同时注意到两个外国男人的目光围着她和她身上的旗袍转。

"你这么秀色可餐，也难怪一大堆男人要围着你流口水了。"安次端着盘子坐到赵莲的对面。

"什么流口水，说得那么恶心……"赵莲笑容明媚。

五

"你在干吗？"

和赵莲在酒店分手后，她不停地给安次打电话。一共八个。安次在心里数着。没什么要紧事儿，她说她站在门口迎宾，偶尔到吧台里面坐坐，打电话很方便。

"你不专心接客，当心老板骂你。"

"你才接客呢，"赵莲啐了一声，"讨厌。"

安次笑起来。

"我还当你是正人君子呢，没想到你这么坏。"

"你千万别把我当正人君子，我既不是正人君子，也不想当正人君子。"

"你就是，"赵莲加重了语气强调，"你嘴硬也没用。"

"女人要是跟男人说,他是个正人君子,那意思就等于是让这个男人滚远点儿。"晚上安次开车把赵莲接出来,到前一天去过的咖啡馆喝咖啡。

赵莲显然没想到这个,愣住了。她甚至没顾上挑他的语病,她不是"女人",是"女孩子"。

"所以我说我不是。"

安次笑,赵莲也跟着笑了。

"你确实不是。"

服务员送咖啡过来,托盘上面还有果盘、炸薯条以及腰果杏仁儿之类的东西,把他们中间的小桌子摆得满满的。昨天安次给赵莲点了一杯"卡布基诺",她竟然记住了,今天小姐问他们喝点儿什么,"卡布基诺"四个字从她嘴里脱口而出。

赵莲穿着一件宝蓝色旗袍——安次第一次见她时她穿的那件。她的旗袍在临近午夜的咖啡馆里也颇引人注目。坐在其他男人身边的那些女孩子大多属于染发、穿吊带衫、趿拉着鞋拖、手指间夹着细长的女士烟那一类。相形之下,拘谨的赵莲显出一股古典美女的味道。

但很快,她会变得和她们一样。安次看着赵莲想。傍在男人身边,染发,穿吊带衫,抽烟,眼神儿变得迷蒙。

"那个想包你的男人是谁啊?我认识吗?"

"你干吗问这个?"赵莲的神情一下子变得不自然了。

"反正闲着也是闲着。下次我去吃饭要是碰上了,你告诉我一声。"

"我可不想再见他。"赵莲断然拒绝。

"你不想见他,他可能想见你呢。"

"想见我也没用,我会当他是透明的人。"

"……你整天站在门口,很多男人追你吧?"

"多少算很多?"

"一百个?"

"哪有?"赵莲笑了,"我才来了一个多月。"

喝完咖啡安次把赵莲送回员工宿舍。以后的几天也是一样。他偶尔和她开开略嫌过火的玩笑,但连手指尖儿也没碰过她一下。他带她去过一次酒吧,刚走进去就后悔了。里面吵得要命,赵莲跟他说话时,嘴唇都快要贴到他的耳朵上面了,他很快招来侍应买单,带她离开了。在酒店中午和下午之间的休息时间,他带赵莲出去逛过几次街,给她买了一些衣服鞋子,还送了她一个手机。他们买完手机从商场的扶梯上下来时,赵莲挽住了他的手臂。商场里冷气开得很足,她的胳膊又滑又凉,他假装没注意到这个细节,用另一只手从兜里掏出电话来放到耳边:"哪位?"

是安首的电话。安次通完话,看了赵莲一眼:"今天晚上我哥在你们那儿请客。"

赵莲的胳膊紧了一下:"你也来吗?"

"……我还有点儿别的事儿,看情况吧。"

"你把别的事情推掉嘛。"

安次没往赵莲脸上看,在心里玩味着她撒娇的语调,有点儿好笑地想,她现在是不是以为她是我的什么人呢?

安次在家煮面时,赵莲给他打电话问他在哪儿,他说在外面陪客户。赵莲的声音有些委屈:"你哥带人来了,让我在包房里侍候。"

"可能是你上次表现得太好了,他才跟你们老板特别要求的。"

"……我可是看在你的面子上才去的哦。"赵莲把电话挂了。

六

安次吃完面,第二个影碟看到一半时,又接到赵莲的电话:"你赶快过来,快点儿。"

电话挂断了,安次犹豫了一下,他不想让赵莲养成随便撒娇的习惯,把电话放到一边,接着看影碟。

差不多过了一刻钟，赵莲又打电话过来，声音里带着哭腔："你怎么还不过来啊？你快点儿过来啊。立刻就过来。"

安次关了影碟机，出门开车直奔洞天府。

"赵莲在哪儿？"他问门口的迎宾小姐。

"紫竹。二楼。"

安次上了二楼，一路看着包房门上的门牌，"红蔷""碧丝""墨菊"，一直走到最里面，才发现"紫竹"两个字。他敲了敲门，里面没人应。他侧耳听了听，里面明明有声音，他又敲了敲门。

有人朝门口走过来，一下子把门打开。

"……你怎么来了？"安首喝了不少酒，酒气扑面而来。

"客人……走了？"安次往包房里面看了一眼。

"啊……今天散得早，"安首笑笑，回头看看赵莲，"我正跟美女说别的事儿呢。"

"你怎么才来？"赵莲出现在安首身后，哭得脸像刚洗过似的。

安次觉得有个无形的拳头狠打了一下自己心口。

安首的脸色也变得难看了。

安次清了清嗓子："哥……"

"她刚才的电话是打给你的？"安首冷冷地问。

"我不知道是你……"

安首从兜里摸出烟来，弹出一根，用嘴叼住。安次摸出打火机给他点着。

"现在你知道了。"安首吐了口烟，说道。

安次看了赵莲一眼，转身想走。

"我下午本来要告诉你的，但是……我以为你晚上能和他们一起来吃饭呢。"赵莲哭哭啼啼地拉住安次的手臂。

安次回过头，盯着从安首嘴里吐出来的烟雾，他觉得自己的话也像烟雾一样，轻飘飘地朝安首游荡过去："哥，今天的事儿，就算了吧。"

安首没说话。

"哥……"

"什么算不算了的，压根儿就没什么事儿，"安首笑了，看着赵莲，"看不出你还挺有手段的，居然把我弟弟搬来了。"

七

安次和赵莲谁也不说话，听着走廊里安首的脚步声由重到轻，直至消失。

"有好几次我都想跟你说的，可是……"赵莲看着安次的脸色，小心翼翼地开口，"我不知道应该怎么跟你说。"

安次拿出烟来，点上。

"看不出你还挺有本事的，"安次冲赵莲笑笑，"一般的女人很难让我哥看得上眼的，追他的女孩子可多了。"

赵莲没搭腔。

"他说话可是算数的，答应了人什么，一定能做得到。"

"我不稀罕。"赵莲轻声说。

"你稀罕什么？"安次吐了口烟，笑笑，"你稀罕天上的月亮，那也得摘得下来呀。"

"我没说我想要月亮。"

"那你想要什么？"

"……你带我出去转转吧，"赵莲说，"随便去哪儿都行。"

安次先下了楼，在车里抽了两根烟赵莲才出来。她换上了白天刚买的衣服，绾得紧紧的发髻也打开了，用皮筋在脑后扎了一个马尾，整个人活泼了很多。洞天府的老板开车从外面回来，下车时，吃惊地打量了他们一眼。

安次冲他摆摆手，开车离开。

赵莲拿出一张CD放进CD机里，一个男人唱歌时仿佛被人攥住了脖子，绝望地哼哼着："我闭上眼睛就是天黑……"

"好听吧？"

"哪儿弄来的黄色歌曲？"

"什么黄色歌曲？这才不是黄色歌曲呢。"

"天黑了，眼睛也闭上了，还不黄色？"

"你真讨厌。"赵莲叫了一声，在安次脸上轻轻地打了一下。

"你打我？"安次横了赵莲一眼。

"……谁让你先骂人的。"赵莲意识到自己有点儿过分，收回手时解释了一句。

"打得好，"安次在前面的十字路口转了个弯，"打是亲，骂是爱。"

"我们去哪里？"赵莲看了看方向。

"你不是说随便去哪里吗？"

"随便去哪里也有个地方吧？"

"郊区的小树林。"

"我跟你说正经的呢。"

"我是正经回答你啊。"安次笑。

"懒得理你。"赵莲扭头看着窗外。

安次把车停在圣湖酒店的门口。

"这是树林？"赵莲笑着问。

"是啊。"

"这是你家的树林？"

"是啊，你觉得我家的树林好不好看？"

赵莲笑得连气都喘不过来了。安次熄了火，很耐心地等着她笑完。

八

安次去吧台拿房卡，回头打量着坐在沙发上等他的赵莲。她胸前交叉着双臂,眼睛盯着从酒店门口进进出出的客人,有些茫然若失。安次过去拍了她一下,她站起来时,他自然而然地牵住了她的手。她很顺从地跟着他,朝电梯走过去。

电梯里没有别的人,他们的手还那么牵着,但一句话也没有。赵莲盯着安次身后的镜子,安次抬头看着电梯门上面闪光的号码,1、2、3、4、5、6、7、8、9。电梯"叮"的一声,停了下来,电梯门像嘴那样张开,他们走出去,向右转弯,在"0919"门口停下,他把房卡插进电子锁,绿灯亮了,他扭动把手,把门打开。

安次拉着赵莲在黑暗的房间里站了一会儿,房间里的家具影影绰绰的,远不如他脑子里的思路清晰。

赵莲不出一声,乖乖地站在他身边。

他在她的嘴唇上亲了一下,手从她的头发后面伸过去,把房卡插上,接通了电源。他把浴室的灯最先打开。

"想不想洗澡?浴室这么漂亮,不洗浪费了。"

一直紧绷着脸的赵莲"噗哧"一声笑了:"你怎么老劝人家洗澡,浴室是你家的?"

"是我设计的。"

九

赵莲是第一次。安次中间停了下来,在她额头上摸了一把,手心里全是冷汗。他有些犹豫不决,但赵莲把他又拉回到她身上。

完事后他们一起去浴室冲淋浴。

"你从什么时候起打我主意的?"赵莲问。

"……你猜猜。"

"从第一次见面就开始了。"

"为什么?"

"那天晚上你给我背诗,说,决不交出现在,决不交出你。"

安次笑了,他把花洒举起来,让水花直接朝他的脸孔上溅落。恍惚间,他觉得自己不是站在酒店的浴室里面,而是站在意大利的夏日阳光下。

那天夜里和赵莲在洞天府喝茶聊天,安次最想讲的,其实不是北岛的那首诗。而是读那首诗给他听的女同学。几年前,安次去欧洲旅行,在佛罗伦萨的市政府广场,她的面庞在成堆的游客中间一闪即逝。安次撒腿朝她追过去,也不理身后的导游有些惊惶失措地喊他的名字。他跑过热闹的卡鲁茨伊奥里大街,在大教堂前抓住了她的胳膊,几只鸽子从他身边扑楞楞地飞起,不知是不是被他叫她的名字的声音给吓着了。

她朝他转过脸来,不是他的女同学。是一个陌生人。他甚至弄不清她是来自中国的大陆、香港、台湾,还是韩国、日本、新加坡。

"你敢说你的诗不是故意读给我听的吗?"赵莲一直望着他,追问。

"……你不懂诗。"安次说。

赵莲不高兴地噘起了嘴:"就你懂?"

安次把花洒举起来对着她的脸,她躲进他的怀里,紧紧地抱住他。

臂弯里的身体实实在在,但安次的心却空落落的,就像那天在佛罗伦萨,他一边抱歉一边放开那个女孩子的胳膊,扭头沿着卡鲁茨伊奥里大街往回走,到处是艺术品,到处是游人,到处是鸽子。

安次轻轻把赵莲从怀里推开,转过身,把花洒插回到墙上那个酷似半个手铐的卡子里。

(原刊于《收获》2004 年第 1 期)

我和赵小兵

曹 寇

我和赵小兵不相见已十年了。

上一次见他是在十年前初中毕业时，那天我拿着烫金的毕业证书，心潮澎湃，觉得自己立即就能赚到钱了。我匆匆走向校门，对身后的校园一点兴趣也没有，看也没看一眼。不仅如此，我也对校门口那些卖零碎的摊点丧失了应有的偷窃欲望。按照之前的估计，我猜自己在毕业这天肯定会偷到很多东西。什么圆珠笔啦、自动铅笔啦、明星贴画啦，还有什么烧饼啦油条啦，等等等等。偷这些老头老太的东西对我来说易如反掌。我一度认为自己是个大盗，并为此躲在围墙外很是感动。当时还看到一只麻雀落在墙头将屁股扭了两扭，几乎掉下泪来。拿着毕业证书，已超越感动，如果此时不是赵小兵挡在面前，我估计自己连家都忘了回，而会直接走下去，走向通往城里的那条黄尘滚滚的大路。在我看来，那里到处都是钱和美女。赵小兵挡住了我，他一直是个操蛋人物。他这天没拿到毕业证书，因为他初二即已退学，开始了在校门口向软弱的同学进行敲诈勒索的营生。他看着我手里的毕业证书，面露难得的愧色。其实，我也比他好不到哪儿去。我撑下来了，有毕业证书，他没有，如此而已。不过因为他早出校门，所以一直很老大，平素里，我虽不至于怕他，但还是让着点的。可是这天我并不打算理他。我说，你有事吗？他盯着我手中的毕业证书说，给我看看。我想了想，就给他看了看。我知道他有点后悔。我很得意。然后他还给我，继而从口袋里掏出一支烟。我接了点上，说，有事你赶紧说吧。他说，是这样的，你别跟孙曼好了，让给我吧。孙曼是我们班的漂亮女同学，说话带字，成绩奇差，比我还差，我们经常到学校围墙后拉拉手、亲亲嘴什么的。其实，我并不觉得孙曼有什么好。我喜欢的是一班的高静，一班是快班，高静是班长，她虽然长得并不如孙曼好，但我就是喜欢她。在分快慢班之前，我们曾在一个班，那时候我就喜欢她。赵小兵要我转让我并不喜欢的孙曼已非第一次，但我一直没答应。现在我觉得应该给予考虑，我是这么考虑的：我扭回脑袋看了一眼就要走过来的孙曼，她在六月份的校园的树阴下非常风骚，心下觉得有点可惜，然后我又看了一眼手中的烫金毕业证书，血涌了上来，说，好吧。然后我就走了。自此十年再也未见赵小兵。

十年后他突然出现在我的门外，这就像早已商量好的，正好十年。我看着他站在我门外满头大汗的样子，想起现在也正是六月份。除了十年应有的变化，彼此不难认出对方。太简单了，世间并无那么多令人感到陌生的变化。

我说，怎么是你！他说，嗯，是我。我说，听说你死了。他说，确实差点死了，你听谁说的？我说，孙曼说的。他说，那个骚货我已经二十年没看见了。我说，你放什么屁！他说，没有二十年也有六七年吧。我说，她结婚了，儿子估计都三四岁了呢。他说，骚货！

然后我才把他请进我的家门。我看看时间，已经六点半了，天还很亮。他进了门，屁股挨凳子不到三分钟，就开始像个贼一样在我的家里到处看，说，操，你小日子过得不错啊，这房子什么时候买的，多少钱？我说，去年初，十八万。他说，我操，你抢啊，这么多钱。我说，贷款的。然后他才把视线从我家墙上的一张裸体油画上收回来，认真地看了我一眼，眼睛里不由自主地流露出惭愧。

我的情况是，初中毕业后，我打算去学个烹饪或驾驶什么的，苦点钱花花，但没成功。我二伯在市里一个职业高中当主任，把我招进去又读了三年书。读了三年，我的脾气变得好多了，不再打架，也不太搞对象。所以，二伯又找了关系把我从他们职业高中推荐到一个到处是废铜烂铁的大学读了两年书。毕业了，分配了，成了公家人，落户城市，也买了房子，女朋友也同居了。她就是高静。她的情况是，初中毕业考到卫生学校，毕业后干起了护士。我是前两年开阑尾才遇见她的。她给我换药打针的，把我伺候得胖了不少。所以，一出院，我就跟她搞上了。

赵小兵说，真没想到啊真没想到，不知道高静还认得我吗。我说，危险，你那时候是差生嘛。其实，我说的是假话，高静跟我说过，她说她在初中时暗恋的对象就是赵小兵。我觉得奇怪，其实并不奇怪，赵小兵身材魁梧、相貌阴狠，就是现在说的"酷"。高静虽然品学兼优，但也情窦大开。当年，赵小兵一身武装、衣衫时髦地站在校门口吆五喝六，确实很吸引女生。高静为此感到惭愧，说，那时候啊，人小，什么都不懂。我也就笑了笑。心想，你暗恋赵小兵，孙曼还曾经是我对象呢，一抵。不过，高静并不知道当年我与孙曼的事。

赵小兵有点局促起来，好像害怕高静突然从我家里某个越来越暗的角落跳出来，口喊当年英语教师的背诵命令。我太清楚了，像他这样的人其实最畏惧当年优秀的女生。他当年敢搞孙曼而从不打高静的主意即已说明这一点。我觉得自己比他进步就在于，即便当年，我也一直想搞高静。虽从未说起，深藏于心，志向毕竟大一点。

为了疏解他的紧张情绪，我说，高静今晚并不在，她刚吃过饭去电大上课了。赵小兵吃惊道，怎么还读书？其实不仅高静，我也在继续读书，时代要求嘛。但我觉得为什么还读书的问题向初二就退学的赵小兵解释起来很麻烦，所以就岔开话题，同时也突然想起，说，你还没吃饭吧？

当然没吃饭，这还用问？

其实我一直讨厌喝酒，现在也不打算喝酒。自从和高静谈恋爱以来，我已听从后者的劝告尽量不喝酒。所以，我犹豫了一下。然后我想，还是喝吧，难得遇见一个十年前的人，能遇见十年前的人的机会会越来越少的。就是偶尔喝次酒有什么关系呢。再说反正高静今晚不会来了，她上完课要回单位宿舍去。在我打定主意准备喝酒之时，我抽空又看了看楼下。吃过晚饭的人们开始在小区内溜达，他们扶老携幼，穿着轻松。掠过他们的头顶，前方一大片有待开发的空地上升起一股紫色的烟雾。天色已晚，鬼蜮出世。大概如此吧，我想。

在去街上买酒菜和整个喝酒的过程中，赵小兵一直在叙述这些年的经历。

我们毕业后，赵小兵携孙曼在校门外又晃荡了两年多。后来，他们渐渐发现，和他们同岁的人几乎再也找不到了，而学校各届的痞子流氓不断风起云涌，他们的立足之地已深受威胁，感到失落了起来。另外，双方父母的唠叨也确实不能再置之不理。所以，两人这才走上社会，彻底摆脱那个破烂学校。赵小兵去学了烹饪，孙曼去学了理发。两人开始还经常走动，时间长了，就算是分手了。赵小兵说，孙曼后来到南方干过几年坐台的。之后他就不清楚了。经赵小兵一说，我也才明白，近些年，我回镇上，有一次遇见孙曼，她开了一家理发店，还收了些徒弟，生意做得很不错。我还一直奇怪，她怎么这么大的能耐呢，她家里本来就穷得凶，老子是瘸子，她妈身体也常年有病，弟弟妹妹也小来着，原来，大概是她坐台混了点钱。我告诉赵小兵，孙曼嫁的那个人是镇上土地所的所长，很有权势，那土地大人大概没想到自己老婆有那么多故事。赵小兵和我一起笑笑，又叹息，说，孙曼这辈子也算稳定了，就我一个人啦，唉！

赵小兵。他学烹饪，得了个三级职称，却一个饭店也找不到活干。后来他老子托人好不容易找了个，工资又低得可怜。名义上包吃包住，一个月却只有一百来块钱。他是个大手大脚的人，旧习不改，好一个广结天下兄弟，酒肉之快，岂可断之。所以，平时干活不行，那每月一百来块钱经常被扣个十块二十的。干了三个多月，就跟老板干了起来，把老板打个半死。不仅没捞到一分钱工资，还倒贴了两千多块钱医药费、营养费什么的。他老子也是脾气暴躁的人，对儿子彻底失望，说是家里已因为这个没出息的儿子赔了个精光，以后是死是活自己担着。赵小兵就不再回家，伙同几个兄弟给人家浴池看场子。在浴池里因贪图小姐，染了些丑病，偷偷摸摸地治了许久，花了不少钱，把几年劳动积蓄搞个精光。治好了，老板不要他干了。他那些兄弟干得好好的，也不跟他了。他就一个人跑到北京去混。北京真大。在建筑工地上，找到个拎泥桶的小活干，勉强糊张嘴。一天晚上，累得要死，想到自己在北京，人生地不熟，难以混出头，还是觉得家乡好，就又杀了回来。在回乡火车上遇见一伙山东人，这伙人是贼，流窜各地作案多起，还有几条人命在账。他们就带着他在全国各地继续作案。干了半年，在徐州被抓住。好在这期间没有杀人，而且赵小兵一直也只是个放哨的，所以判得轻，五年。在牢里表现好，提前一年放了。出来后，也确实不知道干什么，此时他爸爸已经死了，他就回了家。种了一年的地，就又出来了。现在还是瞎混，什么都干。

我说，为什么孙曼说你死了呢？他说，那时候他与家里没有任何联系，而且大概正和那伙山东人到处跑呢，是死是活自己也分不清楚。我问，你现在主要干什么？他说，偷。我说，你别偷我家噢。他笑了起来。这时候，我们酒已经多了。

我去打了个电话，叫小店又送了箱啤酒上来。
继续喝。赵小兵突然说，去年，我表弟当兵去了。

我说，是吗？

他说，是。

我说，他当兵与你有什么关系。

没关系。

没有话说了。

然后，他又说，去年我表弟真当兵去了，骗你是儿子。

我觉得烦，说，你讲过了，知道了。然后我又想，算了，就问，在哪儿当兵？

到内蒙古去了。

哦，你到那儿去过没？

没有。你呢？

我也没。

此时我觉得累了，平时应该睡觉了，但我懒得去看钟。我偶尔抬起脑袋，看到面前一切都昏昏欲睡。

好吧，我说，你表弟多大？

他说，十七岁。

叫什么名字？

叫王国民。

名字不歪。哪个学校毕业的？

跟我们一个学校。他说。

成绩怎么样？我说。

比我还差。

有毕业证书没？

有。

你现在呢？

还是没有。

可以搞一个。我说。

没想过。

说完赵小兵就趴在了桌上。他的背部在动。过了一会儿，他突然抬起脑袋，提高声音，说，我也想当兵！

我被他这话搞得吃了一惊。看看他，他眼睛很红，脸上肌肉也开始在动。

我真想当兵，骗你是儿子。他站了起来。

我说，你坐下。他没坐。我就说，你为什么想当？

我就是想当兵。他开始大声叫了起来。

我过去拉他坐下，他不断地挥动手臂想把我推开，但这是徒劳的，我还是把他按在了椅子上，说，你已经超过年龄了，我们都不能当兵了。

听到这句话，他吐了一口，那些被嚼碎和被胃液润滑的食物光鲜地洒在我家的地板上。然后又吐了一口。我估计他会继续吐下去，那样，我就可以把他搞到一张床上，或就放地上，然后拿个拖把来拖地。但可惜的是，他就吐了两口，这是两口浓度很大的呕吐物。我看着它们，想不出用什么办法将它们搞走。我想，如果在乡下，用灶灰铺在上面，再用扫帚容易扫掉。但我现在没有灶灰，怎么办？我陷入了困境。然后我只得放弃在困境中绕圈子，看赵小兵，只见他抹抹嘴，端起碗又干起了酒。这之后，他的酒量迅速恢复，不断地喝，其间反复地说自己想当兵。因为，他说，当兵是条活路啊当兵真的是条活路。

然后，我们开始说女人。赵小兵说到无数个女人，大多数女人只是一些器官。他说，他一点也不喜欢孙曼。因为孙曼的阴毛是他见过的女人中最多的，所以不喜欢。这令我感动。我想到，孙曼在一个下雨天和他往一个屋檐底下跑，在十年前那个中学附近的一些高大的桦树底下，他们是多么的轻盈。雨水打湿了他们，他们气喘吁吁。他们发现，自己所在屋檐下还垂挂着几张褪色的红纸，一些诸如"风调雨顺""六畜兴旺"的句子残破不全地在风里飘动。放眼望去，春节远去，草木浓郁。

赵小兵说，你呢，有几个女人？

我说，我拿毕业证书那年以为自己会有无数个女人，和你一样多的女人，甚至比你还多的女人。但是，可惜，我至今只搞过一个女人，就是高静。

他说，你们会结婚吗？

我说，对，估计今年不行就明年。

他说，高静怎么样？

我说，没有比较，不清楚。

他说，应该比较。

这时候我们抬头互相看了一眼对方，坏笑了起来。这是多么陈旧而亲切的笑。十多年前，我们经常这样笑。我鼻子酸了一下，眼泪流了下来。

赵小兵说，兄弟，你哭了。

我说，放屁，我没哭，没，我就是酒干多了，激动。

我的眼泪无法控制地落在面前的碗里，酒被溅到滚烫的胳膊上。他看着我，然后说，兄弟，我要带你去见识更多的女人。现在就走。说着喝完碗里的剩酒站了起来。

我没来得及去擦满脸的泪，也跟着摇晃着站了起来。我想说，我们哪儿也别去了，就在我家睡吧，哪怕你不洗一洗你那臭脚也没关系。但并不是这样。我和他互相扶着跌跌撞撞地下了楼。在小区的甬道上，我们并没有遇见什么人，但道路动荡不安，我发现天空高远得不可思议，周围楼房里一两点灯光空虚得要命。这使我想到，大概已是深夜了。

我们拦了一辆的士。我听见赵小兵说，师傅，去个有小姐的地方。后来我被他推醒时，面对的正是一间灯光粉红的洗头房。我的精神略略为之一振。几个小姐盘着修长的腿正坐在沙发上看电视。进去才发现，她们看的是录像，那种很普通的枪战片。我看着一个男的拿着枪跟着另一个拿枪的男的追，心里布满了绵绵的睡意。我和赵小兵瘫倒在她们中间。一个小姐把她的胳膊从我的腰部绝情地拔了出去，于是我立即感到深陷的眩晕。

赵小兵在跟她们谈论。一个比我高大的小姐把我扶到了里间。那里只有一张床，被褥零乱，好像刚刚结束一场交媾。我伸手探了探，并无温度。我和小姐迅速地脱掉了所有的衣服，并没有发现自己有所羞耻。然后我们相对而坐，彼此抚摸。我想，我是在嫖！我被这个想法搞得有点清醒和激动，身体也有了点反应。

  这个小姐的身体在我们头顶的那盏白炽灯下泛着黄晕。她的乳房很大，下身模糊不清。我感到她的身体是冰凉的，像一条鱼那样。这使我有点失望。然后，她翘着屁股爬到床头找到一枚安全套，说，套上吧，对你负责，也对我负责。我想笑一下，但不知道笑没笑。我说，我酒多了，不太能动，你在上面吧。她皱了皱眉头，勉强答应了。于是我任其摆布。但我酒确实多了，下身也疲惫不堪。她套弄很久，稍有起色便迫不及待地把它塞进体内，如此搞了多次仍未成功。我看见她面对失败总是要夸张地使劲一屁股坐在床上，并叹一口气，这使我觉得，她不是一个能吃苦耐劳的好姑娘。我所做的，只是把手放在她冰凉的乳房上，然而那确实只是抚摸冷猪肉的感觉。因此，我对自己深感厌倦。在少数的几次进入期间，我感受到她身体内部的温暖。但这是短暂的。因此，我为那几厘米的温暖深感忧伤。然后我说，你多大？她没有回答，而是说，你酒确实多了。其后她显得焦急了起来，试图利用各种渠道把我搞硬。但我让她失望了，还是不行。我很愧疚。她不耐烦地压在我身体上方，大口喘气。这使我闻到了苏打饼干的味道，这种饼干我记得超市的售价是每包两块三毛钱。我想说声抱歉，所以我就说，抱歉了小姐。然后我就睡了。

  我可能还做了个梦。后来，我被她拉了起来。我同意这样，也许将来，可以弥补今晚对这个小姐的愧疚。我们又走到那个四面墙是镜子的房间里，似乎我们来到了一个舞厅。赵小兵半躺半坐与一个小姐在那儿高声说话。因为角度的问题，我才发现，我的兄弟赵小兵是多么猥琐，他头发稀疏，穿着暗淡，摆放在沙发旁边的皮鞋一只朝内一只斜着朝外，上面布满了灰尘。和我搞的小姐把我丢在那里，跑到他们中间使劲坐下，开始对赵小兵发起牢骚，她反复对后者强调我没干成她。我不知道她为什么要这样。

赵小兵听后，果断地打断与那位小姐的交谈，掉过脑袋看看还傻站在那儿的我，我也是这时候突然发现，赵小兵相貌丑陋。他对我说，那好吧，既然没干成，我们走吧，换一家。

他的意思是不付钱。

小姐拽住了我们。

然后，一个男的迅速出现。他长得像个广东人。赵小兵并不怕他，坚持不付钱，和对方僵持不下。我的意思是商量一下，钱能否少给点，还是走吧。但赵小兵一如当年那样有主见地甩掉我的劝阻固执己见。在这期间，我发现和我搞的那个小姐打了一个电话。我似乎听到她在向另外一群人述说嫖客耍赖的事情。

我觉得自己清醒多了。我对那个像广东人的男人说，多少钱？

一百。他说。

我摸了摸口袋，这才发现，我并没有带钱。

我把赵小兵拽到一边，说，你是不是也没钱？他再次甩开我的手臂，高声叫道，老子有的是钱，但今天就不付账，怎么啦！

好吧，我说，他们喊人了，我们赶紧走吧。

赵小兵还是高声喊叫，他说，喊人？我操，他们要是今天动老子一根毛，明天就叫他们整歇！

我不知道如何是好，感到头痛欲裂。好吧，我不管了。我跑到屋外蹲了下来。外面路灯很亮，我看着它们，想，如果我经过一盏路灯，我的影子先是在后，然后才会在前，而且越来越长，直到被下一盏路灯的光芒遮蔽，影子便又在身后，如此反复。我被这个想法弄得头更晕了，于是抱住了脑袋。只听见偶尔一些出租车飞驰而过的声音，那些被卷起的垃圾似乎就在我的头顶。就是这样。那些打手终于出现。

他们下车时，并没在意蹲在屋外的我。我透过玻璃窗，看见站着好好的赵小兵被一个粗壮的男人一拳打在了脸上，然后就倒了，再也没爬起来。我打算跑，但不知是何缘故，也倒了下去。

等我醒来时，我发现鼻青脸肿的赵小兵压在我的身上。他伤得不轻，脸上的血已凝结成紫色血痂。我使劲推了推他，他也醒了。

他一醒来就说头疼。我扒开他的头发，发现他的脑袋上有一些裂口。看着这些伤口，我内心充满了疼痛，于是给他揉，揉啊揉，许久。

好点了。他回头看着我，惊讶地叫了起来，你怎么这样了？我们被人给打了吗？

看来，他昨晚确实已喝多，几乎什么也不记得了。我就把我所记得的告诉了他。然后我们彼此数了各自身上的伤口，又爬起来走了几步，觉得没什么大事。这才放心地笑了起来。

我说，操，我真倒霉，难得见到你，竟然倒了这么大的霉。看来以后不能看见你了。

他说，确实怪我，酒多了。

我说，你倒是没事。如果被单位知道，我怕是饭碗不保了。

他说，没事，应该没人知道。他们还能怎样，打也被他们打了，难道还会举报我们嫖鸡不给钱吗，生意还做不做！

我说，你说得也是，不过，我怎么跟高静说我这一身伤呢？

是啊，怎么说呢。赵小兵也替我担忧起来。

我们不知道怎么去跟高静解释浑身的伤口，只好抬起脑袋。这时我们才发现，我们正置身于一片草地。在草地的远处似乎有一座小小的山丘。我们不知道这是什么地方。天是阴的，也不知道时间。我迅速地回忆了一下，猜想，大概是那些打手把我们打昏后用车扔了过来。赵小兵说，大概也只能是这样。不是这样又是怎样呢？

好吧，我们走吧。

往哪儿走？

往前走，也许能碰到个人家什么的，问问这里是什么地方。

我们走了起来。一路上都是齐踝的青草。这是我们从来没有想象到的，我是说，我们从来没有想象到有这么多青草可以摩擦我们的踝，从来没有想到有这么青的青草，也从来没有想到我们会一起伤痕累累地在青草上走。

在路上，我们还就昨晚的事情讨论了一番。我问赵小兵，你是不是真没有钱。赵小兵说是的。我说，那就难怪了，幸好我没搞成功。赵小兵就说，那你是不是阳痿呢。我说不是的。他说他不信。我就说，我操，下次操给你看。他说，下次什么时候。我说再说。他说，那我更不信你了。我说，好吧，那我就是阳痿。他说这还差不多。此外，我们又集体回忆了十年前的一些事，结果我们叹息，十年前，我们是多么幼小，什么也不懂。但是，十年前我们又是多么可爱，再也没有了。在谈到十年前的时候，我对赵小兵说，当年你要我把孙曼转让给你的时候，你还记得我有什么动作吗？他说不记得了。我说，当时我回了个头，看到孙曼走了过来。他说，对，是这样。我说，你知道吗，那是我见过的最好看的女人。

我们就这样边走边说，时而叹息，时而兴奋。也不知说了多少话。我只觉得，我们把迄今为止一辈子的话都说完了。

然后，我突然意识到，我们说了这么多的话就说明我们走了这么长的路。但抬眼望开去，还是青草，没有人家，没有牛羊。远处的那个小山丘还在远处。于是我停了下来。

怎么？赵小兵问。

怎么还没看到一个人？

对，怎么搞的。

不知道啊。

我们赶紧跑吧，他提议，争取在天黑之前找到一户人家。

于是我们又跑了起来。我们跑啊跑啊，跑了很久。跑不动了，我们只好大汗淋漓地蹲在地上，脑袋对着脑袋。我看见赵小兵的口水从大张着的嘴流到了青草上，然后又顺着青草流到了地上。我想，我也是。

赵小兵说，怎么搞的，人呢？

是啊，人呢？于是我站起身，竭尽全力地叫了起来，人——呢——

没有回音。

于是我们两人一起喊，人——呢——

喊了无数遍，嘴都喊干了，还是没人。

我们最终疲惫不堪地倒在了地上。我听见赵小兵哭了起来。他哭的样子还是当年的样子，眼睛闭着，嘴张着，泪水从两颊流下，部分落进嘴中。

别哭了。我安慰他。别哭了。

他说，我害怕走不出去啦。

别怕，我说，会走出去的。

这到底是哪儿啊？

我也不知道。说完，我突然悲伤起来，也哭了。

他说，你为什么也哭啊。

我说，赵小兵啊，我估计我们已经死了。

于是我和我十年前的兄弟赵小兵在草地上抱头痛哭。

（原刊于《收获》2004年第2期）

袴　镰

李　锐

　　镰，刈禾曲刀也。《释名》曰，镰，廉也，薄其所刈，似廉者也。又作"鎌"。《周礼》"'薙氏'掌杀草，春始生而萌之，夏日至而夷之。"郑康成谓，夷之、钩镰迫地芟之也，若今取茭矣。《风俗通》曰，镰刀自搋积刍茭之效。然镰之制不一，有佩镰，有两刃镰，有袴镰，有钩镰，有镰桐之镰，皆古今通用芟器也。诗云：

　　利器从来不独工，镰为农具古今同。

　　芟余禾稼连云远，除去荒芜捲地空。

　　低控一钩长似月，轻挥尺刃捷如风。

　　因时杀物皆天道，不尔何收岁秒功？

　　——引自《王祯农书》农器图谱集之五，王毓瑚校订，农业出版社1981年11月第一版

　　考古工作者曾发掘到四千年左右前的石镰、骨镰和

蚌镰。有些蚌镰刃口还刻有锯齿，在江苏仪征发掘到周代铜镰，镰的刃口也刻有锯齿。有锯齿的镰收割庄稼比较轻快锋利。自从用铁制农具后，镰刀都改用铁制，所以从战国以后遗址中出土的镰，都是铁镰。

——引自《中国古代农机具》第十讲，作者：章楷，人民出版社1985年6月第一版

他把洗干净的镰放到葡萄架下面的八仙桌上，把杜文革也放到八仙桌上，放到对面，让自己和他脸对脸地坐着。他把它们都洗干净了，袴镰和杜文革都在井边洗得干干净净的。他把自己也洗干净了，那件弄脏的上衣扔在井台上了，扔的时候还犹豫了一下，等到弯下腰伸出手的那一刻，忽然明白过来自己真是个傻瓜，忽然明白过来从现在起，不只这件上衣穿不穿无所谓了，连眼前这个看了二十六年的花花世界都和自己一点关系也没有了。哥哥的冤仇报了，几年来的煎熬总算熬到头了，一切都了结了，一切都和自己无关了。二十六年来已经习惯了遵守所有做人的规矩，父母说的，老师教的，广播电视里天天讲的，街坊邻居们不言而喻都照着做的，二十六年来自己一直被这些无孔不入的规矩管束着。就说穿衣服这件事吧，是谁规定的人非要穿着衣服才能上街不可的？天气又不冷，为什么就不许不穿衣服痛快痛快？他带着几分幸灾乐祸的快感把拿衣服的手收了回来，心里由衷地涌起一阵豁然开朗的快乐。所有原来必须要遵守的都用不着再遵守了，松绑了，彻彻底底松绑了。他转身走到井台上抓住辘轳把，又奋力摇上一桶水来。然后，把身上的衣服都脱下来，脱得一丝不挂，然后，就那么旁若无人地洗起来。松了绑的身子轻飘飘的，浑身上下没有一丁点儿分量。也许是刚才的拼打消耗了太多的力气，胳膊和腿都是软酥酥的，像是有半斤老酒烧得浑身上下舒舒服服晕晕乎乎的。他让水桶对着胸膛倾斜下来，沁凉的井水从身子上冲下去，哗啦啦地摔到井台的青石板上，灿烂的水珠在阳光下四处飞溅。他舒舒服服地打了一个冷战，深深吸进一口气。然后，再一次抓住

辘轳把，再一次摇上一桶水来，弯下腰把重重的水桶提出井口的时候，在轻轻摇荡的水面上他看见自己年轻模糊的脸，一丝从来没有过的怜惜随着水面荡漾起来……立刻，眉宇间掠过一阵决绝的冷笑，走到这一步年轻不年轻都无所谓了，二十六和二百六是一模一样的。他猛然闭起眼睛，把水桶高高举过了头，让清亮的井水再一次兜头冲下来，灿烂的水珠也再一次哗啦啦地掀起瞬间的瀑布。他想把心里的肮脏气冲干净，他想把二十六年一生一世在人世间染上的肮脏气都冲干净。抹下脸上的清水，再次睁开眼睛，他觉得心里边又宽敞又干净，眼睛前面又豁亮又空旷……他回头四下看看，街巷里没有人，连狗也没有一条。一只不知道是谁跑丢的黑布鞋孤零零地躺在街面上。就在刚才，自己提着杜文革的人头穿过街巷的时候，村里好像落下一颗大炸弹，人们活像看见了凶神恶魔，吓得又哭又叫，胡说八道，插门的插门，逃跑的逃跑，就像一阵妖风横扫而过，顿时把眼前刮得一无所有。平时那些恨杜文革恨得咬牙切齿的人现在跑得干干净净，无影无踪，连半个人影你也看不见……越过空旷的街巷，越过那只孤零零的黑布鞋，秋天的原野从远处涌到视线里来，漫山遍野的树林把沉稳的墨绿和艳丽的红黄交错在一起，一直染到天边。梯田里的谷子和玉茭被地堰镶嵌出一条一条斑斓的浓黄。头顶上，蓝天，白云，清风从不知道的地方晃动了秋禾辽远地刮过山野。太阳明晃晃的。明明晃晃的太阳照着眼前空无一人的原野，照着空无一人的街巷。到处都是空空荡荡的。直到这时候他才注意到，原来今天是个大晴天。

　　一串一串紫红的葡萄挂满了棚架，被秋凉染过的葡萄叶子已经开始微微地泛黄，阳光一照，就好像一片一片黄绿透明的薄玉。葡萄架下面摆了这张八仙桌，桌子的后边是五奎叔的小卖部，可是现在屋门闭得紧紧的，就像这个吓得半死的村子一样，屋子里没有半点声息。因为小卖部就在村中心的十字街口上，平时村里的人们有事无事都爱来这葡萄架底下坐坐，或者买点东西，或者就着花生米喝二两散打的白酒，或者不买东西也不喝酒，只是来闲坐聊天，大家围着桌子，挤满几条长板凳，把一支又一支的烟卷和无用的时光一起烧成烟灰，然后，浑然不觉地弹到地上。如果不是发生了今天的事情，仿佛悠长的日子就可以那样永远悠长地过下去。

他走到小卖部的侧面，在山墙下边齐腰高的地方抽出一块活动的砖头，然后从豁开的砖洞里摸出一个卷着的纸筒来。走回到葡萄架底下，他把纸筒对着桌子上的杜文革摇摇：

"杜文革，你想不到吧你，这就是你想找的东西，你就是杀了我也找不着，我哥哥早就有过预备，这些账家里藏一份，还在这儿又藏了一份，你就是做梦也梦不着我们把证据藏在这儿！"

接着，他走到门前拍拍门板叫起来："五奎叔，五奎叔，你开开门吧你，我看见你在屋里啦。你不用怕，你害怕啥呀你，你又没有霸占大家的煤窑，你又没有害了我哥哥，我又不杀你。你看看，我把袴镰放在桌子上啦。我是想喝酒呢，我有钱，你快开开门吧你！"

没人开门，可是有人在哭。

他又拍拍门："五奎叔，你再不开，我就砸啦！"

等到门终于打开一条缝的时候，他首先看见了高高举着的酒瓶。门后的暗影中是五奎那张老泪纵横的惨白的脸。

他接过酒瓶满意地摇了摇："五奎叔你别哭啦你，你给我拿两个酒盅吧。"又说："我还要五香花生米。"而后有点害臊地又补了一句："五奎叔，再多拿几根双汇火腿肠吧我最爱吃这个了，平常舍不得吃今天我要吃够。"

他听见那个暗影里的老人还在哭："有来、有来，你吓死我啦你，你能不能从桌上把杜村长拿开呀……你咋杀人杀到我家门口来了，有来呀有来，你到时候可不可以叫我给你做证明，我可不想牵扯到你们这人命案子里头去，我求求你啦……你才二十几你就不想活啦你……你这一条命换他那一条命不值得呀你……"

他坦然地笑笑，并不回答。他明白，像自己这样彻底解脱了的人已经没有办法和平常人说话了，说了他们也不懂。其实自己今天根本就没有想杀人，自己今天把磨快了的袴镰插到后腰上直奔大石头地是去收玉茭的。可是就在大石头地的地头上遇见杜文革了。两家的地挨着。自己根本就没有想到会遇上村长，村长的地有人给种，村长从来都是不下地的。杜文革冷冷地扫了自己一眼。

自己当时还低下头来叫了一声："村长。"

然后，又解释说："村长，我来收玉茭。"

杜文革带搭不理地应着，说是儿子闹着要吃嫩玉茭，来看看还能不能寻下一穗半穗。然后杜文革把嘴角上叼着的烟卷从左边换到右边，对自己笑起来：

"我说有来，你还是不死心呀你？你哥哥保来闹了五六年都没能办成的事情，你能？你好歹也算是男人，你也娶了媳妇有了娃娃，娃娃多大了？三岁？你日后要是打算还在南柳村住，就给自己留条后路吧，不给自己留后路也得给儿子留呀，啊？好好想想吧。"

眼泪就是那一刻流下来的，如果杜文革不提儿子，也许就没有后边的事情了。杜文革一提儿子，自己的眼泪就忍不住了，眼泪一流下来，熬煎了多少年的仇苦就像翻腾的热油锅里落进了火星子，轰的一声把眼前烧得一片通红！他不知道自己是怎么扑上去的，不知道拼打了多长时间，也不知道自己是怎么抓住那块石头的，只砸了一下，杜文革就躺下了。他想也没想就从后腰上拔下袴镰，三下两下就把杜文革的头割了下来，割下来的时候，那截烟屁股还在他嘴里死死地咬着。河底镇张记铁匠铺的小掌柜把袴镰递给自己的时候说，多磨磨吧，好钢，保你好使唤！可他没有想到割玉茭、割荆条的袴镰，割起人头来也是这么快。

酒瓶打开了，酒盅摆好了，一人一个。他举起酒瓶把两个酒盅都斟满，然后，一口喝干一盅，再一口，又喝干一盅。然后，再把两只酒盅都斟满。滚烫的酒在身体里慢慢地烧起来。他又举起酒盅来，对着桌子上的人头说：

"村长，你不用担心，我不跑。我今天就在这儿等着警察来抓我。我今天把你放到这张桌子上，就是想和你平起平坐地说一句话。我要是不杀了你，你就永远是高高在上的村长、书记，我就永辈子也没法和你平起平坐。我哥哥告了你五年没有告倒你，还让你害了，南柳村没有人相信保来在井底下是出了工伤砸死的。我又告了你三年，也还是告不倒你。我要是不割了你的头，就永辈子也别指望和你平起平坐讲事情。你也是个人，我也是个人。你有妻儿老小，我也有妻儿老小。我今天就想一条命换你一条命。我就想让你看着我到底做了事情跑不跑。我杀你的证据是这把袴镰，我哥哥查账查出来你贪污的证据是这一叠子纸，现在证据都在桌上摆着，你好好看看吧。我不跑，也不拒捕。我就在这儿等着警察来拿证据，拿到法庭上叫大家都看看！"

这么说着，他喝干了自己的酒。然后用手指头蘸着杜文革酒盅里的酒，在桌面上一笔一画写出一行字来：

替天行道，为民除害

一边写一边说："村长，你好好看看，这几个字我认识，你肯定也认识。"而后，又神闲气定地重复："你放心，我不跑，也决不拒捕，我就在这儿等着警察来抓我，我就在这儿最后再喝一回五奎叔的酒。"

他没有注意桌面上的那一行字迹是什么时候消失干净的。他也没有注意满满的一瓶酒是什么时候喝光的。当凄厉的警报声在村边响起来的时候，他脸上流露出胸有成竹的笑容。接着，他看见无数顶闪亮的钢盔和枪筒从四面的街巷里朝自己拥过来。一只扩音器的声音在村子上空假里假气地回响：

"陈有来，不许动，把双手举起来。"

他一动不动地微笑着，看着桌子上的证据：被井水洗过的袴镰干干净净的，雪白的刀刃晶亮晶亮的，可惜，今后不能用它收庄稼了。哥哥抄出来的账本卷在一只塑料袋里，为了这些账，哥哥搭进一条命，自己也要搭进一条命。如今，它们终于可以公布出来大白于天下了。

清脆的枪声骤然间响起来。

猛然站起来的他猝然倒在葡萄架下面……整个村子停滞在瞬间的惊呆中，所有的目光都朝着他扭转过去……秋天的阳光静静地透过葡萄叶的缝隙，在尸体上留下虚幻如梦的斑影。

他站起来不是想跑，也不是想去拿桌子上的镰刀。是因为他在蜂拥而来的警察们的前面看见了自己抱着儿子的媳妇。

二〇〇四年七月十八日草毕，
二十日改定于太原家中

（原刊于《收获》2004 年第 5 期）

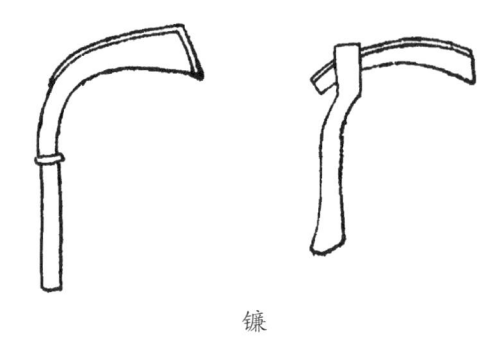

镰

残　摩

李　锐

摩，有些地方称作耢，有些地方称作盖。用手指粗细的树枝条编在长方形木框上的一种农具，用来平整翻耕后的土地，使土粒更酥碎些，有时也用来保墒。使用时把摩平放在翻耕过的田地上，由牲畜拉着前进，操作者站立其上，或者用石块放在上面，以增大对土面的压力。《齐民要术》中记载有"耕而不耢，不如做暴"的谚语。《王祯农书》更指出"凡已耕耙欲受种之地，非耢不可"。西汉的文献中已提到摩，可见至少两千年前黄河流域就已使用这种农具。

——引自《中国古代农机具》
第六讲，作者：章楷

斜长的身影越过门前的土路，越过台阶，在院墙根底下打了一个折，把肩膀和脑袋长长地贴到土墙上，正好影住那盘拉散了架子的摩。已经记不得惋惜了多少遍，可看见它还是痛惜不止，就好像被扯断了的是自己身上的筋骨，咳，和人一样，再结实、再年轻，也有老的时候，也有不中用的时候。

街巷里安静下来。辽远空旷的旱塬上也安静下来。不用看就知道，这时辰，金红的太阳压在西山顶上了。苍老的夕阳已经没有什么力量，只能在斜长的影子里越陷越深。于是，窝在土崖下边的村子也就跟着苍老的夕阳，一起被埋在幽暗的阴影当中。

没有风，也没有响动。

零零落落的炊烟软软地升起来，飘荡，散漫，消失，聚集，终于在村子后面的杨树林上边连成一条白云，薄薄的，窄窄的，像是给渐起的暮色镶嵌了一块依稀的薄玉。晦暗的阴影中，千年的土崖被这块白玉衬着，越发黑得深不可测。他又在心里叹息起来。

唉，看着怪好看的，看着怪揪心的，越是好看的，就越是命短的。等日头一落下去，夜凉一起，它就没了，就变成树叶上的潮气了。一眨眼就空了，空得就像一场梦。梦醒了，连个影子也没有，连颗露水珠儿也留不下来。

满是青筋的手一直抓着身边的杨树苗，树枝上新吐的树叶只有铜钱大，嫩绿光滑的叶子像是被打了蜡，泛着一股微微的黄色，在夕阳的余光里闪闪发亮，远远看过去，好像满树晶莹剔透的玉佩在夕阳中摇摆。

左腿上的伤还在疼，肩背上也疼。今天在地里摩地的时候出了点事情。摩架子右边的榫口一下子裂开拉断了，人站在摩上猛然失去了平衡，一步没有踏稳，左脚踩空到摩前边去了，黑骡子拉着散了架的摩把自己给拽倒了，左腿压在摩架下边，人坐在摩上边，风干了的土疙瘩硬硬地从腿底下碾过去，疼得钻心，紧喊慢喊还是被黑骡子给拽出去两三丈远。他收紧缰绳勒住黑骡子，挣扎着从摩架下边抽出腿来。额头上惊出一层冷汗。他顾不得自己，赶紧心疼地把拉散的摩立起来查看，开了榫的横板彻底裂成了两半，不能用了。荆条拧出来的摩齿早已被黄土打磨得露出了木头的本色，深红的荆条光亮整齐地排列着，不知把多少个春天和秋天在耱齿间梳理过去，平滑、柔和的木色甚至显出几分精致和高雅，让人忍不住想伸手去摸摸。这完全用木头做的东西看着不硬，可到底还是比骨头硬。等到把耱从黑骡子身上卸下来，他才感觉到腿上的疼痛。回头一看，左腿在耱架下边活活犁出一条土沟来。卷起裤腿，赫然露出来满腿的青紫。裤子扯破了，膝盖上被地里残留的玉茭茬子戳出一条血口子，断在肉里的玉茭秆皮总有半寸来长。真没想到，做务了一辈子庄稼活儿，还闹出这样的岔子来。他抹下额头上的冷汗，坐在耱架上点着了一支烟，把第一口烟吸进去，眼泪就冒出来了。不是因为疼，不是因为毁了家什，不是因为出了这么点事情，是因为难受，是因为亲眼看见自己老了，亲眼看见自己快要伺候不了这些黄土了。身边没有人，漫天漫地的黄土里只有不会说话的黑骡子，只有这盘拉坏了的耱，他就那么坐在大太阳底下，一个人哭。抽一口烟，流一阵眼泪。抽一口烟，流一阵眼泪。然后，就骂自己，你狗日的又不是个婆姨家！不就是孙子孙女不在身边么？不就是清明节儿子们没回来么？没有人回来，你和老伴儿不是也把坟上了，也把纸烧了么？没有人回来，你不是也年年把庄稼种了么？你哭啥么你？六十多的人啦，越老越没出息，你狗日的真够个没意思你！……漫天漫地的黄土里站着不会说话的黑骡子，躺着散了架的耱，坐着流眼泪的自己。遍野黄土，天地无声。只有几只牛蝇飞来飞去，黑骡子的尾巴在亘古的寂静中忽左忽右地抽打着。连他自己也想不透，种了一辈子庄稼，伺候了一辈子黄土，到底是从哪儿冒出来这么多的泪水……

  以前，院门前的路边上站着一排八棵杨树，还是大儿子出生的那年自己亲手种下的。一眨眼，二十多年过去，树早已经长成材了，早已经派上用场了。就和自己当初计划的一样，全都锯了做了大梁。盖三间瓦房用四根梁。大儿子用四根，小儿子也用四根，刚好是八根。旱塬上种树不容易活，二十年里，自己也记不清到底浇过它们多少回了。从沟底的泉上担一担水，来回要走六里路，二十年里，也记不清为这几棵树，自己到底走了多少里路。给大儿子盖了三间瓦房一幢院子，院子里种桃树。给小儿子也盖了三间瓦房一幢院子，院子里种杏树。自己的老院子里种的是苹果树。黄土夯出来的院墙，用青砖砌了挡雨的墙头。为了排场好看，又特意用砖瓦砌了门楼，用上好的槐木做了大门。一连三幢院子，青砖灰瓦一字排开，每年春天，院子里的粉红、雪白热热闹闹连成一片，就像一幅好画，就像一个美梦……自己小的时候住窑洞，爷爷那一辈住窑洞，爷爷的爷爷也是住窑洞，村子里的人祖辈都住窑洞，到了自己手上总算是盖了瓦房，总算是不用再住窑洞。这一连三幢院子齐刷刷地站在沟边上劈出来的空场里，站在全村的最上首。在它们的下面，沿着土沟两侧高低错落着的大都是土窑洞。那时候，自己站在沟对面的塬畔上，远远看着这个繁花似锦的院子，心里像是喝了老酒一样又暖和又舒服。记不清到底看了有多少回。

可这些年，原来热热闹闹的一个村子，如今冷落得就像块荒地。窑洞里没有人住，成了空窑。院子里没有打鸣的鸡，没有看门的狗，成了空院子。一家一家地都走了，去北京的，去太原的，去临汾的，去县城的，实在不行也要去河底镇、去黑龙关。住不进城里宁愿在城边上凑合，也不回来住。一眼一眼的空窑，一座一座的空院子，白天不冒烟，黑夜不点灯，全都死气沉沉的，全都无声无息的，僻静得叫人发怵。

过大年的时候，两个儿子回来领孩子。儿子们有点怕提这件事，就借着喝酒的空子绕弯儿说话。

大儿子说，爸，罚女、罚小过了年都八岁了。要不把罚女再给你们留一年？

小儿子说，爸，咱这儿的学校实在是不算话！实在是比不上城关小学！

孙子已经八岁，孙女已经八岁半了，已经叫自己给耽误了一年，自己心里也知道这一回是再不能耽误了。别人不说，自己也得说。不能走的只有这三幢院子，只有自己和老伴儿。有这十几亩地拴着，人就成了树，就成了生根的庄稼，永辈子也挪不动了。

当初，给儿子们盖房的时候，有人劝过自己，都说在后边土沟里掏上几眼窑洞，又便宜又好使，儿孙自有儿孙福，他们有本事让他们自己闹腾去。你有多少钱？你有多少油水？你给两个儿子都盖下这砖瓦大院，就不怕把你自己的老命拘死吗？那时候，自己拿定了老主意，根本就不想听。那时候，自己一心想的就是什么时候能早一天看见这三幢院子连起来。那时候，自己一心想的就是，什么时候能早一天叫全村的人都看见自己家的这幅好画。那时候自己什么都想到了，就是没想到会有这一天，没想到儿子要走，孙子也要走。就是没想到这漂漂亮亮的青砖灰瓦的院子没人住。那时候，就是没想到，再好的梦，也有醒的时候。

后来，这锯倒的八棵杨树每年都从老根里憋出数不清的枝条，可自己已经没有心思再伺弄它们了。一到冬天，这些漫生乱长的枝条就都被砍了当柴烧。年年长，年年砍。路边上的八个木墩子渐渐变了颜色，变成八块黑乎乎的伤疤。后来，伤疤里再也憋不出新条子。再后来，木墩子上生出些难看的狗尿苔。本以为它们都死绝了，没指望了。可去年春天忽然又憋出这棵嫩枝子来，孤孤单单的，独自站在路边上，独自站在那些伤疤旁边。等到冬天，就没舍得砍它。明知道这些漫生的条子长不成材，可还是把它留下了。只要一打开院门，就能看见它。只要看见它，心里就一阵一阵地悽惶，一阵一阵地可怜它。

最后一抹余晖越过黄色的土墙，照亮了屋脊，他忽然看见几蓬枯草站在儿子们的屋顶上，金红闪亮，像火苗一样在屋脊的瓦背上烧得通红。心里猛一阵钻心的绞疼，从心口窝一直连到肩膀上，疼得牵心拽肺的，疼得连气都快要断了。他赶紧低下头来，闭上眼睛，让烧疼的心躲在短暂的黑暗当中。然后，他在黑暗中用别人说过的话安慰自己，你真是老糊涂啦你，儿孙自有儿孙福。娃娃们愿意留在城里过好日子，儿子孙子都想当城里人，满村里的年轻人都走得光光的啦，满村子就剩下些老的小的，就剩下些没用的人守着些空房空院。连着四五年里，黑蛋爹死了，根宝爸死了，寄财爷爷死了，桃花妈和五鸟奶奶是同一年死的，庙小儿他爸是清明前刚刚死了的，一个连一个地快要死光啦，死得叫人寒心呐……咳，住瓦房、住窑洞到头来都是个死……你纯粹是瞎操心，你这几间瓦房拴不住

残摩

人，也拴不住心，就留着自己当画儿看吧，只要不死，就还能看个十年八年的……等到哪天自己这把老骨头也埋到土里，这房顶上、院子里还不知道要长出多少蒿草来。从古到今，天知道有多少房子、多少条命都埋在蒿草底下了，连天皇老子的紫禁城都没地方找去，别说你这几间破瓦房了……都说人生如梦、人生如梦，活了一辈子，活到头发白了才弄明白，人要是能活在梦里那是福气，怕的是醒过来，怕的是醒过来还让你站在一边亲眼看着自己的美梦落了空……可你说这棵小树苗它怎么就从死了的梦里又长出来了呢……你说它怎么就砍不断、死不了呢？这世上也不知道有没有人死在梦里。要是人能死在梦里那得是多大的福气？那还不知道要在前生前世修下多么大的善果才能死在梦里。我就想死在梦里……我真想死在梦里……现在就死，就这么攥着这棵小树苗死。等我死了，也不松手，也不让他们把这棵树苗从我手里拿开。就让他们把这棵树和我一块放到棺材里，就让他们把我使过的家什，把我使过的锨、镢、锄、镰，还有这盘散了架的摩都和我一块埋到土里，赶明儿老伴死了让她和我埋在一块儿……我不用他们给我上坟。我不用在城里过好日子的儿孙们离开他们的好日子，到乡下来照看这几幢空院子。就让这棵小树苗陪着我，就知足了。就让我使唤过的家什们陪着我，就知足了。就让这棵小树苗从我坟里长出来，长成一棵大树，长得满树满枝的绿叶子。风一刮，树叶子在我头上哗哗的响，让树叶子哗啦哗啦地天天跟我说话。它知道我想的是什么，它知道我心疼它，它知道是我把它栽到我的梦里来的。它从那些朽木头墩子里长出来，就是因为它知道我心疼它……死吧，死吧，死吧……和我的摩一块儿死，现在就死，就死在这黑天黑地里，就死在这三幢院子跟前，就拉着这棵小树苗死，能死在梦里也是福呀……

　　没有风，也没有响动。

　　太阳下山了。夜幕一下子扑上来。

二〇〇四年一月十九日中午写，
七月二十日改定于太原

《王祯农书》注：

　　王祯，字伯善，山东东平县人，生卒年不详。据记载，他曾在元成宗元年（1295年）任旌德县（今安徽旌德县）县尹。后于大德四年（1300年）调任永丰县（今江西永丰县）县尹。两任县尹期间他积极提倡农桑，重视农业生产的发展。公余之暇研究、编辑、整理有关农业生产的资料和经验，于皇庆二年（1313年）写成《王祯农书》。全书十三万字，包括"农桑通诀""百谷谱""农器图谱"三部分。其中以"农器图谱"所占篇幅最多也最有价值，印有二百六十多种农机具和农业生产用品的图谱和说明，是中国古代典籍中最为全面系统论述农业机具的经典之作。明末的《农政全书》，清代前期的《授时通考》，这两部农书中关于农机具的部分基本上是转抄自《王祯农书》。（本注转引自《中国古代农机具》）

　　　　　　　　　　（原刊于《收获》2004年第5期）

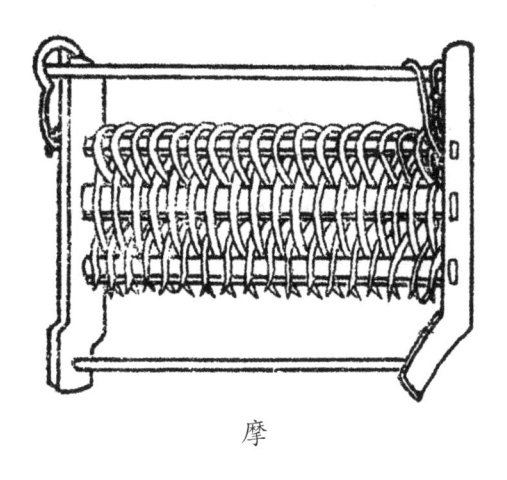

摩

采浆果的人

迟子建

　　金井的山峦，就是大鲁二鲁的日历。

　　雪让山峦穿上白衫时，他们拉着爬犁去拾烧柴；暖风使山峦披上嫩绿的轻纱时，他们赶紧下田播种。山峦一层一层地由嫩绿变得翠绿、墨绿时，他们顶着炽热的太阳，在田间打垄、间苗、锄草和追肥；而当银光闪闪的霜充当了染匠，给山峦罩上一件五彩的花衣时，他们就开始秋收了。

　　金井是个小农庄，只有十来户人家。土地是他们的命根子。从来没有事情能阻止得了秋收，但今年例外，一个收浆果的人来了。

　　秋收刚刚开始，一辆天蓝色的卡车摇摇摆摆地开到了金井。这一带的路坑坑洼洼的，所以这辆车虽然不少一只轮子，可走起来还是像个瘸子。

　　车主是个中年汉子，高个，方脸，小眼睛，大嘴巴，面色红润，说起话来神采飞扬的，一看就是走南闯北、见过世面的人。

卡车上装着十来只空坛子。

听说他是收浆果来的，金井人就嘲笑他："哪有秋后收浆果的？早过了时候了！"

车主说："要的就是这种过了时候的浆果！你们没听说过吗，头茬的韭菜二茬的姨娘是最鲜的，我再给它加一条，就是最后一茬的浆果醉人心！"

车主倒是没说错，盛夏时就熟了的浆果，如果无人采摘，在其熟得不能再熟的时候，就兀自静悄悄地坠到林地上，无声无息地被雨水沤烂了。而还零星挂在枝头的浆果，无外乎两种命运，要么因为花开得晚、果做得迟而熟在了秋风中；要么就是熟得绽裂了，流出了体内一部分汁液，减轻了自身的分量，没了落到地上的危险，而风和阳光的照拂又使它们风干了，成为幸存于枝头的另一类。这两种浆果被霜一打，甜得醉人，不过它们稀少得就像这个时令的蚂蚱。

车主开出每种浆果的收购价格后，从怀中掏出两摞钱来，夹在指间，把它们当竹板一样敲打着，以说书人的口吻说："话说这秋菜要是晚收一天它待在土里也飞不了，可是这浆果要是晚采一天，拿现钱的就是别的人了！人家的男人拿钱买酒你喝白水，人家的女人拿钱买织锦缎子你穿粗布，你说这浆果采得采不得？！"

他这一番吆喝，让秋收的人们扔下了手中的镐、铁齿、镰刀、耙子等农具，纷纷回家拿起形形色色的容器，奔向森林河谷，采摘浆果，仿佛牧羊人在寻找失了群的羊。

以往采浆果的都是女人和孩子，男人是绝不伸手的。可现在男人也来了，谁不愿意多赚几个酒钱呢！

浆果与人一样，也是有秉性的。喜静的，生长在河谷和阴沟里，比如山丁子、稠李子和水葡萄。而爱热闹的，则热情奔放地散布在植被丰厚的森林中，如都柿、野草莓、马林果和牙各答等。野草莓和马林果是春末夏初就熟的浆果，所以如今在林中只能偶尔可见它们已经萎黄了的叶片，果实却已是去了另一个世界的佳人——芳踪难觅了。在这些仅存的浆果中，最好采的是牙各答，它们不仅数量为众，耐寒的它们肌肤仍然光亮、饱满着，在其喜欢生长的林地缓坡或者是透出腐烂气息的松树的根部，你很容易就能在一片浓密地匍匐着的墨绿色的卵形叶片中，觑见它们红艳艳的笑影。有经验的人，会一铲一铲地连叶带果地将其收在铁撮子中，然后簸掉叶子，使果实匀密地沉淀下来。都柿果呢，它不像山丁子和稠李子结在树上，让人直着身仰着头舒舒服服就能采，矮棵的它们逼着人必须弯下腰才能摘到果实，那些一弯腰就眩晕的人当然要骂它们了，他们骂得五花八门的，譬如"小贱种""小娼妇""小混蛋"，可见他们也是把浆果当人看待了。

　　第一天收购上来的浆果，牙各答居多，其次是山丁子和都柿。收浆果的人果然没有食言，每个采浆果的人都领到了数目不等的现钱，平均下来，每户有三四十块呢，这对于金井的农民来说，不啻在荒野中捡到了巨大的银锭，兴奋得像久违了青草的一群羊，因为他们从没有在一天之中拿到这么多的现钱。以往来收购浆果或者秋菜的人，多是乡里派来的，给他们打的大都是白条子。白条子是钱的凭据，但它不能当钱使，就是一纸谎言，它不能买柴米油盐、烟酒糖茶，几年下来，金井人学精了，他们绝不做不给现钱的买卖。

　　由于开心，金井人家这一天的晚饭也就较往日要隆重些——无外乎在桌上添了一碗酱豆腐、一碟腌牛肉；再奢侈的，烙一摞油汪汪的葱花饼，炒上满满一盘的鸡蛋。男人们自然要温一点酒来喝的，女人呢，心目中已然出现了绸缎的颜色和图案，它们如朝霞一样浸湿了她们的心，女人们在这个夜晚对待男人，自然也比平日多了几分温柔。

　　一年一度的秋收本来像根缜密坚实的绳子，可是那些小小的浆果汇集在一起，就化成了一排锐利无比的牙齿，生生地把它给咬断了。

　　金井的男人中，有个比女人采浆果还要灵巧的人，他就是王一五。看看他那双手吧，手形秀气不说，那十指修长柔韧得连女人的手都自愧弗如。王一五不爱种地，但他是个农民，不种也得去种，他下田时脸上就总是挂着霜。农闲时，他喜欢把装着碎布头的包袱打开，用它们拼衣裳。他家没有缝纫机，一切都是手工操作。他飞针走线时气定神凝，什么事情也惊扰不了他。他做的衣裳，大约有上百件了吧，没一件是人能穿得了的，全都是小衣裳，只有巴掌那么大，看来只有精灵鬼怪才能穿得。他老婆牛桂丽见他爱鼓捣这玩意，常把破了的衣裳和袜子扔给他，让他补。王一五就仿佛是受了羞辱似的，急赤白脸地将它们撇开，好像人穿的东西都是俗物，沾染不得。他也因此招来老婆一顿连着一顿的骂。他们有个儿子，十一岁了，可看上去只有七八岁那般大，瘦削枯黄得像棵秋天的狗尾巴草，人们都叫他"豆芽"。别的男孩拎一篮土豆能一路疾行，豆芽提着半篮就趔趔趄趄、气喘吁吁了。别的男孩敢下河摸鱼上树掏鸟窝，他却连自家养的狗都怕。王一五爱做小衣服，豆芽则喜欢用铅笔画画。他爱画花鸟虫鱼、房屋河流，他从来不画人，说是世上的人都是丑的，不能入画。他画了画，喜欢拈着它四处走，那样子就像举着一个招魂牌。所以牛桂丽骂她男人时，常把豆芽也捎带上，称他们是一大一小两个瘪了的猪尿脬。王一五和豆芽都喜欢采浆果，看他们进了林中如鱼得水的样子，金井人就不无挖苦地称他们是一双花蝴蝶。

不秋收了而去采浆果，王一五和豆芽开心极了，他们第一天就采了半瓦盆的牙各答和一大茶缸的都柿，所以他们家拿到的钱最多，快六十块呢，牛桂丽终于发现这爷俩儿的缺点在这时候成了优点，特意割了把韭菜，对上些虾皮，包了顿饺子犒劳他们。

涂抹着金井秋天的，是一场接着一场的霜。初霜来时，山上的树叶会微微泛黄。而第二场、第三场霜降临后，树叶就有红的了。这时节你就可以秋收了。最先收的，是那些不禁霜的蔬菜，比如西葫芦、茄子、倭瓜和萝卜。接下来是土豆。最后呢，是比较禁霜的大头菜和白菜。其中土豆种植的面积最广，每家都要收获二三十麻袋，它们会被下到地窖里，成为漫漫长冬中人畜共用的主要食品。所以单单是起土豆，每户都要用上四五天的时间。一般来说，收完秋后，大地会上一场大冻，蓝天的颜色也会旧下去，变得灰蓝了，清冷的风把林中的落叶吹得狂舞的时候，雪花也就纷纷扬扬地来了，它们掩埋了秋日最后的绚丽，拉开了苍茫的长冬帷幕。

卡车就是收浆果人的家，他吃住都在那里。卡车上不仅有煤油炉和锅碗瓢盆，挂面、罐头、调料也是应有尽有。他支起煤油炉美滋滋地为自己操持晚饭的时候，采浆果的人也就三三两两地回来了。他将收来的浆果分门别类地倒进坛子里，然后将钱一五一十地付给大家。这时节晚霞在西边的天际灿灿燃烧着，好像天也在生火做着晚饭。人们拿了钱，心满意足地回家了。收浆果的人吃过饭，会把炊具归置好，抽过几棵烟后，就钻进驾驶室睡了。

三天下来，金井人和收浆果的人混熟了，男人们晚饭后也就凑过来和他聊天。那人不吝惜自己的烟，挨个给大家发上一支。他们抽着烟，在瑟瑟秋风中讲着关乎男女之事的笑话，快乐得如同过年。

大家出于好奇，免不得要问那人，花这么多钱收这晚秋的浆果给谁？那人说："这浆果可都是绿色食品！现如今有钱有势的人，睡小姐要'绿色'的，得是雏儿；吃果子自然也他妈的要'绿色'的了！"

金井人就糊涂了，小姐要是绿色的，那不成了妖怪吗？而且浆果不是红的，就是蓝的，怎么能说是绿色的呢？未成熟的青果才是绿色的呢。

大鲁二鲁是金井人中唯一还在秋收的人。他们是一对双胞胎兄妹，大鲁是男的，二鲁是女的。他们已是中年人了。他们的父母，也就是老鲁夫妇，是一对表兄妹，这使得他们生出的孩子言语木讷，思维迟钝，严重智障。大鲁二鲁自幼跟着老鲁夫妇学做各种农活，所以他们十几岁时，就是家中的主要劳力了。也许是男女有别的缘故，虽说他们是双胞胎，但大鲁二鲁在相貌上却并不完全一样。大鲁浓眉大眼，二鲁则细眉细眼的；但他们的鼻子和嘴巴长得很相像，鼻子是扁的，嘴巴很宽，他们爱笑，永远合不拢嘴的样子，使嘴巴显得更大了。二鲁的唇角还有颗痣，她常常用小拇指抠它，好像它是只苍蝇，要把它拂走才是。可是这样的"苍蝇"无论如何是轰不走的。

老鲁夫妇几年前先后去世了。他们临终留给这对兄妹的遗言就两条：

第一，不许睡在一起；第二，春天播完种，别忘了秋天下了霜就秋收。大鲁、二鲁牢牢记住了这两点。他们不像其他人家喜欢用日历，金井的山峦，在他们眼里就是一个巨大的日历。翻动这日历的，就是风霜雨雪。当暖风让这日历透出隐隐的绿色时，他们就去播种了，而当秋霜将这日历点染得一派绚丽时，他们准时地去秋收了。

　　金井有个老女人，她男人在她三十岁时就瘫倒在炕上了，她既要侍候男人和当时只有六岁的女孩，又要独自种植大片的土地，她自此白了头发，人们就不叫她的本名了，而叫她"苍苍婆"。苍苍婆不像别的女人遭了难后终日以泪洗面、唉声叹气，她的头发全白了之后，她的心也仿佛一下子跟着变得光明了，她爱说爱笑了，学会了抽烟喝酒。有一个薄雾的傍晚，喝多了酒的她披散着白发在村中游走，撞见她的人都以为看到了鬼。女人们那时都不喜欢她，谁都知道她男人是个废物了，她们怕缺乏滋润的苍苍婆会偷她们男人身上的雨露。但苍苍婆并没有窃取男人身上雨露的意思，她大约也是不缺乏雨露的，她是金井的农妇中唯一热爱大雾和雨水的人。雨雾天气中别人都死气沉沉的，她却兴味盎然地在雾中雨中穿行，有时还放声歌唱着。她从不用雨衣，任雨水把她打湿，好像她是一条鱼，与水有着天然的亲缘关系。三十年过去了，苍苍婆的女儿已经嫁到乡里去了，她的男人却依然躺在炕上靠着苍苍婆的服侍而活着。人们都说苍苍婆心眼好，换做别的女人，少侍候他几天，他也就一命呜呼了，谁又会追究她的责任呢？苍苍婆彻底老了，以前她只是白着头发，脸颊却是饱满光洁的，如今她的脸颊塌陷了，眼角的皱纹密密麻麻的，嘴也微微瘪了，但她的眼睛却没有老年人的那种混浊，依然那么明亮，清澈逼人，好像她的眼底浸着一汪泪，使她的眼睛永远湿润而明净。

　　苍苍婆平素爱逗大鲁二鲁，她常说的一句话是："大鲁二鲁一个被窝睡吧，生出个小鲁，让苍苍婆当羊乖乖搂着！"

　　大鲁正言厉色地回答："爸妈死前嘱咐了，大鲁二鲁是不能睡在一块的！"大鲁从不称自己为"我"，而是"大鲁"；二鲁也是这样，她朝别人家借农具，不说"我要借镐"，而是说"二鲁借把镐"。他们强调着自己的姓名，似乎提醒金井的人，不要漠视他们的存在。而事实上他们的名与姓被大家叫颠倒了，他们的户口上明明报的是"鲁大""鲁二"，老鲁夫妇包括其他人却都叫他们大鲁二鲁，叫顺嘴了，他们也就在不经意间把姓给挪到名字的尾巴上了——那也就成了名，致使他们好像没姓了似的。

苍苍婆只要见着二鲁，就把目光放在她的肚子上，仔仔细细地打量一番，末了总要叹口气，说："你这肚子里还真是没有小鲁啊。"听上去分外惋惜的样子。在她眼中，大鲁二鲁是这村中最可爱的人，老鲁夫妇丢给金井的，不是一对弱智的孤儿，而是两只美丽温和的鸟。她想大鲁不会娶上媳妇，二鲁也不可能嫁出去，他们索性一处睡算了，大不了就生出个小鲁来，金井不又多了只快乐的小鸟吗？

二鲁见苍苍婆盯着她的肚子看，就说："二鲁没饿着！"二鲁笑着，笑得格外地明媚。

苍苍婆说："我是想看里面有没有小鲁！"

二鲁似懂非懂地说："只有大鲁二鲁，没有小鲁！"

金井人常把这些话当做田间地头的笑谈和晚饭后的闲聊。这样的话题对男人来说是饭后的一支烟，而对女人来说是渴极时的一杯凉茶。

采了三天浆果的苍苍婆终于想到该叫大鲁二鲁也去挣点现钱，这样的好事把他们落下了，叫她心里不忍。苍苍婆就在这天晚饭后摇摇晃晃地去大鲁二鲁家了。

大鲁二鲁收了一天的萝卜，趁着天还有微微的亮光，将它们一筐筐地下到菜窖里。

满嘴酒气的苍苍婆亢奋地叫道："大鲁二鲁，别秋收了，采浆果去吧，能拿现钱！大鲁过年时就能买新鞋穿了，二鲁也能买件花衣裳了！"

大鲁二鲁没有日历，所以他们常常错过一些节日，比如端午节和中秋节。但春节是不会从他们眼皮底下溜掉的，因为除夕的早晨便有鞭炮声响起，入夜时家家门前又都有点燃的冰灯。他们过年不像别人家，瓜果糖茶都要买些,而且人人都穿着簇新的衣裳。他们永远都穿着旧衣裳,只不过晚上包一顿饺子吃而已。当然,他们也会冻上两座冰灯,一左一右地摆在门口,让它们充当暗夜的一双眼睛。

大鲁说:"苍苍婆,爸妈死前告诉大鲁了,下了霜就秋收,大鲁都点了头了!"

二鲁也说:"春天撒了种,秋天就得收庄稼,二鲁也记着呢!"

苍苍婆说:"你们真是一对傻瓜,这天响晴响晴着呢,晚个十天八天秋收,你种到土里的东西也不能长翅膀飞了;可你要是不采浆果,就得不到现钱,等你们收完秋去采,收浆果的人早就走了,你们一分钱也挣不到!"

大鲁二鲁不为所动,在他们看来,秋收才是天经地义的事。他们喂了两头猪、四只鹅和十几只鸡,家畜们一个冬天吃的东西全靠这些秋菜。这不像植物生长的季节,你把它们撒出去放养,它们总能找到吃的。冬天的金井,永远被厚厚的积雪覆盖着,雪粒就是再像白米的话,也不能当粮食吃啊。

没有劝动大鲁二鲁,苍苍婆只能摇头叹息。以前她不认为他们傻,这一刻她认定他们的脑袋里灌了猪屎,实在是臭!

苍苍婆离开大鲁二鲁家时,抬头看了一下天,她发现星星出来了,一个个跟刚出壳的鸡雏似的,毛茸茸、黄莹莹的,新鲜而可爱极了,看来明天又是一个大晴天。苍苍婆认定星星都有点化尘世当中愚钝的人的神力,她就求助于一颗最亮的星星,指点着它说:"今晚给大鲁二鲁开开窍吧。"说完,她才略觉心安,想着明天又可有钱揣进口袋,不由得哼起了小曲。或许是酒的作用,或许是年纪大了腿脚不那么灵便了,走着走着,苍苍婆忽然跌倒在地。她本来能立刻就爬起来的,可她躺倒后,发现镶嵌着星星的夜空就像一床蓝地黄花的缎子被盖在她身上,令她无比陶醉,她就索性多躺了一会儿,然后缓缓爬起来,朝家走去。想着家中暗淡的灯影下,有一个几近骷髅的老男人的脸等着她擦拭,苍苍婆的泪水就像一群奔着光明而来的飞蛾,扑了她一脸。

天刚亮，曹大平夫妇就提着竹篮出了家门。他们昨天发现了一片隐藏在河谷转弯处的山丁子，显然那里无人涉足，树上垂吊的果子比别的地带的要多得多，他们想独享这片果实，所以早早就出发了。他们快接近河谷时频频回头张望，生怕有人跟上他们。人没跟上他们，倒是他们家的狗跟来了。曹大平停住，回头呵斥狗："滚回家看门去！"那狗脸皮薄，挨了骂后一缩头，夹着尾巴回家了。

太阳出来了，阳光充满了活力，它从树梢穿下来，一直照到地面的落叶和枯草，好像它的光芒能刺透泥土，使它们能像种子一样埋到土里去。如果阳光变成了种子，大约人间一年四季都是春天了。

曹大平夫妇的心情跟阳光一样明朗。他们边采山丁子边计划卖浆果的钱的用途。男人说要买一个电动刮胡刀，他的胡子长得快，每周都要刮两三次。用人工的刮胡刀常常失手，弄得下巴上旧的伤痕未去又添新痕。女人笑着说："你的胡子要是麦子就好了，那样我给你买个金子的刮胡刀也值得！"曹大平"呸"了女人一口，说："我的脸要是能长出麦子的话，也轮不到你做我老婆了，我起码要找个比你嫩十岁的！"女人说："你找个比你小四十岁的多好，连带着把她的奶娘也收了房！"他们互相打趣着，男人又说要买一坛黄酒和一顶山羊绒帽子，女人的主意变得快，刚说完要买花头巾，想着家里的菜刀钝得磨不出锋刃了，就说买菜刀，一想到菜刀还能对付着使，又想添一条毛料裤子了。说来说去，他们想买的东西足可以开个杂货店了。两个人就嘲笑自己不切实际的支出，说到底还是钱好啊，钱多了，可以随心所欲买东西，他们羡慕那个收浆果的人，他是多么有钱啊。

曹大平说："他收的浆果可能是给当官的送礼，没听他说吗，有钱有势的人喜欢吃这个！"

女人说："也没准是给他相好的收的呢，他在外出车，挣钱挣多了，不花心才怪呢！赶上那个女人得意这口，他能不舍得花钱吗？"女人说完，又灵感袭来似地"哎哟"叫了一声，说："兴许那女人都'有了'，怀孕的人最爱吃它了，你记不记得我怀咱家老二时，一捧一捧地吃浆果也吃不够!"

他们边说边采着山丁子，不知不觉中，太阳已经遨游到中天了。这岸的果实已经采尽，他们就着咸菜疙瘩分别啃了个凉馒头，打算渡过青鱼河，对岸有一片茂密的透着隐隐红光的山丁子树，说明挂在枝头的果实仍然可观。

青鱼河不是流经金井唯一的河流，但它却是最宽的。这河水流急，深不可测，因而很少有人在夏秋之时到对岸采浆果。一般来说，青鱼河被寒风冻僵了之后，才会有人拉着爬犁从它身上走过，去柳树丛中拾捡干枯的枝条当柴烧。

曹大平夫妇决定涉水渡河，也是想把还有富余的竹篮给装满了。他们折下一根山丁子的枝干，一方面用它当拐棍，一方面用它来试探水的深度。虽然天已经凉了，但他们还是脱下了外裤和绒裤，把它们搭在肩头，光着腿下河。他们怕把裤子打湿了，秋日的阳光一时半会儿又晒不干。曹大平左手提着树枝在前，他老婆右手挎着竹篮在后，男人的右手和女人的左手十指相扣地紧紧地攥在一起，他们侧身而行，以削弱水流的强度。

河水凉得他们直打寒战，好像它是刚由冰块融化开来的水流。但见河床上阳光飘舞，可是他们却感觉不到温暖之气，想来秋日的阳光早已没了火力。开始他们还能忍受得住，随着河心的临近，水涨到他们腰际了，水流的冲击力加强了，他们有些站不稳，但他们咬着牙，互相鼓励，坚持着。虽然他们不敢张望对岸的果实，但他们知道它离他们越来越近了。曹大平拄着的树枝，被河水吞吃得越来越多，裸露在水面上的，只有筷子那么长了。突然，曹大平的腿抽筋了，他栽歪了一下身子，水花就扬起巴掌，劈头盖脸地朝他打来，他呻吟着，惊恐地看着白花花的水欢笑着从脖颈下跃过。幸而曹大平的女人比他高半头，又健硕，她紧紧地拉住丈夫不撒手，尽管她也栽歪了身子，而且挎着的竹篮像个顽皮的孩子似的，趁机从她胳膊肘那儿溜走了。

装着果实的竹篮最初跌入水中时，它自身的重量使它充当了石头的角色，沉入了水底。但是很快，水流掏空了那些落花般的果实，竹篮又浮出水面。它被激流推动着，像个小脚女人，摇摇摆摆地向下游去了。曹大平夫妇的衣衫也被水打湿了，他们赶紧向回返，相互搀扶着哆哆嗦嗦地回到岸边。上岸后，曹大平才发现搭在肩头的裤子不见了，他想一定是他在水中挣扎时，裤子充当了叛徒，从他肩头跳下来逃跑了。女人把自己的外裤分给他穿，而她自己，只得穿那条紫红色的绒裤了。他们坐在河滩上，一个接着一个地打着寒战，想着青鱼河要真的是一条大青鱼就好了，他们会从家里拿来斧头，把它砍得血肉横飞、断肢解体。女人想着不但没有渡过河去，而且一上午的成果付诸东流，忍不住哭了。曹大平一开始忍着，但他想起今天不但赚不到一分钱，而且装干粮的竹篮和自己的裤子也被河水卷走了，倍觉凄凉，他也跟着落下泪来。他们很委屈地离开河岸，踉踉跄跄地朝家走去。

　　曹大平一回去就发烧了，他的女人忧愁地在灶间把风干的姜捣碎，为他煮姜汤时，那条遭到呵斥的狗满怀怜爱地凑过来，用它湿漉漉的舌头舔着主人滚烫的脸颊，曹大平又一次落泪了，他觉得自己捡了一条命。他憎恨青鱼河，憎恨河对岸的果实，憎恨手中握着大把大把钱的收浆果的人，他对狗说："我就是没有炸药包，要不给你绑上，你把那卡车给我引爆了，把那些盛浆果的坛子炸他妈个稀里哗啦的！"狗没有迎合他的话，仍然舔着他的脸，倒是蹲在灶前续柴火的他的妻子，听了这话后满面凄苦地笑了。

　　晴朗已经持续了一周，收浆果的人带来的那些空坛子，有五只已经是满的了。他花了二十元钱，在李占前家捉了只活鸡宰了，用柴油炉炖了整整一个下午，满村子都飘拂着鸡汤的香味，弄得那些饥肠辘辘的采浆果归来的人口水连连。这人倒也不贪嘴，让姓张的尝口汤，给姓李的分条腿，又撕给姓王的一只翅膀，很快，一只鸡就没了踪影。那些尝了鸡肉却没有尽兴的人，回家后看着鸡鸭鹅狗时难免露出觊觎的眼神，吓得家畜们不敢靠近主人，惟恐刀落在自己的脖子上。

　　苍苍婆爱采的浆果，只是都柿。在她眼中，能让人醉的果实才有人性。稠李子、山丁子尽管也酸甜可口，却没有享用都柿的那种迷醉感，苍苍婆就觉得这样的果实太贫乏了。

都柿确实奇怪，你若是吃上一捧两捧也没什么，但若是吃上一海碗，目光就会发飘，腿也软了。据说当年森调队员勘察森林，看到那一片片碧蓝饱满的果实，吃起来甜中带酸，酸中又透着甜，十分解渴，就大把大把地往嘴里扔，结果吃得一个个醉倒在地，险些成了狼口中的食物。七八月间，都柿熟了的时候，外地收购它的人就来了，收它都是为了酿酒。不过那价格低极了，四五毛钱一斤，你顶着烈日的烘烤和蚊虫的叮咬，一天中采了满满一桶，不过挣个十块八块的。

苍苍婆因为贪吃都柿，醉过已不知多少次了。她年轻的时候，她男人还生龙活虎着，有一回她进山采都柿，回来时篮子却是空的，而她自己的嘴唇却已被这浆果染成黑紫色，好像她的唇上落着只紫蝴蝶。她见了人只是痴痴地笑，你无论问她什么话，她只是拖着长腔软绵绵地说："美——啊——"她是把自己的肚子当做篮子，将都柿全都采到那里去了。她的肚子也因此成了酒窖，从口腔散发出浓郁的酒香气。苍苍婆的男人嫌她醉成这样给自己丢人，很少让她去采都柿。但你又怎么能管得住她呢？有一年的八月，金井接连下了几场雨，雨水会催发菌类植物的生长，苍苍婆对她男人说，她要去采木耳，男人就让她去了。可是她早晨出去，黄昏了也没回来。她男人心焦了，约了两个男人，提着马灯进山找她。天黑了，月亮起来了，除了猫头鹰之外，林中的鸟儿也歇息了。他们左一声右一声地呼唤她的名字，可就是没有回应。最后还是苍苍婆的男人醒悟过来，她别是打着采木耳的旗号，又偷偷吃都柿去了，因而无声无息地醉在了山里。于是他们开始在生长着都柿秧的地方寻找她。后半夜时，果然在一片茂盛的都柿丛中发现了她。月光照映着她，给她酣睡的脸涂上一层宁静安详的白光。她背囊里只有一小捧湿漉漉、颤巍巍的黑木耳，嘴唇已然被都柿染得一派青紫。她的衣裳还被扯开了一道口子，没有穿背心的她露出一只乳房，那乳房在月光下就像开在她胸脯上的一朵白色芍药花，简直要把她的男人气疯了。他把她踢醒，骂她是孤魂野鬼托生的，干脆永远睡在山里算了。她被背回家，第二天彻底清醒后，还纳闷自己好端端的衣裳怎么被撕裂了一道口子？难道风喜欢她的乳房，撕开了它？她满怀狐疑地补衣裳的时候，从那条豁口中抖搂出几根毛发，是黑色的，有些硬，她男人认出那是黑熊的毛发。看来她醉倒之后，黑熊光顾过她，但没舍得吃她，只是轻轻给她的衣裳留下一道赤痕。一般的女人会为此后怕不已，可苍苍婆却笑着说："黑熊见了我的奶子都不肯吃一口，看来它是没什么趣味的！"但事实上，据那些知情而饶舌的女人讲，苍苍婆是个性欲高亢的女人，这也就是为什么当她的男人瘫倒之后，女人们严加防范她勾引自家男人的一个缘由。她们私下诋毁苍苍婆，说她男人身上的精血过早被苍苍婆给吸干了，她遭了报应，所以才会正值好年华时守活寡。每当苍苍婆喝多了酒四处游荡，口中哼着小曲的时候，女人们就幸灾乐祸地说，瞧，她这是想男人了，老天让最馋的猫沾不到腥，真是长眼！

苍苍婆就在金井女人们的敌意目光下一直走向了垂暮之年。看着已经失去水分而逐渐变得像一条风干了的鱼的她，女人们看待她的目光变得温和了。

开始的几天，苍苍婆还像规规矩矩的小学生一样，在林中认认真真地采上一天的都柿，黄昏时一本正经地将它交给收浆果的人，换来几十块钱。可是接下来的日子，当她独自在林中垂下老迈的腰，手指触及皱纹累累的已经蔫软的都柿的时候，她的心凄凉了，想着果实老了还有人寻觅，女人老了却是无人问津。她尝了一粒都柿，真是甜极了，这甜让她更觉凄凉，想着老果子甘美异常，而老女人就像一条干涸的河流，再无人涉足了，苍苍婆就很想喝上一碗酒，抑制一下满腔的悲凉。山上没酒，她自然把采来的都柿当酒吃，竟一发而不可收，吃空了盛都柿的盆子。苍苍婆意犹未尽，索性直接把刚采到手里的果实丢进嘴里。秋天的阳光雪亮而干爽，像是一把刚晾晒好的麻线，无处不在地缠绕着她，让她有纳鞋底的欲望。苍苍婆在林中穿行的时候，一些干枯的树叶就被摇晃下来了，它们有的落到她的头上，有的则滑过她的肩头，回归大地。苍苍婆披散着的干涩而苍白的头发上，就有了火红的鹅掌形的榛树叶，心形的金黄色的杨树叶，当然更多的，是那些像针一样细而短小的松树的针叶。它们簇拥在苍苍婆的头上，像是一群色彩明丽的鸟落在了雪野上。

这天晚上苍苍婆是紫着嘴唇回到金井的，一看她那逍遥的步态，人们就知道她犯了年轻时的老毛病。她将空盆子当草帽一样提着，并且不时晃悠两下，像个调皮的少女。她的气力不比从前了，所以即使她哼着小曲，人们也听不清是什么，跟蚊子哼哼没什么两样。她刚进村子，就碰见了拉着手推车从田地归来的大鲁二鲁，车上堆着七八麻袋的土豆。大鲁肩上挎着绳子在前拉，二鲁则在车尾推车。他们的脸被泥土和汗水弄成了花脸。

大鲁二鲁见了苍苍婆，停下车来，等着一贯爱跟他们说话的苍苍婆问他们话，也顺便歇口气。

苍苍婆晃晃悠悠地走过来，她先是用手中的空盆打了一下装满了土豆的麻袋，骂："都是你们不懂事，你们就那么俊啊，非让大鲁二鲁把你们从土里起出来不可，要不他们进山采浆果，能挣多少钱啊！"接着，她又用空盆打了一下大鲁的胳膊，骂："死心眼，就知道笑！"大鲁确实笑着，笑得就像刚从乌云中钻出来的太阳。二鲁不等苍苍婆吆喝她，主动从车尾走到苍苍婆面前，苍苍婆依旧用空盆打了一下二鲁，打在她的肚子上，嚷着："我算是抱不上小鲁了！"二鲁笑得更欢了。

苍苍婆就在大鲁二鲁的笑声中叹息着走开了。她没有回家，而是去了收浆果的地方。她看着那辆卡车，说它是只铁鸟。收浆果的人跟她已经熟了，他逗提着空盆子的苍苍婆："你采的果子哪儿去了呀，是不是都让狐狸给偷吃了？"苍苍婆哈哈笑了，她不无得意地用左手的食指点着自己的鼻尖说："让这只老狐狸给吃了！"

牛桂丽正领着豆芽等着给浆果估价，她说苍苍婆："你又偷吃都柿了？醉了吧？"

苍苍婆绷着脸说："我采的我吃了，怎么是偷？"

豆芽插话说："人家说你过去吃醉了都柿，差点没让熊给舔了，你不怕死？"

苍苍婆啐了一口唾沫说："我还怕死？我乐意死，可我死不了！我想着死后变成个小人，到时你爸给鬼精灵做的那些小衣裳就能派上用场了！"

豆芽嘻嘻笑了，说："苍苍婆要是能穿上我爸做的那些小衣裳，我用巴掌就能托着你了！"

苍苍婆对豆芽说："人长得不大，心眼倒是不少！"

牛桂丽最忌讳别人说豆芽长得小，苍苍婆的话令她不快，她说："人小人大有什么，人活着，身上的零件都管用就行呗！"

牛桂丽这是影射苍苍婆那不中用的男人呢。苍苍婆听出了弦外之音，但她故作糊涂着，问收浆果的人哪几个坛子还空着。那人笑着说："苍苍婆，牙各答和山丁子都收足了，就等您的都柿呢！您看来是不缺钱用啊，全都自己享受了！"

这时候又有三个采浆果的人回来了，一个说撞见蛇了，一个说看见了一种从未见过的鸟，它发出的叫声像小孩子的哭声。另一个嘟囔着倒霉，眼皮被蚊子叮肿了不说，半新的裤子还被树枝划了道口子。可是当他们拿了钱后，谁也不发牢骚了，他们带着喜悦回家，走前都满怀同情地看着一无所获、佝偻着腰渐行渐远的苍苍婆。收浆果的人为了安慰她，丢给她一张十元钞票，让她买酒，苍苍婆捡起钞票，运足一口气，又把它吹回地上。苍苍婆说："钱是什么，不就是一张落叶吗？蚂蚁合伙举过落叶，这样的叶子它们没见过，留着给蚂蚁们举着玩，当遮阳伞使吧！"说完，她就一摇一摆地走了。

"这个苍苍婆，倒清高！"收浆果的人看着她苍老的背影说。

牛桂丽吩咐豆芽把那十块钱捡起来还给收浆果的人，她以为他会顺水推舟地送给豆芽。谁知豆芽举着钱还给主人时，那人竟接了过去，揣进口袋，就像一个旅人揣上一张煎饼一样自然。牛桂丽扯着豆芽回家时就有些不快，她嫌豆芽没有叫那人一声"叔叔"，没有冲人家笑，十块钱自然就不会送他了。牛桂丽一旦把责任归咎于豆芽，对他的火气也就一路升级，到了家门口时，朝他的屁股狠狠踢了几脚，骂他："蠢猪！"豆芽不禁踢，倒在地上，像球一样滚了两下，滚出一串屁来，牛桂丽听到屁声气上加气，说："你还说饿呢，肚子瘪的人怎么有屁放呢，我看你就别吃晚饭了!"

苍苍婆连着四天空手而归了。想必她进山时还是下决心要采回都柿的,不忘了带盆子,可她回来时盆子仍是空的,可见她禁不住诱惑,又让自己的肚子充当了都柿的容器。中止了浆果采摘的,除了苍苍婆,还有曹大平夫妇。曹大平一直病在炕上,他发烧时胡话连篇,一会儿说家里的炕洞里钻进了一只绿眼睛的狼,一会儿又说星星掉下来,砸漏了他家的屋顶。他清醒的时候,就一瓢接一瓢地喝水,喝完水总要骂一句"小妈养的青鱼河",复又虚弱地倒在炕上昏睡。曹大平的女人唉声叹气的,男人的病像一只无形的手,拖住了她的腿。她既不能采浆果,又不能去秋收,只能守着他。

大鲁二鲁刨完了土豆,又砍了白菜和大头菜,把它们运回来,腌了两缸酸菜和一缸咸菜,然后把余下的菜下到窖里。之后,他们把遗落在地里的菜帮也捡起来,装进麻袋,拉回家堆在仓房旁,作为猪饲料。最后,他们踏着更浓重的霜,去了大草甸子,夏天时大鲁打了一些猪草,早已晾干了,他们用绳子把猪草背回来。干草在他们背上散发着一股淡淡的香气,让他们觉得背着的不是草,而是戴着花环的小女孩。

就在大鲁二鲁扛回猪草的那个夜晚,天空悄然凝聚了一团又一团的乌云,星星和月亮全然不见了。乌云越聚越多,夜色浓重,气温骤降,雪花就像一位端庄、美艳、率性的公主,没有跟任何人打招呼,就乘着冬天的雪橇来了。金井人没人注意到下雪了,因为雪是在夜里来的,在森林河谷中奔波了一天的采浆果的人,都沉浸在梦乡中了。

雪越下越大,到了清晨,积雪深近两尺。当金井的主妇们推开家门抱柴生火时,发现世界已改变了颜色。雪没有停的意思,仍然漫天飘舞着。女人们慌慌张张进屋喊起了丈夫,又吆喝起了孩子,他们纷纷奔到窗前,看着苍茫的大地,一个个目瞪口呆。

金井人一年的收获,就这么掩埋在大雪之下了。大地彻底地封冻了。人们脸上满是凄苦的表情。有的女人甚至扑倒在雪地上哭了起来,哭他们的土豆、白菜和红红的萝卜,好端端地就被冬天给糟践了。他们冬天吃什么？他们的牲畜和家禽吃什么？他们觉得上了收浆果的人的当，纷纷走出家门，不约而同地朝卡车停放地走去。哪里还有什么卡车的影子，它早已不见了，村路上连个车辙都没留下，可见他是在雪花到来前就走了。想着卡车上那些装载着浆果的坛子，金井人恨不能戳瞎自己的眼睛。他们认定这辆卡车是魔鬼变成的。

卡车曾经停留的地方聚集的人越来越多，王一五一家也来了。豆芽跟在父母身后，手里捏着一张纸，纸上画着一个年轻的女人，她披散着长发，有着狐狸一样秀丽的脸庞，唇角漾着笑意，眼睛明亮极了，所有在场的人都认出那是年轻时的苍苍婆。豆芽并没有见过那时的苍苍婆，那时他还没出生呢，可他却逼真地画出了旧时光中的苍苍婆，让所有见着这画片的人都大吃一惊。这个声称人都是丑的、绝不能让人入画的孩子，终于画了一个人。大人们默不作声地垂立在风雪中，在他们眼里，豆芽提着的就是一幅女人青春的遗像。

只有苍苍婆没有来到卡车平素停靠的地方。不是她没出家门，她出来了，到大鲁二鲁家去了。她站在他们的院门前，隔着白桦木栅栏，望着这户唯一收获了庄稼的人家，想着这个冬天只有他们家是殷实的，她的心中先是涌起一股苍凉，接着是羡慕，最后便是弥漫开来的温暖和欣慰。

二鲁推开屋门，她出来抱柴火了。大鲁也出来了，尽管雪仍在下，他还是拿起扫帚清理积雪了。他们抬头眺望着远处金井的山峦，看着昨天还是花花绿绿的日历，今天就突然变成了白的，他们相视而笑了。

苍苍婆注意到，二鲁的脖颈上有一圈火红的东西。虽然离着很远，无法仔细辨别，但她知道那一定是串野刺莓。金井的女孩最喜爱穿这样的项链来戴。野刺莓多生长在田间的高冈上，它们春天开花，夏季结果。到了秋天，它的果实就风干了，像是一粒粒火红的珠子。看来在秋收的间隙，大鲁二鲁也采了浆果。只不过他们只采了很少的一种，并且为它们做了最美的镶嵌。

（原刊于《收获》2004年第5期）

去张城

手 指

  你应该去她那儿一趟。在一个回民饭店里，老鸟一边往嘴里塞牛肉一边用一种模糊不清的语调跟我说话，真的。他在后面加的这个"真的"让我觉得有点可笑，什么是真的？我问他。我说的都是真的。他说。算了吧，我跟他说，反正我是不想去了，没什么意思。什么有意思？老鸟瞪着眼睛说，不能因为没有意思你就不去做这件事情。他的表情严肃起来，我觉得在生活中已经不再有值得一个人这么严肃的事情了。我跟他说，放松点吧，不去又不会死人。
  是这么一回事，我原来认识的一个女的，名字叫小艳。老鸟出差的时候在另外一个地方碰到了她，本来老鸟这次出差特别无聊，看到一个长得还可以的女人，并且还能通过我这么一层关系挂上钩，他立马就来劲了。老鸟和我谈这件事情的时候一遍又一遍地强调一个问题，他是这么跟我说的，你要相信我，我只是和她说了会儿话，真的什么也没干。我说，干没干与我有什么关系呢。这个老鸟，我为什么要去相信或者不相信呢？即使你干了，干了就干了，我会因为你没干对你心怀感激吗？这不可能嘛。老鸟终于吃饱了，抹了抹嘴说，我不是这个意思，是那个女的让我给你带了句话。这个名字叫小艳的女人，据老鸟说她现在过得非常不好。她跟你说她过得不好吗？我问老鸟。不是，老鸟说，是我自己感觉出来的。所有的人都过得不好呢。我跟老鸟说，你过得好吗？他因为坐长途车而疲惫不堪的脸在我面前摇晃了一下。就是嘛，我接着说，大家都一个样子呢。可是她怀孕了啊。老鸟叫了起来，一个还没结婚的女人，突然有了孩子，作为制造者的一方，他用手指着我说，总该负点责任吧？

那个下午老鸟终于把我给说服了，其实也不能算是说服，只是因为我实在受不了他没完没了的啰嗦，我觉得他还没有从长途旅行的疲劳里恢复过来，他说的话我有一半听不懂，不知道他在这次出差里是受了打击还是受了启示。他说的话都有道理，但我不知道跟我有什么联系。关键是他把什么都能跟我联系起来，比如小艳怀孕，小艳在千里之外怀孕我能起什么作用呢？但是，老鸟就认为我有责任，不知道是小艳告诉了他什么还是他自己意会到的。看样子要是我不承担这个责任，老鸟的后半生就跟我耗上了。我跟他说，好了好了，我去看她好了吧？老鸟说你这种态度，你应该感到内疚。他就是这么跟我说的，你应该感到内疚。那天下午他说了好多个应该，应该这个，应该那个，不知道为什么平时老实巴交的一个人怎么一下子就站得那么高地跟我讲话。

晚上他又专门跑来我家一次，他一进门就不满地叫了起来，你怎么还有心情看碟啊？你还不快收拾东西？我说我不需要收拾东西，我是这么和他说的，没有什么可收拾的。他盯着我看了足足有半分钟，然后说，你这个人，真不知道怎么说你！电脑仍然开着，电影正演到紧要关头，我突然对他感到烦，我说，好了好了，我自己知道该怎么做。你不知道，他突然很大声地说了一句，坐到椅子上后他接着又重复了一遍，你不知道。他托在桌子上的手开始发抖，仿佛面对着一个已经长大成人却不成器的儿子。我不明白他怎么一下子变得那么激动起来，是啊，我怎么能理解一个比我大整整十多岁的老男人的心理呢，我也犯不着去理解，所以我就没理他，接着看自己的电影。过了一会儿，老鸟平静了下来，他站在我的身后要把心掏出来似地说，手指啊。老鸟哭的声音都带出来了，我只好停下来，我觉得我要是再不停下来，老鸟非给我下跪不可。

那天晚上我就一直被老鸟牵着鼻子走，他不停地跟我讲话，甚至把他妻子未婚先孕的事都说了出来。当然，这些跟我毫无关系，但是因为他把自己的隐私告诉了我，我就只好听从他的建议去张城看小艳。我不知道这个逻辑是怎么建立的，但是我确实心悦诚服地答应了他。我看到老鸟终于长长地松了一口气，我也莫名其妙地跟着松了一口气。

我要去张城。当天晚上王爱国给我打电话过来的时候我跟他说。他是我一个原来住在王城的名字叫张文的朋友的朋友，在一所中学当老师。因为一次意外，张文出了车祸，这个王爱国作为我朋友的朋友，显然要比我称职得多。在张文死后的第四天，他给我打来电话，他表现出来的伤心让我都有些不安起来，他说他从张文的电话簿上看到了我的名字，你还不知道吧？他问我。我说我不知道。张文是个单身汉，王爱国给他电话簿上的每一个人都打了电话。你们这些他的朋友，他跟我说，我得一个一个通知到。其实我跟我的朋友并不是很要好，大学毕业以后他去了王城，而我就待在了这个城市，自此我们就再也没联系过，我一直觉得他是一个不值得深交的人。我朋友已经死了两年多，在这两年里，王爱国断断续续给我打了许多电话，后来两个人就熟识起来。不过，我倒从来没有给他打过电话。

去张城？王爱国在那边大叫了起来，那你一定要来我家玩玩。他家所在的王城是去张城的必经之地，这样的邀请是情理之中，但关键是他的邀请是脱口而出，好像在心底里酝酿了好多年一样。我一下子就被他的情绪给感染了，也有些兴奋了起来，张城之行似乎有了点新的味道。我跟王爱国说，好吧好吧，我就先坐车去王城，然后从王城去张城。就这么决定了下来。第二天一大早，天还没怎么亮透，我坐上了去王城的车，车上人很少，我把窗户玻璃打开，靠在椅背上，在蒙眬的幻想中一觉睡到了目的地。

王爱国骑着辆自行车站在火车站门外的广场等我，这是我没有想到的，他是个和老鸟年龄差不多大的老男人，这么一个男人居然推着辆自行车来接从远方来的朋友，稍稍有点出乎我的意料。他的身体给我最强烈的印象就是肥大，我一看到他，就想起了动物园里的河马。他的脸有点扁，嘴巴阔大，全身所有的东西的宽度都几乎是我的两倍，我下意识地看了看他身边的自行车。

我感觉王爱国对我的到来是兴奋的，但他不是表现在紧紧地握住我的手，或者说一些热情幽默的话，而是急走几步，一只脚踏在自行车踏板上，一只脚在地上蹬了两蹬，跨上了自行车，然后他费力而满足地把头扭回来对我说，坐上来吧，我载你。他说这话的时候，已经离我有段距离了，加上他说的是方言，我根本没听明白，怔怔地看着他，不，是望着他。他看我发愣，突然恍然大悟地改用蹩脚的普通话跟我说，这下我听明白了。我看着他那辆单薄（跟他相比）的自行车，不知道是不是该听他的话。正当我犹豫不决的时候，他又从车上跳了下来，从口袋里掏出一条雪白的毛巾，那条毛巾洗得太干净了，只有十七岁的少女才会用那么白、那么干净的毛巾。他拿着那条毛巾用力地在后座上擦拭了好一会儿，一边朝着我笑一边把毛巾塞回口袋里说，好了，能坐了。他长长地出了口气，脸上还露出些不好意思的神情。我说，算了吧，咱们走着好了，看着他有些不高兴的表情，我又加了一句，都坐了好几个小时的车了，屁股都坐疼了。说完我还揉了揉自己的屁股，好像它真的已经疼得不行了似的，他看着我做完这些动作，说，也好。他说得有点无可奈何，好像不充分利用自行车浪费了很大的资源一样。

我和王爱国走在王城的街道上，两句话我们就把全部要说的话都说完了。比起与张文的陌生来，我发现我和王爱国更陌生，谈论张文使我们变得更加沉默，但是除了谈论张文，我们又能谈论什么，这一点，我们似乎谁也没有想到。我们默默地走着，王爱国似乎一直在因为没能载着我走感到惋惜,当然,他没有这样说,这是我像老鸟一样意会出来的。

在一个没装红绿灯的十字路口,王爱国和我站住了,他推着自行车站了足足有十分钟,还用一只手紧紧拉着我,惟恐我会往车轮子底下钻似的。后来终于一辆车也没有了,王爱国才一只手推着自行车,一只手拉着我,小心翼翼地穿过了马路。他的手心里不住地往外冒汗,我走得浑身不得劲。我开玩笑地说,老王,你松开我的手好了,我自己会走。王爱国说,没关系,你路不熟。他话说得天经地义,我一时不知从哪里说起,就只好老老实实地被他牵着走,有几次,我打了趔趄;有几次他的自行车差一点滑手。但是,他一直坚定地拉着我的手,他的手心汗津津的,我真恨不得剁掉我那只被他紧紧攥住的手。有几次,我暗暗地用了点劲,想从他的手心里挣脱出来,但每次都是把自行车搞得一摇晃,结果是他把我的手攥得更紧了。

过了一会儿他又开始说话了,他说的还是方言,我一直没有吭声,他一直就没有醒悟过来。或者,他醒悟过来了,但是,普通话说得太费劲,他就不惮嗦地用方言给我讲着什么。后来,我终于明白了,原来他说他回家后要去单位请假,陪我在王城转转。我微微有点失望,我还以为他一切都安排好了呢。但是,他真的要请假,我又觉得已经没有必要了。我赶忙说不用了不用了,我自己一个人就行了,再说我也不想转,只是想休息一下,有点累。他说,那哪行呢。我说,真的不用了。他还是说,那哪行呢。说到最后,话里都有点诚惶诚恐的味道了,好像我是从中央下来的什么领导一样。

那哪行呢?到了王爱国家后,我又一次阻拦他去单位请假的时候,他还是这么对我说。我把手里的烟头扔在旁边的烟灰缸里,突然有些生气地对他说,怎么不行!我都说了不用你去请假了,我只是想睡一会儿,该上班你就上班去。他仍然在坚持,说我好不容易来一次,怎么说也得带我转转。他妈的我不想转,转个鸟啊转,我没有冲他说,但我心里确实想要这样说。这么一个王城,它出产了王爱国这么一个奇人,那还有什么值得转的呢?说老实话,现在我对这个王爱国已经有些厌烦了,既而对他的家，对他在一旁呆站着的老婆，也对他生活的这个城市感到厌烦了，至少没有什么不可抑制的兴趣了。

吃饭的时候王爱国征求我的意见说，我们喝点酒吧？我推辞道，不用了吧，就咱两个，喝起来没什么意思。他却坚决起来，一定要喝。我以为，他家里放着什么有名一点的现成的酒，就动摇了。结果，他还要跑到楼下去买酒，他下楼的时候，我感到整座楼都在微微震动着。他老婆端来了瓷质的酒杯和酒壶，它们以酒壶为中心在一个白底红色小花的大盘子里围成一个标准的圆圈，我拿起来一看，酒壶里面黑糊糊的沾满了灰尘，很明显已经好久没用过了。王爱国接过去让他老婆去洗，他老婆就又端着盘子小心翼翼地去了厨房。隔着窗户玻璃，我看见她在里面弯着腰，双手用力地在水龙头下摸那些酒杯，仿佛酒杯是落在她手上的蟑螂似的，她要抓紧机会把他们掐死。

王爱国的老婆很少说话，她和王爱国简直是天生一对，也是胖，胸脯和屁股小山似的。我看着她在窄小的屋子里艰难地移动。王爱国坐在我对面，他几乎没说什么话，不停地把酒倒到酒杯里，然后举起来对着嘴唇灌下去，房子里只有两种声音，一是王爱国老婆的脚步声，二就是酒从王爱国的喉咙里下去的咕噜声。我突然就有了一种被排斥在外的感觉，他们仿佛恢复到了平常时候，好像我不存在似的。我匆匆吃了两口饭，正准备去找个地方睡觉的时候，王爱国说话了，他问我，你去张城干什么呢？我含糊地说去看望一个朋友，我希望他就此打住，不要再跟我啰嗦了，但是他兴趣上来了，追着问我，那是怎样的一个朋友？我岔开话题说，我想休息一会儿，你去上班吧，咱们待会儿谈。

睡到四点的时候，我听见有人说话。原来是王爱国回来了，他小声地问他老婆，还没醒？没听见他老婆说什么，他接着说，不可能吧，连厕所也没上吗？他老婆说了句什么，王爱国对她说，小声点。说实话，我根本就没睡着，王爱国老婆一直在房子里走动，尽管她已经尽量把动作弄得很轻了，但是仍然一丝不漏地钻进了我耳朵里，我真想跳起来朝她吼，让她别再捣乱了，我想象得出来她吃惊的样子，但是我没有那么做，我一直躺在原处。王爱国蹑着脚走到我背后，小声地叫了我两声，我装作睡着了的样子，没有理他，他站了一会儿，走了出去。被他这么一弄，我躺着觉得更加难受，终于挨不住了只好起来。

王爱国看见我，显得非常高兴，问我，睡醒了？一边递了根烟过来，我接着抽了起来。怎么这么早就回来了？我问王爱国。他说第二节没课他就溜回来了。我对他用到了溜这个字感到好笑，好像他是个学生而不是老师似的。

你不像是去看望朋友！王爱国突然很睿智地跟我说，说完看着我，等着我接下去。我真不知道怎么跟他说，也不知道为什么我就是不想直接告诉他我是去看一个怀孕的女朋友的。他看我没有说话的意思，接着说，看朋友不可能跑这么大老远的路。我没有否认他的话，也没有肯定他的话。他突然笑了起来，我就不可能，我宁愿打电话，我已经好多年没有去外面跑过了。他说，说完低下头，好像为自己说了那么一段坚定有力的话感到害羞。但是停了一会儿他又接着说起来，他说的话我半天没有明白，他说，我害怕呢。害怕什么？我有点可笑地问。真的害怕，一见你，我就知道你是个有见识的人，我跟你讲句实话。害怕什么呢，我又追问了一句。这时，他老婆从卫生间走出来，房间一下子变得拥挤起来。他苦笑了一下说，算了，不说这个了。我心里松了一口气，以为他不再纠缠我去张城的目的了，但是后来我才明白他的算了的意思是说不说自己的事了，他接着又问我去张城干什么。我能怎么说呢，我能说有一个跟他有点像、名字叫老鸟的人一定要逼着我去看一个跟他没有任何关系的我的一个女朋友吗？不要说王爱国这样的人不能理解，连我自己也不能理解呢，而且，我觉得自己是越来越不能理解了。

我说我真的是去看一个朋友，为了让他相信，我不得不编了一个容易理解的故事。我说，那个朋友和我是大学同学，已经好几年没见了，最近他突然联系到了我，说他要结婚了，正好我也没什么事情做，就决定去参加他的婚礼，顺便看看我这个多年未见的老同学。应该的应该的！王爱国点着头说，你多大了？他突然问我。我说我二十六了。

二十六？王爱国重复了一遍，他的口气是肯定的，不需要我回答的那种，但是我还是接了一句，是的，二十六。比我小整整十二岁呢，他笑着说。

　　王爱国感叹地说了一句，二十六岁的时候我都有孩子了。你孩子呢？我有些奇怪，从中午到现在我还没见到他孩子呢。王爱国愣了一下，突然回头高声叫他老婆的名字，他老婆进来了，王爱国问他，小峰去哪儿了？他老婆站在门口，呆呆地看着王爱国说，我也不知道啊，我把他给忘了呢！王爱国突然激动了起来，开始用方言骂起了他老婆，我隐约听懂几句。他骂的好像是，你是猪啊，连个儿子都看不住，等等。他老婆开始的时候没有什么反应，后来终于和王爱国对骂了起来。两个人越骂越高声，我坐在一边，真不知道该怎么办。正当他们骂得不可开交的时候，一个瘦瘦的男孩子走了进来，他先是看了他爸妈一眼，然后注意到我，脸一下子变得通红起来。你去哪儿了？王爱国的老婆朝他吼道。他低着头没有说话。王爱国没说他什么，王爱国老婆最后说，看我怎么收拾你小王八蛋，你等着。我不知道她是在说王爱国还是她儿子，但是吵架终于结束了，我心里平静了下来。

　　晚上吃完饭后，王爱国一家人坐着看电视，我看了一会儿，觉得实在没什么意思，就又想去睡觉，明天又要坐车，我得休息一下。王爱国跟着我进了下午我睡觉的那个房子里，他说，晚上你就睡在这里吧。我说，好吧，打扰你了。我明白睡完觉我就要离开这个鬼地方了，心里高兴起来，所以我就那样说了。我就是这么跟王爱国说的，打扰你了。王爱国正在整理床铺，他弄得很仔细，甚至从上面找到些头发，听到我的话他的动作明显地停了一下，我等着他终于弄完了，等着他离开时，他站在那里，突然说，晚上我也睡这里。我看着眼前的床，它只是一个普通的一米五宽的木板床，睡一个人肯定绰绰有余，但是，睡两个人——我想到王爱国那么庞大的身躯躺在上面的样子，我的内脏都开始收缩起来。但是，王爱国没有看到我的内脏收缩，他心甘情愿地说，你先睡，等你睡着了我再过来。我决定不再对他说什么，决定忍耐一下，不就是一个晚上吗，明天就好了，明天！

一整个晚上，王爱国都没有睡着。他好像意识到了他身躯的庞大，所以，一直侧着身子睡觉，可笑地占领着床的一道边，因此，在他躺下去之后，床一点也没有变得逼仄，完全不是我想象的样子。但是，我并没有因此感到舒适，更可笑的是我顽强地占领着床的另一道边——我惟恐他一翻身像压死一只蟑螂一样把我灭掉，而且灭掉了他还不知道呢。因此，床的中间就留出了一条巨大的鸿沟，完全可以让王爱国的儿子再睡进来。但是，当我们彼此聆听了半天对方的呼吸以后，王爱国终于坚持不住了。他开始小心翼翼地翻了第一个身，本来他是背对我的，现在开始面对我。我可以感觉到他悠长的呼吸像一架小型电风扇一样吹着我。又过了好一会儿，他忽然轻轻地呼唤起我的名字来了。他试探着，像是要唤醒我，又像是害怕唤醒我。我不知道是答应他好还是不答应他好。我们这样僵持着，等他又把身翻过去以后，我才长长松了一口气。但是，让我没有想到的是，他竟然背对着我开始唤我的名字，声音明显比他面对我的时候大，好像背对着我给了他某种勇气似的。

我只睡着了那么一小会儿，然后天就亮了，我一转身看见王爱国穿着整齐地坐在床对面的凳子上。他看见我醒了过来，笑了笑，你醒了！他说，好像一个晚上他都坐在那张凳子上等我醒来似的，他换了衣服，但是昨天他穿什么样的衣服，现在我一点印象也没有，我只是感觉到他换了衣服，我看着他的脸，还有他宽大的身躯，你想干什么？我问他，我感觉他一定要干点什么，我当时真是这么感觉的。但是他说，我什么也不干，我已经把饭给准备好了，你吃了再走。我把衣服穿好，和他坐在屋子里吃饭。他把嘴弄得吧嗒吧嗒的响。他们呢？我问王爱国。他说，我老婆啊，他们还睡着呢。我吃了两口就吃不下去了，不是因为难吃，王爱国做的饭甚至要比他老婆好，只是因为我已经习惯了不吃早饭。王爱国抬头看着我，你不吃了？他问。我说，是的，我不吃了。

王爱国跟在我的身后出了门，我坚持不让他送，但是，这好像很不可能，他那样子，好像如果我不让他送，他将一生不得安宁似的。想到不管怎样别扭，都很快就会结束了，我也就将一切忍受了下来。我们默默地走在路上，经过一夜的斗争，我们似乎并没有增加共同的东西。但这一次他没有紧紧牵住我的手，让我感到某种安慰——我觉得他不是不想牵我的手，好像是不敢再牵我的手了——但是感到安慰的同时，心里有一种莫名的难受，不是为我自己，而是为王爱国，他默默地走在我的后面，似乎不是在送我，而是犯了什么错误，等着领导批评似的。

但是，我很快就知道他为什么像犯了错误似地跟着我了。当我们走到汽车站和火车站分道的路口时，他突然和我说起话来，他说，我们不要去坐火车了吧？我们？他居然说"我们"，这让我感到惊奇，我叫了起来，你也要去张城么？他好像压抑了很久，终于找到机会表达自己似的，一下子兴奋起来，说，是啊，我也要去。你去张城干什么？我问他，你不上班了吗？我想到要和这么一个人一起坐车去张城，头一下子大了，我对他说，你还要上班的啊？王爱国愣了一下。我接着对他说，你怎么能不上班呢，还有你老婆，你老婆同意你去张城吗？我一下子找出这么多理由阻止他去张城，我觉得自己已经有点非理性了。但当我说到他老婆，说到如果他老婆不同意他就不应该去的时候，王爱国的神色突然坚决了起来，他说，这不关她的事情，这是我一个人的事情，是我想去张城。他突然把音调提高了，我他妈就是想去张城，谁也别想拦着我！他就是这样说的，他说，我他妈的就是想去张城，谁也别想拦着我。

他这种人突然间说出了这种话，我知道我是说服不了让他放弃去张城这个念头了，但是我不能就这么轻易地让他得逞，只好接着说，你去张城没事干是吧？没事干你去张城就毫无意义了嘛！王爱国说，不是，我去张城有事干，我是有目的的，只是……王爱国说到这里，一下子又恢复了常态，嘟嘟囔囔说不出什么来，脸上渐渐有了点委屈的神色。

现在我能说什么呢？我和王爱国站在清晨的大街上，这个老男人脸上带着委屈，他这么大个人了，弄出这副表情来，实在是太离谱了。我懒得理他，转回身往前走，但是他叫住了我。他说，我们还是别坐火车了吧，我们去坐汽车。这句话把我弄得火了起来，我对他说，要坐你自己坐去，别鸡巴叫我。可是，他说，坐汽车更快一点啊，况且又比火车舒服。那关我什么事情？我大声叫了起来，我叫得显然没有理性，坐哪个车舒服肯定是关我的事的。旁边经过的人都回过头来看我和王爱国，他的脸逐渐变成了猪肝色，但是他没有生气的样子，当然也没有让我走。他极有耐心地张开了双手，他就这样张开双手，像拦一只受惊了的驴子一样拦着我的去路，我往左他往左，我往右他往右，既不靠我太近，怕我踢着他，又不离我太远。经过一番徒劳的挣扎，我只好停下来看着他。你让不让我过去？我对他说。他的两只手仍然在身侧架起来，但因为不在运动状态中显得有点不自然，似有降落下去的倾向，但是，我这样一问，他重又把双臂伸直，坚决地对我说，不。他的声音里已经带着哭腔了，眼泪几乎要从他河马般的眼眶里流出来。想一想，有一匹大河马，伸开两只前蹄，又勇敢又胆怯地拦着一个行人，那会是怎么样一幕呢？

我跟着王爱国向汽车站走去。现在他已经恢复了正常，嘴角挂着神秘的微笑，走得比我还快，这多难得啊，对于这么一个胖子，他显得比我还干劲十足。相比之下，我倒像个老男人了，我尽量也把步子放快，王爱国看着我突然笑了起来，他说，这多好啊。他妈的，有什么好的，我能直接跟他说我想在他的肥脸上噼里啪啦地给他几个耳光吗？我不能说啊，于是我就没出声，由他领着上了一辆大巴。大巴上人还没满，王爱国挑了个靠窗户的位置坐了下来，然后拍拍他旁边的座位对我说，你坐这里吧。我没有理他，走到了另外一边。他不但不生气，还掏出烟来给我抽。我看着他夹着烟的两根发黄的手指，没有去接。他把手收回去，又把那支烟放回了烟盒里，看来这家伙是早准备好了，他手里拿的是盒刚买的烟，我注意到他的另外一个口袋里也是鼓囊囊的，显然他带了不止一盒烟。

我沮丧极了，情绪很低落，把头扭向窗户的一边，看着窗外提着大包小包的人们，我几乎开始伤心了，这个王爱国，你干吗要跟我去张城呢？你和我去张城有什么意思呢？难道你也有个怀孕的女朋友在张城吗？后来我又开始后悔为什么要听老鸟的话去什么狗屁张城，为什么还要突发奇想去看这个狗屁王爱国，这一切到底是怎么发生的，我脑子里竟然很茫然，像个弱智儿童一样看着窗外，只看到有东西一闪一闪地飞过，什么东西一点也没看清。

车在中途停了下来，让旅客下去休息一会儿吃点东西。我下了车，买了个茶蛋吃，回过头居然没有看见王爱国，我又转了几圈，还是没有看见他，这家伙跑哪儿去了？直到司机吆喝着让大家回到车上，说是要出发了，我还是没看到王爱国，我甚至开始有点焦急了起来，他妈的这傻×不会出了什么事吧。我下了车到处去找，我甚至去老远的厕所找，结果没有任何踪影。我沮丧地回来，说沮丧也不完全准确，我觉得我私下里还有点高兴，这可不是我成心甩掉他，我还去他妈的厕所找过他呢。但当回到车上的时候，我看见王爱国居然好好地坐在上面和一旁坐着的女人聊天，他朝我点了一下头，接着又和那个女的聊起来。我坐回位子上仍然听得见他们两个的声音，车厢里的人都显得恹恹的，一个说话的人也没有，所以他们两个的声音就显得格外响亮。

王爱国把那个女的叫作李小姐，天哪，那么一个又老又丑的女人居然敢于以小姐自居，而且她竟然跟王爱国聊得火热，我莫名其妙就觉得她身上有一股不干净的味道。我一点也不想听他们说话的声音，可偏偏他们说的每一句话都传到了我的耳朵里。她说，王先生，你好风趣啊。王先生笑了两声，说，李小姐常常跑长途吗？李小姐说，王先生呢？王先生干咳了两声，说，做生意嘛，就是这么回事，坐车都坐烦了，不过时间久了也就习惯了。李小姐说，那王先生可是见多识广了。王先生又笑了两声，说，都是逼的，都是生活逼的。李小姐嗤嗤地笑了起来，这一次的笑延长了好长时间。我真想过去揪住王爱国的衣领问问他是做什么生意的，他家里的肥胖的老婆是怎么一回事情，我想把这个人的嘴脸全给抖搂出来，我想得出他那副德行——不过现在我觉得王爱国真的有点幽默感呢。

后来两个人的声音越来越低，过一会儿就发出一阵类似老鼠般的尖笑。我靠在窗户上，因为听不清他们说什么，一会儿就睡过去了。我居然做了好几个梦，一个接着一个，但是醒过来的时候却一点也记不起来了，我努力想搜索一下梦中的片鳞只爪，看看能不能找到一点什么启示，好从目前这种状态中摆脱出来，但是，确实一点也想不起来了，只是记得做了好几个梦。王爱国也睡了，不知道他是什么时候转到我旁边的位子上的。他的身体靠在我的身上，他也睡着了，那个李小姐也不知道哪儿去了，大概中途下车了。王爱国打着呼噜，显得劳累至极，不累才怪呢，昨天晚上一晚没睡，还和李小姐费了那么多唾沫，如果换我，早就趴下了。王爱国的呼噜声引得旁边许多人都回过头来看他，但是他却一点也感觉不到，于是我推了推他，他一下子跳了起来，到了吗？到了吗？人们都笑了起来，他才明白自己出洋相了，重新坐了下来。

傍晚的时候，我和王爱国并肩走在街上，这不是张城的街道，所以和我想象中的样子没有一点相同的地方。王爱国耷拉着头在我后面走。你他妈怎么搞的嘛，我吼起来，还老师呢，连个字也不认识？他把大巴前面的张镇看成了张城，害得我们走错了地方，现在我们所在的这个张镇和张城和我居住的那个城市构成了一个完美的三角形，往哪个方向走都是差不多的距离。现在怎么办呢？王爱国问我。我怎么知道，我跟他说，去找你的李小姐啊。别这么说李小姐，王爱国跟我说，她是个好人。我愣愣地看着他，半天才力不从心地说，老王，你也是个好人。但是，他妈的——王爱国茫然地看着我，不知道我要说什么。

我们那天住在张镇的张镇旅店，我躺在脏兮兮的床单上，闻到屋子里潮湿的臭味，心乱如麻，想到明天的去向，我简直是一点睡意也没有。王爱国倒是头一挨枕就睡着了，看来，他昨天晚上大概真的一宿没睡。他一睡着，我就更加感到焦虑了。这样挨到半夜，外边忽然开始下起雨来，好像窗外恰好有一棵什么树，雨点打在树叶上，发出刷刷的声音，我就在这种声音中渐渐平静了下来，但我只是平静了下来，若要想想什么问题，想到的只是雨点声。后来王爱国不知怎么也醒了，他一醒就问，什么时候了，什么时候了？好像他要去学校上早自习一样。我难得平静地说，才两点，不用着急。他刚撑起的身子一下子又躺了下去，好久没有声音。我以为他又睡着的时候，他突然说道，你说，他的声音又恢复了在王城时候的呆板和胆怯,你说,我们来这个鬼地方干什么?他的声音像是真的有疑问,又像是要讨好我,好像这样一发牢骚,他就可以推卸他的罪责一样。我开始没有听清他说什么,等我听清了,我刚刚平静下来的心又气恼起来。但是,我还能说什么呢,我要再对他说什么,就不是王爱国弱智了,那就是我弱智了。所以,我没有吭声,我忍住自己的气恼,全力去听刷刷的雨声。

渐渐地,我又平静下来,但是,不久,在雨声之外,我似乎又听到一个奇怪的声音,一抽一抽的,像是一个破气管在打气。开始,我以为这声音在屋外,没有留心,后来,我发现这个声音在屋内,不是在屋外。但是,当我仔细听的时候,又好像没有了,满耳都是雨声。我轻轻地叫了一声老王。没想到王爱国很清醒地答应了一声,好像他一直就在等着我这一声呼唤呢。既然叫了,我就只好跟他往下说话。我说你没睡啊?没有,他说。我还想往下说,就找不到话题了。又沉默了好长时间,王爱国又突然冒出一句来,他说,我们明天什么时候出发?我说什么出发?他说,去张城啊。我一下子就有了主意,我对王爱国说,我不去张城了,我明天回去。那你不去看你的朋友了?老王,我说,我在张城没有朋友,我是骗你呢。我说完,觉得自己有一点点过分了,但是,想到我这两天的荒诞遭遇,我又觉得说什么也不过分了。我等着王爱国发表他的意见,但是,等了很久王爱国也没有什么动静,好像房间里没有王爱国这个人物了。我莫名地紧张起来。在一个陌生的城市里,深更半夜,什么事不会发生呢。我觉得我的嗓子有点发紧。我想打破沉默,但是又惟恐触动什么,就机械地等待着。又等了很久,等得我快要迷迷糊糊睡着的时候,我听到王爱国说了一句话。他说:"这样吧,既然你张城没有朋友,那就再跟我回王城,我再跟学校请两天假,好好地陪你在王城玩玩。"

听完他的话,我两眼一闭就睡着了。

(原刊于《收获》2004年第5期)

摸鱼儿

刘庆邦

这里人结婚择日子，天气不要太热，也不要太冷，通常都愿意选在春天或秋天。春天，粉花开了黄花开，紫花开了红花开，放眼一望，到处都是鲜花铺地。花朵自然会给婚事增添一些喜气。秋天，地里的庄稼收完了，场院里打完的谷秆豆秸垛成一堆，秋风里有了些许凉意。闲下来的男女，你看我，我看你，正好可以结合在一起。

村里有一个小伙子，准备在今年秋天结婚。他一个人娶亲，全村的年轻人都跟着高兴。结婚时要放鞭炮，撒喜钱，拜天地，办酒席，自始至终都是热闹事。如果这些热闹还不算大，不能做到人人都能参与，那么闹洞房可是一个很大的乐子，男女老少都能趁机浑水摸鱼。

要结婚的是高山，跟着忙活的一个少年叫春水。高山一定下结婚的好日子，春水很快就得到了消息。春水十四五岁，身体发育正处在上升时期。他成天挎个粪筐到处转悠，逮谁跟谁笑，身上似乎已有了多余的精力。他拦在高山前头，歪着脑袋把高山观察过了，认为高山已经把架子端起来了，很像个新女婿。高山已美气得包不住嘴，但高山使劲把脸绷着，对春水说去去去。

春水以拾粪的名义，一转一转，转了好几里，竟转到高山未婚妻的村子里去了。他找到高山未婚妻的家，隔着窗户，看到窗台里侧放着一面方镜子，镜子背面夹着高山未婚妻的照片。照片不大，是黑白的。他见过高山的未婚妻，认出照片上梳着大辫子的姑娘正是高山的未婚妻。春水有些高兴，像是看到了什么难得一见的宝贝。这本来不关春水什么事，照片上是高山的未婚妻，又不是他的未婚妻，他有什么值得高兴的呢。可这就是春水，春水就是这样调皮。回到村里，他就把见到照片的事对高山说了。高山似对这件事情很感兴趣。他一定下了亲，就不能随便到未婚妻的村里去。春水却可以去。他从没有见过未婚妻的照片，春水却看到了。这小子！他对春水说："你乱串什么，再乱串小心人家打断你的腿！"他问春水，照片上还有谁。春水不告诉他，说："不要乱问，小心人家撕烂你的嘴！"

高山即将结婚的消息，春水最愿意告诉的对象是替。替跟春水同岁，是个女孩子。别看替是个女孩子，她跟春水一样，也提着锨，挎着筐，成天南里北里拾粪。那时生产队里还见不到化肥，种庄稼只能靠粪催。队长开会，动员队里的全体社员，农闲时人人投入拾粪。每天傍晚，会计都在生产队的粪窖子边掂着秤收粪，去掉皮，除去土，每收谁五斤粪就发给谁一分儿，十斤粪发给两分儿。有了工分儿，年终就可以分红。工分儿代表的是粮食，谁不愿意拾粪挣工分呢！这天吃早饭时，春水见替挎着粪筐下地，他把稀饭碗一撂，尾随着替，也下地去了。替家住村北，他家住村南，他们村只有南边一个出口，替只要出村，他准能看见替。他没有追上替，而是不远不近，和替保持着适当的距离。这也是拾粪的规矩，拾粪只能单溜，不能结队。拾粪跟拾钱一样，倘是几个人同时看见一个钱包，你说算谁的！

替发现了身后跟着一条尾巴，回头看了春水好几眼狠的，反对春水这样跟屁虫一样跟屁。可是，她怎么也甩不掉春水。她快走，春水快走；她慢走，春水慢跟。她去坟地，春水去坟地；她上河堤，春水也上河堤。她干脆站下了，骂了春水娘的腿。她说："春水，你娘的腿，你老跟着你姑奶奶干啥呢？"

春水说："你说干啥呢，我拾粪呢。"春水肚子里笑嘻嘻的，脸上也笑嘻嘻："我等着你憋不住了，给我留下一泡稠的。"

"你想得倒美，别说稠的，就是尿一泡稀的，我也要把地皮铲走，不会留给你。"

春水说替真小气，他说："不兴这样，自己拉的东西自己不能拾，你看牛，牛拉了屎，都是让别人拾。"

这话哄不住替，替说："牛没有手，当然不会自己拾。你是牛吗？我问你！"

春水往替跟前走了几步，说："你说我是什么都行，说我是牛也可以。我要是拉一泡稠的，一定留给你。"

"放空屁，你才舍不得呢！"

替下到河坡里，往斜坡的草地上一坐，不走了。筐和锹也放在地上。她的意思是要把春水熬走，看谁熬得过谁。春水呢，也坐下不走了。他没有跟替坐在一起，而是坐在了离替不远的堤面上，替在下，他在上，他低着头，也能把替看在眼里。说实在的，替长得太好看了，他早就看上了替。说替好看，并不是替的脸长得有多美。替的鼻子和嘴巴都有些大，皮肤也有些黑。好看的是替的奶子和屁股，替的奶子和屁股都向上翘着，而且看上去相当结实。替的黑粗布衫子前面打的是补丁，这对奶子高翘的姿态没有半点影响，它们该翘多高还翘多高。也许布衫的前襟就是被昂首挺立的奶子顶破的。她的裤子后面也有补丁，屁股有多大，补丁就有多大。这样的补丁对替翘巴的屁股起到一种夸饰作用，像是欲盖弥彰、此地无银三百两的意思。春水一心想把替的奶子和屁股摸一摸，因时机不对，他担心一伸手就会被替打回去。他把希望寄托在闹高山的洞房上。闹洞房时，替也会去，那应该是一个不错的机会。他问替："高山要结婚了,你知道吗?"

替说:"人家结婚,又不是你结婚,关你什么事!"

春水说:"咱可以闹洞房呀!我准备好了苍耳,还准备了两只活东西,到时候,苍耳揉在新媳妇的头发上,活东西放进新媳妇的领口里,这两样东西都够新媳妇好受的。"

替回过脸来,问活东西是什么。

春水卖关子,不告诉替,让替猜一下试试。替好出汗,他看见替肉乎乎的鼻子两边出了一层细密的小汗珠。替身上的汗味很好闻,一闻见替身上的汗味,他兴奋得就有些发晕。他要是给替擦汗,替不会同意。那么他宁愿用舌尖把替鼻子上的汗珠舔一舔,尝尝替的汗到底是什么滋味。

替说不猜。

春水只得把活东西说明。他说活东西是两只戴官帽的公蛐蛐,蛐蛐一旦放进新媳妇的领口里,就会在新媳妇身上乱咬乱蹦,弄得新媳妇手忙脚乱,难以招架。说着,春水表演起来。他嘴里模仿蛐蛐一边得儿得儿地叫着,一边身子乱扭,在胸前身后乱找乱掯,仿佛蛐蛐已经在他身上开始行动。

替被春水逗乐了,她乐得咧着阔嘴,手指着春水,说"你坏你坏"。

被替说了"你坏"的春水,像是受到鼓励,又增加了几个动作。

到了闹洞房的那天晚上,春水早早地就到了位。他没有像对替吹嘘的那样,带了苍耳和蛐蛐。苍耳嘛,他不带自有别人会带,因为这是闹洞房的传统项目,也是保留节目。至于蛐蛐,他倒是真的到草丛里和大坷垃下面寻觅过,蛐蛐也见了几只。只是随着天气变凉,蛐蛐蔫头耷脑,一点都提不起情绪。他用草棍把蛐蛐的尾部拨拨,蛐蛐就往前爬一点。他不拨,蛐蛐就趴下不动了。蛐蛐这种样子,别说让它咬新媳妇了,恐怕把它放在新媳妇的奶头上,它也不会有什么作为。洞房的蜡烛已点起来了,烛光一闪一闪的,似对闹房的人有所怂恿。春水没怎么跟新郎新媳妇闹,他关注的是替的出现。替一刻不出现,他的积极性就不能发挥。

也许去闹洞房的年轻男女，各有各的关注对象，他们闹洞房只不过是借机。而春水的关注对象只有替。

春水的眼睛轰地亮了一下，替来了。替还没吃完晚饭就来了，她手里还拿着半截未吃完的蒸熟的红萝卜。春水没让替看见他，他躲在人后的暗影里。替把半截红萝卜全都塞进嘴里去了，塞得一边的腮帮子鼓起一个大包。替的嘴膛子可真能装东西。替吃完了红萝卜，就加入了闹洞房的队伍。洞房是箔篱子隔起来的一间房，房里除了一张大床，一口箱子，暂时没放别的东西。从床前到窗户那里，是一块空地，是给闹洞房的人预备的，所以洞房里能容纳不少人。新媳妇一般在床沿低头坐着，可她总是不能坐稳，老是被人拉来拉去，推来推去。人们推拉新媳妇时，难免会撞到别的人，而且一撞就是一堆人。被撞到的人似乎都很快乐，撞到哪里，哪里就发出一阵叫声。替很快就被裹挟到人堆里去了，她的身体不由自主地转着，已跟新媳妇撞到一起两次。每撞一次她都叫，好像不情愿似的。其实她是心甘情愿，甚至有点故意。她闻见新媳妇身上很香，有一股粉的气息。替不知不觉把自己当成一个新媳妇，像是为将来应付闹洞房提前作一个练习。

这一切，春水都看在眼里。行了，可以下手了。他悄悄挤到替的身后，隔着一个人，向替的胸前伸出了手，一把摸住了替的奶子。他摸了一个满把不满足，为了增加手感，还用力抓了一下。

替这一次叫得声音大些，还骂了人。她赶紧把两只胳膊架起来，护住奶子。并回过头来左右乱瞅，想看看谁这么不要脸。

摸过奶子后，春水把身子往下一蹲，躲在别人身后，并很快转移到墙角的暗影里，替不可能找见他。太棒了，他的愿望终于实现了！他心口跳得腾腾的。替只穿一件单布衫，他的感觉，跟直接摸到奶子上差不多。他原以为替的奶子是硬的，跟生茄子一样。不料替的奶子摸上去有些软乎，有些热乎，还滑溜溜的。春水在肚子里咕咕笑着，很想欢呼。这时，正好新郎高山被人们从外面拉进来了，人们分别拉住一对新人的四只手，把他们的身体从正面合在一起，嚷着让他们亲嘴。借着高潮涌起，春水为自己欢呼出来，他说："好着呢，好着呢，亲嘴，亲嘴！"

场面这么热闹，替的尖叫和骂声被闹洞房的声浪淹没了，没有引起别人的注意。替从人堆里退出来，退到窗口那里站着去了。被人劈头盖脑抓了奶子，替的心里也有些跳荡，还有些生气。她感觉被人抓过的那只奶子有些发胀，还有点疼疼的。不过只停了一会儿，替就不生气了。她想，一定是有人抓错了，把她当成了新媳妇。烛光这么暗，人又这么乱，抓错的情况恐怕难免。反正奶子一点不少，她应当做出没被人抓过的样子才对。让人知道了，反而不好，会被人笑话。也是闹洞房的波浪太大，冲击性太强，尽管她站在窗边，还是被浪头一波一波地打到脚，打到腿。她试着往前迈了一步，又被吸引进闹洞房的深水里去了。替并没有放松警惕，她的两只胳膊交叉着抱在胸前，护住自己的两只奶子。如果有人再抓错的话，只能抓到她的胳膊，抓不到别的。

春水还有绝的，他这次不摸替的奶子了，选择了拽替的裤子。他知道的，替的家里比较穷，替的姐妹都不穿裤衩子，也买不起裤腰带。那穿裤子怎么办呢，她们的裤子都是大腰裤，穿裤子时，把裤口前面交叉着一拧，拧成一个疙瘩，再往下一挽，裤子就固定住了。这种固定裤子的办法，保险程度是有限的。春水见过一些当弟弟的跟嫂子开玩笑，从后面猛地一拽，就把嫂子的裤子拽下来了，露出一大块肥白的东西。春水也想把替的裤子拽下来，看看替的屁股为什么翘得那样高。

一个姑娘家，对自己的裤子毕竟是敏感的。一觉得有人拽她的裤子，她呀了一声，赶紧把自己的裤腰拉住了。她裤腰前面的疙瘩已被人拽开，裤腰也有些松脱。亏她反应快，不然的话，她的裤子真的会被拽下来。要是那样的话，她丢丑可丢大了。替有些害怕，她顾不上瞅瞅干坏事的是谁，就走到院子里，重新把裤腰挽好，回家去了。

再下地拾粪，春水没有跟在替后面。他摸准了替拾粪的路线，提前到河坡里等替。几天后的一天下午，他把替等到了。

替一攀上河堤，就看见了在河坡里半躺着的春水，她说："你怎么在这里？"

春水把眼挤了挤,说:"我在这里等你呀,你是我的好伙计。"

"娘那个腿,谁是你的好伙计!"

春水向替招招手,示意替下到河坡里,到他身边去,他要跟替说点事。见替站在堤面上不动,他只好向替行贿,说:"这里有一泡粪,我没舍得拾,给你留着呢。"

"不信,谁不知道你见粪亲。"

"这有什么不信的,我说话从来不骗人。你看,那是什么!"

替随着春水手指的方向一瞅,果然看见了一泡粪。粪的表面虽然撒了一层土,但粪的表面还是湿的,显然是一泡新粪。在替犹豫之间,春水已从地上跃起,夺过替的筐子,把粪铲进替的筐子里去了。掠人之美,这让替有点不好意思。等于春水的贿赂生效,替没有马上走,坐到春水身边去了。这条河的河床很宽,水流却很细。在蒲草、芦荻等半黄半青的杂草掩映下,河水一明一暗地向远方流去。名叫老等的长腿灰色水鸟在水边静静地立着,像是期待着什么。有挑担子的人在对面河堤上慢慢走过,头朝下的影子在水里断断续续。天很蓝,也很高,高得有些不着边际。西移的太阳使河堤的西侧有了一段暗影,如洇的暗影在一点一点向下铺陈。暗影遮住了春水和替的身子,还没有遮住他们的头。远一点看去,他们的头部在明里,身子在暗里;他们的裤子是黑色的,头发是金黄的。春水从地上抠起一粒砂礓子,高扬起胳膊,向水鸟站立的位置投去,他问:"替,闹洞房那晚,听说有人摸了你的奶子,有这事儿吗?"

替一听脸就红了,立即否认,她说:"放屁,谁说的?根本没这事儿。"

"你别管谁说的,反正无风不起浪。我还听说,有人趁乱拽了你的裤子,这是不是真的?"

替的脸更红了,她骂了一句脏话,说:"满嘴胡呲,都是瞎编的。"

春水的神情有些激昂,说:"这事儿太不像话,人家一个小闺女儿家,又是摸人家的奶,又是拽人家的裤子,你当人家是新媳妇呀,羞着了人家怎么办！这些事儿没有就算了，要是真有这些事，我一定不答应！"他让替回想一下，是不是真的被人摸过，他也会帮替调查，等调查准了，他要帮替把瞎摸乱拽的人好好整治一下。

说这些话时，春水不该偷偷笑了一下，他低头笑时，被替发现了，替把他一指，说："你笑什么？干坏事的是不是你？我看就是你！"

春水不敢笑了，想把脸沉下来。可他的脸不听使唤似的，怎么也沉不下来，刚沉下一点，又被憋不住的笑意冲破了。他说："你不能诬赖老实人，你知道的，在咱村我是第一老实。"

替说："你老实不日刺猬，你要是老实人，天底下就没有老实人了。"

春水总算把脸沉下来了，说："你这样说话可是冤枉好人。那晚闹洞房我去得晚，我都没看见你。你看见我了吗？"

"看见看不见都一样，干坏事的人都是藏起来，都是从背后下手。"

这话可让替说准了，那晚他玩的的确是背后下手、隔山掏火的把戏。想起替被他摸得呀呀直叫、乱蹦乱跳的好玩情景，他差一点又笑了。他说："替，你最了解我了，咱俩成天在一起，从光屁股的时候就在一起，我要是想摸你，早就摸了。就说这会儿吧，咱俩离得这么近，又没有别的人，我动过你一指头吗？你自己说。"

"我不说，你是装的。"

"好好好，你说我是装的，我就是装的。我要摸了你，就不是装的了，对不对？我知道，咱俩这么好，我就是摸你一下，你也不会生气。"春水的手有些跃跃欲试。

替吃不准她跟春水到底好不好，但春水要是摸她，这事还得考虑。出于本能，她往旁边挪了一点，说："那不行！"

"我知道不行，我跟你说着玩呢。你就是拉着我的手让我摸，我都不摸。我是动嘴不动手，光在心里想着你。"

"谁让你想着，没人稀罕你！"替想起春水那天说的往新媳妇身上放蛐蛐的事，便问："你往新媳妇身上放蛐蛐了吗？"

春水说，蛐蛐倒是带去了好几只，因没见替，他就没往新媳妇身上放。替不在那儿,蛐蛐放给谁看呢。春水叹了一口气,好像对那晚的事很失望似的。

听春水的话味儿,春水确实很把替当回事儿。替睐了眼往远处看看,走了一会儿神儿。之后替站起来了,她说:"该去拾粪了。"她屁股上沾了一些小土粒,隔着裤子,那些小土粒像是已嵌进肉里。她用手在后面抹拉了一下,小土粒才纷纷掉下来了。

春水不放她走,说要教她拾粪。

替看着春水,不知道春水怎样教她拾粪。难道我连粪都不会拾吗!

春水认为替每天拾的粪太少了,连两分都挣不到。而他,每天至少能挣三分到四分。

替点头承认,她每天所拾的粪是不如春水多。她原以为春水是个男孩子,在拾粪方面方便些,所以就拾得多。比如她是女孩子,要是割草,春水就割不过她。她不知道拾个粪还有什么学问。

下了河坡,春水领着替往水边走去。替纳闷,到水边干什么?难道去草丛里拾鸟拉的粪?

春水对替有所交代,这个交代像是对替怀有很大的私心,他说:"我教会你拾粪的方法,你千万莫让别人知道。要是别人也学会了,就坏事了,咱俩就拾不到粪了。"替答应不让别人知道。

春水教给她的拾粪的方法,让替大为惊奇。春水在水边挖出一块带胶质的黄色软泥,在手里团巴团巴,搓成条状,在地上盘成一堆,表面上撒些干土的细末,一泡粪就做成了。你别说,春水做得相当逼真,除了没什么气味,从形状上还真的看不出假来。替把自己筐里春水送给她的那泡粪看了看,知道了那泡粪也是假的。替说:"你还说你老实,这就是你的老实。外面撒一层土,里边是黄胶泥,你的老实是一泡假屎。"

春水笑得有些窘,他说:"老实有什么用,太老实就挣不到工分,分不到粮食。"

实在说来,让这些孩子拾粪,真是难为他们了。人人出门都带粪筐,为数不多的猪羊都拴在圈里,僧多粥少,哪有多少粪可拾!你说人?人的流动性是大些，可哪个人愿意把肚子里的东西留在外面。你在外面看见一个成年男人或成年女人匆匆往家跑，那必是憋不住了，要回家往尿罐子里撒一泡尿。因为尿水队里也收，也可以换工分。至于大粪，人们更加珍惜，把门把得更紧。当地有一个说法，很能说明问题，他们说，宁可把大粪拉在自己裤裆里，也不能白白拉在别人家地里。在这种情况下，春水只能利用自己的智慧和手艺，制造一些粪。

春水接连造了好几泡粪。他要大有大，要小有小，做得随心所欲，得心应手。他把大的分给替，自己留下一些小的。

替有些担心，她说："要是让收粪的检查出来怎么办？"

春水说："不要紧，你等太阳落黑后再去交粪，收粪的就看不清了。"

临分头往村里走时，二人约定，晚上到高山家的窗外去听房。替本来不想去，她怕听到什么被窝里的话，看到什么让她不敢睁眼的事。可是，春水分给她那么多的"粪"，她不能不领情。若是拒绝春水约她去听房，她不大忍心。

这天晚上没有月亮，只有星星，天比较黑，很适合听房。春水和替往高山的窗前走时，高抬脚，轻落地，走的是猫步。还没走到窗前，他们已把手拉住了。或许因为激动，或许因为天冷，他俩的手都有些抖。天气是有些冷了，小小一阵秋风吹过，树上的叶子就落得乱纷纷的。洞房的窗棂子上糊的是白油光纸，透出朦胧的黄色，表明屋里还没有吹灯。屋里有灯好，不仅可以听，还可以往里看。春水踮起脚尖，用湿舌子把窗纸弄湿，再把窗纸顶破，顶成一个小洞，一只眼对着小洞往里瞅。该春水走运，他一眼就看到了好风景。新媳妇正蹲在陶罐上撒尿，一个一丝不挂的大白光腚。春水把嘴找到替的耳朵眼子，悄声说："新媳妇，大光腚。"这样的景致替也要看。可替的个子矮，春水弄开的洞高，替使劲踮脚尖，眼睛也够不到窗纸上的洞。春水不失时机地把替抱起来了，抱起来往上一送，替的眼睛就对准那个小洞。若搁平时，替是不让春水抱她的，在这不宜出声的特定环境，替又急于看景，就让春水抱着了。替看见，新媳妇已撒完了尿，正往高山那头的被窝里钻。新媳妇哆嗦着嘴，说"冷，冷"。高山把两条胳膊张开，说："快让我搂搂，我一搂，你就不冷了。"高山搂了新媳妇，大概还有进一步的动作，新媳妇建议吹灭灯。高山说："不要吹，点着灯做出来的孩子眼明。"新媳妇说："外面要是有人听房怎么办？"高山说："没事儿，谁爱听谁听，馋死他个孬种。"说着，随着被子中间拱起一个大包，高山就翻到新媳妇身上去了。替脸热心跳，不敢再看，想下来。无奈春水紧紧地抱着她，一点都不放松。她只好接着看。

春水是从后面抱着替的，替的屁股正顶在他的小肚子上。他感觉很好，替的屁股又软又硬，很有弹性。屋里高山和新媳妇的对话他也听见了，知道床上正发生着什么事情。新媳妇在哼哼，高山在吭吭。那样事情对春水也是个推动，他把替挤在窗台上，腾出一只手，探在替的衣襟下面，慢慢向替的奶子摸去。他刚摸到替的肚子，替就摁住了他的手，不许他的手再往上走。他把手伏下了，没有把手抽开。好在替也没有非要推开他的手不可。两个人的手暂时处在一种相持阶段。趁替的眼睛仍被床上的活动吸引着，春水轻轻把自己的手从替的手下抽出来了。他抽手的目的不是放弃，而是以放弃为幌子，迂回着迅速朝另一只奶子摸去。春水的计谋得逞，他把替的另一只奶子全部摸在手里了。千好万好，这次替没有阻止他，对他的手放任自流了。替的奶子是温热的，滑腻的，颤动的，仿佛奶子里有一颗心在活蹦乱跳。春水觉得自己的手也在跳，五个手指都在跳，好像每个手指头肚里都有一颗勃勃跳动的心，天爷，这怎么办？这怎么得了？春水的手开始往下走，摸到了替挽在裤腰上的疙瘩。他把疙瘩往上一推，替的裤腰就松开了。

替差点叫出来，她赶紧捂了自己的嘴，才没叫。她又是向后撅屁股，又是身子乱拧，往下打坠，要从春水怀里挣下来。落地后，她一手提着裤子，一手扬了巴掌，似乎要抽春水一个嘴巴子。大概是怕发出声响，她没有抽，只是在春水的嘴巴子上抹了一下。她凑近春水的耳朵说："不要脸，你要干什么！"

春水说："我想跟高山学习。"

"学你娘那腿，怀了孩子怎么办？算谁的！"替重新把裤腰挽好了。

春水说："不会，咱俩还小着呢。"

替不让春水再说话，她指指窗子，示意让春水接着听房。

房内激烈的事情大概结束了，两个人正在交流体会。高山问："好受吗？"新媳妇说："好受死了。"高山说："好受你还不早点来。我去年就要娶你，你拿捏着不给，结果又拖了一年。"新媳妇说："谁会知道这样好受呢，我要是知道这样好受，早就来找你了，当小闺女儿的时候就来跟你睡。"

窗外，春水和替的手不知不觉间又合在一起，黑暗中，两个人的眼睛都很亮，像是要蹿出火苗子。

这天晚上，春水虽然没有跟高山学习成，此后的一天中午，在野地里一个废弃的瓜庵子里，春水到底学习成了。瓜庵子的地上铺的有干草。替说："我睡一会儿。"

春水说："我也睡一会儿。"

替说："我睡着了。"

春水说："我也睡着了。"

其实两个人都没睡着。春水悄悄爬起来，轻手轻脚，把替的裤子脱下来了。

替闭着眼，对自己说："反正我睡着了，我什么都不知道。谁要是干坏事，不能怨我。"

直到春水学习完了好一会儿，替才装作睡醒了，并伸了一个懒腰，说："我刚才睡了一大觉。"

春水夸奖她说："你睡得很好！"

学而时习之，不亦说乎！以后的日子，春水和替以拾粪的名义，到瓜庵子里去得多些。他们的开场白差不多是一样的，替说："我睡着了。"春水说："我也睡着了。"

第二年秋天，替果然怀了孩子，肚子一天天大起来。替的父亲审问替，孩子是谁的？一审，替就说了，是春水的。

替的父亲找着春水的父母去算账，春水的父母劝替的父亲不要生气，他们的意见，春水拉的巴巴让春水自己吃，让春水把替娶过来就是了。

事已至此，看来只能这样了。

春水这小子，他只想着跟替玩一玩，从没有想过要娶替当老婆，更没有想过让替生孩子。可事情的发展不以他的意志为转移，替的肚子一腆一腆，已经住到他家里去了。

二〇〇三年六月十八日于北京小黄庄

（原刊于《收获》2004年第6期）